大家文学课

《诗经》讲读

李山／著

北京师范大学出版集团
BEIJING NORMAL UNIVERSITY PUBLISHING GROUP
北京师范大学出版社

图书在版编目（CIP）数据

《诗经》讲读 / 李山著 . —北京：北京师范大学出版社，2021.6
ISBN 978-7-303-26323-3

Ⅰ. ①诗…　Ⅱ. ①李…　Ⅲ. ①《诗经》-诗歌研究
Ⅳ. ①I207.222

中国版本图书馆 CIP 数据核字（2020）第 171555 号

营　销　中　心　电　话　010-58807651
北师大出版社高等教育分社微信公众号　新外大街拾玖号

《SHIJING》JIANGDU

出版发行：北京师范大学出版社　www.bnup.com
　　　　　北京市西城区新街口外大街 12-3 号
　　　　　邮政编码：100088
印　　刷：三河市兴达印务有限公司
经　　销：全国新华书店
开　　本：710 mm×1 000 mm　1/16
印　　张：22.25
字　　数：319 千字
版　　次：2021 年 6 月第 1 版
印　　次：2021 年 6 月第 1 次印刷
定　　价：58.00 元

策划编辑：周劲含　　责任编辑：陈佳宵
美术编辑：李向昕　　装帧设计：李向昕
责任校对：陈　民　　责任印制：马　洁

前　言

　　《诗经》的"讲读"，已有两千多年的历史了。两千多年中，有自汉至唐的经学讲读，有北宋、元、明的宋学讲读，也有兴盛于清代乾隆、嘉庆时期"新汉学"的讲读，当然还有近代以来的文学讲读。

　　汉代至唐代的"经学"讲读重师说、尊家法。汉代讲《诗经》有四家即齐、鲁、韩、毛，[①] 前三家盛行于西汉，毛则自东汉流行。后来三家解释《诗经》之说大部分失传，[②] 只有"毛诗"的经典文本与注解流传至今，换言之，今天读到的《诗经》文本是"毛诗"家的本子。

　　汉代四家分为今文、古文两大派，齐、鲁、韩为今文经学，毛为古文经学，两派"讲读"《诗经》差异颇大。但是，对《诗经》，就像对《尚书》《周易》《仪礼》和《春秋》一样，四家有一个大体相同的学术预设：经过孔子之手的经典，是圣人为后世确立的圣贤大法，必须贯彻落实于社会生活之中。在这样的预设中，有一点对于经典研读至为关键，那就是：在孔子创制或整理这些经典时，有些"微言大义"因不便见诸文字，[③] 只能口传

---

　　①　韩诗家的宗师为燕国人韩婴，汉初人，流传至今的著作有《韩诗外传》。齐诗家的宗师为齐人辕固生，生活在文景时期，至今只有零星的遗说，保存在各种典籍中（清末王先谦《诗三家义集疏》有收集）。鲁诗家的宗师是鲁人申培，其遗说保存在各种典籍中，《毛诗》中的《毛诗序》，也吸收了不少"鲁诗"的说法。

　　②　人们可在不久的将来读到相对完整的"鲁诗家"的《诗经》文本。2011年在今南昌市，考古工作者发掘了西汉中期偏早的海昏侯墓，出土了1200枚写有《诗经》文本的竹简。海昏侯学《鲁诗》，每枚墓葬竹简的抄字数在24～25，1200枚竹简的文字内容应接近《诗经》完本。其中虽有残缺，也称得上是一个相当完整的"今文家"的《诗经》文本了。

　　③　若细分，"微言"和"大义"有区别，"大义"是可以见诸文字的，如《春秋》经的"尊王攘夷、大一统"，"微言"则是为防范当时当权者的迫害而只能口传心授的言论。这里只是笼统言之。

心授给那些可信赖的学生，如子游、子夏等。就是说，单是阅读经典的文本，未必能领会孔夫子的微言大义，经典隐含的微言真谛，须从代代相承的老师那里方可闻知。师说、家法之尊，由此确立。这样的预设，就是在东汉古文经学（古文家视孔子为先师，与今文家视孔子为替汉家立法的圣人不同）盛行的时期，也未有什么改变。例如东汉阳嘉年间，左雄变革选拔官吏的考核之法，也还是重视师说、家法。左雄规定：若儒生参加国家选拔考核，回答问题必须依照所学经典的师说，否则将被黜落。这一点延续到唐代，如韩愈参加国家选拔考试，那次的题目为"颜子不贰过论"，韩愈的答卷自出己意，不合有司规定的回答标准，结果就不及格。由此可以看出唐代仍是尊师说和家法的。① 韩愈为中唐人，当时经学衰落犹如此，更早在唐初，孔颖达等儒生受国家委任撰《五经正义》，则采取"疏不破注"的解释原则，② 更是重师说家法的表现。

可是，师法、家法说法不一，在汉代已经颇为明显，《诗经》有鲁、齐、韩三家，就是证明。师说分为三家，读《诗经》到底何去何从？对这样的问题，"官学"之下的学者只管恪守师说，以谋官位，不理会那许多，但是，经历了晚唐五代的社会变动，加上佛家义理之学的发展，学者在经典解读的思维上发生了重大变化。这就有北宋欧阳修《诗本义》"据文求义"新解经原则的提出。

所谓"据文求义"，其中的"文"，即《诗经》文本，"据文"就讲读《诗经》时，先不看《毛诗序》《毛传》和《郑笺》怎么说，而是先看经典原文如何说。经典原文自有其文本的内在逻辑，自有其上下文的相互规定。解释者应该先弄清文本的意思，再看《毛诗序》《毛传》和《郑笺》的后人解释，觉得说得对，就吸收；觉得不对，就拒绝。这就是所谓"据文

---

① 后来的科举考试，以"四书"为试题范围，其答题的标准则以朱熹《四书章句集注》为标准，也是尊师说、家法的表现，只是独尊朱熹一家而已。

② 所谓"疏不破注"，是指在疏解经典注解时，一般不表达自己对前人解说的是非判断，而是照前人之说加以阐述。如《毛诗》，有《毛诗序》的说法，也有《毛传》及《郑笺》的说法，三者时有分歧，孔颖达等人在为这些旧说做注疏时，并不强调谁是谁非，而是按照前人各自的说法、分别给予不违其义的疏解，以帮助读者了解前人之说。不过，就是在这样的"正义"中，我们也可以看到一些变化，如广泛征引与《诗经》时代相近的各种文献（如《国语》《左传》等），这在汉代的经说中就是少见的。

求义"。

既然要"据文求义"，就得先读懂文本，要读懂文本，就得了解经典文本的时代，要了解经典文本的时代，就必须读与经典文本同时代的书籍。读书之风也随之改变。注解《诗经》不仅注意《国语》《左传》等传世经典文献，一些金石材料也引起更多的注意。虽然在《史记》《汉书》的记载中就有一些人能读出土鼎铭，可是金文资料的大量收集考究，却是到宋代才真正像样子、成规模。而提出"据文求义"的欧阳修，在这方面也是有自己的建树的。到朱熹的《诗集传》，就正式引用金文资料来解诗篇了。

欧阳修的《诗本义》开了北宋的新风气，到南宋，《诗经》研究更是热络，其中的一个焦点问题是关乎《毛诗序》的，信《毛诗序》者有之，主张废《毛诗序》者更大有人在，其中略早于朱熹的郑樵，甚至称《毛诗序》为"村野妄人"之作。王质、严粲、吕祖谦等各有著述，其中影响最大的，当属朱熹的《诗集传》。宋代学术一般被称为"宋学"，而宋学之中包含一个很重要的内容就是理学（陆象山及其后学的"心学"也含在内），朱熹的《诗集传》就是理学《诗经》研究的集大成之作。"据文求义"求个"理"，求个对身心修养有帮助，是朱熹《诗集传》的重要内涵之一。《诗集传》对后世影响很大，元代的《诗经》学大体而言，就是"羽翼"朱熹的《诗集传》，这样的风气一直延续到明清，持续了很长时间。

如此，对清代的学人而言，要研究《诗经》，首先面临的是"汉学"和"宋学"两座高山；而就清朝学术的主流而言，反对"宋学"是其主导倾向，因为"空谈心性"被视为明朝亡国的重要原因。反"宋学"的同时，就是尊"汉学"，清乾隆时期敕编《诗义折中》，公然宣称编纂宗旨是"准康成""从小序"，于是就有胡承珙《毛诗后笺》，顾其名，知其义，是不满于《郑笺》一些具体说法，而另作新笺释的；就有陈奂《诗毛诗传疏》，顾其名，知其义，是尊《毛传》的；就有马瑞辰《毛诗传笺通释》，则是《毛传》《郑笺》兼重的。不过，这些著作虽然尊汉学，可"据文求义"的方法，仍是其治学的圭臬。从这一点上说，他们中有些人一味瞧不起宋学，就难免数典忘祖之嫌。而且，清代《诗经》学术的真正成绩，也不在其尊汉不尊汉，而在对《诗经》文字音韵的训解，对名物制度的探究。同时，尊"宋学"的也有，如姚际恒《诗经通论》、崔述《读风偶识》等。①

近代一百多年来解读《诗经》，实际是沿袭宋学的"据文求义"而有所光大。不相信经学家旧说的态度更加坚决彻底，对与解释《诗经》有关的新文献的征求使用，更加广泛，如对金文、甲骨文的利用，对西方人各种学说特别是人类学之说的借助等。最为关键的变化还在这样一点：对《诗经》这部经典的预设与古代有根本不同。古人相信，《诗经》是圣贤大法，这一点，就是在反《毛诗序》最烈的宋代，也没有受到根本性的怀疑。但是，近代的研究首先要打破这一点，树立新的学术预设：《诗经》是一部反映社会生活的文学著作，很重要，但不像古人认为的那样神圣。在这样的预设下，《诗经》的文学性得到前所未有的重视，在文学的研究之外，《诗经》也作为史料用于对古代社会生活的研究，等等。然而，近代的研究干扰因素也不少，如以阶级斗争的观点解诗篇，以现代爱情的观点解诗篇，生搬某些西方理论解诗篇，等等。而眼下，生搬的做法正流行；同时，鸡零狗碎、无关痛痒的学究做法也不少。

此书的"讲读"，有这样几个主观的预想。

其一，是将《诗经》的产生，放在这样一个大背景下观察：夏商以来的历史瓶颈突破，社会文明大幅提升，文化的生产高涨，因而有《诗经》作品在大约五百年内的渐次涌现。

其二，是将《诗经》的篇章，与"西周礼乐文明"相联系。笔者相信，研究西周礼乐，若对《诗经》篇章无深切的了解，就一定会浮泛。"乐者，德之华也。"《诗经》起码有一半的作品是"礼乐"活动中的乐章，是"礼乐"的精神之花。不理解礼乐中的歌诗，何谈"周礼"？联系各种典籍中对"礼"的记载，可以更具体地理解诗篇的精神内涵。同时，深入探讨《诗经》的一些篇章，又可以补充关于"西周礼乐"记载的阙如。

其三，联系"礼乐"讲读《诗经》，意在拈出含藏在三百篇中的几条重要的社会精神线索。《诗经》不是"经"，也是"经"，不是经学理解下的"经"，却是关乎民族文化重要特点的"经典"。《诗经》所含藏的精神线索，

---

① 北宋到清初的《诗经》研究著作，多保存在纳兰性德的《通志堂经解》之中，《皇清经解》和《续皇清经解》多保存清代"新汉学"关于《诗经》的研究著作。

正是民族文化精神传统的重要组成部分。

其四，此讲读，以题材相同的篇章为对象，明其文义，并加引申扩展。料想这样做，便于初学者入门。

以上几点，虽努力却未必做得有多好。这要交由读者来判断了。

最后要说明，此书是数年为北师大本科学生开设"《诗经》精读"课程口讲笔录的文字，何汉杰、蒲帅、孙雨晴、薛宇、蒋清宇、林加妹几位研究生同学做了一些文字记录工作，在此一并致谢。

最后，敬请读者不吝赐教！

作者　2019 年年初

目　录

第一章 《诗经》，历史进步的结晶

一、《诗经》是什么

常见的定义是：《诗经》是古代第一部诗歌总集。

这样说，一般而言是正确的，因为今天读到的《诗经》确实是一个诗歌的集子。然而这样说，也有不小的问题，那就是容易带来误解。什么误解？说《诗经》是"集"，容易招致这样的误解：把《诗经》等同于后来"李白诗集""杜甫诗集"那样的诗篇集子。当成李白、杜甫"诗集"中的篇章来看，又有什么问题？《诗经》这部作品，特别是其中有些篇章，原为西周礼乐文化的有机部分，把《诗经》当"集"看，很容易忽略这一重要特点，从而在解读上出现偏差。为避免笼统，就让我们举一首诗篇为例来说明。这首诗见于《周颂》的《敬之》篇：

敬之敬之，天维显思，命不易哉！	显：显赫。思：语气词。
无曰高高在上，陟降厥士，	陟降：上下往来，有监管的意思。
日监在兹。	士：事。
维予小子，不聪敬止？	不：敢不。聪：敏觉地。 止：语气词。
日就月将，学有缉熙于光明。	将：行，进。缉熙：光明。《诗经》固定语，在此为动词。

佛时仔肩，示我显德行。　　　　　　佛：辅助。仔肩：重任。

大意：（前六句）：虔敬上天啊，天命是显赫的，周家获得天命不容易。不要以为上天高高在上（管不到你），它每天都监视着下界，观察着它在人世间的事业，每天都在监视着这里。（后六句）：我是年轻的后辈，哪敢不尽心竭力敬奉上天？我要不断学习，日积月累地进步，以期达到光明之境。请辅助我，帮助我完成身上的重任，明示我显耀的德行。①

《毛诗序》说：“《敬之》，群臣进戒嗣王也。”说“戒嗣王”，与前六句相合，可是后六句呢？“维予小子”云云，很明显不再是大臣的“戒”，而是对“戒”的应答。所以，若是一味照着《毛诗序》的解释，这首诗有一半就难以解释通顺。稍微认真地观察一下这首诗篇，很明显，诗篇的歌唱出现了两个抒情主体：前六句为大臣，后六句则是周王。这就是问题所在。一首诗中怎么有两个主体发声呢？宋代朱熹就觉得《毛诗序》的说法不通，因而他的《诗集传》将诗篇的理解改为：“成王受群臣之戒，而述其言曰‘敬之哉……’”。可是，照这样的解释，诗篇又成了周成王一个人先叙述大臣的告诫、然后再加以回答的“一首诗”了。这样来解释不也很别扭吗？有一点《毛诗序》与《诗集传》倒是一样的，两者都相信《敬之》是一个人的诗。本来诗中含有两种声音，《毛诗序》只承认一半：大臣的陈戒；朱熹则承认另一半：周王答词，其实两者都是“半身不遂”。

问题就出在两者都是按照后来诗人赋诗言志这样的创作模式来理解《敬之》的。是的，后世诗人的诗歌篇章不会出现“两个诗人”在那里说话的现象。就是写“对话体”的乐府体类的诗，也是抒发诗人一个人的心情想法，不会出现“两个诗人在说话”这样的怪事。也就是说，应该统一在一个抒情主体之下，而不能像《敬之》这样。

《敬之》原本就是表现大臣和君主的“对唱”，而将这种对唱联系起来的则是新王登基的隆重典礼。这是先辈学者傅斯年先生发现的。傅斯年先生

---

① 本书在举《诗经》篇章时，一般就难理解的诗篇作“大意”，简要注释就可以明白的，则省略。

根据《尚书·顾命》篇中西周新王登基有大臣对新王陈戒、新王作答词的记录，认为《敬之》是一首新王登基典礼时的君臣对答的诗篇。毫无疑问，这是尊重了诗篇文本自身显示内容的说法。① 按照这样的理解，《敬之》应该如下分章：

> 大臣：敬之敬之，天维显思，命不易哉！无曰高高在上，陟降厥士，日监在兹。
>
> 新王：维予小子，不聪敬止。日就月将，学有缉熙于光明。佛时仔肩，示我显德行。

这也是笔者所要强调的：《诗经》是礼乐的"组成部分"。今天所见的诗篇，在当初属于典礼程序中不同环节的歌唱内容，后来典礼消亡，同一典礼上不同抒情主体的歌唱内容被抄在一起，看似一首诗歌，其实是两首歌或几首歌。即如《敬之》，前六句表达的是臣民对新王的希望，后六句则是新王对臣民希望的表态。这就是典礼歌唱的"歌以发德"。诗就是出自一个人之手，也是为两类抒情主体分作的歌词。麻烦的是，后来典礼消亡，人们把典礼中不同人物的唱词抄在一起，就成了一首诗。再后来的古代注家不加分辨地以"一首诗"的眼光解读，就不免扞格不通了。这就是不假思索地将《诗经》视为"诗集"的结果。

二、《诗经》中的"礼乐"

能证明《诗经》是"礼乐"的一部分的。《敬之》之外，还有一首是《周南》中的《卷耳》篇。

这首诗也包含了两个主体的抒情内容。其第一章：

> 1
>
> 采采卷耳，不盈顷筐。　　采采：茂盛。一说：采了又采。顷筐：
> 　　　　　　　　　　　　　浅筐。

---

① 参见傅斯年：《傅斯年文集·诗经讲义稿》，21～51 页，上海，上海古籍出版社，2012。

嗟我怀人，置彼周行。　　　周行：大路。

　　这句有两种解释，一说是将筐放在大路旁边，一说是所怀念的人像被扔在了大路上（即总不回家的意思），很明显是女子怀念丈夫的情态。可是接下来的三章：

　　2
　　陟彼崔嵬，我马虺隤。　　　陟：爬升。崔嵬：高耸的山峦。虺
　　　　　　　　　　　　　　　隤(tuí)：极度疲惫貌。

　　我姑酌彼金罍，维以不永怀。　姑：暂且。金罍(léi)：青铜酒器。
　　　　　　　　　　　　　　　不永怀：减少长长的思念。

　　3
　　陟彼高冈，我马玄黄。　　　玄黄：马因疲惫而变色。

　　我姑酌彼兕觥，维以不永伤。　兕觥(gōng)：犀牛角状的饮酒器。
　　　　　　　　　　　　　　　伤：伤怀。

　　4
　　陟彼砠矣，我马瘏矣，　　　砠(jū)：土山顶部有石为砠，此处
　　　　　　　　　　　　　　　即山顶的意思。
　　　　　　　　　　　　　　　瘏(tú)：因累而生病。

　　我仆痡矣，云何吁矣。　　　痡(pū)：病。吁：遥远。字通"盱"，
　　　　　　　　　　　　　　　张目远望。

　　三章不外一个意思：因想登高望乡而累病了马、累病了仆人。为此，诗中人还借酒浇愁。诗写到最后一章，诗人终于登上了高山，可还是因为距离太远而望不到家乡。第一章如上所说是写女子思念远人；而这三章所写的诗中人，又是驾车，又是饮酒，明显是怀乡男子的歌吟。这也是"一首诗"含着两个抒情主体。这样的"一首诗"，同样也是难坏了历代的注解家。

　　其实，这也是一首"各说各的"、互表心思的"两首歌"。新近出土的战国竹简文字《孔子诗论》中"卷耳不知人"的说法颇可为证。《诗论》的"不知人"一句，句法如同《论语》中的"以不教民战是谓弃之"。"不教民"即"没有

教过的民"。"不知人"不是"不知道他人"，而是"不相知"的意思。"知"在这里做"接"，也就是交集、交流的意思。①《诗论》这话说的是：《卷耳》是两个久别夫妻"各在天一隅"的歌唱，只是互相思念，并非面对面的情感交流。就是说，与《周颂》的《敬之》一样，《卷耳》虽也是短短的"一首诗"，却需要分成两篇来读。《敬之》的君臣对唱是对应新王登基的典礼，那么《卷耳》的夫妻对唱又对应的是哪种典礼呢？这是个问题。

西周新王的继位登基典礼，是有相关文献记载的，《卷耳》互表思念的"对唱"，也应该是有其对应的特定仪式的，然而这在文献中全无记载。但这就是《卷耳》这首诗的一点独特价值：可以补充既有文献关于周礼记载的不足。《卷耳》虽是一首诗篇，却同样具有历史文献的价值，《卷耳》"对唱"实际可以丰富我们对西周"礼乐"的理解。

这是以典礼的乐歌为眼界、为坐标来读《诗经》篇章的结果（这正是本书讲《诗经》着力要做的一点）。相反，把典礼上的乐歌读成"一首诗"，是不是像戴着手套握手，隔了一层？

三、《诗经》与文明进步

由上简单的举例，就可以体会到这样一点：作为礼乐的《诗经》，是体贴且饱含情感的。而且这种情感很现实、很"人世"，这正是文明进步的精神结果。

早在《诗经》出现之前，先民就会唱歌了。然而，记录歌唱的诗篇却从距今三千年左右开始（《诗经》最早的"周颂"篇章，年代就在此期），这显示的是文明的进步与提升。这里还涉及《诗经·商颂》成诗的年代问题。《商颂》诗篇共五首，自古以来就有人认为《商颂》五首是殷商时期的作品，这样的说法在今天仍有众多信从者。关于这个问题，在此不多谈。笔者是不相信《商颂》为商代作品的。笔者以为20世纪王国维《说商颂》（上、下篇）提出的商颂"盖作于宗周中叶"即西周中期的说法是中肯的、可以信从的。王先生的文章，取证有新材料，论证也更合理。笔者之所以相信这一说法，也

---

① 马瑞辰《毛诗传笺通释》："《墨子·经上》篇曰：'知，接也。'《庄子·庚桑楚》篇亦曰：'知者，接也。'《荀子·正名》篇曰：'知有所合谓之智。'凡相接、相合皆训匹。"

还有其他考虑，这是下面要讲的。先请看一段记载，见于《左传·襄公十年》：

> 宋公享晋侯于楚丘，请以《桑林》。荀罃辞。荀偃、士匄曰："诸侯宋、鲁，于是观礼。鲁有禘乐，宾祭用之。宋以《桑林》享君，不亦可乎？"舞，师题以旌夏，晋侯惧而退入于房。去旌，卒享而还。及著雍，疾。卜，桑林见。

"宋公"为春秋中后期的宋国君主，"晋侯"即晋悼公，晋国一代有为之主，"荀罃""荀偃"和"士匄"为晋大臣。"著雍"为地名，《桑林》为宋国保存的古老殷商舞乐。据《吕氏春秋》等文献记载，商汤得天下后，久旱不雨，无奈，"商汤以身祷于桑林"，因而有"桑林之舞"，是商朝级别很高的乐舞。其名又见于《庄子·养生主》，说明它应该保存到很晚近的时候。上举《左传》说宋君为取悦霸主晋侯，主动为他表演"桑林"之舞。表演开始时，宋国人打出一种叫"旌夏"的旗帜，结果"旌夏"果然"惊吓"，"晋侯惧而退入于房"。堂堂一国之君竟然被舞乐吓得魂不守舍，逃离舞乐现场，以至于生病，"桑林"舞乐的阴森可怖，也就可见一斑了。

这就是殷商文化的阴森鬼魅气息。商汤之舞如此，后来的商朝文化气息也没有大的变化，这可以从考古发现中得到印证。例如，在殷墟发现的殷商高级贵族墓葬，一次殉葬就用了 390 人；又据考古工作者对殷墟乙组 21 座建筑的发掘，发现建筑仪式中被杀掉的人，竟高达 641 名！[①] 为建筑祈福而用人做牺牲这样糟糕之事可谓由来已久，从新石器时代就开始了。但是，如此大规模地用人牲，商代贵族应该算是变本加厉的。这表明什么？只表明殷商人的精神还处于鬼魅缠身的状态。殷商固然有发达的青铜器制造，但是物质文明发达，并不代表内在的心灵世界文明程度提升了，相反，论内心世界的文明程度，殷商还处于巫觋文化阶段。

那么，西周时代的殉葬制度是不是还这样呢？从考古发掘来看，周人墓葬中用人殉葬的现象虽不能说弊绝风清，但确实大大减少。《左传·僖公

---

① 参见宋振豪：《夏商社会生活史》，80 页，北京，中国社会科学出版社，1994。

十九年》说，周人祭祀信奉"六畜不相为用"的原则，这与"人牲"是相违的。殷商时期为建筑宫殿可以杀掉六百多人，西周大型贵族建筑遗址近年颇有发掘，却未见杀人祭奠的现象。这就是文明的进步，就是对鬼魅缠身精神状态的摆脱，因为不用他人为宗教祭祀献身，是尊重生命的表现。《诗经·小雅》中也有一首表现建筑房屋的诗篇，是建筑竣工时的礼乐诗篇，可以让我们领略一下，不用人的生命为建筑祈福的周人展现了怎样的心灵状态与生活情调。这首诗就是《诗经·小雅·斯干》篇：

1

秩秩斯干，幽幽南山。	秩秩：水流清澈貌。
如竹苞矣，如松茂矣。	苞：丛生茂密的样子。
兄及弟矣，式相好矣，无相犹矣。	式：结构助词，有祈愿的意思。犹：图谋。

2

| 似续妣祖，筑室百堵。 | 似续：延续、继承。 |
| 西南其户。爰居爰处，爰笑爰语。 | 户：门。爰：在此。 |

3

| 约之阁阁，椓之橐橐。 | 约：捆绑。古代用木板围槽筑墙，需要用木桩固定，木桩则须绳索捆绑。阁阁：象声词。椓：夯筑。橐橐：象声词。 |
| 风雨攸除，鸟鼠攸去，君子攸芋。 | 攸：所。芋(yǔ)：安居。古本或作"宇"。 |

4

如跂斯翼，如矢斯棘，	跂(qǐ)：踮起脚后跟。棘：宫室四角棱角分明。
如鸟斯革，如翚斯飞。	革：两翼张开。翚：又称雉，羽毛多彩，形体较大。
君子攸跻。	跻：升。

5

殖殖其庭，有觉其楹。　　　　　　殖殖：庭院平正的样子。

有觉：高大貌；犹言觉觉。

楹：官室正面的明柱。

哙哙其正，哕哕其冥。　　　　　　哙哙：明亮貌。哕哕：幽暗

貌。冥：堂奥幽隐之处。

君子攸宁。

6

下莞上簟，乃安斯寝。　　　　　　莞（guān）：蒲草编制的席。

簟（diàn）：竹或荻编织的席。

乃寝乃兴，乃占我梦。　　　　　　兴：起床。

吉梦维何？维熊维罴，维虺维蛇。

7

大人占之：维熊维罴，

男子之祥；维虺维蛇，

女子之祥。　　　　　　　　　　　祥：吉兆。

8

乃生男子，载寝之床，

载衣之裳，载弄之璋。　　　　　　璋：玉器。

其泣喤喤，朱芾斯皇，室家君王。　朱芾：古代贵族服饰，系于

腰间，形似后来的围裙前部，

皮制。

9

乃生女子，载寝之地。

载衣之裼，载弄之瓦。　　　　　　裼（tì）：短袄之类的衣服。

瓦：纺锤。

无非无仪，唯酒食是议，　　　　　仪：差错。字通俄，偏。

无父母诒罹。　　　　　　　　　　诒：留给。罹：忧心。

这一诗篇大体生成于西周宣王时，属于"歌唱生活"的作品。诗篇一开始从房屋建筑周围的景物写起，营造出一派美丽的光景。"秩秩斯干，幽幽南山"是说房子近处有清澈流水，远望则为清幽的终南山色。诗情画意的景与情交融，是中国诗歌文学灵魂性的东西，就是所谓"意境"，它在《斯干》开始的短短两句中出现了。继而是比兴手法。诗篇先对房屋建筑作总体的形容与象征："如竹苞矣，如松茂矣。"建筑的群落，像丛生的竹子，如茂盛的松柏。诗篇的比拟是"绿色"的，以丛竹、松柏比喻房屋建筑的密集高耸，很奇特，突出的是建筑的生气。在这样的好环境中，"兄及弟矣，式相好矣，无相犹矣"。"犹"，图谋也，尔虞我诈也。诗句是说，住在这样的好环境里，兄弟更容易和睦相处、团结一心。

第二章即"似续妣祖"章是讲建筑房屋的地方不是新占的，不是抢夺来的，而是继承的祖业。在这样的祖业福田里"爰居爰处，爰笑爰语"，是幸福的、充满欢声笑语的。第三章则从房屋建筑的实用角度着笔。先说建筑时的着力及所成屋墙的坚实："风雨攸除，鸟鼠攸去。"屋墙舍宇能遮风避雨，还能免于鸟雀和老鼠的侵扰，在这样的房檐下居住当然安好无比了。写房屋说到鸟鼠，浓厚的生活气息扑面而来。房屋单讲究实用，意味上就未免寡淡枯燥了，建筑还要讲究表现生活理想、趣味的形态、姿致，这就是第四章所表达的。第五章"殖殖"几句表现房屋厅堂的明暗大小、楹柱的高大。建筑讲究居住的舒适，这就涉及房屋大小、明暗的安排，此章实际是说建筑的房屋该大的大，该小的小，该明的明，该暗的暗。诗人很懂生活。

写建筑本身，至此已经差不多。不过诗篇并没有就此结束，而是柳暗花明，再现一境，以表达对新建筑吉祥如意的祝福。这就是第五章之后四章所写的。诗人"无中生有"，忽然托出一个梦境，并由此梦境表达对生男生女、多子多福的祝祷。最后一章"载弄之瓦"云云，未免重男轻女，是一点今人看来的瑕疵，倒也不必苛责。值得重视的是诗篇对生活现象的观察与想象，以及流露出来的生活的情趣。

诗篇值得拿出来单说的是第四章："如跂斯翼，如矢斯棘，如鸟斯革，如翚斯飞。"博喻联翩，基本把后世中国古典建筑的审美理想表达出来了。"如跂斯翼"，形容主要建筑的正面形状：如展开双翅的鸟儿，是从正面看建筑的观感。"如矢斯棘",是表现建筑边角齐整。接下来的后两句,则是表现建筑的飞动之势,极富神采。强调建筑结实耐用、遮风挡雨,是表其"风雨不动安如山"的一面,可以说所有人类建筑都有这样的追求。奇妙处在"如鸟斯革,如翚斯飞"(两翼张开)两句对建筑整体飞动之感的描绘。上一章强调结实厚重,是写实用;这一章则是状房屋的飞动升腾之感。中国古典建筑的审美理想,就在诗篇这种厚重与飞动的辩证表述中诞生了。安重与灵动相辅相成,不正是后来古典建筑着意追求的理想?这或许是诗人的观察,更可能是出于想象。因为据考古发现,西周时期高等级建筑屋顶部分"飞起来"的样态,并不是很明显。当然,这也可能是考古发掘有限。不过,再过一两百年,比如到战国时,一些器物图案显示的古代建筑,其飞檐斗拱的灵动形态已经明显存在了。① 这一越到后来实现得越充分的审美理念,在《斯干》这首较早的诗篇中,就已被提出了!既要结实厚重,又要飞起来,这正是中国古典建筑区别于其他民族建筑的特点。因此也未尝不可以说:诗篇为古典建筑立了法。

这就是《小雅·斯干》这首诗所呈现的周人充满审美情趣和生活气息的精神状态。鬼魅缠身的精神状态,是不会这样睁开审美之眼欣赏建筑远近优美环境的,不会这样描绘建筑本身的姿态,不会这样表达对生活的祝福。这一诗篇还属于典礼的歌唱,所依附的礼仪,按《毛诗序》说法是:"宣王考室也",就是房屋宫室的落成典礼。若按照后世房屋建筑落成典礼的习惯,诗篇的"考室"不是彻底竣工之际,而是房屋建筑即将封顶之时,就是说诗篇可能是最早的"上梁文"之类的典礼乐章。不论如何,典礼用优美的诗篇,体现了心灵从巫觋状态解放后所达到的自由,显示的是西周礼乐文明所达到的高度。有人说今天《商颂》的五首诗篇为商代诗篇,那么,就看一下《商颂》中《殷武》篇的最后一章,也描述了宋国人的宫殿建筑:"陟彼景山,松伯丸丸(树干挺直光滑貌)。是断是迁,方斫是虔(砍削)。松桷(方椽)有梴(修长貌),旅楹有闲(高大),寝成孔安。"这样的遣词造句、这样的诗意、这样的歌声,不是更接近《斯干》吗?

不论如何,周人是用美丽的诗篇祝福建筑,与殷商人建筑宫殿用数百

---

① 参见扬之水:《诗经名物新证》,134~163 页,北京,北京古籍出版社,2000。

的人命做牺牲差别巨大。于是，需要追问的是，当时的历史发生了怎样的剧变，才有如此的文明跨越与提升？

三、历史瓶颈突破的精神成就

要弄清这个问题，需要把眼光放远一点。

《逸周书》和《史记》都记载了这样一件事：周武王克商，大家都在庆祝，可是周武王却忧心忡忡。原来，他登高一望，眼见众多的殷商遗民，心事重重。《逸周书》说他"具明不寝"，即彻夜未眠。第二天，周公旦来见武王，周武王就向周公提出了两点建议：其一，在雒邑（今洛阳）建立周王朝的新都城；其二，由周公来接自己的班。武王身体不好，而自己的太子，就是后来的周成王，年纪太轻，所以他想在继位问题上，搞"兄死弟及"，殷商有这样的先例。第二点当时就被周公拒绝了，可是第一点，在三四年周武王去世后，得到落实。上面的第一点，即在洛阳建立王朝的新都城，看似简单，实际涉及一个很大的历史难题，那就是如何使新的周王朝为天下人所接受。这其中自然也包括众多的殷商遗民。

人们会说周武王想在雒邑建新王朝都城，是从军事控制的角度着眼，因为对周人而言，要控制东方，雒邑正处在十分有利的位置（对后来在陕西一带建都的汉唐，洛阳的地利也是如此）。这样说当然不错，也许当年周武王登高一望而心事重重、彻夜难眠，考虑的就是如何有效控制人数众多、地处东方的殷商遗民。然而，不论周武王当时怎么想，当西周初期周人大张旗鼓地在雒邑，而不是在自己老巢镐京建立新的王朝都城，[①] 的确可以产生更多、更大的意义。稍后周人历史文献也正是从这"更多、更大"的意义方面，来诠释雒邑新都的意义。这就是"天下"，是"海隅苍生"的"天下"。"天下"实际是一个无限大的概念，其空间可包括当时人目力所及的范围，同时作为一个生存空间的指称，又关涉所有的人群。同时，与无限大的"天下"相伴，天下"中心"的观念也随之形成。

---

① 西周克商之前不久的都城是丰、镐，见《诗经·大雅·文王有声》篇。克商之后，据《尚书》等记载，大规模的都城建设是在东都雒邑。关于这个问题，可参看日本学者白川静《西周史略》（袁林译，47～53页，西安，三秦出版社，1992）的相关论述。

这个"中心"就是今天的洛阳。早在新石器时代的晚期，洛阳这一带就成为当时文明中心区域的一部分。大约从夏代开始，洛阳一带就被视为"天下中心"了。[①] 而"天下中心"的一个重要含义，就是洛阳这里可以"依天室"（《逸周书·度邑解》），最方便"绍上帝"（《尚书·召诰》），即敬奉上天。就是说，洛阳作为"天下中心"，也是距离天、上帝最近的地方。由此，周人"宅兹中国"（西周早期器何尊铭文）、在这里建新都，也是方便天下人的宗教生活。这仿佛正中穴位的针灸，一下子就可以让全天下的人感到一股热流：周人克商获得天下，并不是周人一家一姓的胜利，而是天下人的胜利。这便是建都雒邑的要义，征诸当时的文献，起码周人是这样宣示的。当周人这样解释他们新王朝的都城建设时，背后蕴含着一种观念的更新，那就是周人要与天下人取得和解，以"天下"可以接受的方式治理"海隅苍生"。换言之，周人这样做，是想以不同于夏商的方式统治"天下"。

要理解这一点，还得从这之前说。

考古发现表明，从大约距今七八千年开始，黄河流域、长江流域及辽河地域，就分布着大量农耕文化人群。举其大端，在黄河流域，其上游有甘青彩陶文化；中游地区有仰韶文化，其发源时间最早；下游山东泰沂山地一带，则有大汶口文化、龙山文化的前后相继。在长江流域，其上游有大溪文化人群，中游的江汉平原有屈家岭文化，下游则有河姆渡文化、良渚文化等。在辽河流域平原山地，也有红山文化。众多文化区域，其间也会有相互的交流影响，但基本上为多元发生，齐头并进。可是向后发展，历史开始进入"铜石并用时代"（大约公元前3500年前后），在华北平原和江汉平原，即在华夏文明的中心区域，又演变成"华夏、东夷和苗蛮"三大文化区域并立的状态。再后来文明的演进发展到夏、商时期，随着王朝建立，历史进入新阶段。从夏开始，王朝政治建立了，发展到商王朝，政治的版图空前广阔。然而，若是将夏、商理解为"天下一统"的王朝，就像后来的秦汉隋唐王朝那样，却是忽略了我们"大地域建文明"的中华文明史的基本特点，是很不切实际的。

实际上，当时在中原地区王朝政治是建立了，可是对于周围众多的其

---

① 参见李学勤：《失落的文明》，114～115页，傅杰编，上海，上海文艺出版社，1997。

他人群，还很难说就做到了政治文化上的统一。统一的努力是巨大的，然而在方法上，却颇为简单，基本就一个字：打。打，即战争征服。看《尚书》中记载夏朝初期历史的《甘誓》篇，当时一个称有扈的人群不服从王朝，王朝即兵戎相见，而且下达的命令是："剿绝其命。"强大的殷商王朝，照样没有改变夏朝以来的统一策略。甲骨文显示，殷商王朝与十多个方国保持着交战状态。[①] 而用于祭祀的大量"人牲"，据说主要来自征战的俘虏。

王国维在《殷周制度论》中说商代王朝与各地方国"君臣关系未定"，指的是这种征战关系。征战手段对形成王朝政治的"一统"不能说没有效果。文献记载，夏王朝初建，禹举行涂山大会，据说执玉帛来朝者有一万邦国。商汤建国，诸邦朝拜，就只有三千了。到周武王灭商时，《史记》说"诸侯不期而会者八百"。由此不难看出，族群林立的状态已经大为改观。人群互相征伐，"大不字小，小不事大"（《左传·哀公七年》语），越打越少。战争淘汰后留下的当然是强硬者，"一统"的进程会因此而越发艰难，实际到殷商后期，这重重艰难已经表现在殷商贵族的精神状态中，那就是上面所说的"鬼魅缠身"，其实也是历史发展遭遇瓶颈时的精神表现。

《史记·周本纪》说周武王是联合了"八百"诸侯一起灭商的。当他登高一望，眼见众多的殷商遗民，难道他就不会想到：配合自己灭商的八百诸侯（其实都是政治没有真正统一的方国），也有可能哪一天联合起来灭掉自己的王朝吗？无论如何，一位靠着战争战胜前朝的政治领袖，考虑在"天下中心"建立新都，在这里"定天保，依天室"（《逸周书·度邑解》），即依靠着上天的神威安定天下，表明他已经开始试图谋求以某种精神力量，而不是以赤裸裸的武力经营天下的新途径了。这就是历史瓶颈得以突破的亮光。

随后，新都建成了。经由对《诗经》篇章的解读，我们还会看到，正是在雒邑这个被视为天下"中心"的"新邑"，最早上演了向"天下"宣示和平，亦即文德政治的治国大策。大约与此相先后，大规模的封建实施了。周家及周家的同盟贵族被分封，大致西起陕甘，东到泰山南北，北自燕山，南达江汉地区。封邦建国，守住战略要地，从而从根本上消除各地人群造反的可能。然而，单靠这样的"体国经野"，并不能真正令辽阔地域上众多人

---

① 参见王玉哲：《中华远古史》，374～390 页，上海，上海人民出版社，2000。

群实现文化上的统一。一个统一的文化人群的缔造，必须在文化上、在生活的趣味上、在人生追求的最高精神的方向上，形成统一的价值系统，从而塑造一种文化人群共同的心理结构、情感样态。文化统一的具体表现就是精神凝聚。这倒不用担心，实际上，从西周开始，一种新文化伴随着封建制度的实施，逐渐创造了出来，那就是西周礼乐文明。

礼乐文明在当时是一种崭新的文化。而"礼乐"一词，最早见于《论语》。孔子说："礼云礼云！玉帛云乎哉？乐云乐云！钟鼓云乎哉？"这样说，很明显是反感那些视"礼乐"为"玉帛""钟鼓"等物质的见识。可是，礼乐在表现形式上的确有一套物质的形态，而且像孔子提到的"钟鼓"之"钟"，在西周时期，其制造还代表了物质生产的高科技，"玉帛"也十分贵重。此外，"礼乐"还有在"钟鼓"伴奏下的动作仪态，亦即仪式等。然而，回到孔子"礼云礼云"的本意，当然是强调"礼乐"中所含有的精神。要了解这"礼乐"的精神，可以研读记载当时各种礼仪的文献，如《仪礼》《礼记》等，还可以辅之以金文材料，然而这样的研求，只会得到"礼乐"的外部表现，难免孔子"礼云礼云"之讥。另一条可达礼乐精神内涵的道路则是研读《诗经》的篇章。道理很简单，因为《诗经》的许多篇章都是当时礼乐仪式上"歌以发德"的歌声，西周一些重要典礼的意义，是通过歌声来宣示的，这也就是"歌以发德"的意思。在这里，倒不妨把本书下面将要讲到的一些精神线索简单一提：

读《诗经》，可以了解先民经由农耕实践在人与自然方面建立的稳定的观念认同。

读《诗经》，可以了解在最初的文明缔造时，胜利者、强者对失败者及众多弱小者的包容。

读《诗经》，可以了解婚姻缔结在人群联合中所起的作用及婚姻家庭在社会中的地位。

读《诗经》，可以了解先民在处理自己与周边人群战争冲突时所取的意态。

读《诗经》，可以了解先民在平复"家"与"国"出现龃龉时所采用的方式。

读《诗经》，可以了解先民在协调社会上下关系问题上所具有的智思。

以上六个方面，其实就是一个民族文化精神传统的基干。它们经由《诗经》的传承，深远地影响着后来的人们。

此外，《诗经》还记录了那个创立了文化传统的时代在结束时的混乱与痛苦，以及由此导致的对社会公正光明的诉求与呼告。后来"百家争鸣"的思想运动实际上正从这些诉求与呼告开始。

同时，《诗经》提出的许多属于生活理想的东西，往往发乎贵族上层。那些普遍的基层民众生活、他们在王朝制度倾斜解体时的情感，则在《诗经》的"风诗"篇章中有着深刻的体现。

读《诗经》，可以领略其文学之美，还有很重要的一点：可以从根源上理解中华民族的文化。

四、怎样读《诗经》

读《诗经》，先要有个预先的态度。

现代称《诗经》的研究为"诗经学"。在古代，《诗经》属于神圣的"五经"之一。"五经之学"，古称"经学"。"经学"地读《诗经》，基本是将其作为先王大训、圣贤大法来诠释传播的。被神圣了的《诗经》，在解释时自然会有些莫名其妙的东西附着其上，例如，汉代以阴阳五行、天人感应来解释《诗经》篇章。这样的态度当然不能延续。可是，今天就有这样的人，拉一个"读者群"，七手八脚抄一些汉唐古书上的"经学"解释，往人的头脑里灌输一些老朽怪论，实在是要不得的。笔者不是说汉唐旧说没有价值，不是！相反地，很有价值。但是，读《诗经》分析古典文学与文化，抄汉唐旧说，时常是愚弄读者。

《诗经》是"经"，又不是"经"。说它是"经"，的确《诗经》是经典著作。说它不是"经"，它不是古人以"圣贤大法"的迷信态度对待的"经"。《诗经》作为经典，首先是一部文化的经典文献。《诗经》不同于唐诗宋词，就在于它是古代先民创生自己文化传统时的歌唱，换言之，西周时代的先民是唱着《诗经》创建自己的文化的。其次，《诗经》也是文学的，的确是它为后来的诗歌文学种下了文学遗传的基因，唐诗宋词的高妙，正以"诗三百"为基石。读《诗经》，只有理解《诗经》的文化内涵，才可以顺畅地理解它的文学内涵。例如，《诗经》中一些婚恋题材的诗篇，只有理解了古人在这方面的特定观念，对诗篇表现方式的理解才有了基本的前提。

今天读《诗经》要有一个时间观念，还要有一个地域意识。就《诗经》创作历程而言，《周颂》《大雅》《小雅》和《商颂》作品绝大多数都为西周作品。"十五国风"《周南》中的有些作品，如《关雎》等为西周作品，其余的与其他"国风"一样，都是东周作品。其中要特别说一说的是《周颂》和《大雅》的许多作品，绝不像古人所理解的，属于西周早期诗篇。早期诗篇在《周颂》中是有的，但《诗经》中许多诗篇的创作是在西周中期。《大雅》最早的诗篇也是西周中期创作的篇章。《大雅》的创作时间要比《周颂》中的一些作品晚，而《小雅》中有为数不多的篇章也属于西周中期，其余大部分作品，为晚期篇章。不过，一些晚期的政治抒情诗，因其体式宏大、作者级别高，也被编入《大雅》，这应该是秦汉时期的儒生所为，与《孔子诗论》所记载的孔子对《大雅》《小雅》前后顺序的说法不同。

"十五国风"多为春秋时期的作品，而且不少篇章是各地域文学的绽放。这就与《周颂》和《大雅》《小雅》皆为西周王朝直属区域的篇章不同了。"十五国风"产生的地域十分辽阔，因而诗篇内容带有明显的地域色彩。例如，孔子曾说"郑风淫"，主要指的是郑地诗篇歌唱的乐调过于曲折委婉（淫，过分），不同于当时"古乐"的典重庄严。实际上这也可以理解为郑地音乐发达，有新的气象。在《郑风》中可以看到这样奇异的爱情现象：在溱渭水畔，春光明媚，男女相悦，唱起"子惠思我，褰裳涉溱"的恋歌，其风情与"礼乐"下表现婚姻关系缔结的诗差别明显。这样带有地域风情的诗篇，在卫地，在齐国，在《唐风》中，还有许多。

读《诗经》，有的时候一首诗需要读作两首歌，例如前面讲到的《敬之》和《卷耳》，他们歌唱于当时典礼中的某些重要环节。有时候，几首诗可能要作一首读，也就是将几首诗篇视为一个整体来理解。诗篇与典礼水乳交融的画面已经散乱了，这里要做的是尽力将这些诗篇置放到典礼的大景象中去。例如下面会讲到的《大武》乐章的三首诗：《武》《赉》《桓》，就必须放到用舞乐表达文治天下这样一个大的语境中来理解。这样的例子还有一些。也许最需要提醒读者的是，解读《诗经》篇章，时刻要有一根弦：诗篇是典礼的一部分，把诗篇与典礼结合起来看，才能读到其中的意味。

解读《诗经》能从根源上了解古代文化，了解古代文学，这是本书要努力做到的。

第二章　西周开国乐："大武乐章"

这回讲《诗经》，顺着这部经典作品中篇章创作的先后顺序讲，这是因为要兼顾这部重要经典的文化含义。过去一般讲《诗经》，多按其编排次序讲，即先讲"国风"，然后再讲"雅颂"（往往"雅颂"篇章又讲得很少）。这样讲的好处是先易后难，且容易讲明《诗经》的文学价值（"风诗"篇章艺术水平高的作品确实要多一些）。然而，想要兼顾《诗经》的文化内涵，不顾《诗经》创作时间的先后，就很难讲好了（且"雅颂"篇章也不是全无艺术水平）。因为《诗经》篇章次第创作，正与文化传统的创生过程形影相伴。

在这一章里，要讲三首见于《诗经·周颂》中的篇章，即《武》《赉》《桓》。其诗依次如下：

武

於皇武王，无竞维烈。	於皇：叹美之词。无竞：无比的，无边的。维：语助词。烈：功烈。
允文文王，克开厥后。	允：实在。文：文德。克：能。开：开创事业的意思。厥：其。
嗣武受之，胜殷遏刘，	嗣武：踵武，前赴后继。遏：制止。刘：残杀现象。
耆定尔功。	耆：终于。

大意：光辉的武王，无比的功烈。文德充沛的文王，开辟了基业。步伐相随地承继文王的事业，战胜了殷商制止了杀戮，终于成就了您的大功。

赉

文王既勤止，我应受之。	止：语气词。应：承。
敷时绎思，我徂维求定。	敷：铺，展开。时：是，这。指周文王开创的事业。"时"为代词"是"，《诗经》反复见。绎：连续、延续地。思：语尾叹词。徂：前往，前进。
时周之命。於绎思！	於：叹美之词，《诗经》常见，如"於铄""於粲"等。

大意：文王已为大业辛劳一生，我继承了他的大业。展开这伟业啊，不断扩大它，我们的进军，只为天下的安定。这是周家的天降大任。啊，继续努力啊！

桓

绥万邦，娄丰年，天命匪解。	绥：安定。娄：多次。字通"屡"。匪懈：非懈，不松懈。
桓桓武王，保有厥士（事），	桓桓：英武貌。保：有，掌握着。士：事，事业。
于以四方，克定厥家。	
於昭于天，皇以间之？	昭：彰显，昭著。皇：遑，疑问词。间：取代。

大意：安定了天下万邦，屡次获得丰年，这是天命不松懈地眷顾的表征。英发的武王，掌握了他的大业，并推广到四方。王朝光辉辉映上天，还有什么能撼动它？

诗篇简短，渊懿古奥，是西周初年作品的风范。而且，据前代和前辈的学者考证，这三首诗是西周建立之初一个宣示周家治国大方向的"大武乐章"中的唱词。因此，讲这些诗，就不能单单地欣赏艺术，而应将三首诗篇还原，还原到当时的"大武乐章"中去，由此看一看诗篇的精神内涵、文明价值及在文学史上的地位。

一、"大武乐章"的背景

周人战胜了殷商王朝，建立新的王朝，面临的考验十分严峻。周武王克商前后，西周人群的数量要远远少于强大的殷商人群，[①] 众多的殷商遗民如何处置，让周初的政治家忧心忡忡。让周王朝政治家忧心的又何止这些殷商遗民？还有更广大地域上众多的大小不等的人群，他们与新王朝将形成何等的关系，也有待周人去处置。例如在今天泰山南北广大地带，还有人数众多的"东夷"，因为殷商人曾在这里生活过，这里的族群大体是拥护商王朝的，所以武王去世后，他们就联合商朝残余的贵族举行叛乱。又如在东南方面的淮水、汉水一带，还有不少的土著居民。有证据显示，商朝灭亡，有些殷商贵族逃难至此，他们敌视周朝的情绪，难免要传染给这里的人。还有在西南方向，虽然周武王灭商时有庸、蜀、羌、髳等八族勇士助战，可若说这里就接受了新王朝统治，事实表明，也为时过早了。

这就是上一节讲的，西周王朝面临的是自新石器以来文化多元发生所造成的结果：族群林立，条条块块，各自为政，不相统一。夏、商两代强大一时的王朝也要改变这样的局面，然而采取的手段却简单而强硬：武力兼并。除此之外，就未见其有另外的鸿谋远略了。然而，在以相对弱小的力量战胜殷商王朝的周人，在周人的领袖周武王"具明不寝"后所提出的"定天保，依天室"建新都于天下中心的大策中，展露了新的端倪。

在"天下"的"中心"建新都，这个决策的重要，在其显露了一种重要的新观念，即"天下"。而"天下"观念的优长之处，就在它可以包容所有人。就是说，周人建立政权的着眼点，并不只在自己，而是兼及其他人群。如前所说，这个决策为后来主政的周公旦实行，与这实际的建设相伴随，还有一个更值得注意却一直被忽略的西周"礼乐"现象，那就是"大武乐章"的演出。就是说，当周人举重若轻地在"天下中心"建起一座簇新的都城时，他们同时还用"大武乐章"的演出为新朝做了精神的开国。

---

① 周武王克商时，记载说带领三千虎贲之士，学者按照古代五家出一卒的惯例反推，周人才有一万五千多户人口，一户就按八口人算，也不过十几万人。这大概就是周武王最可信赖、最稳固的基干人群了。当时殷商人口，保守估计也在百万之众。西周人口与殷商人口的差距还是蛮大的。

二、有关"大武乐章"的记载

"大武乐章"又单称"武""武象""舞象"。先秦各种文献对其多有记载，表明西周建立之初，确实演出过一个名叫"大武"或"武"的舞乐，即诗歌、音乐与舞蹈结合的综合艺术。请看《左传·宣公十二年》的记载：

> 武王克商，作《颂》曰："载戢干戈，载櫜弓矢。我求懿德，肆于时夏。允王保之。"又作《武》，其卒章曰"耆定尔功"；其三曰"铺时绎思，我徂维求定"；其六曰"绥万邦，娄丰年"。夫《武》，禁暴、戢兵、保大、定功、安民、和众、丰财者也，故使子孙无忘其章。

这段话是"春秋五霸"之一的楚庄王说的，背景是邲之战楚国大胜。面对尸横遍野的战场，有人劝他建立一座"京观"，就是修建一座巨大的丰碑式建筑。楚庄王回答：我不能那样做。这次的战争胜利，根本没有什么好纪念的。他接着说：周武王当年克商胜利，制作了名为"武"的乐章，是因为那场战争的胜利取得了"禁暴、戢兵"等七种大德，可自己的胜利连一"德"也没有。而且，现在躺在战场上的尸体，不论敌我，都是为国事丧命的人，哪个又是该用"京观"镇住的大奸大恶呢？这段话，非常具有悲剧的情怀。不过，这里关注的是，楚庄王说武王克商作过"颂"，所举"载戢干戈"等四句，见于今本《诗经·周颂》的《时迈》篇。他还说："又作武。"所举的诗句，"其卒章"即《周颂》的《武》。

很幸运，《左传》记载的"大武乐章"所歌唱的几首诗篇，居然都在今天的《诗经》传本中。楚庄王还概括了"大武乐章"的七种美德，大意就是：禁止强暴、结束兵戈、保持强大、巩固功业、安定百姓、谐和大众、丰富财物。"大武乐章"是表演战争胜利的，却可以概括出如许的"德"，这就是"止戈为武"的意思。笔者曾带学生到陕西周原博物馆参观，博物馆的朋友特意指给我们看：周人下葬时陪葬的兵器锋刃部分，是砸弯了的，表示在另一个世界不再打仗的意思。这也是"止戈"，与楚庄王说的"武有七德"是气脉相通的。

上面《左传》的记载是比较早的，此后，《荀子》《吕氏春秋》和《礼记》对此都有记载。特别值得注意的是《礼记·乐记》中关于“大武乐章”的记载，内容是孔子回答一个叫宾牟贾的人提问。谈话涉及不少“乐章”细节。先看下面一段：

> 宾牟贾侍坐于孔子……曰：“夫《武》之备戒之已久，何也？”（子）对曰：“病不得其众也。”“咏叹之，淫液之，何也？”对曰：“恐不逮事也。”“发扬蹈厉之已蚤（早），何也？”对曰：“及时事也。”……

说乐章的开始部分节奏缓慢，似乎有所戒备，其含义是怕军事行动得不到大众的支持。“咏叹”“淫液”是说乐章的音乐演奏相对舒缓，声腔摇曳。按照孔子的话说，是怕事情没有准备好。“发扬蹈厉”的话，应该说的是舞乐进入主体部分后，音乐铿锵，舞蹈激烈，表示的是：克商时机到了，不再犹豫徘徊了。《礼记》这部文献相对晚出，但早有前辈学者说过，《乐记》应该为先秦儒家所作，而且，如此具体地描绘“大武乐章”的开始部分，真给人亲眼看过的感觉。下面的文字也是如此。

接下来的谈论对了解大武乐章的结构和意味，更为重要：

> 子曰：“……夫乐者，象成者也。总干而山立，武王之事也。发扬蹈厉，太公之志也。武乱皆坐，周、召之治也。且夫武，始而北出，再成而灭商，三成而南，四成而南国是疆，五成而分，周公左，召公右。六成复缀以崇天子。夹振之而驷（四）伐，盛威于中国也；分夹而进，事蚤（早）济也；久立于缀，以待诸侯之至也。”

这段文字，首先说明了一点：“大武乐章”是象征成功的。后来文献称“大武乐章”为“武象”“舞象”，就是因为这一点。

其次，还涉及四个人及与之相配合的三个舞乐形象：

一是周武王的“总干而山立”。所谓“总干”，就是手把干戚，“山立”即正面而立。

二是姜太公的“发扬蹈厉”。是说姜太公在克商战场上的威猛，《诗·大雅·大明》篇表现牧野之战，写到战场上的姜太公，有“维师尚父，时维鹰扬"的语句,"师尚父"指姜太公,又叫姜尚,当时尊他为"师尚父";"鹰扬"形容战场上的姜尚好似鹰击长空,也就是上文"发扬蹈厉"要表达的意思。

三是"武乱皆坐"与"周、召之治"。涉及两位周初重要大臣,一是周公旦,一是召公奭。他两位与姜太公先辅佐周武王克商,继而辅佐周成王(姜太公则受封齐国)。"武乱"①时有一个造型,就是演出者"皆坐",《乐记》说,这表示的是周公和召公配合的文治天下即将开始。以上是"大武乐章"的主要内容与关键点,交代的是看舞乐的舞蹈造型,应该知道是在表演什么。

最后,交代了很重要的一点:"大武乐章"一共"六成",就是说它是由六个段落节目组成的。这也与《左传》楚庄王所说"其六曰"相合。"始而北出"是交代舞乐的开始,可以与上面说的"备戒之已久""咏叹之,淫液之"合起来看,就可以对舞乐开头部分有较多感受。第二成即"再成而灭商",则是表演灭商内容,这一节应该重点表现武王和姜太公,"发扬蹈厉"应该形容的是这部分内容。"三成而南,四成而南国是疆"两节表现的是克商之后,西周军队马上大军南下,不失时机地占领江汉及淮水一带。完成此事的主要人物就是周、召二公。这又为出土器物铭文所证,例如,周初大保玉戈即刻有"王……令大保省南或(国),帅汉"的铭文。这是关于召公的材料。国家博物馆新近展出的回购器柞伯鼎上,有"周公南征"的铭文内容。这是关于周公的材料。这都表明"大武乐章"三四成演出内容是有史实根据的。"五成而分,周公左,召公右",应该是表现周公、召公分治天下。有文献记载周初以河南陕县为界,陕以东由周公治理,陕以西为召公负责。最后一成"复缀(舞乐演出场地上的站位标志)以崇天子"是说舞乐要结束的时候,舞乐表演者又回到原初的位置,即重新围绕在"天子"身边,以示万众一心的意思。舞乐就以这样的形式结束。

不过,在对"六成"乐舞演出次第的交代后,还特意拈出了另外三个表演动作:一是周天子在大臣左右陪伴(表示辅助)下,向四方挥舞斧子,以示威风;二是"分夹而进",实际补充第三、第四两成的内容说明,可知舞台演出时的演出者,到这两成时要分作两队或两排分进合击。三是"久立于

---

① "乱"是上古音乐术语,一般在音乐结束时演奏,"乱"有整理、条理的意思,即在即将结束时再突出一下主题。

缀"，说的是周天子，指他站立在有标记的特定场地，等待诸侯朝拜。与开始的"总干而山立"首尾相应，从而结束舞乐表演。

"大武乐章"很像一出戏，也就是一出戏。有音乐，有舞蹈，有情节，还有着意加以表现的人物和事件，当然还有《左传》的记载，与舞乐相配合的歌唱的诗篇，不是一出戏吗？《左传》记载楚庄王所言，称乐章用了三首诗篇，即见于《周颂》的《武》《赉》《桓》三首诗。接下来的事，就是将三首诗篇与文献交代的"大武"之"乐"联合起来加以观察，以明澈其意蕴。不过，这里要插入一点内容，那就是历来关于"大武乐章"所用诗篇到底有几首，是哪几首问题的众说纷纭。

三、"大武乐章"所歌之诗

这就说到这里的重点，即"大武乐章"所歌唱的诗篇了。《礼记》中曾记录孔子关于诗在礼乐中的作用的一句话，叫做"歌以发德"。意思是：歌唱可以明确宣示礼乐含义。要理解"大武乐章"的内涵，可以"发德"的诗篇当然有同样的意义。惟其如此，历来关于"大武乐章"的诗篇才那样说法众多。

在注解上，把《左传》和《礼记》的记载与《诗经·周颂》的诗篇联系起来的，就笔者所知，是朱熹的《诗集传》。之前，在汉代的《诗经》注解中，基本看不到有哪位学者将《左传》和《礼记》的记述，与《周颂》的诗篇联系起来考察过。到北齐时期，有一位名叫熊安生的儒生说过一句：《礼记·祭统》所言之"武宿夜"，即"大武之乐"（见孔颖达《礼记正义·祭统疏》引）的内容。不过只是这样一说。到朱熹作《诗集传》，才把《周颂》的《武》《赉》《桓》与《左传》有关楚庄王的说法联系起来，加以解释。他这样做，实在有开创之功。还有一点也很可贵，朱熹在解释《桓》时说："篇内已有武王之谥，则其谓武时作者亦误矣。"意思是，诗篇中出现了"武王"这个谥号，那么诗篇肯定不能作于武王在世时。后来的证据表明，朱老夫子这样说也是对的。

研究《诗经》，过去许多学者瞧不起宋人的研究，这些学者自以为懂得训诂学，认为朱熹在这方面不如他们。其实，宋代学者不少的新提法，都为后来的研究所承接延续，"大武乐章"的问题就是。在宋代，还不只朱熹一人注意到这个问题，与朱熹所处时代相同而稍晚的王质，在其《诗总闻》中也提出了相同的问题。不过，也是从王质开始，不再沿着《左传》所提供的"大武乐章"用诗为《武》《赉》《桓》三篇的思路，而是在三篇之外，另寻其他诗篇。这一点，同样被后代学者延续。例如，明代学者何楷在其《诗经世本古义》中，就照着《左传》和《礼记》关于《大武》乐有"六成"的记载，向《周颂》中按图索骥，非要找出"六首"《大武》所"歌"之诗，以凑成《礼记·乐记》所说的"六成"之数。《大武》用诗问题开始变得纷纭复杂。何楷之后，讨论《大武》用诗的，还有晚清魏源的《诗古微》、龚橙的《诗本谊》，近现代则有王国维《周大武乐章考》、孙作云《周初大武乐章考实》、高亨《诗经今注》、阴法鲁《诗经中的舞蹈形象》、王玉哲《周代大武乐章的来源和章次问题》、杨向奎《宗周社会与礼乐文明》等，加起来不下十余家。

这里让我斗胆说一句，王质之后的许多家说法，没有一家是可信的。为什么这样说呢？根本的原因是思路不对头。"大武乐章"按照《左传》和《礼记·乐记》的记载，是有"六成"，可舞乐有"六成"，歌唱的诗篇就一定有六首（个别学者如孙作云，相信乐章只有五首；另外，阴法鲁则认为第五成诗篇今已缺轶）吗？以现在的戏曲为例，有些武打的表演，只有乐器伴奏，根本无需唱词。这样的道理，很遗憾，王质之后的老前辈没有多想，就向《诗经·周颂》现有三十多首诗篇中去找《左传》所言之外的三首或两首。这样一找，结果可就有点五花八门了。像《周颂》的《时迈》（楚庄王很明确是把这首诗与"武"分开来讲的）篇、《昊天有成命》（《国语·周语》明确说诗篇是颂扬周成王的）篇，以及《酌》《般》《维清》等篇，都被拉来凑数了。

讲到这里，我想对一般读者而言，该有点"头大"的感觉了。所以，不能再一一细说上述诸家之说所以不对的理据了。其实，要验证诸家说法的不合理，也不难，只要将上述诸家的说法，亦即将他们所承认的《周颂》诗篇一一放到"大武乐章"的具体情境中去逐一考察一下，其龃龉难合的情况马上就显露出来了。比如《礼记》说乐章已经"始而北出""再成灭商"了，可是看有的学者所"找出"的诗篇，却是表达周人祖庙祭祀祖先的内容。就是说，若按他们对舞乐用诗的理解，周人在灭商的进程中，还要大老远回到祖庙祭祀。哪有这样的事！

总之，说来说去，不如回到《左传》所载楚庄王那段话这一文献原点：既然楚庄王说周武王所作之"武"只有《武》《赉》《桓》三首诗，那么，就应该相信，原本"大武乐章"的歌唱，也就只有楚庄王说的三首，如此而已。下面，我们就按用诗三首的思路，还原一下大武乐章的用诗情况。

四、乐章的还原

《大武》首章之诗是《周颂·武》。上引《乐记》的材料说，舞乐演出是"始而北出"，最后有"总干而山立"的造型。还原当时的演唱，笔者以为"总干而山立"的造型完成之后，马上就是歌声，唱的就是《周颂》的《武》：

> 於皇武王，无竞维烈。
> 允文文王，克开厥后。
> 嗣武受之，胜殷遏刘，
> 耆定尔功。

篇中的"尔"字，可以指天，也可以指周家的祖宗神灵。下面会谈到，"大武乐章"首先在成周雒邑"离上天最近的地方"演出，这时诗篇中的"尔"，指的就是上天。若是回到周家祖庙演出此诗，"尔"就可以指祖宗之灵。还要说明的，这首诗应该是舞乐中的音乐人员演唱的。"无竞维烈"意为"无上的功烈"，是指武王克商而言。"允文文王"则表文王之德，"允"的意思是"实在"。"嗣武受之"是说武王继承了文王的志业。

从《礼记》记载看，《大武》首章演出速度较慢，与"再成灭商"形成鲜明的对比，孔子认为是因为周师"备戒"，"病不得其众"，"恐不逮事"。"总干而山立"应该是第一成结束的造型，象征周人及其联盟者的万众一心。这一造型完成时，《武》的歌声响起。歌声赞美武王，再回溯性地赞美文王开基立业，之后又回到对武王的颂扬，曲折跌宕，有条不紊。

再来看《赉》的演唱情况。《乐记》言乐章"再成而灭商，三成而南，四成而南国是疆，五成而分，周公左，召公右。""灭商""发扬蹈厉"通过舞蹈就可以表演了。"三成而南"即表达周人军队南下，则需要有歌声"以发德"。这时候应该唱的是《赉》，其辞曰：

> 文王既勤止，我应受之。
> 敷时绎思，我徂维求定。

时周之命，於绎思。

此篇是紧接上一篇《武》而来的，《武》说"嗣武受之"，说武王继承文王基业，此诗开始便说"我应受之"，正是承上而来，"我"是武王的口吻，表达的是武王之志。武王或者扮演武王的人在左右大臣的夹持之下，手持象征权力的斧钺，做出向四方砍伐的动作，以此宣示盛威天下。歌这首诗篇十分合适。"三成而南"与二成的"发扬蹈厉"不同，它不是群体舞蹈，而是周王或他的扮演者的独舞和歌唱。此时周师继续南下，武王或他的扮演者上场，高歌《赍》篇，向周家南下之师发布进军命令。同时，也是向天下人宣称，周人进军只求天下和平。第四成犹如后世所谓"过场戏"，以舞蹈形式表演大军南进，攻取南疆。第五成也是以动作、鼓乐为主，演示周公、召公的分治。

最后来看看《桓》。《乐记》言"六成复缀，以崇天子"。到第六成，"南国是疆"攻伐完成之后有一个动作，即复缀，舞者复位。此时，诸侯尊崇天子，歌声再一次响起：

> 绥万邦，娄丰年，天命匪解。
> 桓桓武王，保有厥士；
> 于以四方，克定厥家。
> 於昭于天，皇以间之？

这是第六成即"乱"的部分歌咏。舞者退回原来的位置，簇拥在周王身边，与第一成中的"总干而山立"前后照应。继而音乐进入最后的"武乱皆坐"。在这样的时刻，"绥安邦"的歌声响起，音乐人员合唱《桓》，盛赞丰年，盛赞周家膺承天命，永世太平。"娄丰年"，与《左传·僖公十九年》载"昔周饥，克殷而年丰"相吻合。

五、"懿德"政治的宣示

在《左传·宣公十二年》记载的楚庄王的话中，还有一句话值得郑重交代，那就是楚庄王对"大武乐章"主旨的概括："夫文，止戈为武。"这里

"文"，就是"字"的意味。楚庄王在这里"说文解字"，指出"大武乐章"的基本旨趣就是偃武修文，高扬文治主张。所谓文治，即是德治。楚庄王还说到了武王克商"作颂"，就他所举的诗句看，就是今存《诗经·周颂》中的《时迈》篇。这首诗的创作年代，与"大武乐章"的三首诗相近，都应该是西周早期作品。其诗曰：

时迈其邦，昊天其子之，	迈：万。子之：向儿子一样看待。
奕右序有周。	右：尊崇。序：我。通假字。
薄言震之，莫不震叠。	薄言：动词词头，用在表示一个动作的开端。《诗经》常见。叠：慑。
怀柔百神，及河乔岳，允王维后。	怀柔：安抚。古代战阵之后，要安抚当地的神灵。乔岳：高山。
	允：实在，应当。后：王。古代王、后同义。
明昭有周，式序在位。	有周：西周。国名前加"有"，为上古习惯用法。式：结构助词，有祈愿之意。序：次第。
载戢干戈，载櫜弓矢。	戢：聚集，收起。櫜：韬，即弓箭袋。在此作动词，把弓箭装入口袋。
我求懿德，肆于时夏。	懿德：美德。肆：陈，广布。
	夏：华夏，指周王朝所能统治地区。
允王保之！	保：拥有。

大意：天下有上万的邦国，都是上天的子民，上天特别看重我周邦。我举兵征伐，百神受到震动。我们安抚各种神祇，还有那些高山大川之神，以保我为王为后。上天光辉照耀周家，让周王子孙世代为君。收拾起干戈，将弓箭装囊袋。我们现在追求的是美德政治，让美德广布在这华夏。

"我求懿德"，是诗篇大旨。同时诗篇中有周人自信：他们是天选的，

"实右序有周"可证；也有暴力之气："薄言震之，莫不震叠"两句即是。然而，暴力只是一种前提和手段，诗篇要表达的最终是"我求懿德，肆于时夏"。诗篇的内在结构，仍可以用"止戈为武"来概括。而且，"我求懿德"的诗句，其意蕴正与"止戈为武"的"大武乐章"相通。

这是理解"大武乐章"的脉理。乐章其实可以从两个方面来看，一方面是再现历史过程，另一方面则是宣示克商、周家建立的历史意义。在属于"再现"的方面，"六成"之乐中难免有暴力杀伐内容的展现，如"发扬蹈厉"的舞蹈、"夹振驷伐"的动作，还有可以想象的伴随着威猛舞蹈的激扬猛厉的音乐。然而，这方面的内容，亦即暴力杀伐的展演，在整个的舞乐中，是要尽力加以限制和消除的内涵。这就是乐章中"歌以发德"的诗篇所完成的任务。克商需要暴力与杀伐，然而暴力与杀伐绝对不是"大武乐章"最终要宣示的主张。相反，三首先后相继意脉贯通的诗歌，第一首《武》赞美武王继承文王之志，结束殷商的酷虐；第二首《赉》则宣明周家军队的扩张南下，"我徂维求定"即只是求得天下安定，而且声言：这是周家天降大任。到最后一首即《桓》篇，则更高唱"绥万邦，娄丰年"是"天命匪解"的表征，是周家政权获得上天承认的证明。"止戈为武"，"大武乐章"的演唱正是将武力的夺取归于"天命"，武力的作用只在于"求""天下"之"定"，就是说，不得已的暴力杀伐只是"求定"的手段，是在华夏推行"懿德"政治的过渡措施。一言以蔽之，"大武乐章"力图将周家的胜利，将西周王朝的建立，上推于天，是"天命"在人间的实现。由此，乐章所宣示的意图越发明确：克商的胜利，就是天下人的胜利。"天命"成为周王朝政治合法性的修辞。

六、乐章最初演出的地点

将周家克商、建立新政权的功德上推于天，这与周武王"具明不寝"地思考在"天下中心"建立新都，与西周初年雒邑的实际营建，并在这里举行"四方民大和会"（《尚书·康诰》），都是声气相通的。由此，一种推测就不是毫无道理的："大武乐章"的演出，应该就在成周新邑。

这又与执行周武王遗策的周公旦相关。《尚书大传》说周公辅佐周成王："一年救乱，二年克殷，三年践奄，四年建侯卫，五年营成周，六年制礼乐，七年致政成王。"历来学者承认这段概括大体符合历史情况，其中"五年营成周，六年制礼乐”值得注意。营建成周确是周初大事，既有传世文献如《尚书·洛诰》等为证，又有出土西周早期青铜器诸铭文为证。在西周早期的铜器铭文中，记录“新邑”活动的颇多，相比后来成为西周政治中心的宗周镐京，雒邑出现的频率要高得多。其中周成王时期的《何尊》铭文更有：“唯王初鄹（此字一隶定为“营”，一隶定为“迁”）宅于成周，复禀（称，举行）珷武王/（礼），裸（祭祀术语，以酒祭神的意思）自天，在四月丙戌。”大意是：周成王在新的都城成周举行当年周武王举行的祭天大礼。此外铭文还有“唯王五祀”之语，可以和《尚书大传》相参验。而且，铭文还说：是武王克商后确定了“余其宅兹中或（国），自之辥（乂，治）民”的大策。有趣的是“中国”一词（即居于天下之中的“国”），也最早地出现在了这篇铭文中，“中国”之称呼的出现，距今差不多三千三百年了！

《尚书大传》说周公辅政“六年制礼乐”，所说的“礼乐”就应该包括“大武乐章”。《尚书·洛诰》记载雒邑建成后，在成周新邑举行周成王主持的“肇称殷礼”（始举盛大典礼）、“称秩元祀”（举行初次祭祀）隆重典礼。这一记载，应与《尚书·康诰》开篇所言“四方民大和会”为同一事件。在这样隆重的典礼上演出“大武乐章”宣示周家未来政治的大方向，是很合适的。

这里涉及一个老话题。儒家文献好言“周公制礼作乐”。周公确实“制”过“礼”，也确实“作”过“乐”，但是，周公在短短的辅政其间究竟“制”了哪些“礼”，“作”了哪些“乐”，儒家说法的总体倾向是夸大的，仿佛周公一下子把周代所有“礼乐”都完成了。具体到对《诗经》的解释，许多《大雅》《周颂》的篇章被视为周初作品，就是这种夸大倾向的一个症候。就今天所了解的情况看，西周封建制的全面实施，是在周公主政期间大体完成的，相应的王朝与诸侯之间相处的原则，即所谓“礼”，在这一时期应有所确立。至于“作乐”，就现有的文献看，也只是初步的制作而已。然而“初步的制作”并非不重要，相反，像“大武乐章”这样向天下人宣布王朝未来政治纲领的舞乐，其演出的意义毫无疑问是十分重大的。

最重要的是，“大武乐章”的“止戈为武”的文治主张的意义，不仅限于当时，不仅限于当时安顿天下的需要，它的演出实际也开启了一段重要的文化历程，即文德的建构历程。“礼乐文明”作为一种簇新的文化，不断创建又迅速地被广泛接受，就是因为它的尚“懿德”的精神内涵。就是说，如果西周只有封建制，可能制造的只是相对疏阔的政治方面的"大一统"；然而西周不仅有制度的建构，它还有文化的缔造、精神的缔造。真正起到感召"天下"人群的，并在建立一个统一的文化人群的普遍信念和情感秩序的，正是这"礼云""乐云"的高雅文化。它不仅在当时有功效，它还是后来一个民族文化传统的根干。

这个"高雅文化"的内涵，正是本书想借对《诗经》篇章的解读要加以说明的。不过，现在我们还需要对"大武乐章"的历史地位做一番衡量。

七、诗歌史的开端

在本书的前一章，笔者实际表达了对今传《诗经·商颂》非商代作品的看法。在此，笔者还想趁着对周初"大武乐章"问题的讨论，再多说一些理由。

让我们这样设想一下：假如"大武乐章"只有舞蹈音乐，那么"我徂维求定，时周之命"，以及周家战胜殷商政权而丰年，即显示的是"天命匪解"这样的内容，能够得到清晰而充分的表达吗？回答当然是否定的。原因不难理解：一个诗乐舞的综合艺术，音乐表达相对抽象，舞蹈的表达至多可以象征事件层面的内容，至于像一个王朝的建立对天下人究竟意味着什么这样的含义，是非要关于诗篇的歌唱才可以明确表达的。因此，在"大武乐章"中，诗篇的"歌以发德"就是不可或缺的了。没有它，"大武乐章"就是没有点睛的画龙。因为正是《武》《赉》《桓》三诗的歌唱，明示了周人的政治追求，确定了王朝上承"天命"的政治合法性。诗篇的歌唱，不仅是一场舞乐演出成败的关键，它还关乎周人政权法理基础的宣示。正因如此，诗歌才被牢牢记住（实际的情况也是，周初创作的"大武乐章"是不断被重复地表演的）。也正因如此，"大武乐章"不同于前代的古老舞乐。

在西周之前还有更古老的舞乐吗？是的。文献记载，在西周之前就有所谓"六代之乐"。这方面的记述尤以《周礼》和《吕氏春秋》记之为详。《周礼·春官·大司乐》说"大司乐""以乐舞教国子，舞《云门》《大卷》《大咸》《大磬（韶）》《大夏》《大濩》《大武》。"郑玄注《周礼》，称上述舞乐为"六代之乐"。而《吕氏春秋·仲夏纪·古乐》更记载说："葛天氏"的时代，有一种舞乐："三人操牛尾，投足以歌八阕，一曰《载民》，二曰《玄鸟》，三曰《遂草木》，四曰《奋五谷》，五曰《敬天常》，六曰《建帝功》，七曰《依地德》，八曰《总禽兽之极》。"此外有黄帝时的《咸池》、帝颛顼的《承云》，等等。照此而言，周初"大武乐章"高水准的歌舞，正有其古老的渊源。

不过，远古就有乐舞，可信吗？要回答这样的疑问，可以看看考古发现的彩陶盆图案。图 2-1、图 2-2 都是在青海的仰韶文化遗址发现的器物，很明显，图案表现的是原始时期的舞蹈，而有舞蹈就有歌唱，因此那个时代的先民就有歌唱（唱词就是诗篇）是可以肯定的，这是古籍记载的远古歌舞最可靠的证明。

图 2-1 青海大通县上孙家寨马家窑　　　图 2-2　青海大通县上孙家寨马家窑
　　　文化彩陶盆之一　　　　　　　　　　　　文化彩陶盆之二

可问题是，远古很早就有歌舞，为什么这些歌舞的唱词（也就是诗篇）却茫然无迹了呢？这个问题恐怕很难有周全答案，倒也不是全无头绪。先让我们看看文献记载中这些古老舞乐都表达些什么。例如，据说是黄帝时期的《咸池》舞乐。所谓"咸池"，考诸记载，应是《淮南子·天文训》中所说"日出于旸谷，浴于咸池，拂于扶桑"的"咸池"。原来"咸池"与太阳升起相关。在我国远古时的上天崇拜观念中，日月星辰的正常运行，古人称为"天序"，是最要紧的事。因而可以推测，所谓《咸池》乐舞，是礼敬初升的太阳的。恰好在《楚辞·九歌》中，就有一首《东君》，是屈原根据楚地流传的祭祀歌咏改写的。其"暾将出兮东方，照吾槛兮扶桑"及"絙瑟兮交鼓，箫钟兮瑶簴"的句子表明，《东君》的歌舞也是礼敬初升太阳的。而这样热烈歌舞透露的是生存的主题，礼敬太阳，祈求它按照时序升起，正是人类生存的需要。这样的古老的舞乐，它的舞蹈、音乐、歌唱三者是没有任何意义上区别的，从屈原改造过的《东君》篇也可以看出一点：诗篇形容的，不过是舞蹈和音乐的剧烈热情而已。这与"大武乐章"的舞蹈再现暴力征服的事件、歌声宣扬文治天下的意义差别很大。如此，诗篇的独特作用反而不彰。

再以商汤时期的《大濩》为例。《大濩》其实就是我们在前一章讲到的"桑林"。《吕氏春秋·顺民》言："昔者，汤克夏而正天下，天大旱，五年不收。汤乃以身祷于桑林……用祈福於上帝，民乃甚说，雨乃大至。"商汤的舞乐表现的是在桑林中祈雨祀典。所谓"以身祷"，就等于献身，如果祈雨而天不应，那么祈求者是要为此失掉性命的。商汤有此举动，就是敢于献身，能够爱民的举动。用舞乐再现它，用歌唱赞美它，其表达重点都不外颂扬商汤自我牺牲、心念苍生的功德。诗篇的作用，就像上面讲过的《咸池》一样。

然而"大武乐章"则不同，就舞乐再现的历史而言，只适合周人演出，因为周人战胜殷商这件事，可以有很不同的解释。因此，"大武乐章"要想达到为天下人所接受的目标，必须使用诗篇歌唱，将周家的胜利推演为全天下的胜利。于是，诗歌的作用就变得不可或缺了。由此，歌唱就从原始舞乐中"混然中处"的一个要素，上升到关乎舞乐表达全局的关键地位。

这样一个小小变化，却与当时整个历史文化的重大变迁息息相关。"大武乐章"三首诗篇的"歌以发德"，对于稳固周王朝政治不是至关重要吗？说到底，诗篇所以被记住，所以被称为精神传统的有机部分，是历史重大演进的结果。

第三章 "天命"光耀下的殷周文化融合

在"大武乐章"里,西周王朝向天下人宣示了文治天下万邦的立国大策。在"大武乐章"创制演出的同时,政治上包容"海隅苍生"的"天下"观念也被高高擎起。这样的主张,这样的观念,是否真实,马上就有一个检验的试金石,那就是如何对待殷商遗民,如何处置这些被征服的前朝人群。

这就是我们在这一章里要讲的内容,会涉及《周颂》中的《振鹭》《有瞽》和《有客》篇,《大雅》中的《文王》等篇。

一、"辟雍"里的"白马"贵客

下面我们先来读诗篇,领略一下《周颂》中《振鹭》《有客》《有瞽》的内涵。先看《振鹭》:

振鹭于飞,于彼西雍。	雍:辟雍。以其在镐京之西,称西雍。
我客戾止,亦有斯容。	戾:到达。止:语气词。
在彼无恶,在此无斁。	无斁:不厌倦。
庶几夙夜,以永终誉。	庶几:大概,表示祈愿。

大意:群鹭飞翔,在那西雍。贵客来到,仪容如同白鹭般美好。在他们本国没有过错,在这里做事也从无怠倦。从早到晚敬慎不已,希望他们美好声誉永远相伴。

诗篇的主旨是欢迎客人的到来,是文学史上最早的迎客的诗篇。需要重点说明的是"我客戾止"的"客",所指应为殷商遗民中的贵族人物。《诗经》中对客人有时称"宾",有时称"客";前者如《小雅·鹿鸣》"我有嘉宾,鼓瑟吹笙"。"宾""客"都有"敬"的意思,但所指的对象差别很大。简单说,两者有内外之别。具体而言,"宾"指臣属于周王朝的各诸侯范围之内的来宾;"客"则指的是殷商遗邦家的来访者,也就是来自宋的客人(古代有些文献说"客"也包括夏代之后,未必可信)。《左传·僖公二十四年》:"宋成公如楚,还入于郑。郑伯将享之,问礼于皇武子。对曰:'宋,先代之后也,于周为客,天子有事(祭祀之事)膰(指祭祀用的肉,在此意思是接受周王祭祀后的肉)焉,有丧拜焉,丰厚可也。'"《左传·昭公二十五年》记载诸侯商议救助王室,"宋乐大心曰:'我不输粟,我于周为客。'"两则记载,一则出于郑国人之口,一则为宋国人自言,都是宋人被称为"客"即周家客人的证明。所谓"客",其本义是"恪",亦即"敬"。"宾"也是"敬",然而"敬客"之"敬",与"嘉宾"之"敬"内外也有别。"客"为"敬"外人的意思,在今语中也是可以见其痕迹的,例如,当我们对别人的感谢说声"别客气",这"客气"一词,就含着"见外"的意思。

再来看《有客》:

> 有客有客,亦白其马。
>
> 有萋有且,敦琢其旅。　萋:盛貌。且:多貌。敦琢:雕琢。
>
> 有客宿宿,有客信信。　宿:留住一夜为宿。信:留住两晚。
>
> 言授之絷,以絷其马　絷(zhí):用绳索绊住马腿。
>
> 薄言追之,左右绥之。　追:送。绥:安。
>
> 既有淫威,降福孔夷。　淫:大。夷:大。

大意:周家有客,白马为之驾车。他们有众多随从,衣装都精雕细琢。客人请多住一宿,再多留一晚。拿出绊马腿的缰绳,好将马儿羁绊。(他们离去时)紧紧追赶,(既留不住)就为其做好路上的安排,好让他们一路平安。客人的仪态好风度,上天会赏赐他们大福。

这首诗也是关于"客"的,与前一首不同的是,前一首写的是客人的"戾止"即到来,而这一首表的是留客之情。还有,诗篇中的"亦白其马"句,写客人乘坐白马驾驶的车。文字学家裘锡圭先生有一个说法:根据甲骨文,殷商贵族确实喜欢白马。① 这对于确定诗篇"客"之所指究竟何人，有很大的帮助。这也同样适合《振鹭》中的"我客"。就是说，两首诗的"客"都应该是殷商遗民中的上层。也就是说，两首诗篇一表迎"客"的热情，一表送"客"的惜别。略览诗篇，浓浓人情味溢于诗篇的言表。说到这里，还有一首诗值得介绍，就是《小雅》中的《白驹》篇：

1

皎皎白驹，食我场苗。　　场：场圃，菜园。

絷之维之，以永今朝。　　絷：拴系。

所谓伊人，于焉逍遥。

2

皎皎白驹，食我场藿。　　藿：野菜名。

絷之维之，以永今夕。

所谓伊人，于焉嘉客。　　嘉客：佳美之客。一说，逗留。

3

皎皎白驹，贲然来思。　　贲（bì）：有光彩的样子。

尔公尔侯，逸豫无期。　　逸豫：快乐。豫，乐。

慎尔优游，勉尔遁思。　　慎：认真地，好好地。勉：免，不要。

4

皎皎白驹，在彼空谷。

生刍一束，其人如玉。

毋金玉尔音，而有遐心。　　遐心：远去之心。

这也是一首留客的诗篇。其"絷之维之"的留客做法与《有客》一样，诗篇又称客人为"尔公尔侯"，客人的身份应该也是宋国的高层，而诗篇的"生刍一束，其人如玉"两句赞美客人美妙至极。诗中的"勉尔遁思"之"勉"，容易造成误解，其实该字就是"免"的假借，看新近出土的战国文字，这样的用字借代现象很普遍。句子的意思是劝告客人不要有离去之心，还是有留

---

① 参见裘锡圭：《古文字论集》，232～234 页，北京，中华书局，1992。

客之意，否则诗篇前后矛盾。诗篇生成的年代应比《振鹭》《有客》的年代要晚，浓郁人情味的表达更加醇美。重人情，正是礼乐文化的显著特点。《礼记》说所谓"礼"，不过是"圣人"耕种"人情"之田的产品。读这些迎送客人的诗篇，所言不虚。而"生刍一束"的句子，竟是那样动人！

接下来看《有瞽》：

有瞽有瞽，在周之庭。	瞽：盲人乐工。
设业设虡，崇牙树羽。	业：钟磬架上端的横版。虡（jù）：钟磬架立柱。崇牙：业上悬挂钟磬的突出部分，为牙状。羽：羽毛，钟磬架上的装饰。
应田县鼓，鞉磬柷圉。	应：小鼓。田：大鼓。县：悬。鞉（táo）：有柄的小鼓。柷：乐器名，用以作乐。圉：乐器名，用以止乐。
既备乃奏，箫管备举。	备：全。
喤喤厥声，肃雍和鸣，先祖是听。	
我客戾止，永观厥成。	

大意：目盲的乐工，来到周家王庭。设立乐器的高架，装饰着羽毛和大牙。有小鼓和大鼓，有的可以手摇，有的需要悬挂，还有用来引导节奏起止的柷、圉。准备停当就演奏，喤喤的声响，雍雍的和鸣，献给祖先们听。我们的客人到来了，王朝典礼将显耀王朝非凡的成功。

"周庭"开始"有瞽"，是很令人新奇和兴奋的事。诗篇这样的句子，明显给人这样的感觉：瞽人乐工出现在周家王庭，是才有的事情。那么，这些"瞽"又是什么人？《礼记·明堂位》："瞽宗，殷学也。"孙希旦《礼记集解》引郑注："乐师瞽矇之所宗也。"据此，"瞽宗"之学与歌舞音乐有关。《礼记·明堂位》讲"瞽宗殷学"，是与"頖宫，周学"并谈的，就是说，"瞽宗"之学，应为殷商旧学在西周的延续，而甲骨文显示，殷商时期确实有"乐政"以管理各种舞乐之事。因此，诗篇"有瞽有瞽"的歌唱，应显示的是殷商瞽人艺术家初到西周王家时的情形。他们到来的目的就是"设业设虡""先祖是听",即奏响鼓乐祭祀周人的祖先。就是说,他们是为着周家的祭祀祖先而来到"周庭"的。而在周家方面,祭祀祖先也是为了"观厥成",即显耀王朝的成就。

由以上的简单分析,可知《周颂》三首诗,《振鹭》表迎客之意,《有客》表留客之情,两者风调高度相类,应该是同一时期的作品。表送客惜别之情的《小雅·白驹》,传统说法谓之系周宣王时期作品,观其风格,创作时间应该比《有客》晚。《有瞽》的创作时间,与《振鹭》《有客》也不会相去太远。"有客有客"与"有瞽有瞽"的句式相同,"我客戾止,永观厥成"的"我客"句,又见于《振鹭》,这些都是时间接近的证据。①

另外,三诗还透露了一些其他信息。《有瞽》篇在表现了瞽人演奏的鼓乐后,又有"先祖是听"一句,"先祖"在这里指的是周人的先祖,因而"先祖是听"表明瞽人"箫管备举"的"肃雍和鸣"与周人祭祀祖先有关,就是说这些瞽人来到"周庭"是因为周王室要祭祖。换言之,瞽人将以自己的技艺参加周人的祭祖。诗篇最后的两句是:"我客戾止,永观厥成。"这两句,初读会觉得奇怪,写瞽人演奏鼓乐,怎么忽然冒出这样的两句?细想则不难知晓:原来这些"瞽人"与"我客"有关,他们是由"我客"带来的。"我客戾止"的句子,又见于表迎客之情的《振鹭》篇。由此可知"有瞽"之"瞽",是"我客"带来的,是"我客"带来的礼物。"我客"前来的目的,肯定也包含着参与周王祭祀的内容。

《有瞽》篇:"有瞽有瞽,在周之庭。"说瞽人在周王室之"庭"演奏。那么,诗篇所说的"庭"究竟指何处?可以从《振鹭》的"于彼西雍"句得到答案:瞽人的演奏,也在西雍。何以见得?先来看"西雍"是什么。《毛传》说:"雍,泽也。"是说雍是有水泽之处。晚清学者王先谦作《诗三家义集疏》,专门搜集西汉学者关于《诗经》的遗说,关于"西雍",王先谦引《韩诗》的说法:"西雍,文王之雍也。"所谓"文王之雍"就是辟雍。因其所在之地在镐京之西而称"西雍",是一处由水泽环绕的有亭台殿堂的综合建筑,王朝许多重要典礼就在这里举行。

---

① 这里涉及《诗经》作品断代的问题,对此笔者有《诗经的创制历程》一书,对上述《周颂》诗篇的年代皆有讨论,可以参看。

可是，人们难免要问：《有瞽》只说是在"周庭"奏乐，说"我客"来到"西雍"的，却是《振鹭》篇，两首诗篇各有所表，据以判断瞽人鼓乐演奏就在"西雍"亦即辟雍，是不是武断呢？不是。因为有《大雅·灵台》篇为证。诗曰：

经始灵台，经之营之。	灵台：高台，辟雍的中心建筑。
庶民攻之，不日成之。	攻：作。
经始勿亟，庶民子来。	亟：急切。
	子来：以子承父业的心态前来。
王在灵囿，麀鹿攸伏。	囿：园林。麀（yōu）：母鹿。
麀鹿濯濯，白鸟翯翯。	濯濯：肥壮貌。翯（hè）翯：鲜泽貌。
王在灵沼，於牣鱼跃。	灵沼：灵台周围的水泽。
	於（wū）：叹美词。牣：满。
虡业维枞，贲鼓维镛。	枞（cōng）：钟鼓横架上的牙子。
	贲（fén）鼓：大鼓。镛：大钟。
於论鼓钟，於乐辟雍。	论（lún）：伦，编次，按次序演练、演奏。
於论鼓钟，於乐辟雍。	
鼍鼓逢逢，矇瞍奏公。	鼍（tuó）：鳄鱼皮蒙的鼓。矇瞍：瞽人乐工。公：功。通假字。

诗三章，先写灵台因为有民众自愿出力建得很快；继而描述辟雍的鱼鸟光景，以及周王前来的欢乐气氛；最后一章所表，就与这里所关注的问题相关：矇瞍亦即瞽人在辟雍中演奏钟鼓。旧说这首诗篇是写文王建造灵台的，不可信，因为从风格看诗篇创作时间不可能早到周文王时期。关于诗篇年代问题这里不能多谈，涉及很繁琐的考据。这里只谈第三章所表现的内容。这一章中的"矇瞍"就是"有瞽有瞽"中的瞽人艺术家，这一章就是写他们在灵台辟雍中的演奏。结合前面《振鹭》《有客》"我客戾止""于彼西雍"的诗句，周人的贵客来，欢迎他们的地点在"西雍"，即辟雍；"我客"带

来的艺术家演奏钟鼓，按《灵台》篇显示的"於论钟鼓，於乐辟雍"，也在"西雍"，即辟雍，那么，《有瞽》篇"箫管备举，喤喤厥声"也应该是在辟雍。这不是说瞽人就不在周王室其他地方演奏，而是说在辟雍的演奏最重要，所以诗篇才加以表现。

以上是对《周颂》三首诗和一些相关诗篇的解读。读这三首诗，首先可以明白这样一点：原来《周颂》的诗篇，并不全是祭祀献神的歌唱。《毛诗序》有一个影响很大的说法："颂者，以其成功告于神明者也。"这样说，好像《周颂》的诗篇全都是祭祀乐章。读这三首诗可以发现，《毛诗序》之说，以偏概全。《振鹭》写"我客"的到来，《有客》则表送客时的惜别之情，《有瞽》则写瞽人来到周庭演奏祭神乐曲，都不是"告于神明"即献给神灵的祭歌。《周颂》诗篇共三十一首，属于献给神灵的歌唱是有的，却并非全部，甚至所占不在多数。这个话头我们后面还会专门讲。

现在要谈的是，这些"客"来到周王室，而且周王室又特别为其前来做客制作演奏迎送的歌曲，其背后又有着怎样的历史信息？来自很可能是殷商遗民邦国即宋国的瞽人乐工，在周家演奏祭祖的音乐，又有怎样的历史背景？

二、浓浓"客情"的背后

"有客有客，亦白其马。"所以有这样的诗篇歌唱宋国贵客的到来，其实是王朝宽待殷商遗民政策的积极结果。或者说，歌唱着"我客"到来的诗篇，正是西周奉行融合殷商遗民政策的表现。

请看《尚书大传》卷三《大战篇》中这样一段文字：

> 纣死，武王皇皇若天下之未定，召太公而问曰："入殷奈何？"太公曰："臣闻之也，爱人者，兼其屋上之乌；不爱人者，及其胥余（里落墙壁）。"武王曰："不可。"召公趋而进："臣闻之也，有罪者杀，无罪者活。咸刘（杀）厥敌，毋使有余烈。何如？"武王曰："不可。"周公趋而进曰："臣闻之也，各安其宅，各田其田，毋故（亲旧）毋私（偏私），惟仁之亲。何如？"武王旷乎若天下之已定。

这段对话的内容是，刚刚在战场上克敌制胜的周武王，即将进入商朝的都城时，询问三位大臣对殷商遗民如何处置。姜太公的意思，对殷商遗民，杀一个，少一个。召公的意思是杀掉那些有罪者，所谓有罪者即周人的敌对者。周公的意思与上述二人不同：无罪的不杀，有罪的也不杀；不但不杀，还要让殷遗民像往常一样，有田的，耕自己的田地，有屋的，住自己的屋。武王闻此，顿觉天宽地阔，找到了安顿天下的大方向，那就是善待殷商遗民。

这段记载应有后人的想象成分夹杂其中，然而"各田其田，各宅其宅"的意思，是见于《尚书·多方》篇的。① 就是说，周人克商在很大程度上并不是将殷商全体人民当作战争俘虏处理的。实际的情况是，对反叛者坚决镇压的同时，对殷商遗民特别是上层分子，也采取了给出路的政策，并且极尽笼络安抚之能事。最明显的如封微子启宋国以血食其先王，就是其中一种手段。上面谈到《尚书·多方》，这篇文献记录的是克商之后五年，周公以周成王口吻对殷商遗民上层发布的，其中有这样一句话："迪简在王庭，尚尔事，有服在大僚。"意思是王朝将从殷遗民中选拔优秀人物到王朝中来，委派他们重要职务，在各政府部门服务。这样的意思在《尚书·多士》中也有表达，而《多士》篇的创作时间在周成王七年（据杨筠如《尚书核诂》），当时不少殷商上层之士被迁居至新建成的雒邑。《多士》中再次记录了"迪简在王庭"，"有服在百僚"的话。不过这一次是殷遗民提出来的，应该是在敦促周人实现在《多方》中表述的"迪简"云云的许诺。周公代周成王的回答是："予一人惟听用德。"——我只任用那些有德之人。这样的回答是有现实针对性的。因为《多方》是对"多方"（多邦）的殷商遗民上层讲的话，而《多士》篇的听众，多是曾经参与"武庚叛乱"的人，史书称之为"殷顽民"，所以对他们询问的回答有点冷，尽管如此，也没有完全浇灭他们的希望。

文献记载如此，那么，实际的情况又如何？

要回答这样的问题，最好是求诸西周青铜器上铭刻的金文，因为不少的器物是殷商遗民制作的。西周初期有一件青铜尊，因上刻"鸣士卿"的字

---

① 《尚书·多方》："今尔尚宅尔宅，畋尔田，尔曷不惠王熙天之命？"意思是你们这些殷商遗民现在是"宅尔宅""畋尔田"的，为什么不珍惜？

样，而被称为"鸣士卿尊"；此外因器物铭文有"用作父戊尊彝"及铭文结尾处有"子龚（黑）"的标识字样，器物主人被学者认定属于商代贵族。[①] 那么，器物的铭文记载了什么呢？铭文记载："丁巳，王在新邑……王锡（赐）鸣士卿贝朋。"这里还需要说明的是"鸣士"，唐兰先生据《礼记·月灵》"季春之月，勉诸侯，聘名士，礼贤者"，以为此铭中的"鸣士"即"名士"，也就是贤达之人。如此，殷商殷民中的贤达名士，是得到周王的礼敬的。还有一件20世纪70年代出土于北京琉璃河西周燕国遗址的属于西周早期的青铜器复尊，因器物铭文的结尾有"瘜"字样的家族标识，而被确定为殷商大族之后。就是说当初封建燕国，也有不少殷商遗民随着周贵族来到这里。再看铭文内容："燕后赏复冖（音 mì，罩衣或蒙头布之类）、衣、臣、妾、贝，用作父乙宝尊彝。"一位殷商之后，可以得到燕国君主"臣妾"的赏赐，表明他在很大程度上也是燕国内的主子。记录这样的接受赏赐与恩宠的殷遗铜器铭文还颇有一些。这里笔者想再举一件名为《墙盘》的青铜器铭文来说明问题。

《墙盘》又称《史墙盘》，制作时间为西周中期的周恭王时期。它是与墙这个家族的上百件器物一起出土的，地点就在今陕西扶风县的庄白村。铭文的作者墙为西周史官，所以又称史墙。铭文回顾说，史墙的高祖原是"在微灵处"的，当武王克商时，其"烈祖乃来见武王，武王则令周公舍宇于周，俾处"，是说史墙的祖先投奔周家时，周武王责周公拿出土地给他们居处。按常情，这似乎也可以理解为，史墙家族的到来是由周公招徕的，所以才由周公为他们安排住地。铭文还显示，史墙家族历代都受到周王宠爱，到他的父亲即《墙盘》中称为"文考乙公"的那一辈，就已经十分富裕。这位"文考乙公"就是作册折。作册折生前在王朝任作册之官，也曾铸造过尊、彝、觥等铜器，其中一件方尊上的铭文记载：作册折在周昭王十九年曾受命出使，将一块称为"望土"的土地赏赐给"相侯"。铭文中的"相"，有学者认为

---

① 参见唐兰：《西周青铜器铭文分代史征》，46～47 页，北京，中华书局，1986。另需说明的是，一些金文字体书写不便，直接采用专家隶定的今体字。此外，不少殷商遗民器物，铭文结尾出还常见一些表明器物主人家族的标记，有的是字的组合，如铭文《作册夨令方彝》结尾处有"隹丙册"组合的符号。《鸣士卿尊》的"子龚（黑）"也是其中之一。另外，判断一件器物是否属于殷商遗民，还可以根据"作父戊"这类的言语，因为用十天干称谓已经去世的父祖，据学者考究为殷商习俗。大约到西周后期，这样的称谓方式逐渐消失。

就是"宋"，周昭王"十九年"这个时间点也很值得注意，因为当时周朝与东南边地人群征战正酣。就是在这样的时候，作册析作为一位殷商之后出使，将一块土地赏赐给殷商殷民的宋国，是十分耐人寻味的。这应该显示的是，当王朝与东南人群出现战争冲突时，宋国人明显站在了周人一边且有让王朝感到满意的表现。果真如此的话，也应当看作王朝宽容殷商遗民政策的回报。《史墙盘》之外，史墙的下一辈还有一位叫做瘨的，也铸造了许多器物，其中瘨的钟铭文明确说，自己的祖、父辈在王朝的职责为"典厥威仪"，也就是负责礼乐方面的事务。这一点，应该对我们上面谈到《有瞽》时所说"瞽宗，殷学也"这一点，是很有帮助的。就是说"瞽宗殷学"之中，确有殷商遗民为其成员。

《史墙盘》为西周中期的器铭。盘铭先是叙述周家自文王、武王至周恭王时期的历史，再述说本家族在投奔新王朝之后的家世，俨然是王朝大历史与家族小历史结合叙述的，就是说，这件铜盘器铭制作的立意，就是要述说一个家族在周王朝获得新生。这也不是个案，同一时期的器物铭文显示，有些人在王朝担任教职，例如西周中期铭文《小臣静卣》《静卣》《静簋》和《静方鼎》等显示，一位叫做静的殷商遗民，[①] 曾经在学宫教授"小子"即周贵族子弟和"小臣""夷仆"射箭，并因此受到周王赏赐。而《静方鼎》显示，静还曾接受王命："司女采，司在曾、噩师。"采，应为采邑，而"司曾噩师"则是受命管理驻扎在曾、噩两地的周家驻军。如此的任命，当然是信任的表现。此外，还有一些西周中期的器物铭文显示，一些殷商遗民的后裔已经在周王朝军队中充当将帅。[②]

有上述这些，我想不用再多举例，也可以证明"迪简在王庭"的承诺，无论如何是兑现了一些的。而且，西周王朝对周人以外人员的"迪简"，又不仅限于殷商遗民，西周中期有一件"询簋"，其铭文记载王命询负责管理

---

① 判断静为殷商遗民的根据有三点，一是他的职业，《静簋》显示他曾在学宫教授周贵族子弟及"小臣"等射箭，是为王即将举办的大射礼做准备，他因此受到王的赏赐；还有一点是《静方鼎》铭文结尾有"作父丁宝尊彝"之语。这一点，可参看拙作《西周礼乐文明的精神建构》（石家庄，河北教育出版社，2013 年）第 156～161 页的讨论。最后一点是《小臣静卣》铭文中静自称"小臣"，也表明其身份非周贵族。

② 参见拙作《西周礼乐文明的精神建构》，168～171 页。

"西门夷、秦夷、京夷"等六七种"夷"。这真叫人大开眼界，原来西周王室聚集了大量的"夷"。这些人出现在铭文中，不也显示的是西周奉行"天下"包容观念的积极结果吗？当然，对"询簋"中所记录的诸"夷"，没有看到像对待"亦白其马"的宋国来客那样，为迎送他们制作诗篇。这也不难理解，对殷商遗民采取何种态度，即可以代表周王朝对其他"天下"四方之人的态度了。

至此，可以总结说，西周建立，周人不仅在观念层次举起了"天下"的大旗，宣示了"求懿德"的治国大策，在行动上，也采取了包容的政策，特别是对于殷商遗民。而且，为了优容殷商遗民的上层，王朝还特别制作了待客的礼乐，那就是《振鹭》《有客》等乐章。质言之，这些乐章的出现，正以富有包容精神的"天下"观念为大背景，是王朝追求"懿德"政治的具体表现。

这样的包容，又带来融合，带来礼乐文明创作的丰富。《周颂·有瞽》篇所歌唱的瞽人的到来及他们在"西雍"的"於论鼓钟"，就是这样的表现。

三、辟雍中的鼓乐

《有瞽》篇讲到了瞽人的音乐演奏，在《商颂》中也有一首描绘宋国贵族祭祖音乐的篇章《那》。请看这首诗篇对音乐的描绘：

猗与那与，置我鞉鼓。	猗、那：美盛貌。
奏鼓简简，衎我烈祖。	简简：形容鼓声很大。
汤孙奏假，绥我思成。	汤孙：商汤子孙。奏假：向神表达敬意。绥：安。思：语气词。
鞉鼓渊渊，嘒嘒管声。	渊渊：形容鞉鼓之声。嘒（huì）嘒：形容管乐声。
……穆穆厥声。	
庸鼓有斁，万舞有奕。	庸：镛，大钟。斁：通"绎"，连续而有序。万舞：大型舞乐，包括文舞、武舞。

诗篇描述的钟鼓舞乐，与《周颂·有瞽》及《大雅·灵台》的钟鼓情状颇

为一致，就是说，由《商颂·那》的描绘，可知西周辟雍中的鼓乐之声，确实是有来自殷商的部分。另外，《周颂·执竞》篇"钟鼓喤喤，磬莞（管）将将，降福穰穰（丰厚）"的描述，其音乐也与《有瞽》《那》所表十分相类。而《执竞》篇是正式用于祭祀典礼的乐章，与《大雅·灵台》所言蒙瞍在辟雍"於论"即演练有所不同。就是说，由《执竞》所言乐声推测，殷商鼓乐是用到了周家祭祖先的典礼上的。这与《有瞽》特表"先祖是听"合拍。《礼记·郊特牲》言殷周祭祀用乐差异："殷人尚声，臭味（粮食贡品的香气）未成，涤荡其声；乐三阕（三段），然后出迎牲。声音之号，所以诏告于天地之间也。周人尚臭（粮食气味），灌用鬯臭（伴香草气味的酒），郁合鬯；臭，阴达于渊泉。灌以圭璋，用玉气也。既灌，然后迎牲，致阴气也。"说"殷人尚声"、周人"尚臭"，是可以得到部分验证的。就考古发掘的殷周墓葬中的随葬器物而言，殷商贵族墓葬酒器多于食器，而周人墓葬食器和水器数量则远远大于酒器，看来《郊特牲》说周人"尚臭"，有根据。然而，《有瞽》和《灵台》篇关于蒙瞍瞽人音乐活动的描述，又明确显示周贵族祭祀祖先时对殷商祭祀"尚声"的做法是吸收了的。再征诸诗篇，在《周颂》中有《清庙》一首，属于祭祀开始时的"升歌"，亦即祭祀开始的序曲。《礼记·乐记》说此诗："《清庙》之瑟，朱弦而疏越（越，音箱部位背面的孔），一倡而三叹，有遗音者矣。"这与"尚声"的殷商祭祀"涤荡其声"不是颇为类似吗？又《尚书大传》说祭祀周文王时"升歌《清庙》之乐"，而所谓"升歌"，就是登堂而歌。据《周礼·春官宗伯·大司乐》记载"大师"之职，有"大祭祀，帅瞽登歌"一项，很明显，瞽人乐工及其歌乐是参与到了周人祭祖礼仪中的。

读《有瞽》，实际看到的是周人对殷商文化的学习，并由此带来吸收与融合。说到对殷商文化的学习，是从周文王就开始的。《逸周书》说，周人自文王开始就"修商人典"。这在当时不会出于不得已，因为周人崛起迅速，百年之间由一个偏远的蕞尔小邦而迅速升进为一个强大的政治邦国，善于学习应该是一个很关键的因素。值得注意的是，当周人克商建立新的王朝之后，周人也并没有丢弃学习的精神。《尚书》中有《康诰》一篇，记录的是周初封建时周公对第一代卫国君主康叔的告诫。其中有一项，就是向殷商学习。周公告诫康叔"祗遹（敬遵）乃（你）文考（亡父称考）"，恭行先王周文王的做法，告诫他"绍闻衣德言，往敷求于殷先哲王，用保乂民"，即广泛征求殷商前代有智慧的先王的做法，用来治理国家人民。又嘱咐康叔说：到了殷商故地，就离那些"商耇成人"即老成人不远了，要从他们那里"宅心知训"，即听从他们有关政治心术的建议。另外，还要"别求闻由古先哲王，用康保民"。"别求"即"遍求"，遍求殷商先哲王的智慧，用来保护人民的安康。如此，周公说，就可以"弘于天若，德裕乃身，不废在王命"——就能顺应上天，让德性充实自己，顺利完成王命。

这就是一种精神。要知道，周公提到的学习对象，是被周人征服的殷商遗民；也不要忘记，告诫康叔学习殷商"先哲王"时，离周人克商的时间还没有多远，甚至两个人群之间的敌对情绪都尚待消解。克商之后，周人就张出"懿德"政治的大旗安抚天下，就提出"天命"的观念来阐发自己的胜利，就宣明以"天下"心胸包容海隅苍生。然而，任何观念的提出，都可以是一种修饰、一种装潢，说说而已。然而，由《振鹭》《有客》，人们可以读到对殷商人的客气的招待；读《有瞽》，可以看到对殷商文化的吸收。前者，也还可以视为一种姿态，然而后者，即《有瞽》篇所展现的文化吸收，则就不容易以"作态"视之，那是实在的吸收。这吸收，如上所说，又与自周文王以来的学习精神有关。这才是真的"见精神"表现。也惟其如此，才显示了周人的自信，文化的创造才会那样富于光彩。

四、在"天命"光耀下

上面讲过的《周颂》三诗显示了宋国贵族在新王朝贵客的身份，同时也显示了他们曾经为周王室祭奠祖先带来矇瞍乐工。那么，这些尊贵的"我客"又在周家的祭祖中有怎样的表现呢？《大雅·文王》对此有表现。诗曰：

1

文王在上，於昭于天。	於（wū）：叹美之词。犹言昭昭。
周虽旧邦，其命维新。	旧邦：周人自言其邦国始建于尧舜时期。维新：常新。
有周不显，帝命不时。	不显：丕显，显赫。不时：丕时。时，善。此句言周人获得天命眷顾。
文王陟降，在帝左右。	陟降：上下往来。《诗经》固定语，用

来表现神往来于天人两界。帝：上天，
最高神。周人相信，周家获得天命，
从文王开始。

此章是说，周文王的在天之灵，是负责沟通天人的媒介。

2

亹亹文王，令闻不已。　　　　亹（wěi）亹：勤勉奋进貌。

陈锡哉周，侯文王孙子。　　　陈：申，重复地。锡：赐。哉：在。
侯：维，语助词。

文王孙子，本支百世。

凡周之士，不显亦世。　　　　亦世：世世。

此章言周文王后代绵延，正是文王之德的福报。

3

世之不显，厥犹翼翼。　　　　厥：其。犹，依然。翼翼：恭敬貌。

思皇多士，生此王国。　　　　思：叹美词。

王国克生，维周之桢。　　　　桢：根干。

济济多士，文王以宁。

此章言文王子孙众多，文王之灵得到安慰。

4

穆穆文王，於缉熙敬止。　　　缉熙：光明。句谓文王持续不断追求
光明，具体表现就是敬上天。

假哉天命。有商孙子。　　　　假：大，伟大。

商之孙子，其丽不亿。　　　　丽：数，数目。

上帝既命，侯于周服。

此章转而表现祭祀典礼场合上的殷商子孙。

5

侯服于周，天命靡常。

殷士肤敏。祼将于京。　　　　肤：美。敏：机敏。

厥作祼将，常服黼冔。　　　　祼将：将酒献给神灵。黼（fǔ）：绘有黑
白相间斧形花纹的礼服。冔（xǔ）：殷
商礼帽。

王之荩臣。无念尔祖。　　荩臣：近用之臣。

此章言殷商子孙在周家宗庙助祭，穿戴的是殷商礼服。

6

无念尔祖，聿修厥德。　　聿：语助词。

永言配命，自求多福。　　配命：接受命运的意思。

殷之未丧师，克配上帝。　　师：大众。意思是说：殷商当年也是
　　　　　　　　　　　　　　　代表上天统治万民的。

宜鉴于殷，骏命不易！　　骏：大。

此章劝殷商子孙承认天命的变化，在新王朝努力修德，自求多福。

7

命之不易，无遏尔躬。　　遏：止。此句的意思为不要停止努力
　　　　　　　　　　　　　　　以合乎上天的要求。

宣昭义问，有虞殷自天。　　问：闻，好名声。
　　　　　　　　　　　　　　　虞殷：揣度，以上天为准则。

上天之载，无声无臭。　　臭：气味。

仪刑文王，万邦作孚。　　仪刑：取法。刑即"型"，取法。
　　　　　　　　　　　　　　　孚：信任。

此章回到正题，奉劝周文王子孙取法乎文王，统治好万邦。

　　诗篇共七章。第一章先从文王赞起，赞美其在天之灵保佑王朝。第二、第三章则赞美文王子孙众多，言文王之灵因此会感到安慰；其中"周虽旧邦，其命维新"的句子十分警策。第四章在赞美文王子孙持续不断地恭敬上天、兢兢业业治理天下之后，笔锋一转，转向对正在助祭的"有商孙子"即殷商后裔的赞述。第五章承着前一章的端绪，先言这些人数众多的先朝后裔接受天命，在周家服务；继而述说眼前之景：殷商子孙头戴殷商礼帽在周人祭祖的大典上充当助祭的角色。有文献说，当年孔子读到这一章，喟然长叹。当然感慨的是"曾几何时"啊！继而，第六章又是一转，言及殷商子孙的祖先，称述殷商人曾经获得天命眷顾的历史，也是由于天命眷顾而有天下。在这一章，诗人还提出"宜鉴于殷"的警示。对殷商后裔，这是从天命角度劝勉他们安于现实；对文王子孙，则是提醒他们天命无常。由此，

诗篇进入结尾的一章，告诫参与祭祀的所有人，应取法周文王。诗篇说得明白，上天的法则无形无相、难以捉摸，然而，周文王的人生却是典范，极好地体现着天意天道。所谓"观乎圣人，则见天地"，取法周文王，就等于遵从上天的法则。

诗篇并非献给文王的祭歌，而是唱给祭祀在场所有人的。其中最耐读的是写给"有商孙子"的那些诗行。"仪刑文王，万邦作孚"的期许当然最适合在场的那些周文王子孙。然而，因为周文王是上天法则的体现，"仪刑文王"的要求，又未尝不可施于在场那些助祭的殷商子孙。这样说，或许还不够准确，"仪刑"的要求，对助祭的殷商子孙，与其说是要求，不如说是鼓励。诗篇是很擅长做思想工作的。为了安抚殷商子孙现有的天命，诗篇毫无保留地承认殷商祖先也曾得天命，合法地治理天下。这实际也是在说，不是周人抢夺了殷商政权，王朝的更迭，源于不可抗拒的伟大上天。然而，不可抗拒的上天又是包容的。殷商子孙，有其为祖先曾有业绩自豪的权利，也有在新的天命安排下"自求多福"的可能。"仪刑文王"的要求是开放的，在"上天"富于包容的伟大原则光耀下，任何人都可以自新其命。对在场的殷商子孙而言，在如此隆重的典礼中，在周人最尊崇的神灵前，诗篇如此歌唱，如此郑重地宣示，不是巨大的鼓励吗？这也是慷慨的接纳，任何人只要自新其命，都可以获得荣耀。诗篇是宣示原则的，可说的又是那样入情入理，诗篇不说殷商因丧失天意而失去政权，只说"殷之未丧师，克配上帝"，委婉的修辞，是体贴的、照顾听者感受的劝慰之语，因而，激励的作用应该更大。

经以上对《周颂》及《大雅·文王》等篇的解读，可以得到这样的认识：西周不仅提出了天命、天下的包容观念，在实际的王朝政治生活中，他们也在包容殷商遗民、吸收殷商文化方面，做了实际的事情。努力将某些观念，落实为生活的现实。这样的表现，就是精神健旺的表现。笔者在前面也说过，《诗经》篇章在西周的问世，是历史瓶颈突破后的精神果实。读上面的雅颂诗篇，可以使我们这些三千年后的读者，对当时为"突破"所作的巨大努力，有更具体、更感性的认知，这就是"诗可以观"的作用。古老的甚至可以称之为艰深的诗篇中所包含的意蕴，也颇能令人感动。这应该就是"诗可以兴"了吧。

第四章　祭祖：颂歌献给谁

　　笔者初读《诗经》，有好长时间不喜欢《周颂》作品，原因是以为全与鬼神有关。其实是不懂。后来慢慢理解，《诗经·周颂》并不都是古板的祝祷，而是有情感的诗篇。不仅如此，其中有些篇章表现的是西周文化的精神，标志的是当时精神文明的境地。这些，都是下面要讲的内容。

　　《诗经》有"三颂"，即《周颂》之外还有《鲁颂》和《商颂》。《商颂》共五篇，创作年代为西周中期，除了《那》篇之外，其他篇章的体式似《大雅》《小雅》中的一些篇章。《鲁颂》的篇章体式也像《雅》的作品，年代则晚很多，一般认为系春秋早期作品。这里仅重点谈《周颂》，还要联系《大雅》《小雅》中的一些诗篇。

一、颂歌献给谁

　　读《周颂》篇章，先得要问这样一个问题：颂歌献给谁？

　　1.《周颂》不全是献神歌

　　古代影响广大的《毛诗序》给"颂"下的定义是："颂者，美盛德之形容，以其成功告于神明者也。"就是将王朝的"盛德"，表现为"歌唱＋舞蹈＋音乐"的祭祀歌舞，上告天地神明。照这样的说法理解《周颂》诗篇，一定会形成这样的印象：《周颂》三十一篇，全都是"告神明"的祭歌。当今一部很流行的《中国文学史》就是这样概括的。其实，远不是这样一回事。

　　在前面第三章，我们一起读过《周颂》的《振鹭》《有瞽》和《有客》，很明显，三首诗都不是献给周人祖先的诗篇。另外，前面还谈到《敬之》，那也不是献给神灵的。又如《周颂·小毖》篇唱"予其惩而毖后患"。连《毛诗序》

也只说它是"嗣王求助也"的诗，并不说它是祭祀篇章。有些诗篇貌似祭祀乐歌，细看也有问题。例如，《周颂·执竞》："执竞武王，无竞维烈。不显成康，上帝是皇。自彼成康，奄有四方，斤斤其明。钟鼓喤喤，磬筦将将。降福穰穰，降福简简，威仪反反。既醉既饱，福禄来反。""执竞"就是强大的意思，从这个词看好像诗篇是祭祀武王的，可是接下来就是"不（丕）显成康，奄有四方"，说到了周成王、周康王，诗称王朝自从成、康两代开始才终于"奄有四方"。之后，就是对祭祀声乐的夸赞。诗篇中三位先王并举，到底是祭祀哪位先王？三位先王放在一起颂扬，起码是告诉我们周人的祭祀样式很多。类似的例子还有《周颂·清庙》。诗曰：

於穆清庙，肃雍显相。　　　相：助祭者，即陪伴祭祀主人周王的公卿诸侯。

济济多士，秉文之德。　　　多士：指文王的子孙后代。

对越在天，骏奔走在庙。　　对越：对扬。在天：在天之灵。

不显不承，无射于人斯。　　不：丕。承：烝，善。

大意：庄严肃穆的宗庙，严肃虔诚的助祭者。众多的文王子孙济济一堂，个个都有文德。对着祖先在天之灵，人们在为祭祀忙碌。多么显赫，多么善美，这些祭祀中不懈怠的人们啊。

《毛诗序》的说法是："《清庙》，祀文王也。"参照其他相关文献，《毛诗序》这样说，也有其合理成分，诗篇确实与祭祀周王有关。可是，要说诗篇表达的内容就是向文王之灵献祭，又是不合诗篇内容实际的。诗篇只是赞美清庙的肃静和祭祀参与者有德而已，应该属于祭祀典礼中的"升歌"，就是《礼记·祭统》《明堂位》等所谓"升歌《清庙》，下管象"的"升歌"，如是而已。那么，什么叫"升歌"？《周礼·大司乐》记载，在隆重祭祀场合，大师（乐官）是要"帅瞽（盲人艺术家）登歌"的。所谓"升"，就是"登"，升歌就是登堂而歌。如此，《清庙》的诗篇，只是祭祀典礼开始时的"序曲"之类的乐歌。

这就是说，如果在读《周颂》的篇章时，眼光就限定在《毛诗序》"告神明"的框子里，许多篇章的主旨就会被看偏。实际考查《周颂》各篇，那些看上去很像祭祀题材的诗篇，其实有两种，一种是用于献神的乐章，一种则是与祭祀神灵有关的篇章。后者，说是与"祭祀神灵有关"，不同篇章的"有关"程度还有远近不同的差别。说起来，真正唱给神听的诗歌是有限的，充其量占全部《周颂》篇章的一半左右。

2. 祭神献歌也不平均

那么，这些占《周颂》一半左右的献神之歌，又是唱给谁听的呢？是不是哪一位死去的先王都可以得到诗章的颂扬呢？绝对不是。就现有的《周颂》及《大雅》诗篇看，获得献歌最多的是周文王，其次是周人的始祖后稷，最后才是周武王。此外，还有一种较为特殊的诗篇，就是祭祀周文王祖父太王迁居岐山周原的赞歌。另外，《周颂》中有一首《昊天有成命》是赞美周成王的，成王之后的康王，只是在上面举过的《执竞》篇出现了一下。至于康王以下各王，就是连"出现一下"也没有了。就是说，再也没有专门献给他们的颂歌了。

现在我们就看看《周颂》中单独献给周文王的诗篇。这样的诗篇有《维天之命》和《我将》两篇：

维天之命：

维天之命，於穆不已。　　　　　　於穆：叹美之词。

於乎！不显文王，之德之纯。　　　纯：大，美。

假以溢我，我其收之。　　　　　　假：嘉。溢：赐。

骏惠我文王，曾孙笃之。　　　　　曾孙：周王祭祀时自称曾孙。

大意：天命永恒，庄严正大。啊，显赫的文王，德行纯美无瑕！他将美好赐予我们，我们接受它。我文王伟大的恩赏，愿曾孙恒久安享。

我将：

我将我享，维羊维牛，　　　　　　将：持。享：献。

维天其右之。　　　　　　　　　　右：保佑。

仪式刑文王之典，日靖四方。　　　仪式刑：三字皆为取法、效法的

　　　　　　　　　　　　　　　　意思。刑，通"型"。

伊嘏文王，既右飨之。　　　伊：语助词。嘏（gǔ）：受福。

右：劝侑。飨：献祭。

我其夙夜，畏天之威，于时保之。　夙夜：早晚。在这里是日夜努力

的意思。保：有。

大意：献上我们的牛羊，愿上天保佑。取法文王的典则，不断地安定四方。接受文王的赐福，同时也献祭文王。我们将夜以继日地努力，敬畏天威，永保天命的眷顾。

这两首，都是祭祀献神的歌曲。前一首赞美文王的美德，并感谢他对后代子孙的恩惠。很明显是唱给周文王在天之灵听的。《毛诗序》说："太平告文王也。""告文王"就是祭祀文王，这一点是可信的。

后面一首，先是说将牛羊献给上天，之后又说取法文王，安定天下，最后言敬畏上天继续文王事业之意。很明显，诗篇所表，是用牛羊同时祭祀上天和文王。这样的祭祀礼仪，《毛诗序》说是："祀文王于明堂也。"所谓"明堂"，就是在前一章我们读到的《振鹭》中的"西雍"，也就是《大雅·灵台》篇中"於论鼓钟"的"辟雍"。辟雍为水泽环绕的礼乐性建筑，其建筑的中心就是"灵台"，"灵台"之上则有"明堂"。所谓"祀文王于明堂"就是以文王之灵配天，就是将文王的在天之灵与上天放在一起加以祭祀。有一点，应当提醒给读者，就是在《周颂》中，实际找不到一首单独向上天献祭的诗篇。这不是说西周人不祭上天，他们是祭的，只是不孤立地祭，而是从先王中找出一位来配合而祭。这被选中的先王，就是周文王。这样祭祀，其背后的观念起源很早。在甲骨文中，人们就发现，上天的"帝"有"帝庭"，而且"帝庭"里有人间各族群的王灵，是地上各人群在天上的代表。地上的人要想与上帝联络，如祈求消灾、祈福等，是要通过自己在帝庭的代表来实现的。《大雅·文王》篇第一章说"有周不显，帝命不时。文王陟降（上下往来），在帝左右"，就是说周文王在天之灵有沟通天上与人世的重要地位和作用。也就是说，周文王被周人视为自己在天界的代表。

周人既然这样看周文王，与祭祀他相关的诗篇多也就不奇怪了。除了《维天之命》《我将》两首献歌之外，上面说过，《周颂·清庙》也与祭祀文王有关。此外还有《周颂·维清》："维清缉熙（光明），文王之典。肇禋（肇在

西土），① 迄用有成，维周之祯。"短小的篇章，从内容看也与祭祀文王有关。如此，《周颂》中祭文王或与祭文王相关的诗篇，就有《清庙》《维天之命》《我将》《维清》四篇。然而，与祭祀文王有关的诗篇还远不止上述几首。《周颂》中还有一首《天作》，也有一半内容是关于文王的。此外，《大雅》中的《文王》《大明》《思齐》《绵》和《皇矣》，也都与祭祀文王有密切关联。

如上所说，西周祭祀献歌以献给周文王的为最多。其次是后稷，后面才是周武王。再来看看后稷：《周颂》中有一首《思文》篇专门献给这位周人的始祖；在《大雅》中则有《生民》一首长篇讲史的诗篇，赞述后稷的英雄传奇。先看《思文》：

思文后稷，克配彼天。	文：文德，大德。
立我烝民，莫匪尔极。	立：存留。匪：非。极：屋顶大梁，引申为则、德。
贻我来牟，帝命率育。	来牟：麦类作物，此处泛指粮食。率：统统地。
无此疆尔界，陈常于时夏。	陈：布。常：总是。时夏：华夏。时，是。

大意：伟大的后稷，有上配皇天的大德。让苍生得到食粮，都是您的恩泽。留下作物的嘉种，是上天要万民存活。不分你我疆界，将作物广种华夏才是重要的原则。

诗篇明显是献神的，因为用了"尔极"一词，其中的"尔"，就是今天第二人称的"您"，是面对后稷神灵献歌的口吻。诗篇很值得注意的是"立我烝民，莫匪尔极"一句，话说得很重，给人的感觉好像是因为有了后稷，古人才有了粮食吃，才得以存活于世。这样说，又好像是说到了周人始祖后稷出现，古代才有了农业似的，这不明显与古代农耕历史的发展史实相违背吗？不用说考古发现早在距今八九千年前，中国的古人开始了农耕生活，

---

① "肇禋"是"肇在西土"四字句传写之误。见高亨《诗经今注》和王宗石《诗经分类诠释》中对此句的注释。

有了原始村落等；就是殷商时期，甲骨文显示中国就有颇为发达的农耕，难道西周人连这点常识都没有？不是的。周人这样夸赞自己的始祖，不是不知道农耕事业有更古老的源头。

他们这样说，是与一个重要时代和这个重要时代的一件大事有关，那就是古人相信的尧舜时期的大洪水。因有大洪水泛滥，一切文明都被冲垮，于是有文明世界的再建，周人的始祖正是在这样一个非凡时代，为天下人种植粮食立下大的功德。始祖的功劳如此之大，所以在《诗经》中，除了《思文》的献歌之外，还有《生民》一篇讲述他神奇的事迹。由以上观察可知，西周祭祀先王，有两个中心，一个是文王，一个则是后稷。

至于周武王，早在宋元时期，一些学者就奇怪为什么《诗经》中专门献给他的歌如此之少。是的，除了周初"大武乐章"热烈歌颂武王克商的功德之外，此后的《周颂》诗篇再也没有专门献给他的歌唱，较诸周文王得到的歌颂，实在嫌少。而且，就是"大武乐章"，也只是因武王是"克商"大事中的主角，才歌颂他，整个乐章的主题不是赞颂某一个人，而是盛赞这一伟大事件对天下人的意义。如上所言，像《周颂·思文》篇向后稷献歌，诗篇是用了"莫匪尔极"的"尔"来指称神灵的，作为"大武乐章"用诗之一的《周颂·武》最后一句也有"耆定尔功"之语，然而，"尔"字所指明显不是周武王。通观"大武乐章"的三首歌诗，哪一篇都不是专门献给周武王的，这是三首诗篇与《维天之命》《我将》和《思文》的不同。这三首诗歌颂的重心不是武王本人，而是他领导的事业。

然而，武王克商的事业对周人而言，难道还不够伟大？献给武王的颂歌少，究竟因为什么？

二、祭祖是崇德的礼乐

要回答这个问题，需要了解一下古代祭祀观念的变化。请看下面见于《国语·鲁语上》的一段文字：

> 夫圣王之制祀也，法施于民则祀之，以死勤事则祀之，以劳定国则祀之，能御大灾则祀之，能扞大患则祀之。非是族（类）也，不在祀典。

这段话告诉我们，古人祭祀死去的先王也是有分别的，"祀典"是专门给那些对后人有功德之人的。这段话可以部分地解释《诗经·周颂》中，为什么没有颂歌献给康王以后的西周各先王，他们缺少享有诗篇歌颂的巨大功德。不过，就今天出土的刻写在青铜器上的金文资料看，西周康王以后的各王死后，都有专门的宫室如"康宫夷宫""康剌（厉）宫"等来安放其灵。照此而言，到一定的时辰，按照一定的礼数向他们上些贡品应该也是有的。《诗经·小雅·天保》也说"禴祠烝尝，于公先王"，意思就是对先公先王春夏秋冬都要祭奠如仪，礼数上无所或缺。然而，这是相沿已久的老礼，各位先公先王可以得到老礼的祭祀，却未必能够享有诗篇的赞美，诗篇的赞歌，属于新的礼乐，是"新文化"，能否享受这样的"新文化"款待，就得像《国语·鲁语》所说的，看你是否"法施于民"，看你是否"以劳定国"，等等。可是，读者或许还有疑问：武力战胜殷商，让周人获得天下，难道不是"法施于民"，难道不是"以劳定国"？ 这样的功绩还不够大？ 是的，按照西周提倡的文德政治的标准，武王在文德方面还是分量不够。

这实际又涉及西周宗教观念的政治内涵。

宗教祭祀起源古老，宗教祭祀中对那些在人群发展上有大功德的先人予以更多的崇敬，也是很古老的传统。今南方一些兄弟民族所保存的祭祖仪式中，就有神职诵唱"史诗"的重要项目，所诵唱的"史诗"内容含有天地开辟、婚姻缔造、大洪水传说，以及祖先利用自然、征服自然的发明创造，此外还有祖先奇特"历险"神奇故事等，[①] 实际已经含有对人类生存所必须遵循法则的宣扬，以及对改善人类生活状况的祖先功德的讴歌。然而，它们还远远不是西周王朝祭祀周文王和始祖后稷典礼的歌唱，那些古老的民族史诗对祖先的歌唱，主要侧重一切人类生存世界的开创和生活法则的确立，祖先也不是单独的某个人，不是某个祖先人物的生活经历及其所显耀的心灵品质。

到了殷商时期的祭祀，有大功德的个别祖先享受更隆重的献祭，变得

---

① 参见萧梅：《田野的回声：音乐人类学笔记》，32～68 页，上海，上海音乐学院出版社，2010。又，刘亚虎：《南方史诗论》，23 页，呼和浩特，内蒙古大学出版社，1999。

更加清晰了。据甲骨文显示，那些重要的祖先，例如商汤、武丁等，所享受的牛羊及"人牲"祭品数量，是要明显多于一般先王的。[1] 不过，甲骨文同时显示，殷商时祭祖有一种新的"周祭"制度，[2] 即以五种祭祀仪式，周而复始地轮番祭祀所有的先公先王。两方面的情形到西周是大体延续的，只不过不像殷商"周祭"那样花样繁琐而已。

更重要的变化，是沿着前一方面走的。其具体的表现就在对"功德"理解的显著变化。如上所说，周武王率领族众战胜殷商夺取政权建立新的王朝，其功业绝不在文王之下。然而，问题在于，西周祭祀歌功颂德的内涵发生了变化。征战杀伐夺取政权的事业，与努力获得"天命"眷顾相比，后者才被西周人视为更高的"文德"，得到更强烈的拥戴，表现为更隆重的祭奠。读《周颂》的诗篇，这一点是很清晰的。《维天之命》高唱"不显文王，之德之纯"，《我将》高唱"仪式刑文王之典"，就连祭祀周文王序曲的《清庙》，也赞颂文王子孙"秉文之德"；至于始祖后稷，他的被歌颂，是"立我烝民，莫匪尔极"，是说他的恩泽所及，超乎周人族群。作为周人始祖，后稷的被诗篇专门颂扬，是因其有"立我烝民"即天下苍生的功德。周人所以歌颂始祖的巨大功德，看一看下面《国语·郑语》的一段话就会清楚是为什么了。《郑语》曰：

> 夫成天地之大功者，其子孙未尝不章，虞、夏、商、周是也。虞幕能听协风，以成乐物生者也。夏禹能单平水土，以品处庶类者也。商契能和合五教，以保于百姓者也。周弃能播殖百谷蔬，以衣食民人者也。其后皆为王公侯伯。

这段话的大意就是从虞（舜及其后裔的邦国）开始的几个王朝，所以能主宰天下，都是因为祖上为人群立下大功。舜所以治天下是因为祖上（虞幕）"听协风"，换言之即在农耕所必要的天文历法建设方面有重要贡献。夏禹是大洪水后平治水土，商代的始祖契（xiè）是在尧舜时期曾负责教化民众。

---

① 参见常玉芝：《商代宗教祭祀》，见宋镇豪主编：《中国社会科学院文库·历史考古研究系列》之《商代史》卷八，344～345 页，北京，中国社会科学出版社，2010。

② 参见常玉芝：《商代周祭制度》，3 页，北京，中国社会科学出版社，1987。

至于周人的始祖，则是在大洪水之后种植庄稼。周代的文献这样说，表达的是周人如下的政治观念：周人所以能主宰天下，就是因为祖先积了大德。由此不难看出西周祭祀祖先的政治含义，祭祀祖先是为西周王朝政治确立法理基础。后稷在大洪水后种植粮食，是为天下，就是说诗篇所唱"立我烝民"的"烝民"是天下人，这才是祭祀所特别要"歌以发德"的事。由此不难理解，祭祀后稷实际是在为自己的政权宣示法理基础。宗教祭祀因此也是政治。

那么，周文王呢？隆重祭祀周文王更是如此。周文王所以在《周颂》的献歌对象中独占鳌头，是因为周人确信他曾受命于天。《周颂·我将》篇将周文王与上天一起祭祀，表达的是这样的信念，《大雅·文王有声》篇则更明确地宣示："文王受命，有此武功。"所谓"武功"，是指周文王奉上帝旨意消灭殷商党羽之邦。所谓文王"受命"，可分为历史和观念两个层次来谈。就真实历史而言，所谓"受命"应该是指周文王接受商朝任命，成为西方诸侯的方伯。这有文献为证。20 世纪周原地区曾出土了先周时期的甲骨文，其中就有"王其拜佑大甲，晋（册）周方伯"（凤雏 H11：84 片）"典晋周方伯"（凤雏 H11：82 片）的记载。这是当时周人不懈努力的结果。周人宣称自己的始祖后稷曾在尧舜大洪水后为天下种植粮食，此说是否真实，只有"天晓得"。但是，周人曾经在古豳（今陕北邠县、旬邑一带）之地生活，却有考古发现为证。然而周人真正崛起，是从文王的祖父即太王开始的。太王在商代后期率族南迁，占据岐山之下肥沃周原，为周人迅速崛起奠定根基。周人势力的强大让殷商感到了威胁，于是有《古本竹书记年》所载的"文丁杀季历"之事。然而，周人的强大又让殷商感到无奈，所以，在杀掉季历之后，又不得不任命季历之子文王为西面的方伯。

这段艰苦卓绝的历史，被后来的周人大大神化了。《周颂》的《天作》和《大雅》的《绵》《皇矣》诸篇都激情四射地回顾了这段历史。在《大雅·皇矣》篇，诗人将太王的迁居岐山之阳，视为合乎上天意志的行为，甚至被说成上天眷顾的结果。其第一章曰：

> 皇矣上帝，临下有赫。　　临：君临。
> 监观四方，求民之莫。　　莫：定，安宁。

维此二国，其政不获。　　二国：指夏、商。获：符合尺度。

维彼四国，爰究爰度。　　四国：四方邦国。度：考察、衡量。

上帝耆之，憎其式廓。　　耆：怒。式：结构助词。

　　　　　　　　　　　　廓：空虚无政。

乃眷西顾，此维与宅。　　眷：深情地。

　　　　　　　　　　　　宅：住地，指岐山下的周原。

　　大意：皇皇上帝监管地上邦国，威严赫赫。他注视四方邦家，只求百姓安乐。这夏商两朝，政治尺度皆错；那四方各地的政权，也都难以合格。上帝憎恶他们，嫌其无道肤廓。于是上帝深情地西顾，给了周人这里（指岐山之下的周原）的国土。

　　上天眷顾周人，赐予周人沃野周原，周人祖先也不负上帝所望。也就在这首《皇矣》篇中，周文王的"受命"已经不再是文王接受殷朝任命，而是"受命于天"。诗篇第一章表现上帝的寻找与眷顾，到诗篇的后面，诗人干脆让上帝直接出现，对文王耳提面命，授予心法。这在一般"不语怪力乱神"的《诗经》中，是十分奇特的。请看《皇矣》的第五章：

帝谓文王：无然畔援，　　畔援：跋扈。

无然歆羡，诞先登于岸。　　歆羡：无谓地羡慕，沉不住气。

密人不恭，敢距大邦，侵阮徂共。　　密：邦国名。

　　　　　　　　　　　　阮、共：两个邦国名。

　　　　　　　　　　　　徂：往，征。

王赫斯怒，爰整其旅，以按徂旅。　　爰：于是。按：遏止。

以笃于周祜，以对于天下。　　祜：福。

　　大意：上帝明告文王：不要骄傲，不要无谓地羡慕，而要占领先机。密国人不恭敬，竟敢抗拒周邦，侵犯阮、共封疆。于是文王赫然震怒，整顿军队遏止不义侵凌。以此增厚周家福禄，以此答对天下的期望。

　　讲究文德的文王"赫斯怒"兴师动众，竟是受了上天的旨意，文王的毅然动武，是遵从天意的行动。

在第七章里上帝再次出场，给文王面授机宜：

帝谓文王：予怀明德，	怀：归，给予。
不大声以色，不长夏以革；	长：常。夏：荆楚条。
	革：鞭。
不识不知，顺帝之则。	
帝谓文王：询尔仇方，同尔弟兄；	询：谋。仇方：敌对的邦国。
以尔钩援，与尔临冲，以伐崇墉。	钩援：攻城用的武器。临冲：冲击城墙的战具。崇：国名。墉：城墙。

大意：上天告诉文王：我赐予你明德，无须大事声张，切莫动辄武力胁迫。做的好似无所知觉，一切都顺应上天原则。上帝告诉文王：想好谁是你的仇敌，协调好你的兄弟；拿起攻城的钩援，驾上冲城的重器，攻打崇国的城邑。

两章所表，都是周人确信并且高调宣扬的文王"受命于天"的明证。那么，文王"受命"又有怎样至关重要的意义？是获得治理天下万民的合法大权。这与后稷的"立我烝民"的意义是贯通的。始祖积德，终有回应，而回应就在文王；而文王"受命"周人得以宰治天下，实际就是用上天的原则消除不义、护佑海隅苍生。

既然是"受命于天"，那么，文王之"德"又表现为什么呢？对此，《皇矣》和《绵》两首诗篇都有表述。先看《皇矣》篇第三、第四章：

帝省其山，柞棫斯拔，松柏斯兑。	柞、棫（yù）：两种山木名。斯：语助词。兑：通畅。
帝作邦作对，自大伯王季。	对：配。即上帝在人间的代理人。
维此王季，因心则友。	因：亲。友：友爱。
则友其兄，则笃其庆，载锡之光。	笃：增厚。庆：善。

　　　　　　　　　　　　锡：赏赐。

受禄无丧，奄有四方。

　　大意：上帝察看开垦了的岐山，这里的山杂木被拔出，松柏成列成行。上帝确立人间代理人，建立起周家新邦。这先王王季，发乎内心友爱兄长，周家善美更深厚，上天开始赐予光芒；周家永远获福禄，越发广泛地统治四方。

维此王季，帝度其心。	王季：文王之父，太王第三子。
貊其德音，其德克明。	貊（mò）：勉。克：能。
克明克类，克长克君。	类：善。
王此大邦，克顺克比。	顺：民众顺从。比：择善而从。
比于文王，其德靡悔。	
既受帝祉，施于孙子。①	祉（zhǐ）：福禄。孙子：子孙。

　　大意：上天考量了王季的内心，勉励他的德行，他的德行因而愈发明亮：德行明亮又善美，堪做君主堪为王。王季做周家大邦君，民众顺从是由于他的善良。这选择延续到周文王，德行圆满无欠缺，接受上天降大福，惠及子孙永安享。

　　要注意的是诗篇在讲过"大王荒之"之后，直接跳到文王。忽略王季这一代，是因为在周人的观念中王季属过渡人物。然而，颂歌可以不讲王季，但《大雅》篇章作为祭祖歌唱的一部分，其作用在述说祖先创业的历史过程，这样王季的事迹就不能忽略了。这对我们了解"雅"和"颂"的分别，是有帮助的。《周颂》中的"颂"是献神的乐章，如上所说，周人并不平均对先公先王使用颂歌。然而"雅"，特别是"大雅"，则是在祭祀中向参与祭祀的后代子孙讲述历史的。既如此，也就不能忽略王季这位过渡人物。而且，诗篇"比于文王"的句子交代得很清楚，王季之德，实即文王之德。另外，在《诗

　　① 上举诗经片段的第四章开始"维此王季"的"王季"，据王先谦《诗三家义集疏》，西汉流行的诗经文本作"文王"。如此，这一章所表现的德行就是文王之德。不过，今天人们能读到的《毛诗》本（今天各种流行的《诗经》文本，都属于《毛诗》本），从上下文看，作"王季"似更合理。诗篇这样写显示的是"积德"观念。

经》中，这也是最早表现人物内心德性的诗章，很值得注意。

此外，在另一首与祭祖相关的《大雅》诗篇《绵》的最后一章，对文王之德，还有如下的赞述：

虞芮质厥成，文王蹶厥生。	虞芮：两小国名，在今山西南部，与周为邻。质：质证，断是非。蹶（guì）：感动。厥：指虞芮。生：性，人性。
予曰有疏附，予曰有先后。 予曰有奔奏，予曰有御侮。	疏附：随从者。先后：先后追随者。奔奏：奔走者。御侮：替周人抵御外侮者。

大意：虞芮两国向文王请求质证，文王的德性感动了他们的心性。从此周家有了远近的依附者，有了鞍前马后的追随者，有了服务的奔走者，有了抵御欺侮的志愿者。

这一章的关键就在"虞芮质厥成，文王蹶厥生"两句。《毛传》对此有较长的解释：

> 虞、芮之君相与争田，久而不平，乃相谓曰："西伯仁人也，盍（何不）往质焉？"乃相与朝周。入其竟，则耕者让畔，行者让路。入其邑，男女异路，班白不提挈。入其朝，士让为大夫，大夫让为卿。二国之君感而相谓曰："我等小人，不可以履君子之庭。"乃相让，以其所争田为间田而退。天下闻之而归者四十余国。

《毛传》这段文字的内容，又见于《史记·周本纪》。另据《尚书大传》等记载，周文王"受命于天"，与"虞芮质厥成"之事发生相先后。或者说，正是因为有"天下闻之而归者四十余国"的"予曰有疏附""奔奏"之事的发生，周人才相信文王"受命于天"。这与周人的天命观念相符。那么，西周的天命观念内涵又是怎样的呢？在商代，从《尚书·西伯戡黎》载"西伯戡黎"即周文王伐灭商之属国黎之后，商纣王还在讲"我生不有命在天"的大言不惭看，殷商贵族是相信上天保佑自己是无条件的，是绝对的。然而，西周的天命观念与此相比，则有重大变化。其中重要内容是，周人相信：天下苍生是上天的子民，然而上天不能亲自治理万民，所以要选择代理者，被选中的统治者，就是所谓"天立厥配"，就是所谓"配命"，即配合上天治理万民。上天选择其"配命"者的唯一条件，就是要对万民好，万民在"配命"者的治理下风俗纯美，生活幸福。这就是所谓"天道无亲，唯德是辅"。这表明，在周人的"天命观念"中，上天与任何人都不存在特殊的关系，这就是所谓"天道无亲"。正因如此，上天的选择是公平的。也就是说，周文王所以被上天选中，就是因为他在人间实行了美好的政治。而虞芮在周邦所见到的人民风俗，正是上天所喜爱的政治情形，符合上天的理想（其实是当时人的政治理想）。因此，"虞芮质厥成"后的"有疏附""奔走"等，就可以视为是一个标志，一个文王被上天选中的"配命"者的标志。在诗人眼里，"文王蹶厥生"，就是上天的精神原则感动了虞芮，从而感动了天下人。

这就是说，周文王的"文德"，其实也就是上天的原则，是周人所以能统治天下的法理基础。大祭文王（而不是武王）就是要宣明这样的合法基础。至于武王克商，虽然功烈不凡，却只是一种后续之事，是上天要完成"立配"才不得不有意促成的事变，是先有了周人统治天下的法理基础之后的合法行动。周人就是这样理解文王、武王的分别的。

三、重祭文王的现实原因

祭祀后稷文王，可以宣明王朝政治的合法性。西周的祭祖，是有其强烈的政治意图的。那么，此外呢？宣示文王之德，还有其他特定的现实原因吗？回答是肯定的。这仍可从内外两方面说。

外在方面，在本书前一章里，曾经讨论过《大雅·文王》篇，劝勉殷商遗民在新天命下"自求多福"、努力生活的段落，是其中重要的组成部分。诗篇称"仪刑文王"，那是因为"文王之德"合乎上天的原则，因而这也是一道宽阔的地平线，可以负载兼容包括殷商遗民在内的所有人，可以劝慰说服所有人。

除此而外，周人选择周文王为祭祀的重点，还有另外很现实的原因，那就是当初西周封建时，文王一脉封国最多。这就是选择文王的内在原因。

古代祭祀，也是一种立约。在尊崇的神灵面前，与神灵有关者一起献祭，并在祭祀后共享祭神的贡品，就等于在神灵面前立誓。在西周也是一样，以哪位神灵为祭祀的重心，实际是关系到实行封建制的西周王朝内部精神凝聚的大事。选择周文王，一个很简单的原因就是：文王子孙封国众多。

请看《左传·僖公二十四年》的一段记载：

> 王怒，将以狄伐郑。富辰谏曰："不可。臣闻之，人上以德抚民，其次亲亲以相及也。昔周公吊二叔之不咸，故封建亲戚以蕃屏周。管、蔡、郕、霍，鲁、卫、毛、聃，郜、雍、曹、滕，毕、原、酆、郇，文之昭也；邗、晋、应、韩，武之穆也。"

这段记载的重要性，在其显示了西周封建诸侯时文王、武王后代的数量差别。文中的富辰这样说，应该是举其大端而言。即便如此，看《左传》这段记载，西周封建属于文王之后的受封邦国，其数量竟也是武王后代的四倍。同时，武王的子孙后裔也可算入文王的子孙后裔中，而不是相反。如此，"仪刑文王"即确立王朝永久的精神偶像，就可以最广泛地凝聚王朝内部的诸侯。从这点上说，大祭文王也是当时最明智的选择。

第五章　将祖先还原为人世英雄

什么是"英雄"？照三国时刘劭《人物志》的说法，偏于智略为"英"，偏于胆气为"雄"。例如项羽与刘邦，刘邦就是"英"，项羽则更像"雄"。不过，这里用"英雄"概括《诗经》中所歌颂的祖先，即不是刘邦英雄型的，也不是项羽英雄型的，《诗经》祭祖诗篇歌颂的英雄，是为人间奠定文明生活基础的英雄。这正是我们这一章要谈的内容。

一、祭祖题材的"雅"与"颂"

前一章谈到，西周祭祖典礼，除了献给神灵的颂歌之外，还有唱给祭祀的"活人"听的诗篇。因为有这样的诗篇，祭祀就越发像是教育，述说祖先的诗篇，就是教育后代不忘历史、遵循传统的教本。同时，也正是这些述说祖先历史的诗篇，摆脱了祭祀献祭的凝重和简古，"故事"的色彩增加，抒情的成分变强。由此，祭祖典礼闪耀出更多"礼乐"的精神光彩；《诗经》篇章的写作，获得了更多的文学价值。

这也不难理解。隆重的祭祖典礼上，对远去的祖先的业绩，自然是要交代、讲述的。例如后稷，按照周人的说法是生活在尧舜时期的人，距离西周已经千年以上了。始祖是怎样一个人，干了些什么，有什么功德，对西周现在生活有什么影响等，都是需要讲明的。于是，我们看到祭祀后稷的诗篇，既有《周颂》的《思文》，也有《大雅》的《生民》，反过来说，祭祀这样遥远的始祖，若没有《生民》篇的述说，祭祀的子孙对始祖不了解、没感情，祭祀展现祖德的功效，自然也会受到限制。既然是向正在祭祀的子孙述说祖先业绩，诗篇也就不能像"颂"那样凝缩古板。也就在述说中，祖先从神灵复活为人，恢复为创立基业的英雄。同时，对我们这些读者而言，周人如何理解作为"神灵"的祖先的文化品质，也会不自觉地显露在这些诗篇里。

在这，笔者先"王婆"卖一下"瓜"：若干年前，笔者曾在一篇文章里提出这样的两个相互连接的说法。

第一，《诗经·大雅》中的一些过去被视为"史诗"的篇章，如《大雅》中的《生民》《公刘》《绵》《皇矣》《思齐》《大明》等，与《周颂》中的《思文》《天作》《维天之命》《我将》等，存在"对应"关系。具体说，《周颂》的《思文》《天作》《维天之命》《我将》是献给神灵的颂歌，而所举《大雅》若干篇章，是祭祀献神歌唱之余，讲述给在场参与祭祀的子孙们听的。

第二，这些讲述祖先业绩的篇幅较长的《大雅》诗篇，是一些"图赞"的诗篇。什么意思呢？就是献祭之余讲述祖先业绩并不是毫无凭依的，而是对着宗庙中墙壁上的图画。周人宗庙墙壁上有图画吗？西周金文显示是有的。有两件青铜器物，一件叫做《无叀鼎》，一件叫做《膳夫山鼎》，都有周王"各（到）图室"的记载。"图室"所指，就是宗庙；所谓"图"，应该是宗庙墙壁上绘有祖先形象事迹的画图。对此，各种相关文献也是有记载的。①

这里需要做一点说明。笔者之所以在第二点提出"图赞说"，主要是想矫正一下人们对《诗经》这些赞述祖先功德业绩的较长诗篇的看法。实际到今天也有一些学者，将《诗经》中这些诗篇不假思索地比作古希腊"荷马史诗"。这样做虽说不是全无道理，却忽略了这些诗篇创作的具体环境与场合。有学者对笔者提出的宗庙墙壁"画图"有不同看法，可以理解。退一步说，这些诗篇即使不是对着墙壁上的绘画赞述祖先的业绩功德（对此，笔者也只是退一步说），也是在宗庙祭祀的隆重场合，有专业人员向在场人员讲述祖先历史，即是祭祖典礼的重要组成部分。就是说，在祭祖献祭之外，还有讲述祖先历史的述说。这就是笔者至今还坚持第一点的理由。

不过，这里可以把第一点说得更具体一些，即"对应"可分为以下三组。

第一组：《周颂》中的《维天之命》《我将》对应的是《大雅》中的《大明》《思

①　参见李山：《〈诗经〉"大雅"若干篇章的"图赞"说及由此发现的雅颂间的部分对应》，载《文学遗产》，2000（4）。

齐》。

第二组：《周颂》中的《天作》对应的是《大雅》中的《绵》和《皇矣》。

第三组：《周颂》中的《思文》对应的是《大雅》中的《生民》。

下面我们就由远及近地读解上述这三组诗篇。

二、后稷：生存的奠基者

《思文》在前面一章我们已经讲过，是歌颂始祖后稷在大洪水之后为天下人种植粮食，从而为后代周家的崛起并成为天下的主宰者奠定了德行的根基。颂诗这样写，对了解周人的特定观念有益，文学性却有限。有意思的是《生民》对始祖后稷生平业绩的述说。先来看后稷的降生。《生民》的前三章这样写道：

厥初生民，时维姜嫄。	生民：生周人始祖的人。
	姜嫄（yuán）：周人始祖的母亲，姜姓，有娍（sōng）氏之女。
生民如何？克禋克祀，以弗无子。	禋（yīn）：精诚祭祀。
	弗：去除。
履帝武敏歆，攸介攸止，载震载夙。	武：足迹。敏：大脚趾。
	歆：内心感应。攸：所。
	介：停留。震：妊娠。
	夙：恭敬。
载生载育，时维后稷。	时：是。

大意：当初生养始祖的人，是那位姜嫄。她如何生养？虔诚祭祀以消除无子的灾病。她踩在巨人的大脚印上，内心欣然有感应。停留在那里片刻，就有了身孕。生下了儿子，就是始祖后稷。

| 诞弥厥月，先生如达。 | 诞：语助词。弥月：足月。先生：头生。达：羊子，据说羊分娩，连胎盘一起生下。如此，此句是说后稷初生 |

是被胎盘包着的肉蛋。

不坼不副，无菑无害。　　坼：开裂。副：意思与"坼"同。
　　　　　　　　　　　　菑：灾。通假。

以赫厥灵，上帝不宁。　　赫：显赫。不：丕。宁：赐予安宁。

不康禋祀，居然生子？　　居然：竟然。

大意：当怀孕足月后，头生子始祖生产顺畅。产门不裂不开，母体无害无灾。这是始祖赫赫的灵耀，是上帝儿子出生才有的安好。如不是上帝接受了虔诚的祭祀，又如何生养这样的好儿了。

诞寘之隘巷，牛羊腓字之。　　寘：置。异体字。腓（féi）：遮蔽。
　　　　　　　　　　　　　　字：喂奶。

诞寘之平林，会伐平林。

诞寘之寒冰，鸟覆翼之。

鸟乃去矣，后稷呱矣。

大意：把始祖丢弃在狭窄街道，牛羊过来护着他给他吃奶。丢弃在茂密的树林中，伐木的人把他捡回来。丢弃到寒冰上，又有大鸟将他覆盖。大鸟飞去了，后稷开始哇啦啦哭。

关于后稷的出生，三章所表现的内容既矛盾又神奇。矛盾的是既然姜嫄"克禋克祀，以弗无子"，可为什么生下儿子却又反复丢弃，这不是矛盾吗？神奇的是始祖反复被丢却都活了下来。关于这矛盾而神奇的后稷之生，学者许久以来都在探讨其背后的民俗文化含义，可至今也没有一个大家都能接受的答案。不过，有几点也可以看出眉目。其一，经由"履大人迹"而获生养，西南某兄弟民族直到1949年前还延续着这样的习俗。这样的受孕降生，古人称之为"感生"即"感天而生"，这与夏代始祖为母亲吞食薏籽而生、商朝始祖契因母吞玄鸟之卵而生的传说是一类的。其二，姜嫄怀孕是无夫而生子，显示出古老的母系社会的特点。其三，后稷母亲为姜嫄，透露出的姬姓周人族群与姜姓为世婚的关系。其四，是"鸟覆翼之"及"鸟乃去矣，后稷呱矣"几句，不少学者相信，原来后稷初生的"先生如达"，是指连胎盘一起生下来的，用俗话说生下来时是胎盘包裹着的肉蛋。另外，在远古时代，古人相信太阳也是鸟，所以称太阳为"金乌""三足乌"等。这样，上面的几句也可以理解为后稷这个"肉蛋"是被太阳照耀才成为"人"的，这不是很像一粒种子、特别是小麦的种子经过阳光照射而发芽吗？而且，一粒种子，丢弃在村落街巷是没有前景的，丢落在树林，也是不得其所的，落在野外有水的地方，经阳光照射，适可破壳而出苗壮成长。原来后稷的终于"呱矣"的神话，背后的文化意蕴竟然是农耕，是种子落在原野水土的生根发芽。在古人，是祖先神圣，是观念，在今天则是朴拙的神话，别有文学的意趣。始祖的天赋，就在其生而知之地种植庄稼的本领。请看《生民》中间的四章：

实覃实讦，厥声载路。

覃：长。实：是。

讦（xū）：大。

诞实匍匐，克岐克嶷，以就口食。
蓺之荏菽，荏菽旆旆，禾役穟穟。

岐、嶷（nì）：有知觉的样子。

蓺：同"艺"，种植。荏（rěn）

菽：大豆、胡豆。旆旆：茂盛貌。役：行列。穟（suì）穟：密密麻麻的样子。

麻麦幪幪，瓜瓞唪唪。

瓞（dié）：小瓜。

唪（běng）唪：圆滚滚的样子。

大意：后稷哭声长又响，满大路都在回荡。他开始慢慢地爬，自己找口粮，无师自通聪明样。他种下大豆，大豆密密麻麻地长；麻和麦茫茫连成片，大瓜小瓜滚溜溜圆。

诞后稷之穑，有相之道。
茀厥丰草，种之黄茂。

相：助。

茀（fú）：拔除。

黄茂：指庄稼。

实方实苞，实种实褎，实发实秀，

实：是。方：开始发芽。

苞：苗开始成包状。种：苗始出地面。褎（yòu）：伸长。

发：茎变高。秀：吐穗。

实坚实好，实颖实栗。即有邰家室。　坚：茎秆坚硬。颖：作物秀

穗的尖。栗：籽粒坚实。有

邰：地名。后稷始封之地。

大意：后稷种庄稼，助长手法妙。拔去那莠草，种上黄色茂实的

苗。种子孕土壤，发芽鼓成包，苗子离地面，茎叶天天高，吐穗一条

条。秸秆挺挺壮，禾穗簇簇尖，籽粒坚实又饱满。由此后稷受了封，

他在那叫做有邰的地方把家室建。

诞降嘉种，维秬维秠，维穈维芑。　秬（jù）：黑黍。

秠（pī）：黍的一种，一个黍

壳内含两粒籽粒。

穈（mén）：红色的苗。

芑（qǐ）：白色的苗。

恒之秬秠，是获是亩。　恒：遍，满。

亩：按亩计算。

恒之穈芑，是任是负，以归肇祀。　任：负载。

肇祀：创立祭祀典礼。

大意：老天给后稷降下优良品种，黑色香黍双粒的秠，红色白色

苗色奇。满地播种秬和秠，一亩亩收获都丰腴。红苗白苗到处种，又

抱又背丰收季。后稷从此建立了周家的祭礼。

这四章所赞述的，都是始祖在稼穑方面不教而能的天赋。后稷身份很
尊贵，他是"感天而生"的上天之子；他还很强悍，屡弃不死，也是其生命
健旺的证明。用神话学的术语来概括，后稷就是个"半神"。然而，就是这
位有着超常能力的"天之子"、这位半神，不是去冒险，去干常人干不了的
大事，却干起了人间最普通的行业：种地。周人这样歌颂自己的始祖，当
然是有其"农耕神圣"观念在其中。然而，就是这样的有关"神圣"的观念，
也含着具有普遍意义的古代中国观念：真正的英雄，是在平凡人间生活中
建立不凡功德。因此，后稷是一位文化英雄。与后稷有关，在《论语·宪
问》篇记载了一段有趣的对话："南宫适问于孔子曰：'羿善射，奡荡舟，俱

不得其死然；禹稷躬稼而有天下。'夫子不答，南宫适出，子曰：'君子哉若人！尚德哉若人！'"羿和奡是两位古代的首领，他们很擅长武力，其中的"奡荡舟"，有一说法是：奡可以陆地冲舟，即可以陆地上划船令其飞快行进。好大蛮力！然而，南宫适问：怎么他们都死得很惨呢？反而是老老实实平治水土、种植庄稼的大禹和后稷，子孙后代却可长期享有天下。孔子不答，因为他知道南宫同学已经有答案。之后夸赞南宫"尚德"，懂得什么是最高的德行。孔子这样评价往古人物，是有《生民》这样的诗篇为其文化背景的。

读这四章的诗句，还有一点值得注意，那就是诗篇表现的后稷稼穑的"有相之道"。诗篇表现后稷稼穑的"有相"笔法是十分畅达的。"种之黄茂"以下，诗篇连用了五个排比，连换了十个形容词来形容作物的长势，若没有对农耕的熟悉是做不到的。而且，这样的情况还反复出现在与农事有关的诗篇中，例如《周颂·载芟》："播厥百谷。实函斯活，驿驿其达。有厌其杰，厌厌其苗，绵绵其麃。载获济济，有实其积，万亿及秭。"总之一写到农事，"制礼作乐"的西周诗人就精神健旺，笔力畅达，显示的是对农耕生活的熟稔与喜爱。然而，强烈的文学情调背后，是观念的作用，诗篇这样表现后稷的"有相之道"，只是要突出如下一点：后稷是农耕作物管理规则的创立者。"茀厥丰草，种之黄茂"两句八字的农业技术含量，在今天看难免觉得太平常，可是在数千年前的古代，一定表现的是当时的最新发现。

这样说，是因为下面的诗句，可视为对"黄茂"一词所指的补充。作为文化英雄的后稷，诗篇继而表明始祖另一项功德：农作物新品种的获得。诗篇说是"天降嘉种"，其实是一种探索、寻找，甚至是培育。诗篇神化祖先的"天降"之说，反而减损了祖先的创造性。有文献说，汉武帝晚期为恢复社会生产采取的"区田法"就是源于后稷的技术。这样的传说，真实性可疑，却突出了后稷在农业上的发明之功。因此，在农耕稼穑上"有相之道"的后稷，越发像一位农耕文化的创造英雄。

赞美始祖在文化上的创立业绩的诗篇，最后的诗句落在了祭祀典礼上。诗篇最后两章是接着第六章最后"以归肇祀"而来的。曰：

诞我祀如何？

或舂或揄，或簸或蹂；	舂：脱粒去壳。
	揄：当风而扬，去掉糠皮。
释之叟叟，烝之浮浮。	释：淘米。烝：蒸煮。
载谋载惟，取萧祭脂，取羝以軷。	
	惟：思谋。萧：香蒿。用香草与脂合在一起燃烧，令香气上达神灵。羝：公羊。軷（bá）：年终祭祀路神的仪式。
载燔载烈，以兴嗣岁。	嗣岁：来年。

大意：我们祭祖又如何？有的在捣谷，有的在扬壳；有的在簸粒，有的在揉搓。淘米唰唰响，蒸饭热腾腾。献祭谋划细，取香蒿燃脂；另加一只羊，路神年终祭。烈烈香火燃，祈求来岁好丰年。

卬盛于豆，于豆于登。	卬：我。豆：装腌制菜蔬和肉酱之类祭品，木制，形状如今天的高脚杯。登：瓦器，装羹汤类祭品。
其香始升，上帝居歆，胡臭亶时。	居：语助词。歆：享受。
	胡：多么。臭：味道，香气。
	亶：实在是。时：善。
后稷肇祀，庶无罪悔，以迄于今。	庶：大致。

大意：我把祭品装于豆，我把祭品装于登。香气浓郁向上飘，上帝享受真如意，多香的气味多美的礼。后稷创下这祭仪，代代奉行无差池，一直到今日。

　　这最后的两章从远古一下跳到了当下，从庄严典礼的创立，一下跳跃到对古老传统虔诚的遵从，从对始祖生活及业绩的述说，一下子跳到对祭祀礼仪本身的描述。这样的跳跃，这样的结尾，大有深意，对理解这首赞述始祖业绩的篇章与一般"史诗"的区别非常重要。这两章显示了诗篇的年代，显示出诗篇及诗篇歌唱所依附的典礼的目的：教育参与祭祀的人们不忘传统，继承祖业。

首先，说诗篇写制的年代。诗篇在祭祀后稷的典礼中郑重表示："后稷肇祀，庶无罪悔，以迄于今。"话语的分量应该是很重的，其背后的意涵，应该与我们在前一章讲到的那个周人信念："夫成天地大功者，其子孙未尝不章。"有高度的一致。就是说，祭祀始祖的典礼说这样的话语，是在提醒参与祭祀的子孙，忘记传统将意味着什么。正是诗篇郑重提示这一点，暗示出诗篇的时代。这样的郑重提醒，可以理解为古来的农耕生活传统，正有被当时的后稷子孙遗忘的危险。由此判断，诗篇年代不会太早。在《尚书·无逸》篇中，周公告诫王朝贵族说："文王卑服，即康功田功。"意思是文王从事下等人的工作，亲自参与开荒种地的事。文王是否全然像"下等人"那样整天从事农业劳作，不无疑问。但周公这样说，也不能全都理解为出于政治目的的说谎。因为周公离文王的年代不远，教育贵族子弟重视劳作，自己先撒个大谎，相信他不会愚蠢至此。换言之，迅速崛起的周人，到西周早期，脱离质朴年代尚不太久。事情往往如此，当一种习惯即将成为过去时，人们才会正视它。当《生民》那样郑重其事地讲我们的祖先遵从始祖创立的基业，以至于有今天的强大，当他们对子孙说这样的话的时候，贵族对农耕的重视和参与，应该正在变成"过去"。①

其次，诗篇告诫子孙不忘传统。还有一点不应忽视，诗篇用了相当的笔墨表现"我祀"的礼仪过程。描述了祭品的准备、献祭的仪式及送始祖远行等，紧张而有序。如此的笔触，除了表现祭祀者的虔诚之外，还有一层意思应加以注意，那就是对仪式本身的关注。这涉及西周"礼乐"的建构。很抱歉，这里我们又得岔开去说一点金文文章的知识。

西周有不少的金文材料，是记录周王人事任命的。贵族受王的任命，是家族的荣耀，往往会为此铸造器物，将受王任命之事刻写在器物上。观察这些任命记录的金文，会发现一个有趣的现象：西周早期不论多么大的人事任命，记录总是直言其事的，即某日王任命家族中的某某，做某官或某事。如此而已。可是到了西周中期，就是一些相当简单的任命类的金文，也总会写上：某某日，"王立中庭，南向（面朝南）"，接着是写受命者在某

①　实际上，笔者是相信包括《思文》《生民》在内的许多《大雅》和《周颂》祭祖诗篇是创作于西周中期的。证据当然不限于正文中的逻辑，也有许多文献材料为证据。读者有兴趣，可参看拙作《诗经的创制历程》一书。

某官陪伴下，"中庭，北向"。然后再或简或繁地录写王的任命之词。很明显，突出册命仪式本身，是西周中期一类铭文的显著特征。这与《生民》最后两章的意蕴是相通的。接着上面的西周"礼乐"建构的话头，金文和诗篇如此，都表现的是这样的现象：周人开始将古老农耕传统，具象为各种相应的仪式，以此来保证重视农耕这一精神传统的延续。这不是说过去的西周人就没有传统，而是表现出一种生活反观反思意识的涨起。遵循传统有无意识的，也有有意识的。前者表现为风俗习惯。后者，如上所说，往往发生在传统被漠视、甚至遗忘的时候，于是提倡本身，就是有意识的挽救、振兴和延续。传统意识，由此诞生。《生民》最后两章就表现的是这样的意识。在振兴与挽救中，传统的习俗被塑型为典礼，西周文明重视礼仪的显著特征就在这样的塑形中形成了。后稷，按照周人自己的说法是文明的奠基者，然而就是在对这位奠基者的祭祀中，一种生产事业被神化，被塑造为一种关乎王朝兴衰的传统。从后一点说，诗篇也是在为当时的社会立法。

三、在大地上生根

很像"半神"的后稷，是在平凡的农耕中为世人提供食粮，从而有为平凡生活世界奠基的大功。那么，后稷的贤德子孙周文王呢？周文王的功德是为平凡的人间生活立法度。

谈这些，还需要回到那几首与祭祀周文王有关的诗篇，即《周颂》中的《天作》和《大雅》中的《绵》《皇矣》《思齐》和《大明》等。《周颂》的《天作》中出现了太王和文王两代先王，他们是子孙两辈，有意思的是《大雅·绵》主要讲述太王的迁移岐山。迁移岐山之前，诗篇称：

绵绵瓜瓞。民之初生，自土沮漆。　　瓞（dié）：小瓜之称。

土：杜，河水名。

沮：徂，往。一说，水名。

漆：水名。

古公亶父，陶复陶穴，未有家室。　　公亶父：太王名亶父，公，尊号。陶：用火烧土或贝壳、螺壳，铺垫在住室中，结实防潮，可防虫防鼠。

复：指地穴口上井字形的
屋顶。穴即屋洞。

大意：大瓜小瓜茎相连。先民生活在杜水漆水边。直到先民公亶
父，挖洞烧土穴窝里处，先民没有像样的居住。

诗篇述说遥远的往事，起调很悠远，第一句四字单独为一句，语含感
叹之情。同时，诗篇说先民居处，更是不成样子。之后，诗篇笔锋一转，
是一副欢快的语调，展现出的是迁移后获得宽阔的生活光景：

古公亶父，来朝走马。	朝：周，周原。通假字。走：驰。
率西水浒，至于岐下。	率：沿着。水浒：河边。
爰及姜女，聿来胥宇。	爰：在这里。
	聿：语助词。胥：观察。

大意：古公亶父来周原驰骋其马，他沿着河流的西岸而来，一直
到达岐山脚下。就在这里，他与太姜同把周原来观察。

周原膴膴，堇荼如饴。	膴（wǔ）：肥沃。堇荼：两种苦菜名。
爰始爰谋，爰契我龟。	始：谋划。
曰止曰时，筑室于兹。	时：是。

大意：广阔的周原啊，长的苦菜也如糖甘甜。在这里他们开始谋
划，用神龟来占卦。神谕祖先留居这福地，在这里建房来安家。

乃慰乃止，乃左乃右；	慰：留处。马瑞辰《毛诗传笺通释》说。
乃疆乃理，乃宣乃亩。	疆：界，田界。宣：起土。
	亩：田垄。
自西徂东，周爰执事。	周：遍。执事：各司其职的意思。

大意：祖先欣然留处，以左右分布；划定田地界，挖土作垄亩。
从西走到东，先民到处在忙碌。

乃召司空，乃召司徒，俾立室家。　司空：古代管理工程的官员。
　　　　　　　　　　　　　　　　　司徒：负责民事的官员。
其绳则直，缩版以载，作庙翼翼。　缩：捆绑。载：栽，树立。
大意：太王召来司空，召来司徒，让他们建立周人的房屋。他们用绳索直直地树立墙版，筑起高高的神殿。

捄之陾陾，度之薨薨，　　　捄（jū）：聚。陾（réng）陾：象声词。
　　　　　　　　　　　　　度：击打。
筑之登登，削屡冯冯。　　　屡：隆起。
百堵皆兴，鼛鼓弗胜。　　　鼛（gāo）鼓：大鼓。号令大众所用。
大意：填装板槽陾陾然，夯杵泥土薨薨然，拍打墙面登登然，铲销隆起砰砰然。百堵大墙同时兴，劳作喧阗压住大鼓敲击声。

乃立皋门，皋门有伉；　　　皋门：外城城门。伉：高。
乃立应门，应门将将。　　　应门：内城城门。将将：高耸貌。
乃立冢土，戎丑攸行。　　　冢（zhǒng）土：祭祀用的高土堆。
　　　　　　　　　　　　　戎丑：异族战俘。
　　　　　　　　　　　　　攸：所。行：进行献俘礼。
大意：外城城门建立了，巍峨高耸耸；内城城门建立了，矗立直挺挺。又建典礼高土丘，就在此处祭战俘。

肆不殄厥愠，亦不陨厥问。　肆：发语词。殄：灭，绝。陨：落，
　　　　　　　　　　　　　断绝。问：问候。
柞棫拔矣，行道兑矣。　　　兑：通畅。
混夷駾矣，维其喙矣！　　　駾（tuì）：奔突貌。
大意：当初太王既不能消除戎狄的怨恨，也不能断绝对他们的存问。当岐山开辟那些杂木被拔除，大路开辟岐山变通途，混夷豕奔狼突远逃离，张着大嘴喘吁吁。

上引诗篇七章即从第二章到第八章。第二章写太王和他的妻子姜女一同考察周原。巧的是，《孟子·梁惠王》也说到这件事。孟子劝说齐宣王行仁政，齐宣王推辞说："寡人有疾，寡人好色。"宁愿在德行上贬斥自己好色，也不上"仁政"的道，真有他的！孟子无奈，只好说：好色也不是问题呀，《诗经》记载当年的周太王办迁移岐山之事，夫人也是不离身边的。在《绵》篇，太王和妻子的"双兔傍地走"本是并肩奋斗，无奈被孟老夫子故意说成是太王"好色"一会儿也离不开妻子了。在孟老夫子，这是"枉尺而直寻""丢卒保车"之类没办法的言说策略。然而，就史实而言，当初周人的迁移，也真是出于无奈。学者研究当时的气候变迁，发现就在太王迁移岐山的那个年代，北方有一个气候的"小冰期"，气温下降，这使得北方草原人群不得不南下。诗篇后面说到"混夷"先强后弱，就是证据；《孟子·梁惠王篇》述说当初周人受戎狄压迫的情形就更具体了。

然而，历史就是这样诡异，被迫无奈的迁居，迎来的却是大好生机。其中尤其值得注意的是第三章"周原膴膴，堇荼如饴"所流露的情感，希伯来经典讲以色列人来迦南之地，说那里是流着奶与蜜的沃野，古代的中国诗人形容土地的肥沃，却是苦菜的甜美，是农耕人群的情感。更让人感觉到生动，感觉到力量的是开辟田野、建筑房屋的绘声绘色，叙事次第井然，所表现的劳动更是组织有序、忙而不乱，而劳作的喧阗，竟可以盖住大鼓之声，何等热烈的场面，又是何等热烈的情感！活泼的诗行中，含藏着某些无言的东西，那就是周人对土地的热爱及其在大地上生根发芽的生命力。周人说自己的始祖屡弃不死，最后在原野、河流上终于破茧而出、呱然成人。《大雅·绵》的诗章，实际也突显出的是这样的宏大意象：脚踏沃野，生根泥土，苗壮生长。诗行展现的是强悍的落地生根的生命力量。这样的祭祀诗篇，其实就是在追寻祖先业绩的同时，为后代子孙树立榜样。

需要注意的是：第一，这里的祖先虽然以太王为主，然而在对劳作场面绘声绘色地描写中，展现的祖先却是一个群体，这是最值得肯定的地方。第二，祭祀的讲古诗篇，却没有任何的怪力乱神，迁移、寻找、发现，乃至建立，应该是充满了不确定性的，然而，诗篇却十分的明净，没有神魔，没有鬼怪，有的只是发现的欣喜、建造的热情、艰辛的迁移，不是冒险，而是在大地生根，这就是《诗经》的文学大意象。三千多年周人祭祖的讲古诗篇能如此，也许显示的正是这样一点：不喜怪力乱神的虚幻险怪，不待孔子出现而后然，早在西周时期，就已经如此。这也是在为文化立言说的法度。

太王的迁居，为周人带来的是强大，这就是上引第七章所表达的。继此而来的则是诗篇最后一章，就是我们在本书前一章讲过的"虞芮质厥成，文王蹶厥生"的那一章。要注意，《绵》这首诗的重点内容是讲述太王迁岐的，然而，为何诗篇却跳跃到文王的为虞芮断案？难道这只是像古代诗文批评家所讲的，是一种"如连山断岭"（苏辙《栾城集》三·卷八《诗病五事》）的笔法？绝非这样简单。对此，《毛诗序》对诗篇的概括可视为很好的解答："文王之兴，本由大王也。"这是一种"推本"，即推求文王之所以兴的原因。既然是"推本"，就不得不采取这样跳跃的笔法。换言之，诗篇内容虽重在写太王迁移，但整个诗篇的最终指向，却是文王获得受命的眷顾。前面笔者说，《大雅·绵》和《大雅·皇矣》两首诗都与《周颂·天作》存在对应关系，就是因为诗篇显示的跳跃。《皇矣》正如我们前一章所说，诗篇由表现太王迁居岐山到王季之德，再到文王的"受命"以至于受上帝旨意伐灭崇国，同样是结束于文王事业的强大。

《皇矣》先表上帝对夏商政治的不满，继而是上帝对新的人间代理人的寻找，然后就是第二章中周人对岐山的开垦：

作之屏之，其菑其翳。	菑（zī）：死去的树干。翳（yì）：倒卧的枯木。
修之平之，其灌其栵。	灌：灌木丛。栵（lì）：被砍伐后复生的枝干。
启之辟之，其柽其椐。	柽（chēng）：河柳。椐（jū）：又称灵寿木，一种枝节肿大的小树。
攘之剔之，其檿其柘。	檿（yǎn）：山桑木。柘（zhè）：桑树。
帝迁明德，串夷载路。	串夷：即混夷，西戎名。
天立厥配，受命既固。	配：配合者，即上天在人间的代理人。

大意：拔出去除的，是死去倒下的枯树。修整剪掉的，是灌木和再生的枝条。移去砍劈的，是弯曲臃肿的柳与椐。断根剔除的，是各

种的山桑柘木。上帝开始转移他的明德，夷狄狼狈奔逃在大路。上天
终于确定下人间代理人，周家接受天命的地位已安稳。

与《绵》主要表现太王带领下的"疆理"黄土沃野有所不同，《皇矣》这一
章的笔墨主要表现在开荒，即除去荒原山地的硬杂木之类。有意思的是，
《周颂·天作》称太王、文王开辟岐山是"大王荒之""文王康之"，这段文字
与上举《绵》"乃慰乃止"几章一样，都是对"荒""康"两字内容的进一步落实。
两首诗分别述说疆理田亩和治理山木，互有侧重却相辅相成，是两首《大
雅》的诗与《周颂·天作》存在"对应"关联的证据。而相互关联的三首诗篇，
不外表达这样的意思：三代祖先不懈的努力，终于获得上天的眷顾。这努
力，不是什么传奇的经历，没有超验的事情，有的只是艰苦而平凡的农耕
劳作。祖先是创业的英雄，也是耕作这样平凡事业的英雄。因为他们生活
的行为与想象，就是后代子孙的生活框架。

四、文王家风，生活的法则

前辈的祖先在大地上的迁移劳作，为周家赢得了天命眷顾的可能，也
为文王的事业奠基，也为周人树立了人生榜样。那么，周文王呢？《大雅·
文王》宣称文王是可以被天下人"仪刑"的典范，这就是说，在他身上体现了
上帝的法则。然而，看那些颂扬赞述文王业绩的诗篇，除了《皇矣》中的文
王有遏密伐崇的一两次征战之外，文王的经历要比始祖和太王等平凡多了。
换言之，文王身上展现的上天的原则，离那些传奇的经历更远，人们可以
"仪刑"到的上天原则，都是人间的平凡生活。

首先，是文王治理邦国所造成的民众互敬互让的风尚。这一点前面已
经说过，其次则更重要，也是诗篇同样予以推重的，是周文王的家庭生活
为万民树立了可予取法的生活榜样。这就是《大雅·思齐》篇所显示的内容。
需要说明一下，周人在祭祖的同时，也会为母亲上祭，由《周颂·雍》篇"既
右烈考，亦右文母"句可知。于是颂歌之外，就有《大雅·思齐》诗篇讲述几
辈祖母的懿德。诗曰：

　　　　思齐大任，文王之母，　　　思：叹美之词。齐(zhāi)：端庄。

思媚周姜，京室之妇。　　　　大任：即太任，文王之母，任姓。

媚：爱。

周姜：太王之妻，大任的婆母。

大姒嗣徽音，则百斯男。　　　大姒：即太姒，文王之妻。

嗣：继承。徽音：美德。

大意：端庄的太任，是文王的母亲。她敬爱婆母周姜，在都城王室做女主人。太姒继承了太任的美德懿范，生养了上百的儿男。

惠于宗公，神罔时怨，　　　　惠：和顺。宗公：祖庙。罔：无。

时：所。

神罔时恫。　　　　　　　　　恫（dòng）：痛苦，难受。

刑于寡妻，至于兄弟，以御于家邦。

刑：取法。寡：诸侯自称的谦辞。

大意：和顺地侍奉宗庙的祖先，神灵没有什么可抱怨，也没有任何的苦楚和不满。男人能为妻子做出榜样，把这规矩推广到家族兄弟，以至于用以治理家邦。

雍雍在宫，肃肃在庙。

不显亦临，无射亦保。　　　　不：丕。下文"不"字同。

大意：女祖雍容然现于宫，肃穆然现于庙。显赫地照临着后人，不厌地保佑着子孙。

肆戎疾不殄，烈假不瑕。　　　戎疾：大的疾病，瘟疫。殄：消除。

烈假：厉罟，大的罪恶现象。

不瑕：远离。瑕，通遐。

不闻亦式，不谏亦入。　　　　闻：好的传闻。式：取法，依照。

入：纳，接受。

肆成人有德，小子有造。　　　造：成就。

古之人无斁，誉髦斯士。　　　无斁：不厌倦。誉髦：勉励，激发。

斯士：指周家年轻人。

　　　　大意：没有大的疾疫，没有大的犯罪。好的说法被采用，好的建
　　　　议被接纳。成年人都有德行，晚辈都有所成。古人就这样勤勉不厌倦，
　　　　激励鼓舞着周家的儿男。

　　《毛诗序》说："《思齐》，文王所以圣也。""所以圣"，就是因何而为圣。因何而为"圣"呢？首先他有贤德的母亲，就是太任；太任敬爱婆母周姜，于是家庭和睦。古代家庭生活，婆婆与儿媳妇关系总不那么融洽，总爱拌嘴吵闹，就是庄子说的"妇姑勃谿"，是常态。看来从古老的先周时期就已经如此，所以诗人才特别提出周王室的婆媳关系好，以此来表明太任的贤德。不过，回到诗篇，言周文王有贤德的母亲，也就是有良好的家风家教，并且代代相传，于是到文王作为家长时，又有贤德的妻子太姒，接续传统并发扬光大，其具体表现是不仅婆媳关系好，而且还能"则百斯男"，生养上百的儿郎。今天的读者难免要问：太姒能有这样超常的生育力？"百斯男"的意思不是指她一个人的"生产力"，而是说她的德行"解放"了文王家其他妻妾的"生产"的积极性。因而"则百斯男"是嫡夫人与众妻妾关系和谐融洽的好结果。这就是古人提倡的"太姒之德"。不过，在今天，读诗第一章，能使人有感触的是诗篇郑重地列出三位女老祖，无言地承认：良好的家风家教，与贤德的女主人关系巨大。诗篇的第三、第四章就是写周家在贤德妻子的辅助下，能使好的说法、好的建议被采纳，此外贤德母亲教养子女，于是周家"成人有德，小子有造"。一般而言，《诗经》时代崇尚男尊女卑，然而读《思齐》的诗篇可知，对于家庭主妇的作用还是能认同的。而且，"雍雍在公，肃肃在庙"又将几位女祖写得那样雍容懿雅。承认母亲在教育子女上的作用，是实事求是的。

　　需要多说几句的是第二章，即"惠于宗公"章。前面"神罔时恫"是讲几位女老祖侍奉宗庙，宗庙的神灵无苦痛、无怨言，《礼记·哀公问》记载孔子关于女主人在家庭生活中的地位作用，就有"上承宗庙"一项，此诗所言就是孔子之说的依据之一。然而，这一章到"刑于寡妻，至于兄弟，以御于家邦"三句，主语悄然发生变化。三句的主语是周家男人特别是周文王，三句是言他为家庭树立了良好的榜样，妻子遵循，兄弟的家庭遵循，于是家庭和谐。周家为所有的家庭生活确立了懿范，这样的懿范迅速推广，由周

人家族迅速普及到整个周家治理下的广大家邦。

读这样的诗句，使我们对周人的"天命"观念，有一番更加具体的了解。天命是威严而神秘莫测的，然而，在诗篇中，家庭生活和谐美满子孙众多，也是天命所以眷顾于周家的一个很重要的原因。说到周人的"得天命"，始祖后稷的"立我烝（蒸）民"，太王的抓住机遇迁移、定居，固然都是"得天命"，而《思齐》篇展现的更为日常平凡的和谐家庭生活，大人有德，小子有成，按诗篇所表达的意思，同样也是周家"得天命"的重要条件。天意所钟，在和谐生活的缔造。也就是说，抽象的高高在上的"天命"其实指向的是人间平凡的有德行的生活的建构；神秘的天命观念，着意引出的是人在平凡世间缔造良好的生活。代代有贤妻，代代生养哺育贤子，这就是诗篇告诉我们的周家上承"天命"的理由，天命所归的人间的德性生活。①

在这一章中，还有一个很重要的内容，那就是"内圣外王"的这一种影响深远的文化命题的提出。大家知道儒家著名的经典著作《大学》篇，就是对"内圣外王"命题的推衍与论定，然而，读《诗经·思齐》可知，这一思想的原型始见于《诗经》。大家知道，西周王朝实施封建制，西周姬姓贵族统治天下，同时用"封建亲戚"的方式，建立拱卫王室的诸侯邦国。王朝政治的外形为封建，社会的内在的关联则是宗法，同姓贵族有其天然的血缘联系，异姓贵族则是由婚姻联系起来的。总之是一种新型的"家天下"笼罩全局，整个社会也都由大大小小的家庭、家族组成。于是，一种影响持久的为政理念由此产生：社会最大的福祉在于大小家庭的和谐，为政者最大的德行，就是为天下所有家庭生活做出榜样。《论语·颜渊》篇中孔子关于政治的说法，可以视为古人对政治的定义："政者，正也。子率以正，孰敢不正？"政治就是引导民众走正确的路。其实这样的政治观念，早在周代就已

―――――――――

① 古代的天命观念很有意思，它可以引发两种倾向的行动，一种是虔诚的鬼神崇拜，一种是世间的德行实践。举例而言，《左传·庄公十年》记载的"曹刿论战"的故事，当鲁庄公说自己虔诚祭祀神灵，神会保佑鲁国获胜时，曹刿说"小信未孚，神弗福也"，他的意思就是说：人间的政治没有做好，只是对神虔诚不起作用。表现的就是第二种的"天命"理解。然而，不是所有时代所有人都有这样观念，很多时候，人们总是以为崇拜上天的虔诚，可以取代人间的德行。

经出现。证据就是《思齐》篇"刑於寡妻"的诗句。①

　　正是因为这样的观念，《大雅·大明》这首演唱于祭祀文王典礼上的诗篇，也用了较多的笔墨去描写王季和文王的婚姻缔结。《毛诗序》解释这首诗说："文王有明德，故天复命武王也。"诗篇最后确实结束于武王伐商之事，如最后两章：

　　　　殷商之旅，其会如林。　　会：聚集。
　　　　矢于牧野，维予侯兴。　　矢：誓言。维：发语词。侯：发语词，
　　　　　　　　　　　　　　　　作用如"维"。兴：起兵。
　　　　上帝临女，无贰尔心。　　临：看着。
　　大意：殷商的军队聚集如森林，武王向部下宣布誓言：我们要兴兵作战，上帝在看着你们，不要心怀二心。

　　　　牧野洋洋，檀车煌煌，驷骢彭彭。　洋洋：广大貌。骢(yuán)：
　　　　　　　　　　　　　　　　　　　　赤毛白腹黑鬃的马。彭彭：
　　　　　　　　　　　　　　　　　　　　雄壮貌。
　　　　维师尚父，时维鹰扬。　　师尚父：指姜尚。
　　　　凉彼武王，肆伐大商。　　凉：辅佐。肆：疾，快。
　　　　会朝清明！
　　大意：牧野之地好宽阔，檀木战车光闪闪，驷马雄健色鲜艳。武王的师父是姜尚，击杀敌人像苍鹰在飞扬。是他辅佐周武王，快速灭掉了大商。那是一个晴朗的早晨天刚亮。

---

　　① 无独有偶，《尚书·尧典》篇开始说尧的表现是："帝尧曰放勋：钦，明，文，思，安安，允恭克让，光被四表，格于上下。克明俊德，以亲九族；九族既睦，平章百姓（"百姓"指贵族）；百姓昭明，协和万邦；黎民（天下万民）於变时（是）雍（和）。"居然也是一个"内圣外王"的架构。问题是《尧典》写作于何时？笔者曾对读《尧典》与《尚书·吕刑》（可以确信的西周中期文献）《金文》和《诗经》西周雅颂篇章，得出的结论是，从语词、语法即篇章布局几方面看，《尧典》都是西周中期的文献，而非流行看法所认为的春秋战国作品。就是说，"内圣外王"观念的创始，在西周中期封建宗法制实行之后，是封建宗法制孕育的文化观念。参见李山：《尧典的写制年代》，载《文学遗产》2014(4)。又见李山：《西周礼乐文明的精神建构》附录一《尚书》"虞夏书"三篇著作年代考，406～412页，石家庄，河北教育出版社，2013。

　　然而，诗篇在表现武王的继承文王志业终于克商之前，用了相当的笔墨表现王季娶太任与文王娶太姒之事，且诗篇一开始就交代，这原是天意的一部分："天位殷适，使不挟四方。"诗篇说：是上天为殷商树立了敌人，以至于他们失去对四方的控制。就在殷商失去上天眷顾的时候，幸运的周人则在崛起，而崛起的表现之一，就是《大明》篇要表现的王季和文王两代的好婚姻。诗篇第二、第三章说：

> 挚仲氏任，自彼殷商，　　挚：商代方国名。
>
> 　　　　　　　　　　　　仲氏：排行第二，即太任。
>
> 来嫁于周，曰嫔于京。　　嫔：做主妇的意思。
>
> 乃及王季，维德之行。
>
> 大任有身，生此文王。　　有身：怀孕。
>
> 大意：挚国第二女就是太任，从殷商国度嫁到周邦。与王季一起广施德教，怀孕生出就是这文王。

　　王季娶太任，是好婚姻，生了好儿子文王。诗篇接着就说文王"昭事上帝，聿（语助词）怀（归）多福。厥德不回，以受方国"。意思是周文王小心事奉上帝，上帝赐福给他，让他做了西部方国的领袖。诗篇接着就用了三章篇幅表文王婚事：

> 天监在下，有命既集。　　集：聚。
>
> 文王初载，天作之合。　　载：年。
>
> 在洽之阳，在渭之涘。　　洽（hé）：地名。在今陕西合阳境内。
>
> 文王嘉止，大邦有子。　　嘉：吉祥。止：语气词。
>
> 大意：上天细观察，大命降周人。文王继位初，缔结天作好婚姻。在洽水南岸，在渭河一旁，文王好日子，娶大邦女新娘。
>
> 大邦有子，伣天之妹。　　伣（qiàn）：好像。
>
> 文定厥祥，亲迎于渭。

造舟为梁，不显其光。

大意：这位大邦女，相貌好像天仙样。文王定婚期，亲迎渭河旁。连接舟船做鹊桥，婚礼排场好风光。

有命自天，命此文王。

于周于京，缵女维莘。　　　缵（zuǎn）：继，再加上。指娶太姒是上天再降好命给周人。

长子维行，笃生武王。　　　长子：即长女，指太姒。行：这里是"出嫁"的意思。

保右命尔，燮伐大商。　　　右：助。燮（xiè）：会集。意思是：伐商是周人与天命合作的结果。

大意：有命从天降，降给我文王。在周家都城，来了莘女做新娘。莘国长女嫁文王，生下儿子周武王。上天保佑命真好，天遂人愿伐大商。

三代人的婚姻，三代人源于上天的好命，终于有了最后的克商、最后的主宰天下。这才是西周天命观念最有意思的内容。上天眷顾德行，然而人间的德行却落在婚配，落在生养好儿子好后代之上，质言之，玄虚神秘的天命，却有其实实在在的落脚点，那就是人间德行生活的实践。这样的观念是别致且富于民族特征的。同时，重视婚姻的观念也是明确的。而且，周代婚姻有问名、纳彩等六礼，然六礼虽多，亲迎之礼最大。对此，《礼记·哀公问》曾这样记载了孔子与鲁君的一段对话："公曰：'寡人愿有言然，冕而亲迎，不已重乎？'孔子愀然作色而对曰：'合二姓之好，以继先圣之后，以为天地宗庙社稷之主，君何谓已重乎？'"孔子如此说，其神圣的根据就在《诗经》，就在上述"造舟为梁，不显其光"的文王亲迎的篇章里。有意思的是，在今日的中国，天南海北，婚礼婚俗各有分别，有一点却四海如一，那就是亲迎，就是结婚之日，男孩子乖乖地到女儿家郑重其事地把女孩子迎接过来。这也是周人家风的遗留啊！

第六章 "合二姓之好"的婚姻之歌

前一章我们看到了，祭祀祖先典礼仪式中，那些回顾周家创业、得天命的历史鸿篇，讲述三代先王的幸福婚姻、幸福家庭、好妻好儿，也是诗篇的重要内容。而且，一个关系到治国安邦大原则的"内圣外王"纲领，也是在对好家庭、好妻子的赞美述说中郑重提出的，周人对好家庭的关注多么强烈，也就不难见其一斑了。与这样的高度关注相应，《诗经》中还有一个诗篇题材的大宗，就是婚恋诗篇。粗略统计，婚恋题材的诗篇数量，总得在百篇左右，占《诗》"三百篇"三分之一。篇章既多，其内容更是丰富多样，表现生活广泛深刻。

婚恋题材的诗，又可分为"婚"与"恋"。这一章重点讨论"婚"，即婚礼乐歌及表现婚后家庭生活的篇章。不过，要理解《诗经》的婚配诗篇，有一被误解的诗篇需要首先拿出来谈谈，这就是《诗经》的开篇：《周南·关雎》。

一、《关雎》主题正误

打开《诗经》，就是《关雎》篇。这首诗大家很熟悉，所以下面只把诗篇列出，就不做注释和"大意"了。诗曰：

> 关关雎鸠，在河之洲。窈窕淑女，君子好逑。
> 参差荇菜，左右流之。窈窕淑女，寤寐求之。
> 求之不得，寤寐思服。悠哉悠哉，辗转反侧。
> 参差荇菜，左右采之。窈窕淑女，琴瑟友之。
> 参差荇菜，左右芼之。窈窕淑女，钟鼓乐之。

应该是因为这首位置特殊，历代注解《诗经》，往往在这一篇上下的疏解功夫要大些，与此相伴，误解也严重些。

1. 历来的误解

许多问题，正确答案只有一个，错误的解释，就像托尔斯泰所说"不幸的婚姻"，各有各的不幸，各有各的东倒西歪了。即如《关雎》的解说，西汉与东汉不同，汉代又与宋代有别，至于近代以来的解说，又是迥异于古人的。西汉今文经学的解释：诗篇是刺诗，具体说是刺周康王的。收集汉代今文经学解释的书有清末王先谦的《诗三家义集疏》，该书引《史记·十二诸侯年表》所存今文经学之说："周道缺，诗人本之衽席，《关雎》作。""衽席"与后世的"炕席"差不多，只是周代还不睡炕，准确解释"衽席"，大致就是"床笫"，即"床上"的意思。那么，是谁的"床笫"之事出了差错呢？是周康王，即西周第三代王。可是，周康王时代西周不是"盛世"吗？《史记》就说"成康之际，刑措不用"的。可是，盛世之下，也难免周康王在私生活上没有"衰"事。那么，周康王到底怎么于私生活"周道缺"了呢？原来，"周康王承文王之盛，一朝晏起，夫人不鸣璜，应门不击柝，《关雎》之人见几而作"。大意是：周康王承继周文王事业，王朝还是盛世，但是他又一次早朝起晚了；按规矩，侍寝的夫人应该早早起床，并用佩璜发出声响，告诉门外值夜的人员，自己该出门了。值夜把消息传给看守宫门的人员，看守宫门的就敲击棒子，告诉大家王和夫人起床，朝政就要开始了。康王和他的夫人都起晚了，这就是"周道缺"，所以，就有诗人——好麻烦的诗人——以小见大、防微杜渐，作了《关雎》加以讽谏。这就是"刺诗"说的大概。

可是，我们读《关雎》，怎么也看不出任何"刺"的味道。这就是不了解汉代以"刺"说《诗》的奥窍了。儒家有一个说法叫做"谲谏"，就是拐着弯儿地谏。例如，在课堂上，有同学迟到了，老师不直接批评他，而是念"学生守则"中的"不许迟到"。老师这样念，学生听懂了。这就是"谲谏"，手法高了去了。用《毛诗序》的说法，这叫做"言之者无罪，闻之者足戒"。这就是经学家说的"刺诗"之说。这样"谲谏"地解释《诗》篇，还有不少。再举一例，如《小雅》有一首诗叫《楚茨》，叙说的是年终用籍田生产的粮食祭祀祖先，《毛诗序》则说："刺幽王也。"可是瞪着眼找遍全篇，不见"幽王"俩字；弄酸了鼻子也嗅不到"刺"的气味。可是，接着读《毛传》，就该自惭脑筋不灵活了："政烦赋重，田莱多荒……故君子思古焉。"原来这是"思古"，要点就在这"思古"一词。幽王时荒于农耕，田地荒芜，赋税又重，诗人要批评他，不好直斥，只好借着思古、说古来拐弯抹角地讽刺了。这又叫做"反经以为权"，既刺了周王，也保证自己没有危险。顺便说一句，汉代的"大赋"作品，人们说这种文体是"曲终奏雅""劝百讽一"，原因也在这个"谲谏"。简单说，汉大赋是遵循了经学"谲谏"说的文章，是经学下的文学产物。

以"谲谏"思路解《关雎》，在西汉还有其更现实的指向，那就是"今时大人"即"今上"。这样的说法也见于王先谦《诗三家义集疏》，原文则采自刘向的《列女传》。刘向生活在西汉的元帝、成帝时代，两位皇帝父子相继，都好色，前一位因好色而命短，后一位因好色而绝嗣。所以，《关雎》的解释针对"今时大人"其实也是"谲谏"的实用之例。

到了东汉，以流行的古文经学解释《关雎》，又有了新说："《关雎》，后妃之德也。"这就是见于《毛传》的今文家之说。那么，"后妃之德"的"德"指什么呢？《毛诗序》说："乐得淑女以配君子"，就是后妃想"君子"即自己的丈夫多得淑女，就是丈夫多找妻妾她也"不嫉妒"。到了宋代，还干脆把这样的"不嫉妒"之"德"，明确说成是文王家里的"太姒之德"，例如，朱熹《诗集传》就解释"淑女"之"女"，是"太姒为处子时"。这样在今人看来很是不近人情的解释，在当时也自有其考虑：《关雎》中的"后妃之德"，可以为那个一夫多妻时代的天下家庭，树立"不嫉妒"的榜样。诗篇在这些解释下，就被视作了驯服女性"嫉妒"的大法。

简单说，西汉解释经典，重在以此矫正帝王的做法；东汉儒家解经典，则在为万民树立榜样。汉代完整的《诗经》解释著作，只留下一部《毛诗》。

对《毛诗》解释《关雎》，我想抄林语堂《〈关雎〉正义》短文里的一段权当评价。林语堂的文章先举了几条有关《关雎》的旧说，意在告诉读者，古代儒家解经道学的气氛浓厚，早有其端绪，不是从宋明理学开始。然后，林语堂又说：

> 我想象在台北可有这一幕："妈，您为什么睡不着？翻来覆去？"孩子问。
>
> "儿啊，你不知道，你爸爸想娶一个年轻女子到我们家来。"

"妈，这不是很好吗？你应当学文王后妃，她真好。她也失眠，倒不是怕他先生讨小老婆，而是怕他先生娶不到小老婆，想到发热昏，真真足为楷模。"

"谁说这种话？"

"学校里的老师。"

第二天，张太太、李太太约同赖太太、杨太太，一起大闹学校去，老师早已闻风由后门逃走了。这几位太太没法，只有把学校里的《诗经》课本全撕烂了。

快哉快哉，读此文字！说这些属于学术史的东西，似乎与读《诗》无关，其实不然。了解一点《诗经》研究的学术史，可以帮读者选择读本，甄别众说。尤其有益的是，可以打破一些人至今还相信的"汉代离《诗经》时代近，其说更可信"的糊涂想法。汉代确实比我们离《诗经》近，留下的很多文献材料也确实很有用。可是，若一味信从汉代说法，不了解经学解读经典有其特定的解经目的，那可就难免在理解《诗经》上被谬说误导，若再以误传误，那可就有遭张太太、李太太们"撕"的危险了。

汉宋学者那样说《关雎》，确实招人烦，撕之也不冤。于是现代人又有新说，这新说就是各种课本、注解本中讲滥了调子的"爱情"说。其实是一种现代误解。曾见过一个选本说《关雎》是写一位男子"偷偷爱上"一位淑女的。这样理解倒也不是找不到依据，他们是从诗篇"求之不得，寤寐思服。悠哉悠哉，辗转反侧"等句子来立论的。一位男子因思念淑女，弄得寝不安枕，翻过来、调过去地在床上折腾，在一些现代人看来，不是堕入情网、为情所困，又是什么？爱情说以此得立。然而，单看上述句子，的确如此，可是，据此就说诗篇是"爱情"之作，却难免是断章取义且有"现代化"古人之嫌。

2.《关雎》为婚礼乐歌

其实，《关雎》为婚礼乐歌。何以这样说？主要根据有三点。

首先，是篇中的称谓形态不对。篇中"君子""淑女"对举，明显是旁观的第三者才有的语态。试想，在一个群体里，就以正值"恋爱季"的大学班级为例吧，一位男同学爱上了班上的某位美女，若他写诗说："那位美好的女生啊，是正派男生的好配偶。"不是要被当成精神不正常吗？表达爱意的诗，能用这样的人称语态吗？《关雎》篇以"君子"与"淑女"的人称名谓对举，不是表白爱情该有的称谓。《诗经》中也有传达爱慕的篇章，例如《郑风·褰裳》，其"子惠思我，褰裳涉溱"——你可好心看上我？看上我，撩起裙子渡溱(zhēn，河流名)水来会你——的句子，就是"子"与"我"并举的。这才叫传达爱情。这是第一点，即诗中人的称举方式不对。

其次，是篇中乐器不对。诗言"琴瑟友之"，《小雅·常棣》："妻子好合，如鼓瑟琴。"《郑风·女曰鸡鸣》："琴瑟在御，莫不静好。"两句都是以"琴瑟"喻夫妻和睦。就现有《仪礼》等关于"周礼"的记载而言，一般典礼都有"升歌"，即目盲乐工四位升堂演奏，二人唱、二人以琴瑟伴奏。因此，《关雎》言"琴瑟友之"，也应该暗示的是典礼场合。理解诗篇要看全文，单看这一句，容易把古代男女理解得像今天一些男生，操着吉他对女孩唱"我心中不能没有你"之类的情歌。可是，顾及诗的全篇，"琴瑟友之"就绝不可以做这样的解释，因为诗篇还有下文"钟鼓乐之"的限定。句中的"钟鼓"，是不可再视为示爱乐器演奏。中国有鼓很早，大汶口文化、山西陶寺文化等遗址，都曾出土过用鳄鱼皮蒙制的木鼓；说到钟，就今天发现的西周最早的钟而言，是三件一套，要敲击成乐，还需要一个悬挂乐器的架子。如此，挟瑟之外还得带着一套编钟，拖一副木架，组织一个小乐队，有这样去向女子示爱的吗？

最后，也是更关键的，当琴瑟与钟鼓一起出现于诗篇时，暗示的是一场典礼才有的音乐规模。周代举办典礼，如上所说，堂上一般有目盲的乐工歌唱，用琴瑟伴奏，称"升歌"。同时，堂下的庭院则还有乐工奏乐相应和。就《仪礼》记载而言，升歌之后，堂下演奏，称"间歌"。升歌、间歌，相应相和，才是一场典礼的歌乐之局。《仪礼》所记之礼等级略低，所以没有出现钟鼓，但是，在《左传》《国语》等文献所记载的列国使者的聘问活动中，却是有"金奏"，即使用铜钟乐器演奏。王国维先生在《释乐次》一文中说："凡金奏之乐用钟鼓……天子、诸侯全用之，大夫、士鼓而已。"可见"钟鼓"的出场所指示的礼仪场合是天子、诸侯级别的。另外，单看"琴瑟"一词，出现在《诗经》中，都是用来比喻夫妻和谐的，如《小雅·常棣》"妻子好合，如鼓瑟琴"，《郑风·女曰鸡鸣》"琴瑟在御，莫不静好"等，都是这样的。

《关雎》先言"琴瑟",再言"钟鼓",正是暗示出典礼场合的用乐情形,符合周礼的规制。说起来,对现代学者而言,结合周代礼制,对诗篇文义的推求应该不是什么太大的难题。然而,被"爱情说""诗经是民歌"之类观念塞满了头脑,是无暇或不屑于去做这样的推求的。就是说,现代学者解释此诗,在"先入为主"的主观臆断上,并不比古人好。

据《仪礼·士昏礼》和《礼记》等文献,周代婚姻有六礼,即纳采、问名、纳吉、纳征、请期、亲迎。纳采和问名是指媒妁奉命到女子家说明结亲之意,送一点礼物,并请问女孩子名字,以便占卜定吉凶。纳吉是将占卜的吉兆告诉女子家,纳征即下定亲礼,请期是确定具体婚期,亲迎则是婚礼的高潮,男子亲自迎娶女子成婚。《关雎》的诗篇,从其内容看,应该就是亲迎典礼的乐歌。诗篇其实是祝愿新婚之人生活幸福的。一言以蔽,《关雎》属于西周礼乐的一部分。

3. 两点释疑

至此可以说,《关雎》根本不是现代人理解的"爱情诗",而是婚姻典礼的乐章。诗篇原本是带着自己使用场合的印记的。不过,笔者设想,这样的理解起码要受如下两方面的质疑。

其一,还是会涉及上面说到的"辗转反侧"那几句。人或许要问:你说《关雎》不是爱情诗,那上举"辗转反侧"云云,又是什么?答曰:难道结了婚的夫妻就不需要爱情了?一首婚礼的乐歌而写到夫妻情深,是承认夫妻关系也应以相互的爱恋为重要条件,是诗篇人道情怀的表现,值得珍视,却不应该因此混淆诗篇的题材类型。夫妻之爱,一般不叫它爱情,而是称之为恩情,爱情是生命意义上的,谁爱上谁,非理性、无道理可言。然而恩情则更倾向于婚姻伦理范围之内的情感。诗篇言"辗转反侧",也是在表达"好婚姻"的理想。这样的祝福其实是有其生活的针对性的,因为在父母之命、媒妁之言之下的婚配,好夫妻难得。请看《史记·外戚世家》开头的议论:"礼之用,唯婚姻为兢兢(经心貌)……人能弘道,无如命何。甚哉,妃匹(配偶、夫妻)之爱,君不能得之於臣,父不能得之於子,况卑下乎!"贵为君主,尊为父亲,也未必有个好婚姻,司马迁此言,不是好夫妻难得的高论吗?唯其难得,才有诗篇的祝福。因此,上述几句与其说是某个爱恋中人的内心独白,不如说是对"好配偶"这一人生至幸的渴望,或者更准确,是诗人对眼前一对"新人"未来鹣鲽情深的祝愿。

其二,也许有人还会质疑:《礼记》等文献不是说"婚礼不用乐","取妇之家,三日不举乐"吗?是的。答曰:《礼记》等确有这样的说法。而且,可以肯定,古代很多学者不敢把《关雎》视为婚姻典礼的乐歌,就是因为有这些横在那里的记载,真是个巨大的障碍。可是,古人云:尽信书不如无书。"之子于归"的《周南·桃夭》难道不是嫁女之歌?"之子于归,百两御之"的《召南·鹊巢》,不是送亲的"用乐"吗?《礼记》成书于东方的儒生,时间为战国,周南、召南之地在今河南、陕西,时间总在春秋以前,两者之间地域相差数百公里,时间相隔几百年。在《诗经》与《礼记》之间,到底哪个可信,相信是不用多言的。一言以蔽,儒家文献所说"婚礼不用乐",应该是西周之后的流行于东方的风俗,据之否认《关雎》篇婚礼乐歌的属性是很成问题的。

二、诗篇文化内涵透视

注解《诗经》的诗篇,确定其主旨,仿佛石油钻探的打井,一口井打得位置得当,大地的蕴藏就会喷薄而出。《关雎》的诗篇就是如此。当我们调整了对它的主题的理解后,诗篇所蕴之内涵,马上会迫使我们去发问、发现。《关雎》既然是一曲"亲迎"婚礼上的乐章,是一首有关婚姻关系缔结的诗篇,那么,问题也就随之而来:婚姻在西周时代社会生活中的地位如何?按照儒家文献记载,孔子论《诗经》特重《关雎》。《韩诗外传》载孔子论《关雎》谓:"大哉《关雎》之道也,万物之所系,群生之所悬命也。"看这样的说法,感觉难免有"玄乎"之感。然而就笔者而言,早就有一个疑问:《关雎》位列"三百篇"之首,是偶然巧合还是有意的安排?看《韩诗外传》这样说,《关雎》列为《诗经》之首,似乎应是孔子的编排。然而,后来读《仪礼》的《乡饮酒礼》和《燕礼》,在宴会招待宾朋时,有一个节目就是歌《周南》和《召南》中的六首诗,首先歌的就是《关雎》,看来并不是孔子或者其他任何人的安排,早就如此。无论如何,《关雎》在《诗经》占据"首出"的位置,应该不是毫无意味的。那么,这意味又是什么?

上文曾举《礼记》中《郊特牲》的"取于异姓,所以附远厚别也",及《礼记·哀公问》所说"合二姓之好，以继先圣之后"的说法。这两句话，正道出婚姻联合异姓异族的重要作用。这又涉及我们本书第一章所讲到的"历史瓶颈突破"的那个重大问题。这里，需要补充说明一点，即婚姻关系的缔结在西周封建制中所起到的巨大作用。

许多历史教科书在论述西周封建时，往往忽视与封建制相伴而生的婚姻制度。《礼记·大传》说"周道"即周人的婚姻规定是"虽百世而昏姻不通"，意思是同为姬姓的男女，百代不可以通婚。这与殷商可以"内取"即可以娶同姓截然有别，而后世中国人的婚配原则基本遵循周礼的规定。西周大封建，将众多同姓异姓的亲戚盟友分配到当时各个战略要地，建立诸侯家邦以拱卫王室。大封建导致的是周人及同盟者群体的大拆解，也使周人及其盟友与天下众多其他异姓异族全面接触。于是一个问题随之而来：对众多的异性异族是联合融通，还是压迫对抗？历史表明，新王朝的缔造者选择的是后者，即联合与融通，其重要的表现，就是周贵族与异姓异族之间婚姻关系的广泛缔结。这就是西周封建刚柔并济的两个方面。刚的一面是军事镇服，柔的一面是周人试图利用婚姻来打破自封建以来所形成的族群壁垒。由此，也完成了对原始社会以来的血缘关系的重大变革：那就是用婚姻的方式，将众多的族群联合起来，缔造一个几乎可以说贯穿天下、笼络天下的新的庞大的血缘关系系统。这个庞大的血缘关系系统，大体是由同姓亲戚和异姓姻亲构成的。这个庞大系统，就是王国维在《殷周制度论》里所说的封建制形成的"道德团体"。《礼记·丧服小记》说：周人"亲亲尊尊"。"亲亲"，就是重视血缘关系；"尊尊"，则是在"亲亲"基础上形成的"长幼有序"。到东周时期，文献记载，周王见异姓诸侯，一无例外地称"伯舅、叔舅"，见了同姓诸侯一无例外地称"伯父、叔父"，就是用婚姻缔造的新的大血缘意识已成习惯的体现。有意思的是，后来的中国人社会关系，特别重视表亲（姻亲关系），费孝通先生《乡土中国》说：中国人重表亲，一表三千里。这也应该从西周血亲封建那里找到源头。周人的血缘关系是融合了天下的血缘关系。

这里有一种大智慧，值得注意，那就是顺势而为。三千年前的西周，不论是周人还是其他人群，"非我族类，其心必异"的观念，应该是普遍根深蒂固的生活意识。① 而且，本书第一章"历史瓶颈"那一节说过，不能有效地将辽阔地域上分布的各有渊源的众多人群在文化上真正融合起来，正是夏、商两代面临过的重大难题。周人解决这个难题，突破历史瓶颈，正因其智慧地利用了人们相信"有血缘关系的人就亲"的"族类"意识，用婚姻的缔结广泛地营造不同人群之间的交融。由此，也就不难理解在《诗经》中，像《关雎》这样的诗篇位居篇首的道理了。婚姻关系的缔结既如此重要，那么，婚姻缔结之际，举行隆重的钟鼓齐鸣的婚姻典礼，不是必然的吗？如此婚礼上有"关关雎鸠"祝愿夫妻和谐的乐歌，不也是很自然的吗？了解西周特殊的历史背景，阅读《关雎》篇章，才可以感到它的历史沉重性，才可以了解到先民在缔造文明社会时所显示的智慧。由此，《诗经》作为一部文化经典，其记录历史的价值才可被真切地感受到。

以上所谈，是《关雎》作为婚礼乐歌的历史内涵。历史总会成为过去，而"过去"的历史造就的文化逻辑，却可以延续很久。大家读《论语》，第一篇章就是"学而时习之"，之后的第二章就是："有子曰：其为人也孝弟，而好犯上者，鲜矣。不好犯上，而好作乱者，未之有也。君子务本，本立而道生。孝弟也者，其为仁之本与！"这段话直接表达的意思，是强调"孝弟"之道的根本；若从文化逻辑上看，这段"有子曰"不正是强调"好家庭出好的社会成员"这样的文化逻辑吗？再约而言之，就是承认这样一点：家庭是培育社会成员的第一学校。然而，在《柏拉图对话录》所记载的苏格拉底的言论中，却能看到与此相悖的观点。柏拉图笔下的苏格拉底说：教育希腊城邦的公民是不能在家里完成的。为什么？家里不是女人就是奴隶，女人半

---

① 从远古以来，中华文化就是一直没有改变最初的自然意识的文化，血缘意识长久地为中国人所保留。中国不像巴比伦和埃及两个文明古国，一个在两河流域，一个在尼罗河流域，这几条大河都能够把人们所在的平原整个冲毁，原有的耕作秩序也随之覆灭。如果要在一片新冲击的肥沃的原野上重建生活，一家一姓是绝对办不了的，必须把全社会的力量汇聚在一起。就是说，必须有一种超越家族、氏族血缘天然联系的社会组织，才能聚合全社会的力量，于是新的社会结构方式得以建立。但是，中国的情况却不一样，远古先民是在一片大平原上，循着一支一支的小河流的曲沚之地，建立农耕社区。随着人群数量的上升，不断分家、迁徙，形成分布范围更大的人群。在这样的平流曼衍的过程中，原始而天然的血缘关系得以保存。我国历史上有关于大洪水的传说，可那是反常状态，一是巨大患难，可以造就治水英雄的传说，却算不上改变历史的长期稳定影响的因素。简而言之，独特的生存环境，缺少一种打破原始天然血缘联系方式的需要，所以，"非我族类，其心必异"的血缘关系的社会意识得以持久延续。

个人格，奴隶全无人格。苏格拉底就问了：半个人格的家庭，怎么可以教育出完整人格的公民？那又在哪里教育呢？苏格拉底的回答：在广场。因为希腊成年公民们总是待在广场上，谈政治军事外交等各种城邦之事。小男孩就跟在他们身边学习做公民的一切。在此，我们看到一个完全不同的文化逻辑。重视家庭教育，是当代教育的共识。那么《论语》中"有子"的见解，不正与《诗经》的重视家庭存在密切的关联吗？西方《圣经》说，人类是因为受了诱惑才偷吃禁果，才有了男女生活，是"失乐园"之始；可是在中国古典的《易传》中，对男女婚姻是这样说的："有天地然后有万物，有万物然后有男女，有男女然后有夫妇，有夫妇然后父子，有父子然后有君臣，有君臣然后有上下，有上下然后礼义有所错，夫妇之道不可以不久也。"（《周易·序卦传》）这就是中国关于家庭生活的文化逻辑：与天地阴阳合生万物一样，男女结合才是人伦的开端，才是社会生活的起点。

当然，领悟这样一种文化逻辑，实有赖于对《关雎》主题的重新认定。很明显，将《关雎》读作"爱情诗"，其背后所涵藏的文化意蕴，就会被弄得黯然不彰。这对了解本民族的文化传统，当然是十分不利的。

那么，这样的婚姻关系缔结，是否产生了巨大作用与影响呢？回答是肯定的。

三、姻亲的情分

婚姻关系，扩大了周人的"亲亲"关系，缔造了不同人群的融通联合。这在《诗经》的一些篇章中，也是信而有征的。《小雅》中有一首《我行其野》：

我行其野，蔽芾其樗。	蔽芾：树叶茂密貌。
	樗（chū）：臭椿树。
昏姻之故，言就尔居。	两句意：是因为婚姻亲戚的缘故，才来你这里居住。
尔不我畜，复我邦家。	
我行其野，言采其蓫。	蓫（zhú）：今名羊蹄菜，嫩叶可食，但味苦，多吃下痢。

昏姻之故，言就尔宿。
尔不我畜，言归斯复。

我行其野，言采其葍。   葍（fú）：又名旋花、旋葍，可食，久食
                     则头晕腹泻。

不思旧姻，求尔新特。   特：姻亲，亲家。

成不以富，亦祇以异。   成："诚"字假借，实在。祇：只是。

    这首诗从格调看，应为西周晚期作品。《毛传》说"刺宣王"，周宣王即为西周晚期之王。为什么说诗篇是"刺宣王"呢？郑玄解释说："刺其不正嫁取之数，而有荒政，多淫昏之俗。"大意是周宣王政治荒废，不管教人民的婚姻嫁娶，所以当时多过分的、不合礼法的婚配。毛、郑这样解释诗篇，遵循的是中国古典的政治逻辑。这古典逻辑，用《论语》中孔子的话说，就是："政者，正也。"翻译成现代汉语就是："政治，就是引导人民走正确的路。"当然也包括婚姻风俗在内。在这样的政治观念的逻辑之下，婚姻风俗不正，周王当然要负责任。可是，诗篇自身有其表达的重点，与政教风俗没有直接关系。诗篇反复说"昏姻之故，言就尔居""尔宿"，都是强调我们是异姓亲戚，有婚姻关系，如此，才来投奔你家，在你们这里借住、借宿。然而你们却因为我们落魄了，就不念旧姻亲情分，眼里只有新姻亲（当然是富贵人家）。诗篇接着又做诛心之言：这实在不是因你家富有了才变，原本你就是个三心二意的人家。这样句子既暗示着"两亲家"有了贫富差异，也暗含着"当初我错看了你，才选你做亲家"的意思。从如此峻切的言论，是可以看出婚姻亲戚应当互助这样的"周礼"大原则的。

    由这首诗，可以看出，在西周后期，因为各种天灾人祸，出现了投亲靠友的流亡之民，[①] 其中投奔姻亲就是一种选择。然而，毕竟到了西周后期，礼坏乐崩业已开始，人们也开始"不思旧姻"了，于是就有对这些投奔之人的嫌恶。然而，人们"旧姻"观念仍在，于是就有这首哀怨的诗篇。它

---

    ① 对于《小雅·黄鸟》篇《毛传》就有"宣王之末，天下室家离散"的说法，而西周末期，有天灾，如宣王时期的大旱；更有人祸，如厉王之乱和玁狁入侵等，都会造成人民离散，如此投亲靠友，也就是当时人不得不选取的活路了。

一方面显示着社会生活观念的变化，另一方面也显示出西周以婚姻关系缔造不同人群之间的关联仍然具有的巨大观念力量。读这首"变风变雅"的哀怨诗篇，正可以了解婚姻关系在西周曾有过的重要意义。另外，诗篇中"言采其蓫""其葍"的比兴之词，也颇有意思，两种野菜，都是可食却不能多食的植物，诗人以此比喻，似乎也表现了他对亲戚关系的理解：亲戚，适度的往来是好的，当过于依赖，就要出麻烦了。取"蓫""葍"为比兴，不知道这是不是诗人有意的选择。

四、周礼的婚姻经受考验

社会在变化，社会关系也在变化，于是有西周晚期《我行其野》这样的抱怨姻亲情感淡薄的篇章。周礼婚姻所缔结的人际关系，也经受着考验。而且，这样的考验才刚刚开始。到春秋，《诗经》文学进入"风诗"的年代，周礼意义下的婚姻关系所经受的考验要更加严峻，情况也更加复杂。

首先，周礼的婚姻正如如上所言，是"合二姓之好"，是建立在缔结人际关系的设计之上的，这样的婚姻本就有难顾当事男女主观情感的局限。在那些重在表现婚姻关系缔结的诗篇如《周南·关雎》《召南·鹊巢》等中是看不到这一层的。然而，到了风诗中，这样的问题就暴露了。在《郑风》中，有一首《将仲子》的诗篇，就颇能表现礼法与真爱之间的不相容。诗曰：

1
将仲子兮，无逾我里，无折我树杞。

将（qiāng）：请，祈求、央告之意。仲子：古代兄弟排行，老二称仲。仲子，在此是对心上人的昵称。逾：翻越。里：院墙。古代乡村，五家为邻，五邻为里，每一里都用墙围着。《左传·襄公九年》："宋灾，乐喜为司城以为政，使伯氏司里，火所未至，彻小屋，涂大屋。"是城中有里之证。树杞：即杞树。

岂敢爱之？畏我父母。
爱之：爱惜，舍不得。

仲可怀也，父母之言，亦可畏也。	怀：思念。此章以父母之言提醒仲子。

2

将仲子兮，无逾我墙，无折我树桑。	树桑：桑树。《周礼·载师》："宅种桑。"
岂敢爱之？畏我诸兄。	
仲可怀也，诸兄之言，亦可畏也。	此章以诸兄之言提醒仲子。

3

将仲子兮，无逾我园，无折我树檀。	树檀：檀树，高大而木质坚硬。
岂敢爱之？畏人之多言。	
仲可怀也，人之多言，亦可畏也。	此章以他人之言提醒仲子。

诗篇极其巧妙地表达出恋爱中女子婉曲而复杂的心态。吴闿生《诗义会通》："语语是拒，实语语是招，蕴藉风流。"语语都是拒绝之辞，句句都是爱惜之情，是"偷渡"的爱情。逾墙有声，折杞留迹，会暴露隐秘的爱情，招致父母诸兄乃至他人的干涉。爬墙、折树，又表明"仲子"是个性急而鲁莽的家伙；句句暗递情报，姑娘是位真情而心细的人儿。这里有幽隐的深情，有各自的性格。父母、诸兄，都是至近的亲人，情爱却将他们推远了，把他们变成了"可畏"的人。爱情是第一的，情人是最近的，爱是需要加以保护的。

诗篇的文化内涵就在真情与礼法之间的冲突。在"可畏"与"可怀"之间，实际隐含着情与礼的分歧对立。父母、诸兄及不相干的"人之多言"，都是自由爱情对立面的社会意志。因而诗中的里园之墙、杞桑之树，都可视为礼教的象征。女子对恋人"无逾""无折"的告诫，则又可视为社会礼教内化为她内心纪律的象征，她才爱得那么小心，那么谨慎。这里正有诗篇的独特的价值，诗篇展现出礼法造成的压力下情爱的挣扎与偷渡，无言地显示了维护真挚情感的意态。

读这首诗，笔者想到了文学历史的一个非正统的传统，这首诗可算作这个传统的开端。在一个特别讲究礼法的社会，正统的观念对男女真情是不以为然的，可是真正的文学、有价值的文学，则是予以肯定的。这样说，不易理解，再举个例子，如"白蛇传"的故事。一开始白蛇就是害人的妖精，可是在民间这传说传来传去，就变成了美妙的坚贞爱情故事了。与白蛇对立的法海和尚，也由正面形象变成"多管闲事"的，以至于鲁迅先生说他后来局缩在螃蟹壳里，是"活该"。"白蛇传"一开始是僧道的说教，不是文学，传说在流传中变成文学，显示的是蕴含于民间对于男男女女真情的世道人心。还有《孔雀东南飞》，也有类似的对男女真实情感的维护，到《红楼梦》可谓集其大成。这样表现维护真情的文学，始于《诗经》的风诗，具体说，就是《将仲子》。它与《关雎》文化位置不同，《关雎》是正统，而《将仲子》表现的是真实的情感与礼法、责任之类的龃龉。

其次，《将仲子》中的情感终究只是心里的隐秘。读诗，不妨做一个猜测：以诗中女对父母、诸兄及他人之言的畏惧，她与仲子的爱情是不会有结果的。就是说，最终她将作为"合二姓之好"的"窈窕淑女"，在"桃之夭夭"季节被"之子于归"了。于是，现在的"将仲子"的声声呼唤，就只作为她隐藏心底的秘密一起出嫁，无奈中也只有淡忘一条路可寻。这应该是从《诗经》的"风诗"时代开始，延续多少世纪甚而至今不绝的小小的生活样态。从这一点说，"将仲子"的呼唤，又有点"永恒"的意思。不过，这样猜诗篇，终究是不公平的，因为在两千五六百年前，当时的诗篇就开始暴露礼法与真情的矛盾，后人没有解开这个疙瘩，而是延续了矛盾，只代表后人没出息，不能归咎于诗篇。

正因为"周礼"意义下的婚姻存在这个龃龉的弱点，周礼推崇的婚姻，还会遇到更大的挑战，那就是各地古老自由婚恋风俗的冲击，这可以从《召南》的《摽有梅》说起。"召南"之地为西周王朝的智术地带，要说应该是"周礼"教化最流行之地，然而，异样的风俗却是存在的。《摽有梅》这样写道：

1

摽有梅，其实七兮。　　　　摽（biào）：抛，投。实：梅子的果实。
　　　　　　　　　　　　　　七：从下文"顷筐塈之"看，当指筐里
　　　　　　　　　　　　　　所剩下的梅子还有七成。

求我庶士，迨其吉兮。　　　吉：吉日，好日子。庶士：犹言各位
　　　　　　　　　　　　　男子。庶，众。迨：差不多。
　　　　　　　　　　　　　首章，急切之情溢于言表。

2
摽有梅，其实三兮。
求我庶士，迨其今兮！　　　今：现在。此章数由"七"而"三"，有
　　　　　　　　　　　　　急迫之意；"今兮"，慌不择日，情见
　　　　　　　　　　　　　乎词。

3
摽有梅，顷筐塈之。　　　　顷：同倾，倾其所有。塈（jì）：给予。
求我庶士，迨其谓之！　　　谓：告诉，意为告诉我一声就可以定
　　　　　　　　　　　　　下亲事。一说，谓读为会，来相会一
　　　　　　　　　　　　　下就可定亲。
　　　　　　　　　　　　　牛运震《诗志》："三章一步紧一步。"

　　诗所展现的，是古朴风俗下激荡着的原始生命力。其最值得注意之处，是抒情女主人公无所顾忌地对求偶之情的表露。任何时代婚配、生育都是被承认的权利，但并非每一个时期的人，都敢如此公然地袒露心情，因为，婚姻决定权往往不在结婚之人手。可是，从诗篇女主人公手中的那些梅子，却可以见到不一样的情形，主动抛出的梅子，是自主求取配偶的象征。风俗是人类生活的空气，养育着人的文化气质、精神品格。这样的诗篇见诸《召南》，在当时的人，歌唱此篇，可能有表现异地风俗之粗野，寄寓必加整齐、改善的用意；在今人，坦然而热切的诗篇，却有认识的价值，因为从中可以读到我们这个过分讲究"礼法"的民族，在其早年的某些地方也曾有过的"粗野"的青春气息。

　　又据闻一多研究："在某种节令的聚会里，女子用新熟的果子，掷向她所属意的男子，对方如果同意，并在一定期间送上礼物来，二人便可结为夫妇。这正是一首掷果时女子们唱的歌。"（《风诗类钞》）梅字从母，暗含生育之意，又写作楳，与掌管婚姻之事的"媒氏"之媒音义相谐。因此抛梅的

行为隐含着男女结合、生育子嗣的双关语意。诗言"摽梅"，由"梅"的原产在南方这一点似乎可以推测，诗篇表现的，是周人不熟悉的南方风俗。换言之，诗篇的问世，是周人经营南方，向东南作政治区域的开拓时对异地风俗的新发现。周人来到南方，见到了他们未曾见过的土著风俗，有人把这样的新见闻谱写成歌，或把当地歌谣做些艺术加工，加以传唱，一种古老的地域风情就这样保存下来了。

这对周礼的婚姻是否有腐蚀性不得而知，可知道的是在殷商故地卫流行的风诗显示，古老的风俗对周贵族有严重的影响。先来看一首《鄘风·桑中》篇：

1

爰采唐矣？沫之乡矣。	爰：哪里。唐：菟丝子，又名唐蒙、兔芦，攀附在其他植物上的寄生植物。沫（mèi）：卫国中心地带，殷商旧都故地，在今河南淇县境内。
云谁之思？美孟姜矣。	孟姜：姜姓大姑娘。
期我乎桑中，要我乎上宫，	期：约定。桑中：桑林之中。古代桑林之中往往有高禖之社，又叫桑社，高禖神管生育，所以这里是男女相会的场所。要：约。
送我乎淇之上矣。	淇：水名，在今河南境内，流入卫河。

2

爰采麦矣？沫之北矣。	
云谁之思？美孟弋矣。	弋：古代贵族姓。
期我乎桑中，要我乎上宫，	
送我乎淇之上矣。	

3

爰采葑矣？沫之东矣。	葑：蔓菁。
云谁之思？美孟庸矣。	庸：古代贵族姓，有学者说庸即阎，又有说庸即熊。

期我乎桑中，要我乎上宫，

送我乎淇之上矣。

诗篇韵律流畅，风调活泼。篇中之"我"，看似是当事人的现身说法，也可以理解为一种设身处地的比拟。"桑中""上宫"是男女幽会之所；"孟姜""孟弋"和"孟庸"为幽期之人；"期""要""送"则是写幽欢之会的首末。诗篇未必是写某一个人的风流，更像展现上流社会的风俗。这才是这里要谈的重点，孟姜、孟庸等，不是平头百姓。《左传·成公二年》记载，楚国的申公巫臣携夏姬奔齐，遇上本国人申叔跪，申叔跪讽刺巫臣曰："夫子有三军之惧，而又有'桑中'之喜，宜将窃妻以逃者也。"以"桑中之喜"喻"窃妻以逃"，说明春秋时人是将沬乡采唐的诗篇，理解作盗人妻妾的供状的。诗在内容上固然有其不可坐实理解的一面，也有其确凿不移的一面。诗篇每章重复出现的后三句，实际上是在说，不论是在沬乡还是在沬北、沬东，不论是与孟姜还是与孟弋、孟庸，事情的首尾、过程都是一样的。所以，不确定的一面显示的是一种行径的普遍性，确定的一面则表明这种事情的一律性。

诗中另一值得注意的地方是"沬乡"及"桑中"的地点。淇地的沬乡在殷商故都朝歌附近，而"桑中"，据闻一多等现代学者研究，即商汤"以身祷于桑林"之桑林，而桑林亦即桑社，其供奉的神为负责生育的高禖。这就说到了古代诗歌中的一个母题或者叫原型，那就是桑与男女情爱之事的关联。

植桑养蚕生产丝织，在我国起源甚早，其产品远传西方，因此中国人被称为"赛里斯"，意为丝国人，这是文化上的；桑蚕植养在文学上的烙印，就是古代写到男女风情常与"桑"相联系。就以《桑中》而言，风流韵事就发生在桑林。无独有偶，在《卫风·氓》中，那位与"蚩蚩"之"氓"自由恋爱的蚕女，以桑蚕为业，自然爱情之事的地点也离桑林不远；后来汉代的乐府诗《陌上桑》及"秋胡戏妻"的故事也都与桑、桑林有关，所以，"桑"很有点文学"原型"的意思。说起来，古代文献记载辅佐商汤的伊尹，就是生于"空桑"（有大洞的桑树）的，或许这透露了这样一点：桑树也被古人当过生殖崇拜的对象。

与"桑中"相关，诗篇中还有一个"上宫"。古代注释文献如《毛传》对"上宫"不加注解，近代以来的学者多认为所谓"上宫"就是上面说的"高禖"之庙，其地点看来在卫地也是在桑林之中。高禖庙用于祈求生育，在上古时代可不仅有烧香上供之事，相伴的还有男女交道。这样的地方在当时各地有不少，《墨子·明鬼》就说过："燕之有祖，当齐之有社稷，宋之有桑林，楚之有云梦。"这些地方，都是与生殖祈求相关，用古人的话说，也都是"声色生焉"的处所。另外在《礼记·月令》中还记载每年春天的二月，玄鸟北来之时，天子要用规格最高的祭品祭祀高禖。很明显，《礼记》此说记载的是殷商旧俗，而"玄鸟"也是殷商崇拜的对象，《诗经·商颂·玄鸟》即以说"天命玄鸟，降而生商"可证。看来，高禖崇拜的风尚，在商代颇为盛行，然而其古老的渊源，又不限于商代的时间上限。红山文化的考古发现表明，桑林高禖之俗起源于距今五千年以上的史前时期。在属于红山文化的牛河梁遗址，20世纪曾发现"女神庙"，并且发现了迄今最早的"女神像"，泥土塑造，眼睛处镶嵌两颗绿宝石。这尊神就安放在牛河梁半山坡的一座"神庙"中，与之相伴的还有熊虎类猛兽的泥塑遗迹。专家据神庙与山下相距不远的神坛和巫师墓葬等推测，这里应该是一个红山文化的重要宗教中心，掌管生育，应该是该中心的神职之一。

红山文化在史前距今五千年左右的时光里颇为辉煌，后来变得相对沉寂。其文化的因素应该传播到黄河流域的中原，殷商的"高禖"崇拜或许就渊源于此。学者研究认为不少红山文化因素见于殷商文化之中。这里还涉及一个文化的包容现象。西周王朝在殷商故地建立卫等诸侯邦国，然而在文化政策上，对殷商旧俗多取容许之态。见于《尚书·康诰》，就是周公告诫卫邦始封君康叔，以商人法条治殷商之民，连带殷商许多旧俗得以延续。例如考古发现，到春秋时期依然保持着明显的殷商墓葬习惯。由此，卫地的"风诗"篇章保存着一些明显的殷商时期流行的旧俗，也就不难理解了。

这样的风俗，论其古老，比周文化要古老得多。这样的风俗，可能随着西周王朝的建立，随着周人倡导新的婚俗，可能被抑制了许久，到春秋这样一个"王纲解纽"的时代，它就翻上来成为显性的，并对富贵许久的贵族构成一种诱惑。于是就出现周贵族遵循殷商旧地婚俗的现象。

五、贵族婚姻生活的败绩

包括"婚礼"在内的西周礼乐文明，如上反复所说，是新文化，那个主宰了历史的人群，势必要推行自己的新文化。然而，那时候八方"风教"，统一的程度还远称不上高。在婚恋方面，在周人的礼乐之外，东西南北还有各种渊源古老的风俗。这些风俗，会影响封建到各地的周贵族。

这影响中致命的一例，就发生在鲁国。进入春秋，鲁国的君主娶了齐国公主义姜为妻，多种历史文献记载，文姜未出嫁前与兄长齐襄公有染，在鲁桓公十八年访问齐国时，鲁桓公偕文姜前往，文姜与襄公兄妹"恋情"复燃，被鲁桓公发现，齐襄公派大力士害死桓公。诗篇对此有表现，见于《齐风》，《南山》《敝笱》《载驱》三篇，历来的说法就是讥讽襄公和文姜的"兄妹情"的。请看《南山》篇：

1

南山崔崔，雄狐绥绥。 　　南山：齐国山名。陈奂《传疏》："即《孟子》之牛山。"一说，即泰山。崔崔：高大貌。雄狐：公狐。比喻齐君襄公。绥绥：毛茸茸的样子。

鲁道有荡，齐子由归。 　　鲁道：从齐国通往鲁国的大道。有荡：犹言荡荡，平坦貌。齐子：齐国之女公子，历来以为此齐子指文姜、鲁桓公之妻、庄公之母。归：嫁人。

既曰归止，曷又怀止？ 　　止：语尾助词。下文同。怀：思恋，贪恋。可能是指文姜和齐襄公，讥讽其贪恋非分之情。

此章言齐侯之女由坦荡的大道嫁往鲁国。后两句指责齐襄公与文姜贪恋私情。

2

葛屦五两，冠緌双止。 　　葛屦(jù)：麻布鞋。屦，鞋。鞋子因成双，故可以暗示夫妻。五：行列。此

处五即伍。两：两两成双。记载诸侯
或大夫迎接夫人时，要送给新人两双
鞋子，以及玉琮或干肉等礼品。

鲁道有荡，齐子庸止。 庸：行。

既曰庸止，曷又从止？ 从：追求，周旋。

此章言襄公不该追逐文姜。

3

蓺麻如之何？衡从其亩。 蓺：艺，种植。

衡从（zòng）：即横纵。

取妻如之何？必告父母。

既曰告止，曷又鞠止？ 鞠（jū）：穷极，陷入难堪境地。

此章言合文姜的婚姻是合法的，以斥齐襄公为欲望而罔顾礼法。

4

析薪如之何？匪斧不克。 析薪：劈柴。以析薪喻婚姻，《诗》中
数见。

取妻如之何？匪媒不得。

既曰得止，曷又极止？ 极：极端，绝境，与"鞠"义同。

言文姜的婚姻是有媒妁之言的。陈继揆《读风臆补》："全用诘问
法，令其难以置对，的是妙文。"

通篇都是不屑、斥责之意。而文姜之事《左传·桓公十八年》及《管子》
《史记》均有记载。今人读到这样的事情，对此等兄妹之事或感诧异。实则
在远古时代，兄妹成为夫妻也是可以的（按：近年学者研究春秋齐国器齐侯
壶铭文，提出文姜与齐襄公可能为父女关系，引《礼记·檀弓》所载"或曰"
齐襄公夫人为鲁庄公外祖母为证。果然如此，则又不在此论了）。传说中伏
羲女娲是什么关系？不仅在我国，在古代的埃及、希腊都有这样的情况。
不仅是兄妹，还有的国家叔叔可以娶侄女。总之"同姓不婚"的原则，据记
载，是周人确立的。《太平御览》卷540引《礼外传》："夏殷五世之后则通婚
姻。周公制礼，百世不通，所以别禽兽也。""百世不通"实即同姓绝不可通
婚。夏、殷时期则尚未有此规矩，五世之后即可通婚。此外《公羊传》又说，

宋国人"三世内娶"。三世、五世，表明同姓男女隔几代就可以通婚则是明确的。

那么，齐国的情况又如何？《晏子春秋》《管子》《汉书》等文献都有齐桓公"淫女公子"的记载。这就是说，一方面是受到西周建立的新式婚俗的影响，一方面是一些地方旧风习尚的顽强延续。至春秋时期，婚姻文化上"礼"与"俗"的对峙，依然是颇为分明。所以，像齐襄公与文姜的"鸟兽行"，虽出乎肉欲，应该也有原始地域风俗的作用。然而，若说齐国人婚姻意识还完全笼罩在旧风俗观念之下，也是不对的。诗篇对齐襄公、文姜这对兄妹行径的不齿，表明周礼所规范的婚姻观念已经深入人心。就是说，诗人并没有因为齐国旧俗延续就原谅这对兄妹。诗篇本身实际"纠缠"着两种文化及文化意识，其中周文化的意识是十分明显的。

还有一点应该注意，诗篇若真与齐襄公、文姜之事有关，那么，诗篇斥责的锋芒也是有明显的偏重的。每章都出现的"既曰……曷又"的句子，很明显是斥责齐襄公做了合法婚姻之外的"第三者"，是他使得文姜陷入违背礼法的绝境。也就是说，诗人对文姜与齐襄公，还是区别对待的。诗篇各章的前四句，或述说，或讲理，末尾两句都用"既曰""曷又"的诘问，情绪由委婉转为激切，是越说越气愤的笔法。

这就是存留在齐地的风俗对周贵族的影响。不过，在这件事中，周贵族鲁桓公还只是受害者。在卫地的"风诗"中，周贵族则为风俗的接受者。这一点在《桑中》篇实际已有清晰的显示，更典型的事例则是卫宣公一段风流案。文献记载卫宣公先是娶了父亲留下的庶母夷狄姜，生了儿子伋子，并立为储君。若干年后伋子到了娶妻年龄，宣公为之与齐国结亲。不想齐国公主宣姜天生丽质，宣公一见"难自弃"，就据为己有。宣姜为他生了两个儿子，男儿爱后妇，宣公也难免俗，就为了宣姜而设计害死伋子，而宣姜生的一个儿子也因为要保护伋子而丧命。宣公一身正应了两个"古典"说法："烝"与"报"。所谓"烝"，就是娶母庶，"烝"，是对上辈的，所以又称"上烝"；对下，宣公与儿媳辈的宣姜成其好事，就是所谓"下报"。有学者称，宣公这样做是遵循了古老的婚姻习俗，固然是有道理的。因为这样的习惯，也见于后来某些边地人群。再以宣姜的遭遇而言，她不仅受过宣公的"下报"，《左传》记载宣公死后，她还被一位卫国的权贵后辈"上烝"。尽管如此，若因为卫地有这样的习俗，就不承认《卫风》的诗篇篇章对宣公"下报"的抨击态度，就有只知其一的嫌疑了。春秋时期的卫国，毕竟也是受"周礼"数百年熏染的地方；卫国的君主，毕竟是周人的贵族。

请看《邶风·新台》诗。诗曰：

1

新台有泚，河水瀰瀰。　新台：台名，据《水经注》，故址在今山东鄄城县东北黄河故道旁。有泚(cǐ)：犹言泚泚；泚，华美貌。河水：古称黄河为河水。瀰(mí)瀰：盈满貌。

燕婉之求，籧篨不鲜。　燕婉：和婉，美妙。籧(qú)篨(chú)：不能俯身。或为残疾，或为肥胖所致。《国语·晋语四》："籧篨不可使俯，戚施不可使仰。"不鲜：该死不死、老不死的意思。《左传·昭公五年》"葬鲜者自西门"，张湛《列子注》："人不以寿死曰鲜。"鲜即不得寿终的意思。

此章前两句言新台地点，后两句揣想女子失落之情。格调诙谐而辛辣。

2

新台有洒，河水浼浼。　洒(cuǐ)：高峻貌。字或作"漼"。

燕婉之求，籧篨不殄。　浼(měi)浼：河水涨满时平旷的样子。

殄：尽，绝。不殄与不鲜义同，都是骂人语。

此章与上一章义同。

3

鱼网之设，鸿则离之。　离：附着，被网到的意思。

燕婉之求，得此戚施。　戚施：不能仰身。

此章极拟新人的失落感。

很明显，诗篇对卫宣公的行径是反对的，比之为"籧篨""戚施"，斥之为"不鲜""不殄"，都是对周贵族在男女之事上遵循与周礼相异风俗的不满。

上述这些都表明，到了春秋时期，周礼的婚姻原则，确实经受了冲击和考验。诗篇表现这些的同时，也将对在这样的冲击下周贵族的"投降"予以断然的否定。很明显，后来中国人的婚姻风俗，大体是沿袭了"周礼"的，诗篇在当时对卫宣公之流的作为的不齿，该是起到了很大的作用吧。

第七章　凝铸传统的农事诗篇

中华文明以农耕为底色，表现在《诗经》篇章，就是《风》《雅》《颂》三部分，都有农事题材的诗篇。见诸《风》，有《豳风·七月》；见诸《小雅》，有《楚茨》《信南山》《甫田》和《大田》等；见诸《周颂》，则有《噫嘻》《臣工》《载芟》《良耜》《丰年》等。这里要说明一下的是《小雅·楚茨》和《周颂·丰年》两诗。

这些诗篇，表现出西周王朝对农耕的高度重视。考古发现，早在距今八千年以前，华夏大地就有相当发达的农业，南方的先民开始种植以水稻为主的农作物，北方先民则种植以粟（小米）为主的农作物，据此，今天的学者判定，中国是粟和水稻两大农作物的发源地。此后，农耕文明一直在日益进步。到有文字记载的商代，甲骨文显示，王者对耕种事业十分重视。这一点，周人也不例外。每年的耕种及意在号令天下人重视耕种及田间管理的农事典礼，都是隆重而又隆重的王朝大事。《诗经》中的诗篇，就多与这些典礼血肉相连。这样的典礼结束了，《诗经》农事诗篇的创作大体也截止了。这就是说，《诗经》的农事诗篇，主要产生于西周早期和中期，到晚期"宣王即位，不籍千亩"（《国语·周语上》），农事诗篇的创作也停止了。①

这些诗篇，还表现出西周时人对自己所具有的农耕传统的高度关注。中华文明诞生于大小河流冲击而成的平原，最适宜农业，因而农耕事业成为最重要的生产事业，按说也不难理解。然而，将重视农业上升为一种精神传统，却还有其更复杂的原因。那么，又是因为什么，周人将对农事农

---

① 关于《诗经》中农事诗篇的断代，笔者《诗经的创制历程》一书有专门章节加以讨论，在此不做详细论述。

耕事业的重视，塑造为一种精神传统的呢？他们又是如何塑造这样的精神传统呢？这就是在下面我们要经由解读《诗经》这些农事诗篇加以探索的问题。上面说到，农事诗篇的创作都与当时重要的农事典礼有关，这一农事典礼文献记载称"籍田典礼"。

就让我们从"籍田典礼"说起。

一、籍田典礼与西周的重农

说"籍田典礼"，应先说说"籍田"的"籍"字。这个字在甲骨文中就有，是一个人持耒耕作的会意，字形由"耒"踩踏耒舌入土的动作组成。后来的文献中这个字就写作"耤"或者"藉"，后者更通行一些。总之，这个字的本义就是持耒耕作。

说"籍"字，是因为它与籍田典礼有关。籍田典礼的一个重要特点就是周王在春耕时要亲自来到田间，与众多的农夫一起拿起农具劳作，也就是说他也要做那个"籍"的动作。当然这样的"动作"只是一种表演性的动作而已。按照《国语·周语上》的说法，是"王耕一墢（音 fá 或 bō），班三之，庶民终于千亩"。所谓"一墢"，据古代注释，是"一耦之发（翻土）"，也就是翻动深一尺、宽一尺的土壤。"班三之"，是按照公卿大夫的级别班次加三倍的量，官阶越小，耕的越多；至于千亩大田的耕种，当然是由胼手胝足的"庶民"来做完。

籍田典礼的举办，据《国语·周语上》，应该在二十四节气的立春（一般在夏历正月）那一天举行。此前此后，还有一系列郑重的准备活动。例如，在之前的第九天，负责观察天象等自然变化的太史告知农官后稷（周人始祖曾任此职，该官职西周也有）："自今至于初吉，阳气俱蒸，土膏其动。弗震弗渝，脉其满眚（shěng），谷乃不殖。"是说到正月初的几天，土壤松动，若不加翻动变化，可以生殖的地气就过劲了，谷物就不能丰收了。农官后稷将这消息告诉周王，周王命司徒之官遍告百官，开始各项准备。当时判断时令有一种办法，就是吹乐管。同一个乐管，气温不同、气压有别，吹出的音响高低自然也不同，古人就根据吹乐管产生的声响上细微的差别，判断时令的变化。到典礼之前的第五日，负责吹乐管判断时令的瞽人，又称音官，测查当天的"土风"，即吹乐管断时令。有结果后，向周王禀告：

"有协风至。"即告诉周王：和风开始吹拂，春耕的时节马上来临。于是，王开始斋戒，百官及有关人员也要斋戒三天。之后的一天，王还有举行典礼之前的"饗醴"，即高级的饮酒礼。再之后，就是典礼正式举行的一日了。这一天，"百官、庶民毕从"。王在亲耕之前，还有专门官员为王陈述"籍礼"，王执农具亲耕时，农官后稷负责监理，以免动作有差错，太史在前面负责引导，"王敬从之"。典礼的仪式动作是不能有任何差池的，否则触犯神灵，那可是大错，要招致灾害的。此外，典礼这一天，还有饮食礼仪，就是《国语》所说："宰夫陈飨，膳宰监之。膳夫赞王，王歆大牢，班尝之，庶人终食。"《诗经》农事诗篇常见的"馌彼南亩，田畯至喜"的句子表现的就是"庶人终食"的场景。

不要以为籍田典礼只是亲耕的礼仪，随着农耕各个环节该礼的举行，要持续一年。就是说，籍田上的典礼伴随着耕种，也伴随着田间管理乃至收获。《国语》记载说，耕种之后，农官后稷发布"徇农"之令，且言"王则大徇"，还有就是"耨、获亦如之"。就是说，王巡视农耕，在田间管理及至收获的季节，都要亲自来到田间。强调这一点，是因为《小雅》中的某些农事诗篇，就属于表现"耨获"时节王亲自主持典礼的乐歌。

以上，关于籍田典礼的知识，都来自《国语·周语》的记载，巧的是出土的西周较早时的青铜器物铭文，也有关于"籍田典礼"的记录。以下就是一篇刻于被称为令鼎上的铭文：

> 王大藉農于諆田，錫；王射，有司及師氏小子會射。王归自諆田。王馭溓（祭）中（仲）僕，令及奋先馬走。王曰："令及奋，乃克至，余其舍女（汝）臣十家。"王至于康宫，毁（婴，兴奋的意思）。令拜稽首曰："小子逦學（效）。"令對揚王休。

"王大藉農于諆田"，说的就是籍田典礼。在这样的典礼上，举行饮食礼，这与传世文献记载一致。此外，王与众臣举行射箭礼，则未见于《国语·周语》，可补文献之阙。后面的文字与鼎的主人令受到周王赏赐有关：令和另外一位叫奋的年轻人，奔走在王的车马前。王对他们说：你们若能一下子奔跑到目的地，我就赏赐你们十户人家。后来王乘车马来到周康宫，很高兴。令就给王磕头，说："我做到了。"当然王兑现了诺言，赏赐了令。所以铭文结尾说：令盛扬王的美好。就这里谈论的话题而言，令鼎的铭文表明，西周较早时期王确实是亲自参加亲耕典礼的，文献记载王亲耕籍田是可靠的。

总之，籍田典礼的要点起码有以下两点：其一，王要亲自下地与民同作，其意义在显示王朝对农耕的重视；其二，王者要亲自下地劳作，这是周人的老传统，在位的周王应当遵循。每一次籍田典礼，都像是一场盛大节日庆典，农夫农妇都盛装前往。这在诗篇中是有所表现的。

在这里要多说几句的是第二点，即周王对传统的遵循。因为它涉及周人重视农耕这一重要观念的来历问题。在前面谈祭祖的一章里，我们说过，周人隆重祭祀后稷，是因为后稷在尧舜大洪水之后，负责为天下人耕种土地，提供粮食，这样的历史记载，见于《尚书·尧典》和《皋陶谟》中。《尧典》说："帝曰：弃！黎民阻（始）饥。汝后稷，播时百谷。""帝"即帝舜，"弃"即后稷的小名。此外《皋陶谟》也记载大禹之言谓："暨稷播奏庶艰食鲜食，懋迁有无化居，烝民乃粒，万邦作乂。"意思是：禹说：他与后稷一起播种难得的粮食，各地粮食不足，就开展贸易，众多民众得到粮食，万国由此得以治理。[①] 尧舜时期被视为中华文教昌明之始，这是因为他们创立了天地秩序，还重整了被大洪水冲毁的世界，在这样的时代为生民做出贡献的族群，《国语》说其后代子孙都会得到治理天下的回报。这应该遵循的是西周以来的观念：周人统治天下的合法性来自某个重要的历史时代。因为在《诗经》中，后稷的伟大功德就被总结为"立我烝民，莫匪尔极"（《周颂·思文》）。在此，有必要再看一下《国语·郑语》那段文字：

夫成天地之大功者，其子孙未尝不章，虞、夏、商、周是也。虞

---

① 《尚书·尧典》和《皋陶谟》两篇文献，近现代的学者大多认为是春秋战国甚至秦代文字。笔者以可信的西周文献（包括金文、《尚书》中可信为西周中期的《吕刑》篇，以及《诗经》中的西周篇章）与两篇文献作对比，发现在词、语句、句法上，都存在着高度的一致，因而可以相信《尚书·尧典》《皋陶谟》等都是西周中期的文献。详细的论证，请参看拙作《西周礼乐文明的精神建构》（河北教育出版社，2013年）的"附录"：《尚书·虞夏书的写制年代》，及论文《尧典的写制年代》（《文学遗产》，2014年4期）。

幕能听协风，以成乐物生者也。夏禹能单平水土，以品处庶类者也。
商契能和合五教，以保于百姓者也。周弃能播殖百谷疏，以衣食民人
者也。其后皆为王公侯伯。

所以再举这段文字，不仅是因其中含有祖先积德、后世发达的因果观
念，还因为其中含有一种颇为特殊的"族群分别"意识。这段文字实际强调
了这样的一点：周人始祖的"烝民乃粒"的功德，正是其与虞、夏、商等前
朝始祖的重要区别。① 虞舜所以宰治天下，是因为"虞幕"能"听协风"（籍田
典礼中"瞽告有协风至"似乎就是"虞幕"的职责）；夏朝所以得天下，是因为
大禹的平水土；而殷商能治理天下，是因为始祖契的"和合五教"。那么周
人呢？周人所以得天下，就在其始祖在大洪水后播种百谷疏，为天下人提
供了食物。这正是周人区别于虞夏商三代的特定德性。也就是说，周人相
信，农耕事业正是本王朝区别于其他王朝的德行特征。农耕稼穑，在西周
贵族眼里，是本族群看家的祖德。由此，重视农耕就是稳固自己根基的大
业；由此，农耕事业也就不是简单的生产事业，而是关乎周人政治的合法
性。农业本来是人类生活的基础产业，可是若只是这样理解周人的重视农
业，就是无视周人重农超乎常情的"超载"原因，如此也就体会不到农耕事
业在周人心中的分量，当然也难以理解周人特有的重农精神。

联系《尚书·尧典》中关于周人始祖为天下提供粮食的说法，《国语·郑
语》的"夫成天地之大功"所表达的区别观念，其出现或许就与《尧典》同时，
因为在《尧典》中，同时也提到了禹平水土、契教民众的分工。当然，观念
的流传是一回事，观念表现为记录的文字，是另一回事。不论如何，周人
宣称始祖后稷曾在尧舜时期有大功德，在西周建立后一百年的王朝中期，
就已经见诸文献记录了。

此外，还有一点值得注意，就是时间更早一些，在西周建立后不久，
王朝的政治家周公，就把农事劳作与政治道德的保持联系起来了。这就是
《尚书·无逸》所表现的观念。周公很担心不知生活不易的后辈子孙，难以

---

① 这里的"虞"是不是一代王朝，学术界还有不同看法，有学者如山东大学的徐鸿修先生即
认为"虞"实际是一代王朝，其观点见于他所著的《先秦史研究》（济南，山东大学出版社，2002 年
版）。

保持政治的清明，他想到的办法是："呜呼，君子所，其无逸先知稼穑之艰难！"认为这样才能体会"小民之隐"即小民的生活痛苦，才可以保持政治良善。而且，周公还说，周文王的父亲太王（《诗经》称之为公亶父），当年也是下地劳作的。另外，周公还列举殷商各代王寿命长短的情况，宣称那些能劳作的王寿命就长，反之那些"生则逸"即生而好逸恶劳的王，则寿命很短。这样的言论忧心忡忡而又煞费苦心。

由上述这一切，可知农耕稼穑之事，在西周贵族心目中的重要了。这是值得注意的。农耕，本来与其他生计，例如商业、手工业等是一样的，可是在周人心中，农耕绝非如此简单，它已经被视为西周政权的法理基础的重要部分，而且还是保持政治德行的重要条件。西周的重农，绝非简单的重视农事生产。

不过，籍田典礼的出现并不是因为西周的重农，它的出现应该更早。只是因为西周重视农耕，将农耕与周人得以治理天下的理由联系起来，典礼才显得那样重要，那样备受关注。才有诸多的农事题材的诗篇，应这典礼的需要而创作。

二、农事诗篇宣示王朝大政

现在我们就来看西周早期的两首农事诗篇。两首诗篇都见于《周颂》，一首为《噫嘻》篇，另一首为《臣工》篇。先看《噫嘻》篇：

噫嘻成王，既昭假尔。	噫嘻：祭祀仪式中祝神发出的呼喊声。 昭假（gé）：昭显诚意上达于神的意思。 为《诗经》中固定语。
率时农夫，播厥百谷。	时：是，这些。厥：其。
骏发尔私，终三十里。	骏：迅速。发：翻土。私：私田。 三十里：籍田千亩约合三十里。
亦服尔耕，十千维耦。	服：使用。耕：农具。耦（ǒu）：二人 并立而行用农具耕地。古人耕地，一 人在前，一人在后，推拉而耕。十千 其耦，当有一万人，也可能是两万人，

　　　　　　　　　　总之这里强调人数多。

　　大意：噫嘻周成王，我们已经向您敬诚意，现在就率领这些农夫，开始播种百谷。迅速翻耕您千亩的私田，一天就可以完成三十里播种。人们使用您的耕具，成千上万的合耦而耕。

　　诗篇为早期风格，质直简朴，其中的"成王"当为西周武王之子，即第二代周王，"成王"是死后的谥号。据此判断，诗篇很可能是康王时的作品。《竹书记年》称："康王息民。"农耕之事，就是"息民"的重要内容。诗篇应该是籍田典礼上的乐歌，是唱给先王听的，篇中两次出现的"尔"，都是指先王，具体说"先王"即篇中出现的周成王。诗篇与《周颂》其他篇章的不同，其主旨并非献神，而是向神灵表示自己重视农耕的作为。

　　前文说过，籍田典礼的仪式中，节目繁多，有祭祀，有饮食，还有射箭，等等。但是，质朴的诗篇只用了一句"既昭假尔"，将上述所有的一切礼仪推向身后，以突显主题，那就是播种百谷。这样构思，显示的是一种风俗的简朴，突出的是实干，表现的是对农耕事业的高度重视。周王遵循的是古老的风俗礼仪，一如既往地从事开春的亲耕，诗篇表现这一点，其立意就是要向天下人宣示，王朝重视农耕，周王亲自操起农具耕作，是要为天下树立重视农耕的榜样。同时，诗篇虽然简古，却不乏诗意。读此诗，春耕时节，广阔的田野，成千上万的人齐心协力地劳作，是何等壮观的光景。当然，这都是自然流露的，不是着意的表现。

　　再来看《臣工》篇：

嗟嗟臣工：敬尔在公，	嗟嗟：发令前的呼喊语，提起注意。 臣工：大臣。公：公事。
王釐尔成，来咨来茹。	釐（lí）：理，考核。成：成绩。咨：问。 茹：度，考量。
嗟嗟保介，维莫之春，	保介：管田界的官员。莫：暮。
亦又何求？如何新畬？	新畬（yú）：开垦两年的田为新田，开垦 三年的为畬田。
於皇来牟，将受厥明。	於（wū）皇：煌煌然。来牟：麦子。

明：成，收成，年谷丰饶的意思。

明昭上帝，迄用康年。　　　迄：终于。康年：丰年。

命我众人：庤乃钱镈，　　　庤（zhì）：收藏。钱（jiàn）：除草松土农
　　　　　　　　　　　　　具。镈（bó）：短柄锄。

奄观铚艾。　　　　　　　　　奄：马上。铚（zhì）：短镰。

　　　　　　　　　　　　　艾（yì）：刈，收割。

　　大意：（王官传令：）喂喂，你们这些大臣们，要仔细各位的公事
了。王要检查你们的劳绩，要考核你们手中的公务。喂喂，负责田界
的官员们，眼下已是暮春时节，还有什么工作上的要求？那些生熟各
种田地的麦子长得怎么样？（保介回话：）光灿灿的麦子啊，马上有个好
收成！这是我们敬奉上帝的结果，才有这样的好年景。（王官听罢，再
传令：）命令我的大众，收起他们的各种锄具，马上要看镰刀的了！

　　暮春时节，正是北方小麦将要成熟的时节，《国语》说："耨（田间管理）
获（收获）亦于籍。"据此可知，诗是周王暮春"大徇"农事之前的征询。这样
的征询，其实也是宣布小麦收获的农耕大政，应该附着于隆重的典礼，典
礼的情形如今已难知其详，典礼的地点应在祖庙之中。按《礼记·月令》等
文献记载，王亲耕之后，要到祖庙行礼，前面引用的令鼎铭文也是记载王
亲耕之后返回康宫祖庙。由此推论，宣布收获大政的典礼也应在祖庙（很可
能是康宫）中举行。

　　有意思的是，诗篇采取了对唱的方式：一边是王者，更准确地说应该
是王的传令官员，这一点可从"王釐尔成"一句得知。王的传令官员先向各
位大臣发出命令：王要检查他们的工作（当然是围绕着农事的工作）。接着
又转而向管理田界的官员发问，询问其工作需求，并询问小麦的长势如何。
当田界官员称即将获得丰年之后，传令官再次发布王命：周知所有的人，
收起田界管理用的农具，马上要开镰收割了。"维莫之春"的句子，并非描
绘之句，可是总会勾起读者关于暮春光景的遐想。"於皇来牟"的语句，又
含有多么强烈的丰收愉悦！最后一句"庤乃钱镈，奄观铚艾"的句子，带有
明显的口语色彩。这是来自三千多年前的关于农事的言说，今天读来却是
那样的亲切。诗篇只是记录对话，然而其强烈的感染力，就在这部简朴的

记录之中。

以上两首早期的农事诗篇，是农耕大政典礼中的乐章，是遵循传统的籍田典礼上的作品，其制作、歌唱诗篇的用意，就是要显示王朝对农事的高度重视。这是西周早期农事诗篇区别于后来即西周中期农事诗篇的显著特征。中期诗篇当然也显示王朝对农事的重视，然而，中期的农事诗篇还特别着意显示这样一点：王者有意遵循祖先重视农耕的传统。早期王者对重农传统的遵循是自然的，中期却有意强调这一点，正是《诗经》农事题材诗篇的一个重要变化。

三、诗篇凝铸传统

下面就让我们来读一读《周颂·载芟》这首西周中期与农事有关的颂歌。诗曰：

载芟载柞，其耕泽泽。	芟（shān）：除草。柞：除去杂木。泽泽：即释释，土壤松动貌。
千耦其耘，徂隰徂畛。	徂：往，在此可理解为往来。隰：新开垦的田。畛（zhěn）：畛，田畦上的小路。此处指熟田。
侯主侯伯，侯亚侯旅，侯彊侯以。	侯：维。语助词。亚、旅：指自天子以下卿大夫之食公田之禄的高级贵族。彊："强"字的异体，指强壮者。以：携。指弱小者。
有嗿其馌，思媚其妇。	嗿（tǎn）：众人吃饭发出的声响。馌（yè）：送到田间的饭食。举行籍田典礼时，官府要给农夫提供饭食，即馌。思：语气词。媚：爱惜。
有依其士，有略其耜。	依：殷，众多。士：男子。略：锋利。
俶载南亩，播厥百谷。	俶（chù）载：固定语，开始翻土的意思。
实函斯活，驿驿其达；	实：种子。函：含，指种子含在土壤

中。驿驿：行列貌。达：芽露出地面。

有厌其杰，厌厌其苗，绵绵其麃。

厌：高出貌。杰：高出的。

厌厌：禾苗满地貌。

麃（biāo）：穗子尖尖貌。

载获济济，有实其积，万亿及秭。
为酒为醴，烝畀祖妣，以洽百礼。

秭（zǐ）：成捆的庄稼。

醴：甜酒。烝：进献。

畀：献给。

有飶其香，邦家之光；
有椒其馨，胡考之宁。

飶（bì）：食物香气浓郁。

椒：指香气浓郁。

胡考：长寿的先父之称。

匪且有且，匪今斯今，振古如兹。

匪：非。且：此。

振古：自古。

大意：拔除田地草木根，土壤被疏松。千人万人合耦作，新田旧田一齐耕。王侯公卿来田野，老少强弱齐出动。吃饭声音喹喹响，农妇个个打扮靓。田野男士多，手中耒耜利，翻土在南田，百谷播大地。种子生沃土，行行幼苗齐。高高禾苗壮，满满生田畦，禾穗绵密密。庄稼收获多又多，累累粮仓积，禾捆有万亿。做成香酒与甜酒，美酒献祖妣，完美行百礼。祭品气芬芳，邦家有辉光。馨香真浓郁，先王来安享。不是此时才这样，不是今天才如此，老礼从古即如斯。

这首诗从春耕开始，一直写到秋冬之际的年终祭祖。那么，诗篇到底用在哪种与农事相关的礼仪上？《毛传》说："春籍田而祈社稷也。"是说诗篇为春天祈求丰饶的篇章。可是，诗篇却用了相当的笔墨写到年终祭祖，而且郑重交代："匪且有且，匪今斯今。"《毛传》"祈社稷"之说，明显与此抵牾。正因如此，到朱熹作《诗集传》时干脆就说："此诗未详所用。"实际上，从诗篇结尾部分的内容，如"为酒为醴，烝畀祖妣"句可知，诗篇为年终祭祀祖妣的乐歌。与祭祀周文王、后稷等先公先王不同，《载芟》等农事诗篇所显示的祭祖，每年年终都要举行，属于常规的祭祖典礼。然而，年终祭祀祖先，却要从春天的耕种起笔，这是有其文化观念上的原因的。《礼记·

祭统》中一段话可以解释这里的问题："天子亲耕于南郊，以供齐盛（粢盛 zī chéng，装在容器中的献祭粮食），王后蚕于北郊，以供纯服。……身致其诚信，诚信之谓尽，尽之谓敬，敬然后可以事神明。"大意是：王者在年终祭祖时，他奉献的食粮是他亲自到籍田耕种产出的，他身上的衣服是王后亲自养蚕缫丝生产的，如此对神灵的祭祀，才是最虔诚恭敬的。据此，诗篇所以从春耕写起，写周王率领百官亲耕，写作物生长及收获，也就不难理解了，都是在向神灵表明，进献的贡品是王亲自劳作所得。就是说，诗篇表春耕秋收，原委齐备，是受一种特殊观念制约的。这正造成了《载芟》与较早于它的《周颂》农事诗如《噫嘻》《臣工》的明显分别。

分别在哪里？就在《噫嘻》《臣工》两篇侧重周王对农耕稼穑的重视，而《载芟》除此之外，还有更要着力加以表明的一点，即是"侯主侯伯"们对重视农耕这一周家老传统的遵循。《噫嘻》《臣工》是遵循着重农的传统的，但是诗篇对此却没有任何的表示，这就与《载芟》大不相同，后者在表达上的着力点，是尽量让祖宗知道并且相信，献祭给祖先的"齐盛"祭品，是献祭者亲自下地劳作所收获的产品，自己是遵循了祖先创立的传统的。诗篇表明一种意识，那就是对重农传统有意遵循的意识。这样的意识，到结尾处就表现为"匪且有且，匪今斯今"的言说。这样的言说表达的是说祭祀者的宣示：自己是知道重视农耕传统是多么的古老而神圣的，表明的是作为子孙记住并传承古老传统的意志。于是，祭祖的诗篇歌唱，其立意就开始有了新的内涵：记住传统，并遵循传统。

这不是孤立的现象。前面我们讨论过《诗经·大雅》中祭祀周人始祖的《生民》篇，在这首长篇"史诗"的下半部分，具体说从第六章结尾"以归肇祀"句开始，就转入了对始祖后稷所创立的年终祭祀大典的歌咏。诗篇不厌其详地述说着"或舂或揄，或簸或蹂。释之叟叟，烝之浮浮。载谋载惟。取萧祭脂，取羝以軷，载燔载烈"的祭祀过程，其归结处则在"以兴嗣岁"，强调了来年农耕事业的顺畅进行，必须要遵循后稷创立的大典，也就是诗篇结尾处"庶无罪悔，以迄于今"。对传统的遵循，就是对祭祀仪式"庶无罪悔"地行礼如仪，毫无差错，记住传统，记住传统的仪式。这样的意识，在《小雅·楚茨》篇还有更多更强的表现。

下面就来细读一下《楚茨》，共六章，因篇幅较长，所以分两段来读。

先来看前三章：

1

楚楚者茨，言抽其棘。自昔何为？

> 楚楚：蔓延貌。茨：蒺藜，此处指各种杂草。

我蓺黍稷。我黍与与，我稷翼翼。

> 蓺：即"艺"，种植。与与：茂盛貌。

我仓既盈，我庾维亿。

> 庾：露天堆积。此章从籍田上的劳作说起，言拔除荆棘杂草，种植黍稷，黍稷茂盛丰收，堆满粮仓。年终用这些粮食制作的酒食祭祖，款待神尸，祈求大福。

2

以为酒食，以享以祀，以妥以侑，以介景福。

> 妥：安坐。古人祭祀要有人假扮成神灵，称为"尸"。妥，即请尸安坐。

济济跄跄，絜尔牛羊，以往烝尝。

> 济济：形容有节度的步伐。跄跄：意思与"济济"同。
>
> 絜（jié）：洁。一说：挈，携。烝、尝：两种祭祀名称，在此即祭奠的意思。

或剥或亨，或肆或将。

> 亨：烹。肆：陈列。将：持，即将肉放入鼎内。

祝祭于祊，祀事孔明。

> 祝：祭祀中负责仪礼的神职人员。
>
> 祊（bēng）：祭祀名，祭祀举行之前，要行寻索神灵的仪式，一般在宗庙门口内侧进行。

先祖是皇，神保是飨。

> 皇：前往。神保：祖先神依在尸身上时，称神保。

孝孙有庆，报以介福，万寿无疆！　　庆：赏赐。介：大。

此章写祭祀中男人的献祭，男人将献祭的牛羊献给祖先。正祭之前，还要举行寻索神灵的祊祭。整个祭祀十分周详完美，在先祖之灵前代替祖先享用。神对孝敬的子孙十分满意，赐予大福。

3

执爨踖踖，为俎孔硕，或燔或炙。	爨（cuàn）：灶火。踖（jí）踖：脚步合度貌。
君妇莫莫，为豆孔庶。	莫莫：勤勉貌。豆：装祭品的容器。
为宾为客，献酬交错。	宾、客：指祭祀中祭者与神（由尸代表）之间的相互敬酒，仿佛宴会上的宾主关系。
礼仪卒度，笑语卒获。	卒：完全。度：合法度。获：镬，尺度。
神保是格，报以介福，万寿攸酢！	格：至，来。指神保代表神赐福给祭祀者。

此章写家庭主妇献祭粮食制作的熟食。写主妇操持灶台，制作供桌上的祭品。祭祖如招待宾客，子孙们与神灵觥筹交错，还特别强调祭祀过程的言语动作无差错，祖先赏福。

诗篇的开始与《周颂·载芟》有着相同的构思，那就是先从籍田上的春耕劳作起笔，其用意应该也是一样的："自昔"句的设问及下面的回答，强调献祭给祖先的粮食，是祭祀者亲自耕种所得。这决定了诗篇所依附的典礼的总体倾向在延续农耕传统，诗篇以"我蓺黍稷"开始，就已经表明了这一点。前三章的主要内容是表现献祭过程，第二章先表家族男主人献祭牛羊，第三章则表主妇主持制作粮米和烧烤肉食贡品。按照人类学的发现和我国一些兄弟民族至今仍延续的祭祀习惯，可知先生食、后熟食是献祭前后相继的两个步骤，其背后含藏的则是文明的不同历史阶段：生食代表狩猎，熟食则代表农耕。这是社会文明进步的不同阶段，不过，到西周时期，狩猎虽仍是经济生活的重要补充，其原有的重要地位早已被畜牧业取代，尽管如此，作为祭祀仪式，先生后熟的程序，遵循的应该仍是更为古老的礼数。需多加注意的是"礼仪卒度，笑语卒获"两句所强调的内容，献祭仪式中献祭者言谈举止皆无差池，才是最重要的。研究人类记忆文化的学者早就发现：在以仪式保存传统的时期，人们反而比进入文字书写时代更能准确地记住过去。"卒度""卒获"的句子，正显示出人们对典礼仪式所做的每一个动作、所说的每一句话的精确记忆与使用。古语云："礼主敬。"合乎神圣规范的仪态举止，合乎祭祀场合的言语谈话，都是"敬"及虔诚的表现。人类学发现，一些古老的原始部落人群认为，典礼上的行为言语错误，可以招致一次祭祀的失败，出错的人甚至会被处死。典礼上极其严格的行为言语规范，实际造就出一个文化人群在举止行为上的一致性，因而成为一种"文化"；而且，这样的规范还往往是无意识的、持久的。举例而言，中国人与韩国人、日本人在长相上几乎一样，但是脸上的表情则各具民族特征，其实，这是包括古老礼仪对言谈举止要求在内的各种文化熏染的结果。

以上三章是表现祭祀仪式的两个步骤，下面的内容则转入人神交流及祭神之后的活动。请看后面的三章：

4

我孔熯矣，式礼莫愆。	熯（nǎn）：谨慎，虔诚。式：依照。
工祝致告："徂赉孝孙；	工祝：即上文的"祝"，也负责转达神意。徂：往。工祝在神尸、神保（代表神）发出的旨意后，再向子孙赐福。所以这里用一"徂"字，表示工祝受命后的动作。赉：赏赐。
苾芬孝祀，神嗜饮食；	
卜尔百福，如几如式；	卜：予。几：期，期待。 式：定式，按定式。
既齐既稷，既匡既敕。	齐：即"斋"，敬。稷：字通"肃"，肃穆；一说：疾，敏。匡：端正。敕：严整，无错误。
永锡尔极，时万时亿！"	永锡：大赐。极：中正，引申为善、

美。时：是。

此章表工祝传达神的赏赐，并命令行祭的孝孙回到自己位置上
听赏。

5

礼仪既备，钟鼓既戒。	戒：准备好。
孝孙徂位，工祝致告：	
"神具醉止，皇尸载起。"	载：结构助词。
鼓钟送尸，神保聿归。	聿：结构助词。
诸宰君妇，废彻不迟。	诸宰：诸位膳夫、厨工。废彻：撤去。彻，撤。
诸父兄弟，备言燕私。	备：全体，全数。言：而。燕私：族人私宴。祭祀结束后，宾客馈赠祭祀的肉，同姓族人还要私宴。

此章表工祝所转达的新指令：祭祀转入宴会的阶段。

6

乐具入奏，以绥后禄。	绥：安。
尔肴既将，莫怨具庆。	尔：你，指祭祀主人。将：善，嘉。
既醉既饱，小大稽首。	
神嗜饮食，使君寿考。	
孔惠孔时，维其尽之。	孔：甚，很。时：善。尽：尽力做到。
子子孙孙，勿替引之！	替引：荒废。

此章表现私宴的情形：各种音乐重新奏响，菜肴可口香甜，大家
欢喜无怨言。最后叮嘱子孙勿忘古礼。

后三章表现的是祖先神对子孙的赐福，进而由工祝之口宣布：祭祀典
礼人神交流的程序结束，礼仪该进入"备言燕私"即亲族宴会分享祭品的尾
声环节。后三章中，首先是神对子孙的赐福。神赐福子孙当然是因为子孙
丰厚的献祭，然而，这还不是诗篇表达的重点。第四章开始即说："式礼莫
愆"，接着在同一章，工祝又传达了神对此次典礼仪式的态度："既齐既稷，
既匡既敕。"这才是神赏赐子孙的条件，这一章最后工祝还说："永锡尔极，

时万时亿。""极"是对此次祭祀仪礼的总括性评价，因为子孙做到了行礼的"中正"及良善，所以获福无限。这就是说，典礼的礼仪不出差错，才是获得大福最重要的原因。

由此，诗篇又有了表现上的另一个突出特点，即详细表述典礼的程序与行仪。诗篇对一次常规的年终大祭祖先活动的表述，可谓首尾详备。诗从春天的耕种开始起笔，如上所说，强调献祭的粮食祭品的来历合乎祖先的要求。继而述说肉食与粮食的进献，而表述进献肉食，特言祭者脚步的"济济跄跄"；表述粮食祭品的蒸煮，又特言主妇的"莫莫"及其脚步的"踖踖"。只有正确严谨的仪式动作，才可获得神灵"礼仪卒度，笑语卒获"的嘉许和赐福。继而，诗篇表现了两次工祝的"致告"，第一次宣示神的赐福，第二次则是宣告祭典献神部分的结束与私宴的开始。私宴，是对祖先祭品的分享，其含义绝不简单。祭品是神享受之余，是神圣之物，共同享有祖先享受后的祭品，是强化同族的认同意识，这也是祭祖之后"备言燕私"最重要的用意。祭祀最后，即诗篇结束部分，还不忘郑重地宣明"子子孙孙，勿替引之"的嘱告。诗篇仿佛是对一场祭祀的全程录音录像，诗篇有如此的笔触，当然与上述祖先赐福子孙"礼仪卒度，笑语卒获"的条件有极其密切的关联。

然而，这首诗又具体用于祭祖的哪一个环节呢？前面讲到的几首农事诗篇，如《噫嘻》是籍田典礼上的歌唱，《臣工》为麦收之前下动员令的乐章，《载芟》则是年终祭祖时向祖先生灵表达祭祀者遵循农耕传统的献歌，那么，《小雅·楚茨》这首用笔绵密、感情浓厚的诗篇，肯定不是献祭神灵时的歌唱，因为献祭神灵的歌唱除了上面谈到的《载芟》，《周颂》中还有一首《丰年》。看这首诗篇的内容，应该是祭祀神灵时的"颂歌"。诗曰：

> 丰年多黍多稌，亦有高廪，万亿及秭。　　稌：稻类作物。廪：仓库。
> 为酒为醴，烝畀祖妣，　　　　　　　　　烝畀：进献。
> 以洽百礼。降福孔皆。　　　　　　　　　皆：嘉，美好。

诗篇很简短，笔法上亦如《思文》等《周颂》献神之歌的格调。另外，这首诗的一些语句，如"万亿及秭""为酒为醴"和"以洽百礼"与《载芟》《楚茨》

篇的一些语句相通或相类，表明其创作时间相近。就是说，在年终祭祖典礼上，属于献神的歌唱就有《载芟》和《丰年》两首。关于这两诗在典礼上的使用情况，文献中没有任何记载。但是，《载芟》篇中表明奉献的粮食是亲自下地劳作所得的歌唱，按理应当歌唱与祭祀献祭的环节，而《丰年》既言"降福孔皆"，就应该是在神灵降福的环节，与《楚茨》连起来看，就应该是在工祝第一次"致告"的时刻，《丰年》的颂歌响起。那么，《楚茨》又具体用于典礼哪一环节呢？

求诸诗篇本身，有迹可循。诗篇先述说正式的祭神及神的赐福，接着由工祝宣布典礼进入"备言燕私"，一场典礼最终因"燕私"完成而首尾具备。那么，诗篇就应该演唱于"燕私"即典礼即将最终完结之时。有西方学者称，此诗各章是由祭祀中各参与祭祀人员的发言构成的，这是不顾诗篇事实的片面之说。诗篇并不全是"发言"，它还有正式祭祀之后的言说；更重要的是，诗篇的视角是站在祭祖典礼全过程之外的，就是说，诗篇的作者颇似一位参加了一场祭祀的记录员，其职责就是要完整观察和记述一场完备年终祭祖大典的全过程，包括一些重要细节，并对其加以诵唱。"诵唱"的目的就在诗篇结尾的两句："子子孙孙，勿替引之。"诵唱就是要告诉参与祭祀的子孙不忘祭典的过程与细节。祭典当永远牢记，"子子孙孙"的语句，就是对"永远牢记"的告诫。

这决定了《小雅·楚茨》是一首"仪式"文学。人类记忆传统，有依赖举办仪式来完成的时代，也有靠文献记载完成的时代。《诗经》雅颂作品出现的西周时期，起码仪式的举行是牢记传统的重要方式之一。仪式举办亦即典礼的特点，就是重复，一些古老仪式年复一年地举办，一次一次地重复，连一些细节即言行举止——正如诗篇"礼仪卒度，笑语卒获"两句所显示的——都不可擅自更改，否则，神就不会赐福。然而，诗篇的出现还是一种新意识的表现。什么意思？古老的礼仪要重复，不可更改言行举止细节，但是，用诗篇表述诵唱一种古老的礼仪，却是一个新现象。正如上文谈过的，在西周较早的时候，诗篇如《噫嘻》和《臣工》表现重视农耕，其着眼点还是王者的亲耕和亲自关怀收获，诗篇是表现王者遵循古礼、重视农耕的。现在则是将歌唱"献给"典礼，即用歌唱表现一场典礼，典礼成为文学观察并加以表现的对象，因此，我们可以称之为文学题材的扩大、文学视野的拓宽。正是在这样的拓宽中，农作物的生长情形被描述，手持农具的农夫和打扮靓丽的可爱的农妇形象出现，虽然只是简笔勾勒，却是最早的农民形象。然而，这文学的变化，在古人那里是无意的、自发的，或者说是随着有意而主动的文化意识的新变而发生的。从文化角度说，这是一次主动的"记忆"，经由对典礼首尾的歌咏，经由表现典礼过程并突出其重点的关节，其明显的用意，是要将典礼"凝铸"在诗篇中，经由诗篇的传唱将典礼深植于人们的记忆中，并传之久远。

四、含在农事诗篇中的精神变迁

由此，我们也看到了《周颂》的《载芟》篇与《楚茨》篇之间的相互关联：《载芟》篇宣示典礼"振古如此"，强调的是典礼的古老；《楚茨》强调对祭典"勿替引之"，则意在未来。《载芟》的结尾侧重述古，《楚茨》篇的嘱告则警示未来；一为向神表达自己对农事传统的领悟，一为向子孙告诫对传统的谨守勿失。两首诗篇的共同焦点或曰中轴，就是祖先重视农耕的传统。

由此，我们也看到了《载芟》《楚茨》与早期的《噫嘻》《臣工》之间的区别。早期的诗篇表现的是王者率领农夫按照传统的习惯"遵行"于礼仪之中，后期的诗篇则有意表现"我在全心全意地遵循祖宗的农耕传统"。这就是横亘在先后不同时期的几首农事诗篇中的跨越，可借以观察《诗经》内所含观念意识的重要变迁。这样的变迁常被一些"思想史"之类的著作忽略，是十分遗憾的。

那么，这种明显的变化又因何而发生？① 要回答这个问题，应该再次回顾一下前面所引用的《国语·郑语》中"夫成天地之大功者，其子孙未尝不章"那段话。前面说过，那段文字有一个重要的含义，就是一种"族群的区

①　笔者曾在《诗经的文化精神》一书中讨论过这个问题。当时以为，西周重视农耕典礼的传统曾经一度被忽略。这主要是由于以下两点：一是因为对外征服，周王朝自周昭王后期开始对东南淮水、汉水一带的人群，进行过长达五六年的征战，昭王死于战事之后，战争仍在延续，一直到周穆王初期。二是继昭王在位的周穆王，好大喜功，大兴建筑，荒废了农业。到穆王之子周恭王上台，才又着意恢复农业生产，于是创作了包括上面所谈《载芟》《楚茨》等在内的许多农事诗篇。这样的解释，虽有其合理性，却也存在很大缺陷。因为，如果单单是恢复农事生产，就是创作新的农事诗篇，也不会在观念上出现早、中期那样明显的差异，因而差异的出现，一定另有原因。

别意识"。区别，往往出现于联系之际。在本书第三章曾经谈到，由《周颂》的《有客》《有瞽》等诗篇，可以看到西周的人群的交融。在《尚书》中，西周的文献写制者就宣称在尧舜那个重要时代，周人的始祖后稷负责种植粮食，同时，《尧典》也宣称，夏朝的祖先大禹负责治水，殷商的始祖则负责教化民众等。在这"分工"的言说中，正含有周人的区别意识，而区别意识的趋于明显，正以前面所以谈的西周的人群融合为背景与起因。西周人是历史的主宰，当然会坚持自己的文明生活的方式和方向。农耕，就是周人最习惯的生存方式之一。[①] 如此，为坚持农耕的文明生活，在礼乐上有一番新的制作，以突出自祖先以来神圣的农耕传统，既是自然的，也是势在必行的。质言之，当《载芟》《楚茨》等诗篇反复强调籍田劳作，强调只有用籍田亲耕劳作产品祭祀祖先，才是最虔诚的表现时，就是在强化对自身文化传统的认同意识。《载芟》《楚茨》等篇章，是强势人群有意强化自己文化方向的宣示。由此，就可以推测，这些年终常规祭祖篇章的高扬农耕传统，与第四章所谈祭祀那位对人群生存有大功的始祖后稷，存在着密切的呼应。

　　这里，还可以了解另一个前后的差别。早期的《噫嘻》篇只是呼唤"成王"，显示的应是一种古朴的意识：儿子继承父志耕种父亲留下的祖业田地。然而《载芟》《楚茨》显示的祖先意识明显不同：这两首诗篇更刻意强调，重视农耕、亲耕于籍田，是历代祖先薪火相传的传统。诗篇将祖先与传统牢固地联系在了一起，"祖先＝传统"的观念正式成立。于是，强调农事的诗篇表现为祭祖典礼的歌唱，也就可以理解了。因为年终的常规祭祖，是对列祖列宗的祭奠，正适合突出"传统"，正适合表达对传统的整体回顾。如果说，早期的《噫嘻》《臣工》只显示出对传统的遵循的话，那么后期的《载芟》《楚茨》则显示出到一定时期，周人开始反观、反思自己的传统，并着力加以弘扬。

　　这里，还应该做一点补充，这种"型帅祖考"[②]的意识，即出现在《载芟》《楚茨》中"振古如兹"和"子子孙孙，勿替引之"的嘱告，并不是孤立的现象，

---

　　① 对商业，周人的兴趣似乎不大，而《尚书·酒诰》《康诰》等文献显示，殷商遗民喜欢做买卖，周王朝就应允他们去从事这一生业。

　　② 该词出现于西周较早时期的《历鼎铭》，意思是取法祖先。

而是西周经历几代人之后普遍高涨的社会意识。这有大量的金文资料为证。① 另外，《楚茨》篇对仪式有颇为详备的描绘，这样的文学表现，也不是孤立现象。这仍可以拿金文的篇章来说明。在西周早期，不论多大的人事任命、多重的赏赐，铭文只记载任命、赏赐的内容。但是，大约从西周中期的周穆王开始，不论是任命还是赏赐，总是要记录仪式的场面。即以任命而言，早期的任命，如作册夨令方尊和方彝两件铭文所记，周王任命周公之孙"尹三事四方"，是个很大的官职，但铭文也只说任命及受命者被任命后的行事。然而，再后来的任命，无论官职多大，总会有如下的描述：某年某月、日，王立中庭，南向（朝南站立）。然后，就是描述接受任命者：在某某陪伴下，入中庭、南向，有的还会记录站定之后，王从作册官员手中拿过任命文件，交给宣读者，于是有"王若曰"如何如何。这样的器铭为数众多。很明显，当时的人们不仅记录王事任命，还记录任命的仪式。铭文记录任命之事，是显示家族荣耀，颇为详细述说任命仪式的场景，应该在接受任命的荣耀之上，又添了些什么。增添了什么呢？回答：任命的庄严感。也许说明的是这样一点：庄严的仪式，可以使任命更加荣耀。重视仪式，其实正是西周礼乐文化的重要特点。

"礼云礼云，玉帛云乎哉？乐云乐云，钟鼓云乎哉？"（《论语·阳货》）西周是"礼乐文明"，由《诗经》中这些前后有别的农事诗篇，从它们将古老传统的遵循，从它们念兹在兹地提醒子孙，从它们将古老的传统与祖先的敬奉相联系，都可以观察到西周创立"礼乐"的真实用处及其文化品质。

---

① 金文中有很多"子子孙孙"之类的祝愿嘱告之词。早有学者指出，这类赐予在金文中的出现，不早于周昭王时期（西周早期偏晚阶段）。原因很简单，昭王之前，周人享国日浅，后代子孙如何的意识还不普遍。正是从昭穆之际起，器铭结尾处"子子孙孙其永宝"的语词数以百计。其中如《录伯夨簋》"孙孙子子帅帅井（型）受兹休"、《縣改簋》"孙孙子子母（毋）敢望（忘）白休"，以及《守宫盘》"其百世孙子毋敢永宝，勿遂（坠）"等，其语气语意都与《楚茨》篇"勿替引之"的嘱告十分类似。更巧的是，在近年海外回流的伯狱器和卫簋诸器铭文结尾处，都出现了"日引勿狱"之语。其中的"狱"，前辈学者隶定为"替"字。这几件器物的年代，据学者考定，又都属于穆王、恭王时期。

第八章　农事诗篇中的天地情怀

《诗经》表现了我们这个文化在奠基时代对几条重大关系的理解：一条是上下关系，其理解，表现在宴饮诗篇中；一条是家国关系，其理解，表现在战争诗篇中；一条是族群与族群之间的关系，表现在婚姻诗篇中；还有一条，就是蕴含在农事诗篇中的天人关系。[①] 在前面一章，我们讨论了《诗经》农事诗篇中所含的"凝铸传统"问题。在这章中，将讨论农事篇章中另外一个很重要的问题，就是表露在农事诗中的情感，包括人与人、人对自然的情感等方面。

一、回报天地的情感

让我们从《周颂》中的《良耜》篇谈起，因为这首诗可以说是《载芟》的姐妹篇。诗篇是这样的：

> 畟畟良耜，俶载南亩。　　畟(cè)畟：耜入土飞快的意思。
>
> 　　　　　　　　　　　　俶载：开始翻土。《诗经》中的固定语。
>
> 播厥百谷，实函斯活。
>
> 或来瞻女，载筐及筥，其饟伊黍。　　瞻：送饭。赡字之误。
>
> 　　　　　　　　　　　　女：汝。饟（xiǎng）：饭食。
>
> 　　　　　　　　　　　　字同饷。

[①]　关于《诗经》的"精神线索"问题，请参考笔者为袁行霈主编"中华传统文化百部经典"之《诗经》（2017年出版，李山解说）所作的"导言"。又见李山、华一欣合著《对话诗经》（中华书局2013年版）开头的"对话"部分。本书后面也还有讨论。

其笠伊纠，其镈斯赵，以薅荼蓼。	纠：指斗笠编织交缠貌。
	赵：刺，削。薅（hāo）：拔除。荼蓼：指杂草野菜。
荼蓼朽止，黍稷茂止。	止：语气词。
获之挃挃，积之栗栗。	挃（zhì）挃：用镰刀收割的声响。栗栗：众多貌。
其崇如墉，其比如栉，以开百室。	墉：城墙。
	栉（zhì）：梳头篦子，形容谷物堆放稠密状。
百室盈止，妇子宁止。	
杀时犉牡，有捄其角。	犉（chún）：黑唇的黄牛。
	捄（qiú）：弯曲貌。
以似以续，续古之人。	似：嗣。续：延续。

大意：利手耒耜入土快，开始翻土在南田。种下各种谷，发芽生机见。有人来送黍米饭，筐筥都装满。头戴斗笠纵横编，锄头锋利将草铲。野菜杂草朽，黍稷茂茂然。收割唰唰响，层层积如山。禾堆高墙似，鳞次栉比般，百间仓房都装满。仓库充盈了，妇孺安宁了。杀头黑唇大黄牛，犉角曲弯弯。这是接，这是续，接续古人老规矩。

诗篇不论在格调上还是在用语和句法上，都与《载芟》有着高度的相似性，应为同时期作品。那么，诗篇用于哪一典礼呢？《毛诗序》说："秋报社稷也。"是说诗为一年农事结束时祭祀土谷物神灵的乐章。作为姊妹篇，《载芟》是献祭祖宗庙之诗，《良耜》则为回报社稷神灵之歌。祭祀对象不同，内容亦有所不同。《良耜》篇虽也表耕种、馌食、作物生长、收获丰饶及献祭，然而与《载芟》相比却有两点不同：一是没有写"侯主侯伯，侯亚侯旅"之人参与春耕，二是后半部分言祭祀没有写用粮食献祭的内容，而是用黑嘴黄牛做牺牲，这是因为祭祀对象不同。据《礼记·祭统》记载，古代祭祀有内外之别："外祭，则郊社是也；内祭，则大尝禘是也。"所谓"内祭"是祭祀祖宗，"外祭"则是秋冬之际祭祀社稷一类的神。《良耜》之所以不表现"侯主侯伯"的籍田劳作，是因为作为"外祭"的乐章，用不着向神灵表现自己的亲耕。献祭的供品也因为祭祀对象不同而有差别，《良耜》篇中的"外祭"用牛，遵循的应是渊源古老的礼数。在前一章讲到《楚茨》的时候谈到过，用肉食祭祀神灵应与狩猎时代的生产生活有关，《良耜》的用牺牲还保留着古老的风俗。至此我们发现，《良耜》和《载芟》虽然创制时间相同，所遵循的祭祀习惯却不一样。前者古老，后者则新。就是说《载芟》对应的是周人重视农耕的新传统，《良耜》用肉食祭祀天地神灵，则是老传统。但是，说《良耜》保持老传统也不是十分准确。因为诗篇写耕种收获，还是围绕着农事而来，就是说，年终虽祭祀社稷神，还是因为这些神灵保佑了一年农事的顺利进行，保证了年成的丰饶，只不过献祭的供品还沿袭了古老的惯例而已。也就是说，沿袭这古老习惯的《良耜》显示的是一种报恩之心，是一种农民特有的厚道，是一种天地之情。再请看一看《礼记·郊特牲》中的一段记载：

> 天子大蜡八，伊耆氏始为蜡。蜡也者，索也。岁十二月，合聚万物而索飨之也。蜡之祭也：主先啬，而祭司啬也，祭百种以报啬也。飨农及邮表畷、禽兽……迎猫，为其食田鼠也；迎虎，为其食田豕也，迎而祭之也。祭坊与水庸，事也。

"大蜡八"是周天子年终举行的祭典，"蜡"(zhà)是索、求索，把那些所有帮助过农事的大小神灵找出来一起回报，这一典礼又称"报赛"。"祭司啬"和"祭百种"云云，说的就是"社稷"，包括诸多的神灵，有"邮表畷"、猫和虎，甚至还有堤坝、水沟之类，可真是万物有灵，这里的要点是认为这些"含灵"之物都对农事有作用、有贡献，都必须予以回报。这就是天地之情，《良耜》表达的就是这样的天地之情。这样的天地之情，不仅经由祭祀典礼来表现，再看《小雅》中另外一首农事诗《信南山》篇，又是如何表达的。诗曰：

1

信彼南山，维禹甸之。	信：伸。假借字。甸：垦治。
畇畇原隰，曾孙田之。	畇(yún)畇：平坦貌。曾孙：指周王。
我疆我理，南东其亩。	亩：田垄。

此章是说曾孙的田是大禹治水时垦治的。

2

上天同云，雨雪雰雰，益之以霡霂。　同：聚集。雨（yù）雪：降雪。雰（fēn）雰：纷纷。霡霂（mài mù）：小雨。

既优既渥，既霑既足，生我百谷。　优：湿润。霑（zhān）：润泽。

此章写上天恩情。

3

疆埸翼翼，黍稷彧彧。　埸（yì）：田界。翼翼：排列貌。彧（yù）彧：茂盛的样子。

曾孙之穑，以为酒食。

畀我尸宾，寿考万年。　尸宾：即祭中之尸，代表祖宗享用祭品，故称宾。

此章表年终将用此田所产祭祖。

4

中田有庐，疆埸有瓜。

是剥是菹，献之皇祖。　菹（zū）：腌制。

曾孙寿考，受天之祜。

此章表眼下的礼仪。

5

祭以清酒，从以骍牡，享于祖考。　骍（xīng）牡：赤红色的公牛。

执其鸾刀，以启其毛，取其血膋。　鸾刀：挂有銮铃的刀。血膋（liáo）：血和肥脂。祭祀杀牲时，取牛血向神告杀，又油脂与黍稷、萧艾合在一起烧，以其香气享神。

此章继续表礼仪程序。

6

是烝是享，苾苾芬芬，祀事孔明。　烝：进献。享：献。

先祖是皇，报以介福，万寿无疆。　　皇：往。指享用祭品。

此章表祝福。

这首诗与《楚茨》《载芟》和《良耜》等篇一样，也是从春天亲耕起笔，其"曾孙田之"句告诉人们"南山"下的天地就是王室的籍田。王室籍田在终南山下，是此诗透露的消息。而诗篇所依附的农事典礼，据诗第四章"中田有庐，疆埸有瓜。是剥是菹，献之皇祖"几句，表现的是田野瓜果成熟时的尝新之礼，也就是一年常规祭祀礼仪"礿、祠、烝、尝"（出《小雅·天保》）中的"尝"。"尝"的可以是新粮，也可以是新的瓜果，此诗所言为后者。而且诗篇在第五章交代，尝新之礼也还有清酒、骍牡之祭。《礼记·祭统》说："于尝也，出田邑，发秋政。"诗言"曾孙"剥瓜、杀牲祭祖，很明显是"出田邑"即来到田间举行的祭祀活动。这也可以与《国语·周语上》所说"耨获亦于籍"联系起来，"耨"就是田间管理阶段，瓜果成熟可以尝新，却不意味着农事结束，相反正是大田管理时期。这时曾孙来到田间，一方面可以祭祖尝新，另一方面也是"出田邑，发秋政"，即以亲到田间的形式，发布农事政令。

这些都不是这里要讲的重点，这里的重点在第二章，即"上天同云"诸句所表露的天地情感。一个"同"字，将云的聚集变成一种似乎是有意志有目的的行为，他的行为者即"上天"，上天聚集浓云就是为了"雨雪"，就是为降雪纷纷。在《大戴礼记》这本书中，古人说到雪和雨不一样，它是不避高下的，不论地点高低平坦，雪都可以积存，不像雨水那样避高趋下。可是积雪平均，反而容易有所不足。上天想得很周全，在"雨雪雰雰"之后，还要再来一阵小小的"霢霖"，于是大地就润泽优渥，含水充足，就有力气多生长百谷。如此的美句，如此的清新温雅，如此的动人心扉，这就是天地情感，是漫长的农耕生涯中对天地大自然的感知，是点滴真情的不自觉流露。有学者研究中西宇宙观、世界观的异同，指出古代中国有一个稳定的倾向，就是认定自然是和谐的，不和谐的现象是偶然。这样的哲学认定，不正与诗篇所呈露的情感息息相关吗，不正是这样的情感的升华吗？

《诗经》的农事诗篇中不仅有"上天同云"的句子，还有《大田》篇的句子："有渰萋萋，兴雨祁祁。雨我公田，遂及我私。"雨水是体贴着人情的需要先公后私地下的，自然的雨雪好像都有了人格似的。下面我们就来看看《大田》篇。这首诗许多语句、句法及总体风调都与《信南山》相类，应为同时期作品。诗曰：

1

大田多稼，既种既戒，既备乃事。 　　大田：籍田，其地千亩，故称。种：选种。戒：修正未耟等农具。

以我覃耜，俶载南亩。 　　覃（yǎn）：锋利。"剡"字假借。俶载：大致为"翻土"的意思。

播厥百谷，既庭且硕，曾孙是若。 　　庭：直，挺拔。若：满意，字同诺，认可。

此章写春耕。

既方既皁，既坚既好，不稂不莠。 　　方：苞，即作物开始长出地面时的样子。皁：籽粒初成貌。稂（láng）：作物有穗而不结籽粒，称稂。莠：形状似苗而非苗的稗草。

去其螟螣，及其蟊贼，无害我田稚。 　　螟螣（téng）：害虫。食心曰螟，食叶曰螣。蟊（máo）贼：害虫。食根曰蟊，食节曰贼。

田祖有神，秉畀炎火。 　　畀：投给。古人利用昆虫投火的习性用火烧法灭虫害，并将烧死的蝗虫掩埋入土。

此章写作物生长即病虫害治理。

3

有渰萋萋，兴雨祁祁。 　　渰（yǎn）：云兴貌。萋萋：密集貌。祁祁：云慢慢移动貌。

雨我公田，遂及我私。

彼有不获稚，此有不敛穧；　　　稚（zhì）：收割时尚未完全成
熟的庄稼。穧（jì）：聚禾
成把。

彼有遗秉，此有滞穗，伊寡妇之利。　秉：禾把。滞穗：散落的
禾穗。

此章写天地的云行雨施，并表应该让孤苦之人也享一些天地恩惠。

4

曾孙来止，以其妇子。

馌彼南亩，田畯至喜。　　　田畯：田官。喜（chì）：字当
作"饎"，饭食。

来方禋祀，以其骍黑，与其黍稷。　来方：以方，按照四个方位。
禋（yīn）祀：以牛羊油脂合香
草腾烧祭天，禋实祀烟，以
烟中香气享神。骍（xīng）：
祭天、宗庙用赤红色牛。黑：
祭地与社稷用黑色牛。

以享以祀，以介景福。

此章表曾孙来田间，并祝福未来。

　　这首诗在许多方面与《大田》相类，有同一时期作品的表现。其对应的
典礼，则是秋收时节的"来方禋祀"，目的就如《生民》篇所说，是"以兴嗣
岁"，就是为来年祈求农耕生产的顺利丰饶。诗篇提供了一个有趣的知识，
就是用火灭虫害。后来唐代玄宗时期宰相姚崇灭虫害，火燃加坑埋，有大
臣还站出来反对，姚崇就引这首诗为证。不过，诗篇最感人的还是第三章
"此有""彼有"诸句，而且这几句是接着"有渰萋萋，兴雨祁祁"来的，"兴雨
祁祁"是言上天的恩泽，"彼有不获稚，此有不敛穧；彼有遗秉，此有滞穗"
则表达的是对社会弱者的一点关怀。上天赐予丰饶，这丰饶就不可单独享
有，而要施惠于他人，特别是那些社会中的弱小者，这才是真正的回报天
地之恩。天地惠泽人类无所不周，如《大田》篇"上天同云"及此诗"有渰萋

荠"等句子所表，那么，人也应该不能一味自私自利。一点"遗秉""滞穗"，或让人感觉对弱者不过杯水车薪，也可以视之为有意掩盖剥削，然而，这是一点意思，有这点意思，像个人类社会。因为它提倡人人都应该有的对弱者的关爱。实际上，诗篇所言此种风俗，笔者幼年时的乡村仍沿袭着，不论是夏季麦收，还是秋季收获之后，都允许包括异乡人在内的人拾取遗落的麦穗或谷穗；异乡人甚至可以住在本地乡村里。这一点人性的表现，原来远远比预想的古老。我想，正是因为古人早已深刻体验了"上天同云，雨雪雰雰"的天地恩德，才会产生这样的回报之情。毫无疑问，这样施与社会弱者的回报之情，才是诗篇的亮点，才是一个民族众多文化遗产中最值得珍视的部分。

据《国语·周语》记载，籍田所产的粮食，一部分要"廪于籍东南，钟而藏之，而时布之于农"。即藏于特定的仓库里，到一定的时节分发给农民。另外一首与《大田》《信南山》应为同时期作品的《甫田》篇里，也有"倬彼甫田，岁取十千。我取其陈，食我农人，自古有年"的句子，大意就是广大的籍田盛产粮食，每年都有数以万计的出产，当新粮食上场时，陈粮就可以拿出来给农夫吃了。看来，《国语》所言是有根据的。

二、淳朴明净的农事生活

前面已读了不少农事诗，上一章开始有《周颂》中的《噫嘻》和《臣工》，《小雅》的《楚茨》，这一章有《小雅》中的《信南山》和《大田》诸篇。读这些表现农耕生活的诗篇，除了上述的情感内容外，还可以感受到诗篇所表现的古代农事生活的清新淳朴。首先，这些诗篇是按照特定的生活节奏而来的。春耕、春耕之后的田间管理，后者如《甫田》篇所表。还有秋季收获，而秋收又有两季，一个是夏季的麦收，即《臣工》篇所表；一个是秋天的收获，《载芟》和《大田》篇所表现的收获即是。诸多农事诗篇就这样详雅周致地述说着一年的农事。

然而就诗篇的主题特别是《小雅·楚茨》等几首诗而言，还不是表现一年的劳作（表现一年劳作的是《豳风·七月》），而是一年之内各个时节的神事。《楚茨》篇不用说，展现的是年终隆重的祭祖，其情感调子也颇为浓烈。此外就是《信南山》，其"疆场翼翼，黍稷或或"和"中田有庐，疆场有瓜"即表明诗篇的时令，是瓜果成熟的夏秋之际，所依的祭祀就是这个时节的"尝新"之礼。《大田》虽也表现了治理虫害，可是据其最后一章的"来方禋祀，以其骍黑"来看，应该是夏历大秋秋收之际的祈求来年丰收的祭祀。《周颂》的《良耜》与《载芟》则为一年春耕秋收结束之后，对天地诸神予以回报的乐章。对天地与农事相关的诸神的祭祀，真有点层层叠叠。正是从这层层叠叠中，我们可以读到《诗经》时代农耕生活的节奏，诗篇正是这节奏节点上的歌声。

可是，神事活动层层叠叠，并不妨碍表现这些神事活动的诗篇在格调上的澄澈。这里的要点不是那时有没有鬼神，而是诗篇述说的重点是什么。看农事诗篇中关于各种神灵的祭祀，《噫嘻》篇作为春耕大典的乐章，大典祭祀肯定有对土地社稷等各种神明的祭奠，然而诗篇说"昭假"成王，诗篇更倾意于表现承接父业之情。《臣工》篇中干脆就没有神灵之事，先民也不是事事都祀神。《小雅》的《楚茨》，如前所说，表达传统记忆的倾向最为强烈。而《信南山》《大田》的向祖先"荐新"，《大田》和《甫田》的"来方禋祀""以社以方"，也只是交代出祭祀对象而已。说诗篇"明澈"就在这里。先民只是按照老礼，按照古老的神灵观念，如式如仪地祭献，至于神灵有如何的神威魔力，如何保证作物丰饶等神话方面的东西，都一概付诸阙如。神灵是有的，对农耕的护佑也是肯定的，因而也是需要侍奉的。不过，神灵的护佑又是如期如约的，神的厚恩不是表现在临时的或额外的云行雨施的赏赐，而是对这个冬去春来稳定有节律世界的维系。祭祀神灵，不是不安的祈祷，而是对稳定的世界力量的报答。因而，定期的祭祀，与其说是宗教，不如说是文化；与其说是祈求，不如说是对世界节律的感激。因而，一切的祭祀，都是在延续这与大自然许久以来形成的默契，没有关于神灵的传奇，也很自然。在《大田》和《甫田》篇中，都提到的"田祖"，《甫田》第二章是这样说的：

> 以我齐明，与我牺羊，以社以方。
>
> 齐（zī）明：献神的粮食。齐，"粢"字假借。明，献给稷的又称明粢。牺羊：纯毛色的献祭之羊。

我田既臧，农夫之庆。

琴瑟击鼓，以御田祖。

以祈甘雨，以介我稷黍，以穀我士女。　　介：助。穀：养活。

诗句赞美田祖功德有加，然而田祖为谁，其神力如何，只字不言。据《国语》等文献记载，在周人始祖后稷负责天下农事之前，还有一位叫做"柱"的人负责农事，为更早的田祖，就像朱熹《诗集传》则说这里的"田祖"，应该是神农。又据《山海经·大荒北经》说："蚩尤作兵伐黄帝……黄帝乃下天女曰魃，雨止，遂杀蚩尤。魃不得复上，所居不雨。叔均言之帝，后置之赤水之北。叔均乃为田祖。"照《山海经》此项记载而言，叔均治理了天下水旱，被封为田祖。这样说来，历代的田祖保护农耕，是颇有故事可讲的。然而表现祭祀的诗篇，对这些神灵只有祭奠，没有述说，没有对田祖作为神灵的神迹加以歌颂的内容。于是，表现神事活动的诗篇就缺少宗教的氛围，更显得像是在按时如期地过节日，诗篇的格调也就明朗澄澈。我们不能指望距今三千年前的先民没有鬼神观念，如何对待神灵才是表现先民精神品格的关键。如是如斯尽人力，如是如斯过节日，庄重斋明，而非满篇牛鬼蛇神。

相映成趣，《诗经》的农事诗篇更愿把笔墨用到作物的生长、祭品的馨香和年景的丰饶上去。《载芟》篇"播厥百谷，实函斯活"和"有飶其香"就是描写生长与馨香的佳例。至于年景丰饶，还以《小雅·甫田》的结尾一章为例：

曾孙之稼，如茨如梁。　　茨：茅草。这里指屋顶，古代用茅草覆盖屋顶。梁：桥梁。

曾孙之庾，如坻如京。　　坻（chí）：水中小岛，这里指粮堆。京：高丘。

乃求千斯仓，乃求万斯箱。　千斯仓：千仓。斯，语助词。

黍稷稻粱，农夫之庆。

报以介福，万寿无疆。

　　这是何等的喜庆！丰收固然喜悦，对作物生长情形的描述与概括，更可显示农事诗篇的作者对农耕生活的熟稔与喜爱。《大田》篇的"既方既皁，既坚既好，不稂不莠"如此，前一章所举的《周颂·载芟》篇也是如此："实函斯活，驿驿其达。有厌其杰，厌厌其苗，绵绵其麃。载获济济，有实其积，万亿及秭"，连用六个句子述说作物从种子发芽到禾苗成熟收获的变化，历历如画，又简洁概括。就是在祭祖的诗篇《生民》中，也有"茀厥丰草，种之黄茂。实方实苞，实种实褎。实发实秀，实坚实好。实颖实栗，即有邰家室"的描绘之句。一说到农耕劳作，特别是说到在辛勤劳作照料之下的禾稼生长，诗人就精力旺盛，其描述也就具体生动。字里行间流露着对农耕的喜爱。

　　再来看看农事诗篇中的安详气氛。祭祖的农事篇章情感较为热烈，如《载芟》《楚茨》都是如此。《良耜》的情感就相对平淡些，至于《信南山》《甫田》《大田》几篇，闲雅安详则是其主调，三千年前农村生活的安详有序，从篇章字句中扑面而来。还是让我们举《甫田》的开头部分为例：

倬彼甫田，岁取十千。

倬：高大，这里形容甫田的广阔。

我取其陈，食我农人，自古有年。
今适南亩，或耘或耔，黍稷薿薿。

耔（zǐ）：为苗根培土。
薿（yǐ）薿：茂盛的样子。

攸介攸止，烝我髦士。

介：停息。止：休，歇。
烝：众多。髦：俊，美。

　　广大的籍田，每年都有好收成。正是这年年都有的年景使人自信，生活有底气，说起话来也不忧不虑、不急不躁。这是诗章的起调，平稳安详。接着"我取其陈"说的是每年青黄不接的艰难时刻，有陈粮满仓，就可以天下无饥人。祖辈相传的农耕生活，只要勤劳便无所匮乏，于是诗篇很自然地转入田间劳作。写劳作休息的众多农夫，由衷地赞美一句"烝我髦士"。安详雅致、波澜不惊，是源于对生活的把握与自信。何以这样说？这样安稳的调子，显示了对生活的有底。而这有底的深层原因，可以从上面我们曾举过的"上天同云"及"兴雨祁祁"等句群里去寻求答案。那些对天地云行雨施充满深情的描写，实际上表达的是一种认定和信念：天地大自然是生养人类的母亲。读这些安稳详雅的农事诗篇，有一个非凡的感受：人是依偎在大自然怀抱中的。所以诗篇述说一年的按时操作，就好像述说家常，大自然就像大家既亲切又熟悉的父母，在他们的护佑下生活，还有什么可焦虑不安的呢？

三、劳作于天地之间

在《诗经》的农事诗篇中，《豳风·七月》是农事诗篇的杰作。下面就先来看这首诗：

1

七月流火，九月授衣。

流火：大火星西偏。大火星指东方苍龙七星的心宿第二，因其最亮，古人据其在天空的方位确定时令。太阳落山后的黄昏时分，大火星不在天空正南方，而是偏西，则意味着秋季开始、天气变凉。授衣：分发御寒的衣服。

一之日觱发，二之日栗烈。

一之日：夏历十一月，周历第一月。下文二之日、三之日一类可类推。觱（bì）发：寒风吹拂引起其他东西觱咇作响，犹言觱里咇啦。栗烈：即凛冽。

无衣无褐，何以卒岁？
三之日于耜，四之日之举趾。

褐（hè）：粗布衣服，在此指冬衣。
于耜（sì）：修理农具的意思。举趾：抬脚。一说趾即"磁"，一种农具。

同我妇子，馌彼南亩，田畯至喜。

至喜（chì）：至同致；喜同饎，饭食。至喜即发放食物。

大意：夏历七月黄昏大火星始西偏，九月就向农夫发放冬衣来御寒。周历一月噼里啪啦风吹物，二月凛冽冬风寒刺骨。没有冬衣与寒服，年终岁月怎么度？周历三月治耒耜，四月里来要下地。聚集妇女和孩子，送饭田头管饭吃，田官负责发饭食。

2

七月流火，九月授衣。

春日载阳，有鸣仓庚。	载阳：开始变暖的意思。仓庚：鸟名，即黄莺。
女执懿筐，遵彼微行，爰求柔桑。	懿筐：深筐。遵：沿着。微行：小径。柔桑：嫩桑。
春日迟迟，采蘩祁祁。	迟迟：春天里人有舒迟之感，犹今言"暖洋洋"。蘩：白蒿，蚕出生时需要用蘩蒿覆盖保温。祁祁：茂盛的样子。
女心伤悲，殆及公子同归。	伤悲：惆怅。殆：差不多。同归：成亲。

大意：夏历七月黄昏大火星始西偏，九月就向农夫发放冬衣来御寒。春来一天天变暖，黄鹂也开始啼鸣婉转。少女持深筐，走在小径上，野外去采桑。春天暖洋洋，蘩蒿齐齐长，少女心惆怅，即将出嫁公子做新娘。

3

七月流火，八月萑苇。	萑（huán）苇：荻草和苇子，可以作蚕箔用。
蚕月条桑，取彼斧斨，	蚕月：养蚕的月份，即夏历三月。斧斨（qiāng）：圆孔为斧，方孔为斨。
以伐远扬，猗彼女桑。	远扬：伸得很高的枝条。猗：取叶存条为猗。女桑：即柔桑、嫩桑。
七月鸣鵙，八月载绩，	鵙（jú）：鸟名，又称伯劳。载绩：开始纺绩织布。

载玄载黄，我朱孔阳，为公子裳。　　孔阳：很有光彩。

大意：夏历七月黄昏大火星始偏西，八月收割苇和荻。夏历三月治桑树，斧头砍削远扬枝，嫩桑留枝采叶子。夏历七月伯劳啼，八月着手即纺织。丝织色泽赤又黄，那红的更是明晃晃，好料裁成公子裳。

4

四月秀葽，五月鸣蜩。　　秀葽（yāo）：秀，开花。葽，苦菜。

八月其获，十月陨萚。　　陨萚（tuò）：植物枝叶凋零。

一之日于貉，取彼狐狸，为公子裘。
　　　　　　　　　　　　于貉：猎貉。句法犹"于耜"。貉又称狗獾，似狐，较肥胖，尾巴短，在古代其皮毛十分贵重。

二之日其同，载缵武功。　　同：集合。缵（zuǎn）：继续。
　　　　　　　　　　　　武功：即上句的狩猎活动，狩猎有军事训练的作用。

言私其豵，献豜于公。　　私：私人所有。豵（zōng）：小的野猪。
　　　　　　　　　　　　豜（jiān）：大野猪。公：公家。

大意：四月苦菜花开，五月蝉儿始叫。八月正收获，十月万物落叶飘。周历一月打野獾，捕捉狐狸取毛皮，好为公子制裘衣。二月男子再齐聚，继续狩猎习武艺。小的野猪留个人，大的野猪归集体。

5

五月斯螽动股，六月莎鸡振羽。
　　　　　　　　　　　　斯螽（zhōng）：蝗类的昆虫。动股：两腿的摩擦发出叫声。其实这是一种错误的说法，斯螽的发声器官在右前翅。
　　　　　　　　　　　　莎（suō）鸡：昆虫名，蝗类。

七月在野，八月在宇，　　宇：屋檐。

九月在户，十月蟋蟀入我床下。　　户：房内。

穹窒熏鼠，塞向墐户。　　穹（qióng）室：穹当作焪，用火烘干；窒，塞满，用泥填塞房屋的缝隙。熏鼠：用烟熏走老鼠。向：朝北的窗户。

墐（jìn）户：用泥涂抹门窗缝隙。

嗟我妇子，曰为改岁，入此室处。　　改岁：过年的意思。

大意：五月斯螽磨腿发声响，六月莎鸡展翅膀。七月在田间，八月在屋檐，九月在屋堂，随人走的蟋蟀，十月在我床下藏。火熏泥塞驱老鼠，用泥封涂北向窗。叹我妇女和孩子，过年改岁这几日，才回室内得歇息。

6

六月食郁及薁，七月亨葵及菽。　　郁：郁李，野果，如樱桃大小。

薁（yù）：野果，如樱桃大小，黑紫色，酸甜可口，又名野葡萄。亨：通烹。葵：一种野菜。菽：指豆叶，又称藿。

八月剥枣，十月获稻。　　剥枣：打枣。

为此春酒，以介眉寿。

七月食瓜，八月断壶，九月叔苴。　　壶：瓠瓜。叔：收，拾取。

苴（jū）：大麻子。

采荼薪樗，食我农夫。　　荼：苦菜。薪：采薪。樗（chū）：臭椿树。食（sì）：给人食物吃。

大意：六月采食郁李、野葡萄，七月烹煮葵、藿当菜肴。八月要打枣，十月割水稻。稻米酿酒春日成，献给长者助养老。七月有瓜吃，八月摘瓠子，九月拾麻籽。食物是苦菜，臭椿烧作柴，我们的农夫先民们，就是这样艰辛生活在古代。

7

九月筑场圃，十月纳禾稼。　　场圃：打谷场，古代打谷场也用来种菜，所以称场圃。

黍稷重穋，禾麻菽麦。　　重（tóng）穋（lù）：重字当作"穜"，先种后熟的谷物为穜；后种先熟的谷物为穋。

嗟我农夫，我稼既同，上入执官功；

上：同尚，还要。官：公共建筑。

功：劳作。

昼尔于茅，宵尔索绹，　　　　　于茅：打茅草。索绹（táo）：打草绳，索在此为动词。

亟其乘屋，其始播百谷。　　　　亟（jí）其：急忙，快快地。

大意：九月修治打谷地，十月庄稼都上场。黍稷连同早熟晚熟各庄稼，堆积五谷和桑麻。嗟叹我农夫，庄稼事已完，再把各种公共工程建。白天打茅草，晚上搓麻绳，快上房子修屋顶，马上又要下地把百谷种。

8

二之日凿冰冲冲，三之日纳于凌阴。　　凌阴：藏冰的地窖。

四之日其蚤，献羔祭韭。　　　　祭韭：献上鲜韭。

九月肃霜，十月涤场。　　　　　肃霜：义即肃爽，联绵词，形容深秋的清凉。涤场：扫场。意味农事结束。一说，联绵词，即涤荡。

朋酒斯飨，曰杀羔羊。　　　　　朋酒：两樽酒称朋酒。飨：盛大宴会。

跻彼公堂，称彼兕觥，万寿无疆。　　公堂：学校，周代乡间有学校，也是举行各种公共活动的场所。称：举。兕觥（gōng）：犀牛角形状的酒杯。

大意：周历二月开始凿取河冰冲冲响，直到三月都能把冰藏。周历四月头几天，献神羔羊韭菜鲜。九月天气凉，十月风涤荡。年终盛宴双樽酒，还要杀羔羊。大家齐登堂，兕觥美酒扬，生活永久万年长。

关于这首诗，主要谈以下几点：

1. 诗篇的使用

关于这首诗，有许多的问题。其一就是创作时间问题，至今不少学者认为它是春秋时期的诗。这是有问题的。笔者认为，①其创作时间与《小雅》中的《楚茨》《信南山》等几首相同，也与《周颂》中的《载芟》和《良耜》一样，还与《周颂》歌唱后稷之德的《思文》和《大雅》的《生民》同时。

诗篇之所以不是春秋时期的，看诗篇第一章就可以知道。因为第一章言"九月授衣"，是深秋初冬之际由集体向农夫发放御寒衣物。这样的做法，与古代财产管理制度有关。古代因为耕作技术限制，耕种还是以大家族为基本生产单位；到了春秋时期随着铁制农具及牛耕的普及，以一家一户为生产核算单元的现象才逐渐占据社会生活的上风。就是说，到了春秋时期"九月授衣"已经成为过去时了。还有，诗篇出现的一些词语如"馌彼南亩""万寿无疆"等，都与《小雅》几首诗一样，是创制时代相同的证据。

说《七月》与《思文》《生民》有关，是说《七月》也是古人祭祖、强调农耕传统的篇章，有如下的理由。《周礼·大司乐·籥(yuè)章》说：

> 籥章掌土鼓豳籥（管乐器吹奏曲）。中春，昼击土鼓，龡(吹)豳诗，以逆暑。中秋，夜迎寒，亦如之。凡国祈年于田祖，龡豳雅，击土鼓，以乐田畯。国祭蜡，则龡豳颂，击土鼓，以息老物。

"籥章氏"为周代音乐官员，"中春"应为春分，在阴历二月；"中秋"为秋分，在九月；"田祖"，《毛传》说是"先啬"，应包括所有能帮助农事的神灵。文中还提到了"田畯"和"土鼓"。田畯指农官；在山西襄汾县陶寺遗址曾出土过多件大小不同的土鼓，遗址的年代与传说的尧舜时代相去不远。"息老物"指慰劳安顿那些有益于农事的神灵万物。

最重要的是这段文字提到了"龡豳诗""豳雅"和"豳颂"。其中的"诗"与"雅""颂"并列而出，可知《周礼》这里说的"豳诗"，即"豳风"。至于这"豳风""豳雅"和"豳颂"指哪些诗篇，说法就有分歧了。例如，东汉郑玄《周礼注》就说："豳诗"为《豳风·七月》篇，"豳雅""豳颂"也是《七月》篇（郑玄《周礼注》）。这就是所谓《豳风·七月》的"一诗三用"。郑玄说"豳诗"即《豳风·七月》，是可信的。至于说"一诗三用"则有问题。朱熹《诗集传》即对此说表

---

① 关于此诗时代详细的考证，请参看笔者《诗经的创制历程》一书相关部分的讨论。

示怀疑，朱熹只承认《七月》为"豳诗"，至于"豳雅"和"豳颂"，朱熹推测，应该是《小雅》的《楚茨》《信南山》《甫田》《大田》四篇。朱熹不信郑玄之说是正确的，他将《楚茨》《信南山》等四诗与"豳雅"相连，却是不对的（朱熹对自己提出的新说并不肯定）。首先是《楚茨》等四诗所显示的农事地点，都不在古豳之地，《信南山》称"南山"，《甫田》谓"今适南亩"，都不指古豳（今陕北旬邑、彬县一带）之地。其次，诗篇屡次歌唱周王的"来止"，应是在王室的籍田典礼上，而不会远到古豳之地去。再从诗篇所用之乐看，《周礼》所谓"吹豳"，用的是"土鼓、蒉桴、苇籥"，是极其原始的乐器，[①] 显然与《小雅》四诗所歌唱的事情不合。至于"豳颂"是哪一篇，朱熹则没有给出说法。

笔者的看法是，所谓"豳诗"是《七月》，所谓"豳雅"是《大雅·生民》（可能还有《大雅·公刘》），所谓"豳颂"就是《周颂·思文》，几首诗篇都与始祖后稷有关。[②] 这些诗篇创造年代相同，应该是祭祖用乐的组曲。具体而言，"豳颂"的《思文》，献给始祖后稷；"豳雅"的《生民》，是向参与祭祀的祖孙述说始祖天赋稼穑的能力；《公刘》则为颂扬远祖公刘，因为是他率领族群迁移豳地，恢复周人的农耕传统；"豳诗"的《七月》篇，则是向祭祀祖先的后代子孙讲述祖先从事农耕事业的艰辛。

《毛诗序》说《七月》"周公遭变，故陈后稷先公风化之所由，致王业之艰难者。"这样的说法有可取的部分，也有不可信的内容。它把诗篇说成周公时代的作品，就不可信，其言"致王业之艰难"则颇可取。因为诗篇确实有不少诗句讲述的就是农耕稼穑辛苦不易，像"嗟我妇子，曰为改岁，入此室处""采荼薪樗"和"六月食郁及薁，七月亨葵及菽"等句，还有"昼尔于茅，宵尔索绹，亟其乘屋，其始播百谷"的段落，就表现的是农事生活的艰苦与紧张。在祭祀后稷、公刘祖先的典礼上，用很原始的"土鼓、蒉桴、苇籥"诸乐器吹奏《豳风·七月》，其目的应与《楚茨》篇详言祭祀礼仪各环节的用意相近，那就是记忆传统。不同的是，《楚茨》重在礼仪，《思文》《生民》和

---

① 《礼记·明堂位》："土鼓、蒉桴、苇籥，伊耆氏之乐也。"参见魏炯若《读风知新记》卷八（陕西人民出版社 1987 年版）对这些古乐的说明。

② 《大雅·公刘》篇，表现的是周人祖先公刘率领族众迁居豳地，在周人看来，其意义不下于公亶父（周文王的祖父，又称太王）迁居岐山之地。所以《大雅》有《公刘》一篇述说赞美公刘迁居的伟大业绩。为这样重要的祖先，周人在年终大祭，演奏《生民》之外吹奏《公刘》乐章是可能的。

《公刘》重在宣扬祖德，而《七月》篇，则详说古人一年的艰苦劳作，强调一般农夫生活的劳累与简朴。所以诗篇总体风调上语带风霜，口吻像一位饱经沧桑的老农。

2."农夫"创造生活

正因其特定的用处，《七月》篇与《小雅》中《信南山》《甫田》和《大田》诸篇有一个基本的分别，即它不是以某个祭祀的节日为依附，而是全面地审视一年的农耕生活。正因为诗篇不以神事为表现的焦点，于是"农夫"劳作变得突出。诗篇中的行为主体，也就不再是某些赐予丰饶的神灵，不再是《思文》《生民》和《公刘》中某一位英雄祖先。"嗟我农夫""食我农夫"中的"我农夫"，亦即"我先民"才是诗篇所显现的农耕生活的主人公。"我先民"在农耕生活中所表现的耐劳和坚韧，才是诗篇传达给后人的内容。这是诗篇最值得珍视的地方，因为它将崇敬的目光献给坚韧劳作的"我农夫"这个无名群体。这也使诗篇变得平实。生活的创造，靠的是坚韧的劳作，靠的是在劳作中积累的对天地自然运行、对云行雨施的大自然节律的把握，于是一切灵魅鬼神的存在就可以存而不论，掌握了大自然的节律，"我农夫"在农耕劳作创造生活上，就越发显出"我的生活我做主"的气概。前面说过，《小雅》的几首农事诗篇格调是明澈的，到了《七月》，这样的格调越发明朗。这意味着一种自信，一种相信"勤则不匮"的生活原则的自信。这样的自信，是建立在几千年农耕实践的发现与掌握的基础上的，如篇中所显示的时令变化，涉及天文历法的探索与发现。正是因为有这样的自信，有这样"勤则不匮"的信条，与鬼神的关系，也就越发"敬而远之"。《七月》篇的明澈就来源于此。因而可说，《七月》的诗篇，是几千年农耕实践的精神结晶，显示的是几千年农耕劳作经验所带来的一种坚实信念：天地有节律，掌握这样的伟大节律，就可以在天地间生存。这样的信念，被后来的哲学家表达为"天行健，君子以自强不息"。《易传》的人生哲学实来自诗篇所显示的生活智慧。

3. 表现天地之大美

诗篇以一年十二月为经，以四时蚕桑耕稼及狩猎活动为纬，交织成一幅朴茂而又色彩缤纷的农耕生活图景。农耕生活是艰辛的。如上所说，诗篇正强调了这一点；然而，诗篇又没有止于这一点。请看诗篇开头："无衣无褐,何以卒岁?"这样的发问是沉重的,艰难自在言外;再看结尾:"跻彼公堂,称彼兕觥,万寿无疆。"这是多么欢愉的情绪,与前面沉重的发问形成鲜明对比。在沉重与欢愉之间,就是辛勤的劳作。"荼茶薪樗"的生活是清苦的,"嗟我妇子……入此室处""昼尔于茅,宵尔索绹"的劳作是繁剧的。然而,劳作是有实在的回报的。诗篇浓墨重彩地表现了制作丰收的喜悦:"黍稷重穋,禾麻菽麦。"表现了劳动产品的欣悦:"八月载绩。载玄载黄,我朱孔阳。"劳动创造了色彩,创造了美好。还有更多的,那就是对大自然的审视,如"四月秀葽,五月鸣蜩",又如"五月斯螽动股,六月莎鸡振羽。七月在野,八月在宇,九月在户,十月蟋蟀入我床下"。这些不同季节、月令出现的花草与昆虫,从其最初的起源上说,是古人借以判断时令物候的标志,讲述这些现象,主观上应该有强调农耕时节性的用意,然而也不能排除有古人写意与抒情的意味。人在天地间劳作,也是与万物为友的生存。"仓庚"飞鸣,意味着春夏之交的时令,"葽"开花、"蜩"鸣叫,即意味"四月""五月"的到来,在古人眼里这才是真正的时令的运行,它本身就是生机的展现,是生物现象的如时蓬勃,这些时令的标志,久而久之,就是天地自然,就是天地自然的生机勃勃。最有意思的是"七月在野"和"入我床下"的关于"蟋蟀"随人迁居变化的诗句,对蟋蟀随人移动的述说,与其说是判断时令,不如说是一种长期观察发现的趣说,显示了这样的意识:自然生灵与人事活动息息相关,它们可能有点烦人,可缺少了它们,季节变化就显得少了点生气,少了点情味。同样,像"斯螽动股""莎鸡振羽"的描述,也同样显示的是对自然万物生息的体察。如上的诗句,给人以这样鲜明的印象:天地是活泼泼的,是生机勃勃的。这就是农夫眼中在农耕生产中形成的世界,其中也孕育了中国哲学的世界观、宇宙观。《易传》中说,周易之学是圣人"仰观""俯察"的结果,将中国的世界观归于"圣贤",真不如归于这里的"我农夫""我先民",有他们在数千年农耕生活实践中对世界四季流转的动情的体察,才可能有《易传》的判断。一个文化人群的哲学观念,往往是由哲学家(也就是《易传》所说的"圣人")明确表述的,可这不仅是对文化经验的提炼,这经验更源于持久而丰富的生存实践,源于生存实践确定的人与自然的关联。读《七月》的篇章,其间的世界体验正是《易传》哲学的生存来历。

　　有人说《诗经》时代的物象描写，只有"物色"而无"景色"，然而，像上述诸句，却是源于对古老物候的观察，可若说是一点情感的因素也没有，似乎也不合实情，如对蟋蟀活动的述说。此外，已经颇能显示出一些"情景交融"特点的是《七月》篇第二章，清朝学者方玉润在其《诗经原始》中称这一章为最早的"伤春图"，是有见地的。"春日载阳，有鸣仓庚。女执懿筐，遵彼微行，爰求柔桑。春日迟迟，采蘩祁祁。女心伤悲，殆及公子同归"，在春光明媚之中，一群少女采桑，面对暖洋洋的春色、茂密的蘩蒿，耳听声声的黄鹂，春光美景惊醒了少女的春心，想到自己即将出嫁，于是不住地阵阵惆怅。其中"女心伤悲"的句子，《毛传》解释说："春，女悲；秋，士悲，感其物化也。"《郑笺》说："春，女感阳气而思男；秋，士感阴气而思女，是其物化，所以悲也。"身处春光春色之中，心旌未免摇动，诗篇对"载阳"的"春日"，"有鸣"的"仓庚"及"祁祁"的蘩蒿的描写，不是正好构成引起"伤悲"之情的"景物"？实际上这样的例子还有一些，例如《秦风·蒹葭》的"蒹葭苍苍，白露为霜"，《陈风·东门之杨》"东门之杨，其叶牂牂。昏以为期，明星煌煌"，不是写景，还能是写什么呢？

　　当然，《诗经》属于"物色"的描述更多，越早越是如此。然而，不就是《诗经》三百篇的物色纷披，为后来擅长情景交融的诗篇奠定了基础？总体上说，《诗经》时代的诗篇固然还不会用更多的篇幅去刻画景物，并借之以抒情。然而，这些诗篇含有的人与天地自然的缤纷物象之间的亲密之情，却没有片刻的中断，故而这样的情感，早晚有一天要被敏锐的诗人正视，并专门加以诗性地表现。有学者指出，人类对大自然风景的喜爱是一样的，然而喜爱的方式却有文化的差异，以农耕生活为其深厚背景的诗人（还包括画家）对于自然光景的欣赏趣味，自然不同于以商业、航海为背景的文学家。从这样的角度说，《诗经》的农事诗篇，特别是《豳风·七月》为后来古典诗文的借景抒情奠定了基础。读《诗经》正是从根源处把握我们文学的来历。

第九章　宴饮的社会价值

《诗经》中有不少宴饮题材的诗篇。如前所讲，农事诗篇显示了古代先民在农耕实践中确立的人与自然的关系，而在宴饮诗篇中，则可以看到西周宗法社会的人群内部上下关系的基本精神准则。

一、宴饮的基本礼数

古代的贵族好宴饮，是世界现象，古代希腊、罗马和印度都是很早就有宴饮的诗篇。然而，将宴饮活动上升为礼乐，样式繁多，程序复杂，大概西周贵族算是很独特的一个。首先是宴饮的场合多，单独的宴饮、与其他典礼相配合的宴饮，有级别高低的不同，高级的宴饮礼称飨礼，行于君臣之间的宴饮，称燕礼，还有就是举办于周人群体的基层，即乡间的乡饮酒礼等。《诗经》时代，吃饭实在是重要的事。生活奢华的贵族多宴饮，这不难理解，全然属于贵族享受场合的诗篇，也多无甚价值。然而，有一些用于宴饮场合的歌唱则必须予以关注，因为在这样的诗篇中，歌唱的是西周社会的某些基本原则。这样的篇章，才是《诗经》宴饮诗篇的代表之作。

一场宴饮礼仪，就是一次饮食的分享。西周王朝实行封建制，就是按照血缘亲戚关系、按照奖赏功劳的原则，将王朝境内各地的土地人民分给大小贵族，封邦建国。① 由此，西周国家权力的分配制度确立，那就是"贵族分权制"的政体。由此，宴饮活动就有了政治的象征意义，那就是政治权力的分享。宴饮中有政治。道理不难理解，封建制的权利分配与贵族群体同享一场盛宴之间，有着相似的逻辑，因而一些重要的宴饮活动，就可以成为封建政治原则的宣明与强调：既然大家共同分享社会的利益，就必须讲究礼仪，既要遵循共同秩序，又要讲究各自的身份仪态，只有这样才对大家都好。同时，西周封建制下的诸侯各个邦国及诸侯国内各级卿大夫领地，都有相当强的独立性，只有这样，各邦国及邦国内的各级贵族，才能真正对王朝、诸侯公室起到拱卫作用。这表现在宴饮方面就是主宾之间的互相尊敬。了解这些很重要，它是理解宴饮诗篇的钥匙。

当然，古人不是发现两者的相似性才宴饮的，实际宴饮的起源很早。在我们的语言中有一个很常用的词，叫做"乡亲"。"乡亲"的"乡"字，本义是"向"，即相向饮食的意思。学者研究，早在史前氏族部落时代，存在着血缘、地域等亲密关系的乡民，就有在一定节日相聚食的风俗，同时相伴的还有物品的交换，以及社会显贵人物夸豪斗富以博取社会威望的事情。乡民之所以称"乡"，就源于定期的相向而食。保存在《仪礼》和《礼记》中的"乡饮酒礼"，就是古老的相向聚餐风俗在周代的延续。这仍与周代社会强调血缘宗法、强调人群内部之间的精神凝聚密切相关。就现有的文献，特别是出土的西周铭文资料看，将古老的饮酒礼加以新变，令其嬗变为"周礼"，这样的事情始于西周早期，到中期达到高潮。② 过去人们总说"周公制礼作乐"，实际的情况是，西周礼乐文化的形成非一朝一夕之功，当然也不是某位"圣人"所能完成。周代的饮酒礼就是这样的新变现象之一。正因如此，"乡饮酒礼"和"燕礼"的程序基本相同。不过，因为对礼仪记载得较晚，

---

① 实际西周封建的情况，要比这里说的复杂得多，如为安置殷商遗民，就封建了一个宋国，名义上是让该邦国的首领负责祭祀殷商先王。此外还有一些渊源古老的地方政权，有的受封为独立诸侯，如舜的后裔邦国陈；有的则作为周人邦国的附庸国而存在，如鲁国的郑。又据金文资料显示，有的诸侯守土一方，如齐鲁燕卫；有的则是周王直属区域之内的封建领地的主人，称"伯"，金文中这样的"伯"也不少。另外，西周封建的高潮在周初，可是用封建诸侯的方式加强边防的举措，一直延续到西周后期。

② 西周礼乐制作的高潮在西周中期，是近年中外学者研究的结论。可参考刘雨《金文论集》及拙作《西周礼乐文明的精神建构》的相关讨论。

《仪礼》中见不到高级贵族宴饮礼的内容，关于高级贵族的宴饮礼，要求诸《诗经》的篇章。古老的风俗之所以在周代延续，如前所说，与封建制有关。虽不能说《诗经》中的所有宴饮诗篇都有"大义"存乎其中，但宴饮的诗篇宣示社会上下和谐的基本精神，是颇为显著的。

那么，一场宴饮典礼的基本规模是什么样的呢？这可以举《诗经·小雅·瓠叶》为例：

1

幡幡瓠叶，采之亨之。　　　　幡幡：叶子舞动貌。瓠：瓠瓜，嫩叶可做羹。亨：烹。

君子有酒，酌言尝之。

2

有兔斯首，炮之燔之。　　　　炮、燔：烧烤。

君子有酒，酌言献之。　　　　献：宴饮中主人向宾客敬酒。

3

有兔斯首，燔之炙之。

君子有酒，酌言酢之。　　　　酢（zuò）：宾回敬主人酒。

4

有兔斯首，燔之炮之。

君子有酒，酌言酬之。　　　　酬：导饮，即主人自饮，并劝宾饮。

（诗篇除了个别语词，不难理解，不再出"大意"以节省篇幅。下同。）

这首诗中后三章的"酌言献之""酢之"和"酬之"，正好是规模初具的一次宴饮礼仪的全过程。三个环节即献、酢、酬，就是所谓"一献之礼"，是作为典礼的宴饮活动中最基本的步骤。诗篇应该是西周晚期的作品，也有可能是王室东迁后不久的作品。它表现的饮酒礼相当简单，据《周礼·秋官·大行人》记载，高级的饮酒礼中可以多达"九献"，即九次宾主来回地"献、酢、酬"，是相当繁难艰巨的。《礼记·聘义》篇对此就有这样的说法："质明而始行事，日几中而后礼成，非强有力者弗能行也。故强有力者，将以行礼也。酒清,人渴而不敢饮也;肉干,人饥而不敢食也;日莫人倦,齐庄正齐,而不敢解惰。""质明"就是天将亮未亮、麻麻亮之际。最有意思的是强调聘问行礼必须是"强有力者"。所以如此,还不单是因为"一献"至"九献"次数繁多,更在宾主间相互献酒之际跪下起立的动作繁多而辛苦。看一下《仪礼·乡饮酒礼》记载的"一献之礼"中第一个步骤,即主人向宾敬酒这个礼仪的片段,就可以知道,从主人拿起酒具开始,相互的谦让、跪起的礼让客气就开始了。主人向宾敬酒,要讲究洁净之道,要当着宾的面将酒具洗干净,所以"酌言献之"的第一步就是洗爵,然后酌酒献给宾,宾饮之。这样的一个环节,记录在《仪礼·乡饮酒礼》中,这里不妨抄一段给大家看,以便感受礼仪有多繁难:

> 主人坐(1),取爵于篚,降(下台阶)洗(庭下设有洗爵之处),宾降(下台阶)。主人坐(2),奠(放置)爵于阶前,辞,宾对。主人坐(3)取爵,兴(站起来)。适(往)洗南面,坐(4)奠爵于篚,下盥洗。宾进东北面,辞洗。主人坐(5)奠爵于篚,兴,对宾复位(请宾回到自己原位上去)。当(对着)西序(西面墙壁)东面,主人坐(6)取爵沃洗者,西北面,卒洗。主人一揖、一让,升;宾拜洗。主人坐(7)奠爵,遂拜。降盥。宾降,主人辞,宾对,复位。当西序卒盥(完成盥洗),揖、让、升。宾西阶上疑立(凝神站立),主人坐(8)取爵实之(把酒具注满酒)。宾之席前西北面,献宾。宾西阶上拜,主人少退,宾进受爵以复位。主人阼阶(东侧的台阶)上拜送爵,宾少退……
>
> 拜,告旨(称道主人献的酒甘美)。

大意就是主人为宾洗爵,宾不能大模大样地看着人家给自己操劳,需要客气一下,说些"让我来"之类的客气话。宾一礼让,主人就"坐"(跪)下来,还礼、安宾,然后继续完成洗爵下面的动作。谦让时"坐"下来,两手就着地了,手脏了,还要洗一下。这里笔者要提醒大家注意一下引文中笔者所加括号的数字,小小的洗爵献宾的片段,其间"坐"的次数竟可高达八次!这还只是"一献之礼"中"献"的环节,若是饮酒礼把"一献之礼"反复到九次,那得需要多么"强有力"才能做完?所以,许多贵族在这样的典礼中身体扛不住。《左传》就记载孔子和子贡一起参加一次这样的典礼，善于观察的子贡就说：某某怕是活不久了。孔子说他乌鸦嘴，果然没多久那人就呜呼了。这不是子贡有什么预见未来的特异功能，而是实在是因典礼太劳累，许多贵族脑满肠肥一身富贵病，繁难的行礼难免令其歪歪斜斜露出病态。

　　说这些什么意思？不外乎强调"周礼"礼仪行为是繁文缛节吃功夫的，然而"礼主敬"，严格的、态度庄严的行礼如仪，正可以检验贵族生活的精神状态。因为繁难的仪式，可使人进入"神圣之域"，与维系社会所必需的崇高精神相合一。严谨恭敬而又从容的行礼如仪，可以令人暂时摆脱日常的凡俗，进入庄严的状态。典礼的排场，典礼的各种繁缛的节目，都是为营造氛围，以便使人忘怀一切凡俗。这便是"礼主敬"讲究细节的真谛。由此，一次成功的隆重的宴饮礼，才越发地成为精神洗礼。进入西周王朝社会，古老的饮酒礼之所以在继续，之所以得到许多的完善和加工，就在于饮酒礼还适应社会的需要，适应由此打造贵族应有的精神的需要。从文化的角度来说，行止跪起中的严谨恭敬、揖让谦和、讲究洁净等，正可以塑造一个文化人群行为举止应有的神形意态的基本模型。每一个文化人群，行住坐卧乃至言笑表情，都各有其基本的规范，古代中国人的基本样态，就是从这样繁难的典礼中锻造出来的。

　　古老的部落乡民会食风俗，可延续至西周，成为礼乐文明的一部分，这种现象就叫做"旧邦维新"，又叫做"即凡而圣"。后一个词语，借自美国学者芬格莱特研究孔子的《即凡而圣》一书。芬格莱特说，孔子与基督、释迦牟尼这些圣贤有一个明显不同，就是在凡俗生活中成就神圣的人生。例如，作为"圣人"，孔子也结婚生子等。实际上，这里可以概括中国古代文化的基本特征。像饮酒礼，不论其起源多么古老，说到底不过吃饭喝酒而已。可是，人间都有的吃饭喝酒却衍生出神圣的仪礼，从而在很长时间内起到延续传统、维系社会的作用，正是饮酒礼的基本特点。

二、宴饮上的组曲

　　饮酒礼是繁难的，这繁难，还不仅指典礼间的动作，一场饮酒礼的全部过程也是程序复杂、内容繁多的。周代贵族社会更为流行的饮酒礼是燕礼和乡饮酒礼。前面说过，乡饮酒礼最古老，是后来许多饮酒礼的原生形态，燕礼就是其中之一。乡饮酒礼一般用于属于周人群的乡间，① 据《仪礼》对两种饮酒礼的记载，燕礼在仪式程序上与乡饮酒礼的差别不是很大。燕礼用于君臣之间，列国招待宾客一般也用燕礼。下面要谈的《小雅》中的《鹿鸣》《四牡》和《皇皇者华》三首就是这一典礼上的组曲。

不过，一场完整的燕礼用诗，绝不仅仅上述三首，这三首诗篇只是"升歌"部分。典礼开始主客就位后，先行献酒礼，之后就是"升歌"，即两位歌唱的乐工和两位弹瑟伴奏的乐工升堂而歌。之后，吹笙演奏的乐工入位（位在堂下），吹奏三首曲子，就是保存在今本《毛诗》本中的《南陔》《白华》《华黍》。这三首诗有曲目，无词句。之后就是"间歌"，即堂上乐工唱一首诗篇，堂下吹奏一首曲："歌《鱼丽》，笙《由庚》；歌《南有嘉鱼》，笙《崇丘》；歌《南山有台》，笙《由仪》。"歌诗三篇，笙奏三篇。笙奏曲目的内涵已不得而知，那三首乐工所歌的诗篇，也不外祝愿之词。之后，还有一个节目就是"合乐"：歌唱《周南》的《关雎》《葛覃》《卷耳》和《召南》的《鹊巢》《采蘩》《采苹》，又是六首诗篇。然后才"正歌备"，即歌乐的部分完成。当然，典礼尚未完结。原先辅助失明乐工的"相"变为"司正"，由他执礼，饮酒进入"旅酬"阶段，就是依次向众宾敬酒。之后，才脱掉鞋子，再升堂，饮酒进入"无算爵""无算乐"阶段，喝酒、听乐歌，可以随意，即进入实质的饮食阶段。宴会结束后，还有送宾之礼。典礼的次日，还要特别招待司正等执事人员。

前面说过，宴饮伴随的是繁难的行礼，这就是典礼"主敬"的一面，同时宴会还有其轻松动人的一面，就是奏乐歌唱。儒家经典《礼记·乐记》称繁难的议程为"礼"，称歌乐为"乐"，其论两者关系说，前者主分别，后者主和同。礼仪上自然有身份地位等差别，所以行礼者必须以"表演性"的举止姿态显示这样的差别，这样才能做到各有限定，秩序井然。然而，差别会导致分张、疏离，所以必须要有音乐诗篇来强化典礼的另一面，那就是

---

① 乡饮酒礼按照文献记载有以下四类：第一，三年大比，诸侯之乡大夫向其君举荐贤能之士，在乡学中与之会饮，待以宾礼。第二，乡大夫以宾礼宴饮国中贤者。第三，州长于春秋会民习射，射前饮酒。第四，党正于季冬蜡祭饮酒。《礼记·射义》说："乡饮酒礼者，所以明长幼之序也。"

不同身份地位者的同一性。行礼如仪，必要差别，然而歌乐声起，大家同听共赏，歌乐表达的理想则是共同的，如此差异得以消除。所以，典礼是一场差异与和同的辩证存在。此外，典礼中讲究行为举止的合乎规矩，还有就是提倡洁净，提倡长幼有序。

　　这是一般性地说礼乐。具体到燕礼的三首诗篇（乡饮酒礼也用这三首诗，就变成纯然的宴会用乐了），除了礼乐的一般功用，还有其更显著的文化功能，那就是抚平"家"与"国"之间的伦理龃龉，消除人内省的伦理冲突。这就是我们要重点谈《鹿鸣》等三诗的原因。① 下面就来读诗。先看《鹿鸣》：

1	
呦呦鹿鸣，食野之苹。	苹：今名山蒜、珠光香青，陆生植物，菊科。
我有嘉宾，鼓瑟吹笙。	
吹笙鼓簧，承筐是将。	簧：笙管上安的可以发声的舌片。
人之好我，示我周行。	周行：大道。
2	
呦呦鹿鸣，食野之蒿。	
我有嘉宾，德音孔昭。	
视民不恌，君子是则是傚。	视：示。假借字。恌（tiāo）：轻浮。
我有旨酒，嘉宾式燕以敖。	式：语助词，含祈愿之义。
3	
呦呦鹿鸣，食野之芩。	芩：蔓苇。
我有嘉宾，鼓瑟鼓琴。	
鼓瑟鼓琴，和乐且湛。	湛（dān）：深厚。

---

　　① 这三首诗篇本来是为款待列国使臣的乐歌，其最初的用处应属于"燕礼"的范围，即王室接待列国使臣、诸侯接待兄弟邦国使臣的乐章。然而在《仪礼》和《礼记》中，这些诗篇也用于级别较低的"乡饮酒礼"，这应是后起的"移用"现象。前面说过，乡饮酒礼起源甚古，原本有无乐章已不得而知，而《鹿鸣》《四牡》和《皇皇者华》为西周时的诗篇是无可怀疑的，就是说，今天所见文献记载"乡饮酒礼"所"移用"的诗篇，为西周作品，至于何时移用，也难以详考。今见"乡饮酒礼"上的其他诗篇的情况也大抵如此。

我有旨酒，以燕乐嘉宾之心。

诗篇含义明确，表示欢迎嘉宾到来之情，强调嘉宾之来，带来的是大道，带来的是可以令民众肃然起敬的美好风范。篇中的"承筐是将"，显示礼品的交换，是诗篇歌唱礼仪为燕礼的证据。诗篇虽然格调详雅中和，若单看也实在无甚大旨，不过一首迎宾曲而已。然而，读诗，正如在本书开始就谈到的，有时一首诗可作两篇读，有时几首诗应当一篇看。《鹿鸣》《四牡》和《皇皇者华》，就是"几首诗篇当作一篇看"的例子。三首诗在文献中本来就被称为"鹿鸣之三"，就是三诗联合演奏的意思。所以，迎宾歌曲之后，马上就是《四牡》篇的演唱，诗曰：

1
四牡騑騑，周道倭迟。

岂不怀归？王事靡盬，我心伤悲。

騑(fēi)騑：行进貌。

倭迟(wēi yí)：曲折遥远。

靡盬(gǔ)：没有做完、做好。

2
四牡騑騑，啴啴骆马。

岂不怀归？王事靡盬，不遑启处。

啴(tān)啴：马喘息声。

骆：白马黑鬣称骆。

不遑：无空闲。

启处：安居的意思。

3
翩翩者鵻，载飞载下，集于苞栩。

王事靡盬，不遑将父。

鵻：一种黑色短尾鸟，喜肉食，性凶猛。苞：丛生。

栩：栎树。

将：奉养。

4
翩翩者鵻，载飞载止，集于苞杞。
王事靡盬，不遑将母。

杞：树杞，柳树的一种。

5
驾彼四骆，载骤骎骎。

骎(qīn)骎：马疾驰貌。

岂不怀归？是用作歌，将母来谂。　　谂：思念。

此诗与前一首《鹿鸣》相比，抒情的主体忽然一转，转为"岂不怀归"的使臣，所表达的情感又是一个古老的伦理悖论：忠孝不得两全。诗言"岂不怀归"，又言"王事靡盬"，一种人生难题由此而见：公私不得兼顾。这就是所谓"忠孝不得两全"，这句老话概括的是家事与国事之间的冲突。诗言"怀归"，《毛传》云："思归者，私恩也。"又言"王事靡盬"，《毛传》云："靡盬者，公义也。伤悲者，情思也。"《郑笺》阐发《毛传》的意思说："无私恩，非孝子也；无公义，非忠臣也。君子不以私害公，不以家事辞王事。"今人钱锺书先生《管锥编·毛诗正义》认为，诗篇中的公私两情相悖，深合黑格尔"'伦理本质'彼此柄凿，构成悲剧"的悲剧论。这是单独看诗篇必然的结论，诗篇确实表达的是伦理悖论，有"悲剧冲突"的性质。然而，单独看诗篇是一种看法，将诗篇作组曲的一个组成部分看，却是另一番情形。将诗篇视为组曲的单元，其实就是将诗篇作为宴饮典礼上的联合歌唱来观察，如此，款待嘉宾的宴饮之礼，在先以《鹿鸣》之歌表示欢迎之情后，接着歌《四牡》，即以使臣的口吻，抒发其忠孝不得两全的悲哀之情，在这样的歌唱格局之下，"忠孝不得"的悲剧纠结，就成为演唱整体的一部分、一个组件，是组曲中表意的一个相对独立的单元。质言之，当迎接嘉宾的宴会上，让歌者以使臣的口吻高唱伦理冲突时，不是要表现"悲剧性冲突"，相反，就像高压锅的松开阀门，正是要排遣疏解这个冲突。

就是说，在欢迎宾客的宴会这一特定场合下歌唱《四牡》的诗篇，单独看诗篇，是抒发"忠孝"的伦理冲突，若将这样的歌唱放回到"宴会场合"来理解，作为宴会典礼上的组曲声部，诗篇歌唱的用意就更加清楚：传达了一种来自社会对使臣的理解，是社会对国而忘家、忠孝难顾的使者的体恤。古希腊悲剧着意表现伦理悖论所引发的冲突与毁灭，然而西周款待使臣的宴饮典礼上，所以歌唱《四牡》等诗篇，其意恰在体恤使臣公而忘私的牺牲，是对那些忠孝不得两全者的精神补偿；换言之，是疏解"忠、孝不得两全"伦理的矛盾。诗言"我心伤悲"，诗篇的抒情主体是"我"，然而这是一个小"我"，作为宴饮典礼还有一个大"我"，那就是社会，是王朝整体；款待使臣的宴饮活动，就是社会的大"我"对小"我"的安慰，即是说，典礼歌唱使臣忠孝难以兼顾的悲哀，不是要引发冲突与毁灭，而是尽量消除它，缓解它。这里正有礼乐的基本精神：抚平社会共同体与个体之间的龃龉矛盾，以达到社会整体的精神和谐。

后世关于这首诗的创作有一种说法，认为这首诗本来属于个人抒情的作品，后来被挪用为宴会歌曲。这样说，首先是无关宏旨，其次是有脱离当时诗篇制作总体状况的嫌疑。因为一直到西周晚期之前，"诗人"这个身份还没有出现，为典礼制定篇章的人多为礼乐活动中的专业人员。心怀"忠孝不得两全"之苦就赋诗言志，在当时似乎还未成为社会风尚。当时专业人员根据社会生活经验模拟诗篇，以表现使臣"忠孝不得两全"的内心矛盾，也是完全可能的。没有"诗人"，不意味着没有诗才，《诗经》许多作品都显示出创作者出众的诗歌才华，他们为典礼而创制《四牡》这样的诗篇是毫不奇怪的。同样出于礼乐专业人员之手的"鹿鸣之三"是《皇皇者华》。诗曰：

1
| 皇皇者华，于彼原隰。 | 华：花。 |
| 駪駪征夫，每怀靡及。 | 駪（shēn）駪：马疾行貌。每怀：私怀，个人情怀。靡及：照顾不到。 |

2
| 我马维驹，六辔如濡。 | |
| 载驰载驱，周爰咨诹。 | 周爰：到处。咨诹（zōu）：征询。下文"咨谋""咨度"等同义。 |

3
| 我马维骐，六辔如丝。 | 骐：花纹如棋格的马。 |
| 载驰载驱，周爰咨谋。 | |

4
| 我马维骆，六辔沃若。 | 沃若：和柔协调的样子。 |
| 载驰载驱，周爰咨度。 | |

5
| 我马维駰，六辔既均。 | 駰（yīn）：灰白色的马。 |
| 载驰载驱，周爰咨询。 | |

周贵族车驾马匹的毛色讲究四马如一，《小雅·六月》"比物四骊"句即言此意。《皇皇者华》称马匹毛色有"骐""骆""骊"之变，表明诗篇中的"我"（即使臣），不是具体的某一位使臣，而是指代使臣这一类人。另外，诗篇开首一章言"每怀靡及"，明显与前一篇即《四牡》"岂不怀归，王室靡盬"的含义密切相连，是两首诗篇作为组曲不同篇章的表现。然而，在此诗中"每怀"的情绪只是一点残余，诗开始一句"皇皇者华"——灿烂的鲜花开遍原野——即开门见山地显示出此诗昂扬的情绪，与上一篇《四牡》有明显差异。然而，昂扬的情绪，正是从上一篇转变而来，没有上一篇诗篇对使臣"忠孝不得两全"悲哀的体恤与抚慰，就没有这一篇的格调昂扬。昂扬之后就是自豪，对驾马颜色及"周爰咨诹""咨谋"的言说，正是使臣对身肩使命的自豪。由此诗中的自豪与昂扬，可以反观《四牡》篇抒情的价值，宴会上对使臣"忠孝"情绪的体恤，是对牺牲的承认与关怀，更是对牺牲的尊重与表彰，也是对使臣身上重任的敬重。于是，三诗的组合歌唱，形成一种相互映衬、相互补充的"礼乐"格局。《四牡》重在写使臣征夫的"伤悲"之情；而此诗虽也言"每怀靡及"，却主要是铺叙使臣肩负的重任，洋溢的是自豪之情，特别是以原隰上盛开的鲜花为比兴之词，更使得那自豪之情光彩照人。三者互为鼎足，实际都是在精神上补偿那些为国而不能顾家的人们。三首诗篇合观，方可愈加清晰地感受《诗经》中的礼乐精神。承认"悲剧性"冲突，力图防止悲剧冲突的发生，正是"礼乐"的民族文化特点。

灿烂的鲜花开遍原野，肩负重任的使臣奔走四方。这就是《皇皇者华》这首"鹿鸣之三"的诗篇给读者的鲜明印象。诗篇所呈现的空间之境是辽阔的，西周王朝地域辽阔，需要众多使臣日夜奔走经营四方。《皇皇者华》在内容上还有一颇值得注意之点，就是显示的咨询制度。《国语·晋语》载胥臣言周文王曾"询于八虞而咨于二虢，度于闳夭而谋于南宫，诹于蔡原而访于辛尹"，其"询""咨""度""诹"与此诗之"周爰咨诹"等句所表正同。又参《周礼·秋官·小司寇》言，小司寇之职"掌外朝之政，以致万民而询焉"的记载，周代王朝有军政大事遍访臣下、万民之制，诗篇所显，如此的征询范围，应该遍及天下诸侯。这样的制度在后来的王朝中虽然保存不多，却是最值得珍视的古代遗产之一。从三首诗的诗意感染力来说，《鹿鸣》表现为来宾"吹笙鼓簧"热情欢迎的礼乐场面，是"公与私"的交融点，是使臣的中间站又是出发点；《四牡》和《皇皇者华》则表示"在路上"。《四牡》的"四牡騑騑，啴啴骆马"是大路曲折，来宾由远及近；《皇皇者华》的"皇皇者华，于彼原隰"则意在远方。其间"翩翩者雕，载飞载下，集于苞栩"又展现的是使臣的所见所感，虽衬托出的是孤寂，却也生机盎然。三诗合观，正可见《诗经》艺术展现出的大光景中的一个。

三、宴饮歌唱宣示的准则

一场款待使臣宾客的宴饮，疏解缓和了家国伦理的龃龉，这就是宴饮诗篇的价值。不仅如此，宴饮的诗篇中还有同样重要的内涵，那就是王朝社会内部上下关系的精神准则。这就是下面读《小雅·伐木》篇要谈到的。诗曰：

1

伐木丁丁，鸟鸣嘤嘤。 丁（zhēng）丁：象声词。

出自幽谷，迁于乔木。

嘤其鸣矣，求其友声。

相彼鸟矣，犹求友声。

矧伊人矣，不求友生？ 矧（shěn）：何况。

神之听之，终和且平。 神：慎。通假字。

2

伐木许许，酾酒有藇。 酾（shī）：过滤酒渣。藇（xù）：酒清澈美好貌。

既有肥羜，以速诸父。 羜（zhù）：未成年的羊。速：邀请。

宁适不来，微我弗顾。 适：碰巧。微：不是，非。

於粲洒扫，陈馈八簋。 於（wū）粲：犹言灿灿。簋：盛食粮的容器。八簋：据记载，天子宴享用八簋。

既有肥牡，以速诸舅。

宁适不来，微我有咎。

3

伐木于阪，酾酒有衍。	阪：高坡。衍：盈溢。
笾豆有践，兄弟无远。	笾豆：两种盛食物的容器。
民之失德，乾餱以愆。	德：和。乾（gān）餱（hóu）：干粮。
有酒湑我，无酒酤我。	湑：用草过滤酒渣。酤：买酒。
坎坎鼓我，蹲蹲舞我。	蹲（cún）蹲：舞动貌。
迨我暇矣，饮此湑矣！	迨：及。

　　诗共三章，从"陈馈八簋"的句子看，典礼的规格很高，可能是周天子宴饮同姓异姓亲戚的乐章。诗篇的风格是豪迈奔放的，与诗篇力图表达的贵族应有的慷慨精神相得益彰。其第一章，欲言饮酒增进亲戚和谐，先表自然光景，借着"嘤嘤"之鸟的鸣叫及其"出自幽谷，迁于乔木"的"升进"意象，传达出人也应当取法自然、当"求友声"的正大之理。一章之中，有领悟，有议论，更有景物的描述，全然象征的笔法，所造之境启发神智，引人遐思。

　　这首宴饮的诗篇所以重要，就在它所展现的慷慨，其实是提倡主宰天下的贵族集团应有的品格。这与古代社会的基本特征息息相关。中国自夏商以来，已经很明显地呈现出"单线索社会"的社会样态。一个族群的贵族率领他们的属众打天下、坐天下，更广大的一般小民从这样的改朝换代中，一时间得到大小不等些许好处；前朝政治的昏暗、残酷及混乱等也得到一时的改观。说"单线索"，是因在这样的社会中，基本不存在一个知晓自己利益所在，并且自为地追求自己利益的阶层或阶级群体。贵族及其亲贵集团的胜利，往往就"代表"了天下所有人的胜利。就是那些先朝的遗民也必须顺从当今的胜利，否则就被镇压。[①] 在这样的社会状态下，对统治集团而言，有一个至关重要的问题：民众为什么会跟你走？这样的大问题，早就被意识到，表现为西周的诗篇，就是宴饮诗篇中所倡扬的贵族、社会领导者应有的慷慨精神。具体到《伐木》的表现，那就是"於粲洒扫，陈馈八簋"

---

　　① 关于"单线索"社会的更多说明，请参看拙作《先秦文化史讲义》（中华书局 2008 年版，75～77 页）的讨论。

"以速诸父""以速诸舅"中的慷慨大方。诗篇与其说是好客，不如说是强调施舍，而施舍正是周贵族所强调的重要品格。从大的方面说，封建就是一种施舍，以换取贵族属众的遵从。"陈馈八簋"的盛宴，就是以一种典礼的方式强调贵族应该遵守的精神。理解这一点，应与《左传·襄公三十一年》如下记载联系起来："君子在位可畏，施舍可爱，进退可度，周旋可则，容止可观，作事可法，德行可象，声气可乐，动作有文，言语有章，以临其下，谓之有威仪也。"这段文字的上下语境是讨论什么是贵族的"威仪"。文中的"君子"就是贵族，文字承认"君子"应该是"可畏"的，但同时也应该是"施舍可爱"的，单有威严，笼络不住人心，恩威并施，就必须要对自己的属众施以恩惠。此外，文中所谈就是贵族应有的言行举止的仪态风范，能在感官上诱引慑服民众。由此，可以说《小雅·伐木》的篇章，正道出的是贵族政治的一项重要原则，那就是以必要的施舍引领民众相追随。

诗中有一句非常富于哲理，就是"民之失德，乾餱以愆"。哪怕一点小小的干粮，施舍分配不均，也会导致人际关系的失和。这样的句子，闪耀的是人性洞察的智慧之光。再亲近的人伦关系，若没有物质分享作为基础，也会失去维系的效力，而公平地分配利益更是至关重要。这就是诗篇对生活、对人性的洞察，"於粲洒扫，陈馈八簋"的慷慨正源于这样的洞察。而"宁适不来，微我弗顾""有咎"（意思是：他们可以不来，我不能不请）的句子，同样属于洞察的一部分，十分富于生活智慧。人终究是物质动物，亲情、伦常终不可脱离物质基础。诗篇正告诉人们这一点。

这首诗篇的创作年代，历来认为是西周末年宣王时期。这一时期西周建国两百余年，贵族精神整体没落，上接周厉王之乱，宣王即位之初颇有些振作措施，因为被视为"中兴"。《伐木》的诗篇提倡慷慨施舍，未尝不可以理解为"宣王中兴"努力的表现，那就是重彰贵族之德。前面说过，诗篇的"陈馈八簋"显示诗为王家宴请同姓异姓亲戚的歌乐，如此，就未尝没有王家为天下贵族做慷慨的榜样之意。《毛诗序》解释此诗说："自天子至于庶人，未有不须友以成者。亲亲以睦，友贤不弃，不遗故旧，则民德归厚矣。"恢复贵族对下应有的德行，是古代衰亡政治的常态，诗篇所表现的宴饮未必有效，诗篇高扬的原则，则对理解贵族政治的盛衰有相当大的帮助。在一个单线索的社会，民众习惯于政治跟从，统治集团能对民众做些施舍，民众的日子就好过一些，相反民众的生活则糟糕，社会也就混乱。这便是古代王朝的盛衰之理。

一首《诗经》的篇章，往往含有一段历史、一段思想史。《伐木》是这样的例子，同样为宴饮题材的《小雅·常棣》，也是如此。

四、挽救社会关系的宴饮诗篇

西周社会的衰亡是必然的。这固然有贵族的精神衰朽、王朝内政外交的困顿等原因，还有一种原因更为根本，那就是王朝社会宗法血缘关系的日益废弛。从一些宴饮诗篇中可以读到这样的废弛，当然，诗篇并不是正面表现这样的废弛，相反，它们表现为对社会关系松动瓦解的救败。这就是《小雅·常棣》篇所含的内容。诗曰：

1

常棣之华，鄂不韡韡。

常（táng）棣：字又作"棠棣"，花朵白色，排列紧密，花瓣为白色，香气浓郁，果实不大，可食。鄂不：何不。韡（wěi）韡：光华貌。

凡今之人，莫如兄弟。

2

死丧之威，兄弟孔怀。

威：畏。指死丧之事。

原隰裒矣，兄弟求矣。

裒（póu）：聚土为坟。

3

脊令在原，兄弟急难。

脊令：字又作"鹡鸰"，鸟名，麻雀科，飞则鸣叫，行走时则尾羽摇摆。

每有良朋，况也永叹。

每：虽。况：语助词。

况也永叹：至多不过长叹而已。

4

兄弟阋于墙，外御其务。

阋：斗。务：侮。

每有良朋，烝也无戎。

烝：与上文"况"同义。

5

丧乱既平，既安且宁。

虽有兄弟，不如友生？　　友生：朋友。

6

傧尔笾豆，饮酒之饫。　　傧：陈列。饫（yù）：醉饱。

兄弟既具，和乐且孺。　　孺：愉，和悦。

7

妻子好合，如鼓瑟琴。　　妻子：妻儿。

兄弟既翕，和乐且湛。　　翕：合。

8

宜尔室家，乐尔妻帑。　　帑：字当作"孥"，子孙。

是究是图，亶其然乎？　　图：考虑。亶：实在。

　　　　　　　　　　　　亶其然乎：难道不是这样吗？

　　这首诗虽为宴饮所歌，解释表现宴会的内容却很少，只在第六章才略有表示。全篇正说反说，都不外强化突出这一句的意思："凡今之人，莫如兄弟。"诗篇应属于家族内部的饮酒礼，[①] 其用意即在强化、稳固兄弟关系。

　　血亲意识，由来已久。有一句流传甚广、格调不高的俗语："妻子如衣服，兄弟是手足。"其实这句话最初的表述，就是诗篇第七章的"妻子好合，如鼓琴瑟；兄弟既翕，和乐且湛"。而说到周人重视兄弟关系，还有相当有趣的现象。在考古发现的南邠碾子坡先周遗址中，人们发现在周建国之前不到百年的时候，周人的墓葬中有将兄弟合葬的现象。这可以让我们对诗篇"莫如兄弟"的诗句有更切近的理解了。然而，《常棣》这首诗篇所言的"兄弟"，其所指的范围已经不再是一般意义上的"兄弟"，而是指宗法制下家族内部各支脉的代表。

---

　　① 西周家族内部的宴饮之礼情况如何，是不是也像"乡饮酒礼"和"燕礼"那样充满繁文缛节，《仪礼》《礼记》等文献很少记载，《诗经》中却不乏其例。不仅如此，像《大雅》中的《行苇》《既醉》《洞酌》等表现高级贵族宴饮的酒礼的内容，也很难在《礼仪》等文献中见到。这是因为《仪礼》《礼记》等儒家记录"周礼"的文献写制较晚，而且记录的多为春秋后期流传在东方诸侯邦国之中等级相对较低的"周礼"。由此也可以说，就记载各种饮酒礼的范围而言，《诗经》是最宽广的。

　　要了解诗篇所映现的社会现实，需要从诗篇出现的年代说起。关于《常棣》，其创作年代古来有两种说法：一种见于《国语》，称诗篇为西周初期的周公所作；还有一种见于《左传》，谓诗篇为周厉王时期的召穆公所作。今人杨树达先生在其《积微居金文说·六年琱生簋跋》一文中说："周公诛管蔡而召公乃言'凡今之人，莫如兄弟'，岂非责骂周公乎？此于情理必不可通者也。"杨说可信，即以诗篇所呈现的艺术风貌及篇章中的语词语法而言，也应该是西周后期的作品。也就是说，诗人面临的人伦情感的变化，要比"管蔡之乱"复杂得多。管蔡之乱是争权夺利，西周后期的诗篇面临的问题则是由社会变化引发的。诗篇的"兄弟"应该是指兄弟们各自的小家庭，诗篇所言"妻子好合，如鼓琴瑟"的"妻子"就是兄弟的小家庭。如此，诗篇应该针对的是，人们对有妻子儿女的自己小家庭的重视，已经大过对兄弟和大家族的关心了。诗篇意在维护大家族关系。这又如何理解呢？

　　在前面谈《诗经》农事诗篇时我们谈到过，西周早期以前的农耕生活，是聚族而耕的，当时使用木制、石制工具，生产力不足，一对夫妻及其子女组成的小家庭，其农耕的生产能力是养活不了自己的，因而必须以大家族为生产分配单位。但是，农耕经验会日积月累，农耕劳作的工具改善也会日复一日。当然，最大的改善是铁器开始在农耕中使用，然而，就现有的考古发现而言，铁制农具大量用于农耕，是春秋时期的事。其更早的发端，则存在疑问。最早用人工锻造的铁制剑，是西周东周之交，西周中期的文献《禹贡》记载说当时的四川向王朝贡铁，是与其他贵重金属和玉石一起贡的。可见当时铁还是很珍贵的。西周中期到晚期还有百年的时间，虽尚无证据，却也不能完全排除中期以后就有用铁制作农具的可能。还有，据学者研究，从西周较早时期开始，人们就可能在木质农具锋刃处，包裹一层青铜金属，以使其更加锋利。此外，在《良耜》篇这首西周中期的诗篇中，开篇的"畟畟良耜"的语句，似乎也暗示出工具的改进。总之，农具日益改善进步应是无可怀疑的。

　　这应该就是《常棣》篇提倡兄弟团结的深层原因。因为当农耕器具改善以后，传统的社会结构就会随之发生改变。具体说，就是随着劳动效率的渐渐提升，"聚族而耕"的劳作即将成为过去，丈夫妻儿组成的核心小家庭独立性日强，小家庭意识也会随之潜滋暗长，日益突出。诗篇所针对的就应该是这样的社会倾向，换言之，诗篇是在挽救一种社会危机，当然，是诗人眼里的社会危机。因此，《常棣》篇与《伐木》篇一样，都是面对日益严重的社会问题时的力图挽救。由此诗人便从生活的立法者变为救亡者。这就是《诗经》中的历史变化，大家熟知的是后世的儒家面临礼坏乐崩的现实试图予以挽救，实际上，礼坏乐崩的发生要更早，早到西周晚期，就有敏感的诗人开始忧心现实的改变，发出救败的声音了。《伐木》《常棣》的宴饮诗篇，都是这样的作品。

五、酒德的重申

是宴饮，就离不开酒。下面来看看宴饮诗篇中关于酒的内容。

商周兴亡之际，出现了一个十分重要的思想：殷鉴意识。《尚书·召诰》说："我不可不监于有夏，亦不可不监于有殷。""监"即鉴，这样的观念表现于《大雅·文王》就是："宜鉴于殷，骏命不易。"表现于《大雅·荡》篇就是："殷鉴不远，在夏后之世。"这一观念影响至大，后来中国人特别重视对前朝兴亡的记录和书写，很大程度上即源于此。在西周时期，"殷鉴意识"之一，就是对于饮酒之事的高度戒惕。因为周人认为，殷商王朝灭亡的一个重要原因，就是饮酒无度。这样的判断，见于《尚书·酒诰》。这篇文献是周公教导卫国的始封君康叔的。周公说，殷商后期的王公贵族"惟荒腆于酒，不惟自息，乃逸"。意思是：殷商上层只知沉溺于饮酒，不仅不好好做事，还放逸无度。因为整天饮酒作乐，所以"腥闻在上"，于是引起上帝震怒："故天降丧于殷，罔爱于殷。"大致相同的看法，也见于西周铜器铭文《大盂鼎》中。有鉴于此，《酒诰》中周公对西周大小贵族提出"刚制于酒"，如有无端"群饮"者，周公对康叔说："尽执拘以归于周，予其杀。"全部把他们押到王室来，统统杀掉。当然，全面禁绝饮酒是不可能的，对各种必要场合的饮酒，周公制定的原则是："德将无醉。"

有了这样的认识，就先来看《小雅·湛露》这首诗：

1

湛湛露斯，匪阳不晞。　　湛湛：露浓的样子。
厌厌夜饮，不醉无归。　　厌厌：饱足。厌通餍。夜饮：晚间举行

的饮酒礼。《郑笺》："燕饮之礼，宵则
两阶及庭门皆设大烛焉。"

2

湛湛露斯，在彼丰草。

厌厌夜饮，在宗载考。　　在宗：同宗族。载：则。考：成，成
礼，即饮酒典礼顺利完成。一说考即
孝，献祭的意思。

3

湛湛露斯，在彼杞棘。　　杞：栎树。棘：酸枣树。

显允君子，莫不令德。　　显允：显赫俊伟。

4

其桐其椅，其实离离。　　椅：又名山桐子、椅桐等，落叶乔木，
结果实。实：果实。离离：低垂貌。

岂弟君子，莫不令仪。　　岂（kǎi）弟（tì）：恺悌，和乐平易。

　　这首诗也涉及"酒德"问题。诗言"厌厌夜饮，不醉无归"，就是号令参加饮酒礼的人们满宫满调地饮酒，一直喝到醉。这样的句子，其意思又见于《仪礼·燕礼》如下的记载："司正升，受命，皆命：'公曰众无不醉。'宾及诸公卿大夫皆兴（起立），对曰：'诺，敢不醉！'皆反坐。"上面说过，饮酒礼进行过"一献"或"多献"之后，原先辅助失明的乐工的相，就转身变为"司正"，宴会进入"旅酬"阶段。司正正是像诗篇中那样，高声号令大家"众无不醉"，单独看，与上文所言及的周公对酒德的强调严重相违。可是，若将下文的"显允君子，莫不令德""岂弟君子，莫不令仪"联系起来，就是一个"德将无醉"的格局，既要饮酒适意又要威仪无失中道而行了。

　　关于这首诗的用场，《毛诗序》说："《湛露》，天子燕诸侯也。"《郑笺》又说："诸侯朝觐会同，天子与之燕，所以示慈惠。"这样的说法的根据就在《左传·文公四年》记宁武子之言："诸侯朝正于王，王宴乐之，于是乎赋《湛露》，则天子当阳，诸侯用命也。"此诗在解释上有一个难点，就是"在宗载考"一句如何理解。有学者认定"在宗"即意味着天子宴饮同姓诸侯，有学者对此表示反对，例如清代的胡承珙在其《毛诗后笺》据上引《左传·文公四

年》记载说："此皆统言诸侯，不分同姓异姓……惟次章有'在宗载考'之文，或其中有同姓诸侯为之加厚而夜饮，亦事理之常。"胡的意思是天子宴饮诸侯，有同姓在内，特举"在宗"同姓，是以偏概全的说法。在新近出现的上海博物馆收购的战国竹简"孔子诗论"中，也谈到了这首诗，说："《湛露》之益也，其犹驰乎？"（"上博简"第 21 简）周凤五《孔子诗论新释文及注解》："《小雅·湛露》共四章，结句为'不醉无归''在宗载考''莫不令德''莫不令仪'，所言始于燕私夜饮，进而祭宗庙，进而有德行，进而美姿仪；亦即由口腹之欲始，以修德修业终。简文以车马奔驰喻其进德之速，盖美之也。"宴享时的人群际会，更有与会者显示自己的德行修养的意义。于是诗篇在"厌厌夜饮，不醉无归"与"显允君子，莫不令德"之间形成了张力。宴饮即使享乐，也是德行的展现，如何把握其间的度，就是一种考验。理想的状态当然是生活的享受与德行的增长两者兼顾，这才能达到宴饮以"合好"的目的。

前面说过，宴饮作为典礼，含着提倡上下长幼秩序，提倡谦让恭敬，甚至洁净的生活之道的用意。参与典礼，合乎礼仪的行为举止，既可以表现出一个人对自己社会地位身份的自我意识，也可以从典礼中待人接物的行为举止，见出一个人的自我修养。人是社会成员，必须遵守一定的文明规则；人也有其动物的一面，有物质的享受追求。前者为人性的，后者为动物性的。在宴会的美酒美食面前，是否还能以礼仪自我控制，是否因物利美食的贪婪，冲破了文明的规则，就是对一个人的德性的检验。饮酒的特殊就在于，酒可以使人醉，可以令人失态，忘乎所以。因而饮酒礼就越发能检验一个人的德行。文献记载，在一些高级的饮酒礼结束送客的关节，是要敲击金属乐器的，目的就是检验饮酒者的步伐是否还能走到节奏点上。在今天看，好像是无谓的繁文，可是，贵族阶层在分享美食的饮酒礼上的表现，实在与该阶层的普遍德行相关，因而可以观世道的盛衰。《诗经·小雅》的《宾之初筵》篇，就展现了一幅末世时周贵族在饮酒礼上的丑态。诗曰：

1

宾之初筵，左右秩秩。　　初筵：宴会开始。筵，宴会铺的席子。

秩秩：有秩序的样子。

笾豆有楚，殽核维旅。	楚：行列齐整貌。殽：肉干之类食品，核：各种果实。旅：摆列成行。
酒既和旨，饮酒孔偕。	偕：齐整、合乎礼仪。
钟鼓既设，举酬逸逸。	逸逸：往来有次序貌。
大侯既抗，弓矢斯张。	大侯：熊皮箭靶。
射夫既同，献尔发功。	同：选配对手，两人一组，各自射箭后要比较胜负。发功：射箭的功效，以命中的箭数为准。
发彼有的，以祈尔爵。	的：靶心。尔爵：指命中率差的人的酒爵。

大意：宴会开始时，左右排坐有次第。笾豆一行行，肉干果品满满装。美酒味道甘，大家饮酒礼法严。钟鼓已奏鸣，彬彬有礼酒相敬。熊皮箭靶已张挂，开弓把箭发。射箭对手已会同，比较中靶见优胜。优胜者求酒，举起大杯献落后（射礼，不胜者饮酒）。

2

籥舞笙鼓，乐既和奏。	籥舞：执籥而舞。籥是一种管乐器。
烝衎烈祖，以洽百礼。	衎：娱乐。
百礼既至，有壬有林。	壬、林：大，多。
锡尔纯嘏，子孙其湛。	纯：大。嘏（gǔ）：福。
其湛曰乐，各奏尔能。	奏：献。
宾载手仇，室人入又。	载：则。手仇：选对手。室人：膳夫、宰夫等宴会、射礼中的佐食人员。入又：再次进入比箭的位置。射礼中正式的比箭一般有三次，称为正射；正射一般由主人亲自陪宾客射箭。之后还有各随所愿的比赛，此时可由膳夫、宰夫等"室人"代替主人，陪客人行射。
酌彼康爵，以奏尔时。	康：大。时：善。

大意：执籥翩翩舞，相伴有笙鼓。欢愉献祖先，以使百礼全。百礼既周洽，大礼小礼真盛大。神赐你大福，子孙厚福禄。厚福令人欢，

射箭奇能献。宾再选对手，宰夫膳人陪同来比箭。胜者大爵盛酒为负者，以此显示胜者善。

3

宾之初筵，温温其恭。	温温：和柔貌。
其未醉止，威仪反反。	止：语气词。反反：慎重貌。
曰既醉止，威仪幡幡。	幡幡：错乱貌。
舍其坐迁，屡舞仙仙。	迁：乱挪位子。宴饮时宾主都有固定位置。仙仙：轻举妄动貌。
其未醉止，威仪抑抑。	抑抑：举止严肃慎重貌。
曰既醉止，威仪怭怭。	怭（bì）怭：放荡，不庄重貌。
是曰既醉，不知其秩。	

大意：筵席刚开始，温文尔雅仪态恭。没有喝醉酒，老成又持重。一旦酒喝多，仪态乱哄哄。随意挪座次，醉舞闹腾腾。没有喝醉前，仪态严整整；变成醉汉后，举止似发疯。如此醉汉样，秩序眼中空。

4

宾既醉止，载号载呶。	
乱我笾豆，屡舞僛僛。	僛（qī）僛：舞步踉跄貌。
是曰既醉，不知其邮。	邮：过错。
侧弁之俄，屡舞傞傞。	弁：帽子。俄：歪斜貌。
	傞（suō）傞：无休无止貌。
既醉而出，并受其福。	
醉而不出，是谓伐德。	
饮酒孔嘉，维其令仪。	

大意：宾客已醉了，吆三喝四闹。笾豆全弄乱，乱舞脚步似风飘。既已陷醉态，对错全都抛。帽儿斜歪歪，乱舞没个完。酒醉应离去，大家都体面。醉酒不离开，德行受削减。饮酒本为美，唯存威仪方为然。

5

凡此饮酒，或醉或否。	
既立之监，或佐之史。	监、史：负责监督饮酒、记录过错的司

	仪人员。
彼醉不臧，不醉反耻。	臧：好。反耻：反而被耻笑。
式勿从谓，无俾大怠。	式：表示愿望语词。谓：劝，鼓励。据马瑞辰说。
匪言勿言，匪由勿语。	由：路途，在此有法度的意思。
由醉之言，俾出童羖。	由：顺着。童羖：公羊而无角，是醉汉荒唐语。童，秃头。羖，公羊，本有角。
三爵不识，矧敢多又？	不识：不知，不敢知，不愿超过三爵的意思。又：再，更多。

大意：凡是饮酒会，有醉有不然。既设监酒人，都该自律严。本来酒醉耻，如今不醉反被笑。不要再劝醉者酒，不要令他更糟糕。不该说的不要说，不当讲的就不道。顺着醉汉嘴，可令公羊没有角。三爵过后不敢饮，何况再多酒杯勺？

全诗五章，采用的是正反对比的手法。所表饮酒礼的规格很高，而且饮酒还伴有射箭，其"钟鼓""大侯"云云，表明宴饮射礼起码为诸侯级别。旧说诗篇为西周东周之交的卫武公所作，从典礼的级别上说有其合理性。在《伐木》那首宴饮诗篇，我们看到的是贵族在基本精神层面的败坏，在这首诗篇，又看到的是在饮酒守礼层面上的乱套。诗篇映现历史的兴衰，《宾之初筵》也是典型的一例。在《湛露》篇我们看到诗篇既倡"不醉无归"，又言"令德""令仪"，畅饮而又节制，就是所谓"德将无醉"。这样松紧有度的格局全然被破坏，只剩下一个"不醉无归"的烂醉。诗篇正说反说，目的就在于树立正确的观念、反对荒唐的表现。因而诗篇与《伐木》《常棣》一样，意在救败，这在诗篇最后一章表现得尤为明确。如前所说，周人的"殷鉴"意识，相信酒德败坏得罪上天，是商王朝覆灭的重要原因之一。诗篇以颇为绵密的笔触描述贵族饮酒后的千丑百怪，忧患的意识是强烈的。

诗篇的重要性在于它展现了当西周王朝走向溃败时的精神状态。"德将无醉"的败坏，就是宴饮神圣之感的消亡，映现的是整个社会趋于瓦解的现实。于是饮酒就只剩下了酒食的享受，就只有酒醉的刺激与放纵之感。

第十章　战争诗篇中的家国情怀

在这一章，我们读《诗经》中的战争题材的诗篇。

战争是人类世界的普遍现象。文学表现战争，可以显现不同文化人群对战争的态度。对战争不同的态度，又强烈影响战争诗篇的表现形式。

一、《诗经》战争诗的大要

《诗经》所表现的战争大概有以下四种。

其一，对西北方的异族玁狁的战争，像《小雅》中的《采薇》《六月》《出车》等都表现这方面的战事。

其二，对东南方人群的征战，这里王朝的敌人或称为"荆蛮"，或称为"淮夷""南夷"等。这些人群与玁狁有别，他们对王朝是叛服不定的，文献上还称他们是王朝的"帛晦臣"，即缴纳布匹粮食的臣民，于是王朝对他们的战争也就有所不同。《小雅》的《鼓钟》《采芑》，《大雅》的《江汉》《常武》都是表现这类征战的篇章。《小雅》中还有篇章不知因为何方战事而作，但也表现了远征士卒的困苦，如《小雅·小明》就是。另外，《周南》《召南》中也有一些短篇，如《周南》的《兔罝》《麟之趾》《汉广》和《召南》的《殷其雷》等，也与东南战事相关。以上两方面的战争主要发生在周朝中期和晚期，尤以晚期战事为主。

其三，就是发生在西周早期的"周公东征"，指平定今山东一带殷商及叛乱势力的征战。这方面的诗篇主要见于《豳风》如《东山》《破斧》。要说"东征"为早期事，其诗篇应为西周早期，但是事情往往不那么简单。这里有一些历史曲折，下面再谈。

其四，就是春秋时期王室与诸侯、诸侯与诸侯的战事。例如《王风·扬之水》，应与东周早期楚国人北侵、周人戍守有关。还有《邶风·击鼓》篇，应是春秋卫国与某诸侯的战事。此外还有风格强悍的《秦风》战争诗。《秦风》战争诗中有的篇章不排除与西周后期反击猃狁有关，因为西周后期的宣王时期，秦人首领曾率众与猃狁（文献称西戎）死战。但《秦风》中的相同题材诗篇的风格却与《小雅》篇章迥然有别。

有战争就有武备，上述许多诗篇虽冠以"战争题材"，其实有不少严格说属于"军事生活"题材，在本书这些也被视为"战争"题材的诗篇。例如《郑风》中的《清人》一诗，据《左传·闵公二年》记载：当公元前660年北狄严重入侵卫国时，作为封建同姓邦国的郑国君主却"恶高克，使帅师次于河上，久而弗召。师溃而归，高克奔陈。郑人为之赋《清人》"。意思是君主厌恶大臣高克，就派他率领一支军队在黄河南岸驻守，久而军队溃散，于是郑国人不满，赋诗《清人》。从诗篇"左旋右抽，中军作好"句子看，诗篇确有讽刺高克的军队在那里摆样子的意思。又如《秦风·无衣》，实属于军歌，高扬舍生忘死的袍泽之谊，说是战争诗，不如说是军事题材类的诗。这样的作品还有一些。

上述诗篇，年代有早晚之分。一般而言，属于《雅》的较早，而且多为战争典礼乐章；属于风的，则应该已经脱离了仪式歌唱的形态。例如《击鼓》，明明是表现国民厌恶战事的篇章，这样的诗篇与仪式歌唱已相去甚远，然而对战争表现出的态度，则与西周那些属于礼乐精神的诗篇一脉相承。

这又涉及战争诗篇内涵上的一个重要分别，即王朝礼乐精神与贵族勋业追求情调的差异。具体说，战争题材诗篇可分为如下两大类：一类是属于王朝礼乐精神及其影响下的篇章，这一类篇章数量多，如《鼓钟》《采薇》《小明》和《周南》《召南》中的篇章。另一类是以显示贵族功勋为主调的篇章，这类诗数量上虽不多，却是属于战争诗篇的重要变种。其作品主要有《大雅》中的《江汉》和《常武》，以及《小雅》中的《六月》《出车》等。两类诗篇的基本分野如下：王朝因战争而制作礼乐，是为了安慰众多参战将士和那些战争中死去的亡灵。而贵族表战争功勋的篇章，则把歌颂的焦点，集中在少数人身上。

这一章就先从第一大类诗篇谈起。

二、战争的哀伤

这类诗篇从何说起？就让我们从《小雅》中的《鼓钟》篇说起。诗曰：

1
鼓钟将将，淮水汤汤，忧心且伤。

淑人君子，怀允不忘。　　　　　淑人：好人，善人。允：长，久。

2
鼓钟喈喈，淮水湝湝，忧心且悲。

　　　　　　　　　　　　　　　湝湝：形容水流声。

淑人君子，其德不回。　　　　　回：邪。

3
鼓钟伐鼛，淮有三洲，忧心且妯。

　　　　　　　　　　　鼛（gāo）：大鼓。妯（chōu）：悼。

淑人君子，其德不犹。　　　　　犹：与"回"义同。

4
鼓钟钦钦，鼓瑟鼓琴，笙磬同音。

　　　　　　　　　　　　　　　钦钦：形容鼓声。

以雅以南，以籥不僭。　　　　　雅：周人之乐。南：南方之乐。

　　　　　　　　　　　　　　　僭：乱。

这首诗旧说是刺周幽王的，但据孔颖达《毛诗正义》引郑玄《中候握河纪注》说："昭王时，《鼓钟》之诗所为作者。"郑玄所注的书是西汉时期纬书，引用的是西汉今文家的说法，西汉今文家有三大学派：鲁诗家、齐诗家和韩诗家。所引到底是韩诗家还是齐诗家的说法，学术上还存在争议，不过问题不大。重点是今文家的说法认为《鼓钟》一诗，为西周昭王时期的作品。清末学者王先谦《诗三家义集疏》，又认为是周昭王南巡、由淮入汉时所作。联系西周昭王曾对南方淮水流域的人群进行过为期数年的征战，诗篇为昭王时作，是可信的。因为大体从昭王十五至二十年，西周王朝对东南方即今淮河流域一带的"东夷"展开了旷日持久的征战。除了传世文献之外，西周金文在这方面也多有记录。诗篇言及"淮有三洲"，清代陈奂《诗毛氏传疏》认为其地在颍水与淮水交汇处，即古"洲来"之地，今属安徽省寿县。诗反复言"忧心""伤""悲"和"妯"，且反复赞美"淑人君子"之德，据此日本学者白川静在其《诗经的世界》中就提出，诗篇"也应该是首挽歌……兴许是临近淮水之人的送葬诗"。白川静的说法颇有可取之处，诗篇是"挽歌"，但不是"临近淮水之人的送葬诗"，而是西周人伤悼那些为国捐躯于淮水之畔将士的哀歌。诗篇见诸《小雅》，为王朝乐章，在距离王朝中心区域较远的淮水之旁歌唱如此哀婉的乐歌，只有理解为哀挽那些为国捐躯的将士才是最合适的。诗篇最后说"以雅以南"，"雅"为中原音乐，"南"则为当地风调，中原之人战死沙场，等于做了南方之魂，用标准的中原乐和南方的地方乐为阵亡将士安魂，是十分合情合理的。

　　这就是我们讲战争诗篇先谈《小雅·鼓钟》篇的缘由：《诗经》中合乎礼乐精神的诗篇，多有哀伤的调子，这正是其显著的特点。打仗就会有死伤，而且死伤者往往为大多数普通参战者。战争结束，固然有人要立功受奖，然而，"一将功成万骨枯"，"功成"的勋章都染有许多普通士卒的鲜血，这就是残酷的甚至可以说是不公道的现实。充溢着哀伤的诗篇，不是献给那些立功受赏者，而是献给阵亡的人，这正是诗篇特有的价值。或者说，诗篇传达的是普通士卒的感受和心声。笔者称其为"有属于王朝礼乐精神"的战争诗篇，原因也就在这里。

　　挽歌的哀伤自然是最沉重的，再看不是挽歌的《召南·殷其雷》篇，其情感就别有样态。诗曰：

1

殷其雷，在南山之阳。　　殷：殷殷，形容雷声沉闷。

南山：终南山。

何斯违斯，莫敢或遑。　　何：多么。斯，语气词。

违：相违，离别。遑：空闲，停留。"莫敢"句，据"安大简"，应作"莫或敢遑"。第二章"莫敢"句同。

振振君子，归哉归哉！　振振：英武貌。君子：此处是对贵族男
　　　　　　　　　　　子之称。

大意：殷殷的雷声，轰响在南山之南。多么沉重的离别啊，没有谁可以片刻停闲脚步。英武的君子，早点归来，早点归来啊。（下二章大意相同。）

2

殷其雷，在南山之侧。
何斯违斯，莫敢遑息。
振振君子，归哉归哉！

3

殷其雷，在南山之下。
何斯违斯，莫或遑处。　处：安居。
振振君子，归哉归哉！

　　关于这首诗，过去理解为在家女子思念在外的丈夫，但是"上博简"《孔子诗论》出现后，理解上就有所改观。《孔子诗论》第27简言："可斯雀（爵）之矣，离其所爱，必曰吾奚舍之，宾赠氏（是）也。""可斯"，学者认为即篇中的"何斯违斯"句，"上博简"文取此两字代表全篇。简文大意是："《可斯》这首诗的具体情境是，已经送给离人酒爵了，她要离别她的所爱了。一定得说：我怎么舍得呢？这就是送别啊！"据此，原来诗篇恳切地呼喊"归哉归哉"，不是在离别之后备受煎熬，而是在离别之际的呼告。从"莫敢或遑""遑息""遑处"看，不像是一般的行差役，更像是接受战争动员令后众征夫的匆忙。未出征家人先呼"归哉"，这才是面临战争、死亡之际民众最真实的情感。诗篇的情感主调，当然不像《鼓钟》篇那样的哀伤，然而，战争带来意味着哀伤的死丧。这才有诗篇既是期盼又是嘱告的"归哉归哉"的肺腑呼告。

　　《周南》和《召南》的诗篇中有不少西周的诗，如前面讲过的《关雎》等。虽然"南"可能如旧说所讲的，来自南方，但"二南"中的不少篇章仍属于王家歌乐，具体说，《殷其雷》或为出征之际送别礼中的乐歌。然而，就是这

样的王家乐章，《殷其雷》所抒发的情感，仍然是基于最普通的参战民众。这就是诗篇"礼乐"的价值。此外，诗言"殷其雷，在南山之阳"，滚滚的雷声在南山之南，更暗示了战争发生的地点在南方。就现有的，不论是传世还是出土的文献看，对南方的征战始于周昭王，此后穆王时期也有征战，再后来南方稍微平静了若干年，待晚期周宣王时，金文显示，南方又颇不宁静。那么，《殷其雷》的诗篇，据笔者判断，应该写于较早的南方战争时期。

诗言"南山"，《召南》诗篇的所关地域，在今陕西一带，所以诗篇中的"南山"应该就是终南山。周家出师征讨东南，大体有两条路线。一条路从今洛阳出发，沿淮水支流沿岸向东向南。还有一条道路就是从今天的陕西关中出发，向东南至南阳盆地、汉水下游前行。《殷其雷》言"南山之阳"，当与后者的路线有关。

以上两首诗篇，或表达对将士阵亡的哀伤，或表达对征夫战后归来的期盼，都属于社会情绪的抒发。这样的作品，还有《小雅·杕杜》篇，如其第一章：

> 有杕之杜，有睆其实。　　杕：本为树名，在此形容树木高大。杜：
> 　　　　　　　　　　　　棠梨树。睆（huǎn）：圆圆的样子。
> 王事靡盬，继嗣我日。　　我：语助词。
> 日月阳止，女心伤止，征夫遑止。　　阳：指十月。遑：惶，不安。

诗以高大的杜树及其果实起兴，继而言王事在肩，不得不夜以继日。然而，意思一转，写日月的迁移已至深秋，继而是旷女征夫共同的哀怨。诗篇的抒情，与前面讲的《四牡》一样，兼顾国家任务与私人情感两者，表其不得两全的困境，而如此困境本身，就是哀伤的。还有像《周南·汝坟》篇：

> 1
> 遵彼汝坟，伐其条枚。　　遵：沿着。汝：河流名，为淮河支流。
> 　　　　　　　　　　　　坟：堤坝。条枚：树枝。

未见君子，惄如调饥。　　惄(nì)：焦虑。调："朝"字假借，早晨。
　　　　　　　　　　　　　俗语：朝饥最难忍。

2

遵彼汝坟，伐其条肄。　　条肄：树木枝条斩伐后再生的蘖枝。

既见君子，不我遐弃。　　遐弃：远远抛弃。在此表示死亡。

3

鲂鱼赪尾，王室如毁。　　赪(chēng)尾：尾巴赤红。

虽则如毁，父母孔迩。　　孔迩：很近。

　　诗篇整体沉郁顿挫，其中心意蕴体现在"虽则如毁，父母孔迩"之句，有如杜甫《春望》之"国破山河在"的掷地有声。对这首诗的理解，也应与西周王朝经略东南相联系。清代学者崔述曾提出：诗篇言"王室如毁"，说的是西周王室的崩溃。可是王室崩溃，还有王朝派出的士卒留在南方（王朝在南方驻扎军队，是有金文证据的），他们的命运当然要为家人所担心。诗言"汝坟"即汝水堤岸，就暗示出所担忧对象的处所方位。国家虽败亡，可父母还在、家还在。这不就是杜甫"国破"句的沉郁情感吗？这是此诗特别之处，其关于战争的哀伤情调却未因此改变。

　　这些诗篇对战争所持有的态度，在各地风诗中也是延续的，例如《邶风·击鼓》，其"土国城漕，我独南行"的句子，实际已经把对战事的厌恶表达清楚了，诗篇结尾两章：

死生契阔，与子成说。　　契阔：离别的意思。成说：约定，即生
　　　　　　　　　　　　死不离的约定。

执子之手，与子偕老。

于嗟阔兮，不我活兮。　　不我活：不让我活下去。

于嗟洵兮，不我信兮。　　洵：实在。不我信：不让我守信用。

　　念及妻子，念及当初与妻子"死生契阔"的白首同期的约定，最是哀挽动人。

三、征夫的痛

社会对战争的态度是哀伤的。除此之外，难能可贵的是，《诗经》还记录了那些参战归来的征夫的内心世界，深切表现了战争给征夫内心造成的苦痛。在这方面，大家熟知的就是《小雅·采薇》篇。诗曰：

1
采薇采薇，薇亦作止。   薇：又称野豌豆，可食。作：初生。
曰归曰归，岁亦莫止。   莫："暮"的本色，岁晚。
靡室靡家，玁狁之故。
不遑启居，玁狁之故。   启居：安处的意思。

2
采薇采薇，薇亦柔止。
曰归曰归，心亦忧止。
忧心烈烈，载饥载渴。
我戍未定，靡使归聘。   聘：送消息。

3
采薇采薇，薇亦刚止。
曰归曰归，岁亦阳止。
王事靡盬，不遑启处。
忧心孔疚，我行不来！   疚：痛苦。

4
彼尔维何？维常之华。   常：棠。假借字。
彼路斯何？君子之车。   路：大车，在此形容战车强大。
戎车既驾，四牡业业。   业业：强壮貌。
岂敢定居？一月三捷。   月：此字有的传本作"日"。捷：接，
                                   交战。一说：告捷，获胜的意思。

5
驾彼四牡，四牡骙骙。
君子所依，小人所腓。   腓（féi）：依傍。

四牡翼翼，象弭鱼服。　　象弭：弓背末梢处鞔装象骨，以其尖利，可用来解系战车上的缰绳，称为弭。鱼服：鱼皮做的箭鞘。

岂不日戒？玁狁孔棘！　　日戒：天天戒备。"日"传或作"曰"，为语助词。棘：急。

6

昔我往矣，杨柳依依。
今我来思，雨雪霏霏。
行道迟迟，载渴载饥。
我心伤悲，莫知我哀！

　　《毛诗序》说这首诗篇是"遣戍役"时的乐歌，就是说是一首出征典礼上的诗歌，可是诗篇写到了归来，这部分也最动人。另外，据《汉书·匈奴传》所载西汉"齐诗家"的说法："至穆王之孙懿王时，王室遂衰，戎狄交侵，暴虐中国，中国被其苦，诗人始作，疾而歌之曰：'靡室靡家，玁狁之故'，'岂不日戒，玁狁孔棘。'"据此，诗篇为周懿王时期的作品。周懿王为西周中期稍晚时段的王。将此诗与后来宣王时期的《七月》《常武》等战争诗篇相比，其忧伤的格调明显与后两篇有别，《汉书》的记载是可信的。

　　诗篇言王朝的外患来自"玁狁"。关于这个人群，《毛传》解释说："北狄也。"颇嫌笼统。王国维《鬼方昆夷玁狁考》认为古籍中的"昆夷""犬戎""鬼方""荤鬻""休浑"及"匈奴"等，都是同一北方人群的不同称谓，也还是嫌笼统。自20世纪60年代以来考古发现，在今阴山南麓鄂尔多斯及周围地区，历史上存在一个"草原青铜文化"，时间上限约为夏商之际，其发展过程与商朝相始终，后期则延至西周、春秋之交。史书记载与此文化有关的人群或为荤粥（鬻字之省）、鬼方、玁狁、戎、狄等，而匈奴部族的形成则在此之后。另外，这个人群又不像汉代的匈奴那样为单纯的草原游牧人群，据西周后期铜器多友鼎铭文"俘戎车百乘一十又七乘"的语句看，显然玁狁也用车马作战。虽然文献上说"荤鬻"对周的侵犯早在太王、文王时期，但据金文资料看，西周中期以前的铭文不见"玁狁"一词，此词多见于西周后期。总之，大约西周中期、晚期之交，玁狁人群对西周王朝构成重大威胁，是可以肯定的。

诗篇的结构很别致，第一章就揭示了两个主题：其一是由"曰归曰归"唱出的思家主题，其二是由"靡室靡家，玁狁之故"道出的战争主题。由此，可知《毛诗序》"遣戍役"即诗篇为典礼乐章的说法，是可信的。我们还记得《小雅·四牡》这首宴饮的诗篇吧，典礼场合慰劳使臣，不就是以歌吟"公"与"私"不得兼顾的伦理冲突来达成的？《采薇》篇也有同样的思致，只是表现手法各有不同而已。诗篇先展开的是思家主题，写士卒"靡使归聘"的焦心，写"我行不来"的辛苦。之后则展开战争的主题，写战争"一月三捷"的激烈，写战事"岂不日戒"的紧张。诗篇的调子，也由"采薇采薇"的舒缓，变为顿挫有力的节奏。两个主题的交织，明显地表露出这样的态度：战争是他们不得不承受的事情，只是由于爱家邦、爱"启居"的和平生活，才毅然走向战场。正因如此，当士卒回到阔别的家乡，面对物是人非、感觉陌生的家乡时，才百感交集，心绪难宁。于是诗篇归结为最后一章："昔我往矣，杨柳依依；今我来思，雨雪霏霏。行道迟迟，载渴载饥。我心伤悲，莫知我哀。"其情感的调子是强烈而动人的感伤。这样的情绪，实在代表了普通士卒对战争生涯负面的评价。

《诗经》的战争篇章，无意塑造战争英雄。所以，在战争的诗篇中，不用说像《伊利亚特》中阿克琉斯那样的超凡战神看不到，就是一般能杀伐的斗士形象也不见。同样，对战争场面的描写也是概括的，这也使得《诗经》的战争诗篇显得干净。这些，原因何在？就在于社会一般民众对战争的评价。《采薇》中"杨柳依依"的浓郁感伤，正是这评价的诗性显现。

《采薇》的感伤代表社会最普遍的情绪。《诗经》中还有更具体展示战争给人内心深处带来折磨的诗篇，那就是《豳风》中的《东山》篇。

1

我徂东山，慆慆不归。	徂：往。东山：今泰山及其附近地区。
	慆（tāo）慆：遥遥，时间长久的意思。
我来自东，零雨其濛。	零：下雨。
我东曰归，我心西悲。	
制彼裳衣，勿士行枚。	士：事。裳衣：指日常服装。行枚：一

种小木片，行军时为防止出声衔在口中。

蜎蜎者蠋，烝在桑野。　　蜎(yuān)蜎：蠕动貌。

蠋(zhú)：野蚕。

敦彼独宿，亦在车下。　　敦：缩成一团。

此章写归途及所见。"西悲"是眼目。

2

我徂东山，慆慆不归。

我来自东，零雨其濛。

果臝之实，亦施于宇。　　果臝(luǒ)：栝楼，喜在房前屋后攀缘生长。施(yì)：蔓延。

伊威在室，蟏蛸在户。　　伊威：虫名，喜欢在房屋潮湿处生活。蟏(xiāo)蛸(shāo)：一种长脚的蜘蛛，体形较小，结网而居，又名喜子。

町畽鹿场，熠耀宵行。　　町(tǐng)畽(tuǎn)：屋舍旁的空地。宵行(háng)：萤火虫。

不可畏也，伊可怀也。

此章表归途中想象家园的荒废。

3

我徂东山，慆慆不归。

我来自东，零雨其濛。

鹳鸣于垤，妇叹于室。　　鹳：水鸟。《禽经》："鹳仰鸣则晴，俯鸣则阴。"垤(dié)：小土堆。

洒扫穹窒，我征聿至。　　穹室：指屋室。聿：语助词。

有敦瓜苦，烝在栗薪。　　敦：圆貌。瓜苦：瓠瓜。栗薪：杂乱堆积的木柴。

自我不见，于今三年！

此章写归途想象及归家所见。

4

我徂东山，慆慆不归。

我来自东，零雨其濛。

仓庚于飞，熠耀其羽。

之子于归，皇驳其马。　　皇驳：黄白间杂。皇字通"黄"。

亲结其缡，九十其仪。　　亲：母亲。结：拴系。

　　　　　　　　　　　　缡：佩巾，擦拭用。

其新孔嘉，其旧如之何？　新：指新婚者。旧：指已婚离别者。

此章写士卒归家，未婚者娶妻，久别夫妻团圆。格调终于变得明朗。

　　诗篇为表现周公东征的题材，这一点古来无异说。史载西周建立后不久，武王去世，周公辅政，管叔、蔡叔等不满，与殷商残留势力勾结，煽动东方地方政权反叛。周公毅然东征，三年平叛。出土的西周早期铜器塑方鼎铭文有"隹（唯）周公于征伐东尸（夷），丰公、尃古（薄姑）咸戈"之语，为周公确实东征之证。西周初年有周公东征的大事，然而《东山》的诗篇，无论其风格还是语句词汇，都不是西周早期的，更接近西周中期的篇章。就是说，诗篇的出现，要比那场周初大事的发生晚了近百年。这是有原因的，原因为何？大致情况是：周公返政以后，曾被迫出奔，生前再也不能返回都城。他的家族也因此大受牵连，因而在此后的相当长的时间里，王朝政治舞台，没有周公家族成员的身影。[①] 直到数十年之后，大体在昭王穆王之际，周公才得以平反，其家族势力再次兴旺。表现周公东征的诗篇就创作于这时候。而且，表现周公东征的作品还不仅这一篇，《豳风·破斧》所歌之事，即与《东山》相同。此外，据《毛诗序》等说法，《豳风》中的《鸱鸮》《伐柯》《九罭》和《狼跋》等，均与周公遭遇有关。现在就来看《东山》。

　　细读此诗，与《小雅》的《采薇》《四牡》一样，也隐含着"家"和"国"的相悖。因为诗篇最动人的内容是"我心西悲"的士卒对"家"的思恋与悬想。所不同的是，这首诗篇在表现上选取的视角，却是"在路上"[②]，与《小雅·采

---

　　① 关于周公的遭遇问题，学者的说法历来纷纭复杂。笔者关于此问题的说法，主要见拙作《西周礼乐文明的精神建构》（河北教育出版社 2013 年版）、《诗经选》（商务印书馆，2015 年版）关于《豳风·鸱鸮》的解读等，可看。

　　② 这个词用的是扬之水《诗经别裁》关于《东山》篇的一个说法。

薇》篇表回家的"今我来思"片段相比，走在回家的路上在《东山》则为全篇的整体格局。于是，战争就成为身后渐行渐远的往事。然而，"三年"征战的阴影于诗篇中的"我"，却是挥之不去的。何以这样说？由四章组成的诗篇，每一篇开头都是"我徂东山，慆慆不归。我来自东，零雨其濛"。前两句是哀怨，后两句是光景，一片阴雨潮湿的光景，将诗篇的气氛晕染得沉重低垂。陈子展先生在其《诗经直解》中引用了清朝女学者王照圆《诗说》中的几句议论，说："何故四章俱云'零雨其濛'？盖行者思家，惟雨、雪之际最难为怀。"然而这不能仅仅理解为行路人路途的艰辛，还有其更高一层的象征，那就是战争生涯造成的阴郁的心理状态。这样说是否有意拔高？不是。《诗经》时代的借景抒情的手法固然没有唐诗宋词那么纯熟，却已经开端，前面谈到过的《小雅》中《斯干》的"幽幽南山"，《伐木》的"鸟鸣嘤嘤"，《常棣》的"常棣之华"等，不都有营造全篇气氛的作用？表现从"东山"返回西部的士卒，遥遥千百里的路途，不会总是阴雨连绵，诗篇却只取一个"零雨其濛"为比兴，且一"兴"到底，这在《诗经》中并不多见。此外，稍微观察诗篇情绪的总体变化就可以发现，只是到了第四章"仓庚于飞"句之后，诗的情绪格调才变得明朗欢快，阴郁的调子是占了全诗很大篇幅的。战争结束，将士回家，本应是令人欢快的事，然而诗篇却只有"西悲"，这正是诗篇不同凡响之处。

三年的征战是残酷的，这可以看看《东山》的姊妹篇《破斧》：

1

既破我斧，又缺我斨。

周公东征，四国是皇。　　　皇：惶，恐惧。一说，皇通"匡"，匡正。

哀我人斯，亦孔之将。　　　将：行，行动。

此章言"我"随军出征。

2

既破我斧，又缺我锜。　　　锜（qí）：凿子类的工具。

周公东征，四国是吪。　　　吪：感化。

哀我人斯，亦孔之嘉。　　　嘉：嘉美。

此章写天下安定。

3

既破我斧，又缺我锜。	锜：独头斧。
周公东征，四国是遒。	遒：凝聚，稳固。
哀我人斯，亦孔之休。	休：美。

重复第二章。

斧、斨、锜、锜，不论这些是杀人武器，还是修路搭桥的用具，其"破""缺"，都写尽了战争的持续与残酷。诗篇从战争结束时的心情着笔（这一点恰表明诗篇是战争结束时典礼的乐章）的，而且，"孔嘉""孔休"云云还表达了兴奋之情。然而，"哀我"的句子，又表明这样的兴奋，是带着哭腔的言词，是含着眼泪的欢愉，充其量只是庆幸不死而已。这便是残酷而持久战争的结果，如此战争给每个参战士卒的内心留下了什么，还是需要再看《东山》。

在《东山》的第一章"零雨其濛"之后，就是"制彼裳衣，勿士行枚。蜎蜎者蠋，烝在桑野。敦彼独宿，亦在车下"的景象。后四句中的第二、第三句，描述归乡士卒路途中亲眼所见：成堆的野蚕，聚集在桑叶之下。最后两句则是自然的联想：蜷缩在战车下的生活，就如同微末的桑叶蠋虫。三年的生活，就是这样度过的。这已经将士卒对战争生涯的评价含蓄地道出了。正因如此，那"制彼裳衣，勿士行枚"之句的祈愿才那样发自内心。

然而，这里还需要注意的是，对三年征战生活内容的沉默。三年征战，绝不仅仅是野人一样的风餐露宿，还有厮杀和死亡。这些必有的战争经历，诗歌都是只字不提，也无任何功绩表白。战争已在背后，就让它永远远去，诗篇的无言，不是可以解为这样的态度吗？阴雨中桑叶下聚集的蠋虫的意象，显示了许多，也遮蔽了许多。与此缄默无言形成鲜明对比的是对家的默念。这默念真可谓魂牵梦绕，因为它事无巨细，特别是第二章。第二章写到家园荒残的诸多景象：房前屋后一年无人照管而四处蔓延的栝楼，室内则是因长期无人居住而潮虫遍地、蛛网乱挂，庭院的场地变为野鹿的乐园，夜间闪烁流动着的萤虫的幽光。这样的想象，其实含着焦虑。家园的荒芜，意味着士卒最牵挂的家人遭遇变故了。明末学者戴君恩在其《读风臆评》中评价说："此诗曲体人情，无隐不透，直从三军肺腑，扪摅（shū）一过。""扪摅"的特点尤以此章为最。三年的离别，是三年的思念，更是回家路上的恐惧。这是战争给征夫带来的一切。所以当诗中之"我"回到那个心心念念三年之久的家时，一句"自我不见，于今三年"的庆幸之语，实际就是一句失声哀叹。这就是诗篇氛围阴郁凝重的原因。同时代同样文化背景的诗人懂得生活，理解一场大的战争中一般士卒的感受与态度。战争对一般士卒而言，就是家庭的离散；长期的离散后，往往要面对家庭的破亡。这正是诗篇中人"我东曰归，我心西悲"的缘由。诗篇表现了这一点，也就传达出三年征战士卒受到的煎熬有多深多重。这是诗篇最有价值的地方，因而《东山》篇在情感质量上，远高于后来出现的那些歌颂战争的作品。

礼乐文化的诗篇，不要悲剧。于是诗篇第三章，叹息的妻子的出现表明，三年离别后，家中情况比征夫想象中的要好许多。这也是生活的实际，悲剧也罢，喜剧也罢，生活还得继续。所以到最后一章，诗篇情感的调子终于高昂了起来。征夫之"我"的眼里，出现了羽毛光彩闪耀的仓庚，与此相映，是一场"皇驳其马"的喜庆的娶妻场面。已婚的是团聚，"之子于归"的句子交代：当初有不少人尚未娶妻就上了战场。诗篇渲染喜庆，提供了一个古老的民俗场景："亲结其缡"，即女儿出嫁前的最后一道手续，妈妈把一件佩蔽膝之类的佩戴物系在出嫁女儿身上，拴成一个扣子，同时嘱咐一些话。"其新孔嘉，其旧如之何"，新婚的人们是那么好，那些久别的夫妻们又当如何？久别胜新婚，言外之意也应该是不错的。

诗篇前三章的阴郁与结尾的欢快，传达的是这样一种意味：战争终究是生活的插曲，属于非常的事端，终究要被克服，生活还要继续。诗篇虽然没有对战争本身的残酷进行正面地述说，甚至连"既破我斧，又缺我斨"那样的言辞也没有，却最能表现古人对战争发自内心的厌恶。爱家的征夫，在遥远的东方度过了三年的征战杀戮生活，三年之间一定有很多人死伤，内心的扭曲需要漫长的时间去调整，诗篇固然没有直写，然而诗篇写了一路的阴雨、一路的阴郁。"西归"便是"西悲"，"西悲"就是"西归"，前三章的沉重与最后一章的欢愉不成比例，实际可以理解为士卒摆脱战争造成的心理阴霾的艰难。一个文化人群的战争诗篇，最能够显示他们对于战争与和平的看法。"昔我往矣，杨柳依依。今我来思，雨雪霏霏"，非常出名，极其动人。然而，真正深入细致地展现参战士卒内心感受的，却是《东山》篇。

以上我们所读的战争诗篇，哀伤的情调是其主旋律。这势必影响到王朝战争典礼的乐章。下面就来看这方面的诗篇。

四、战争，不仅是战阵

前面已经反复说过，《诗经》中不少的战事诗篇，都是典礼上的歌唱。现在就来谈谈军征典礼上的乐歌演唱。"国之大事，在祀与戎。"这是《左传》中的话。"戎"就是战争、军事。"周礼"按历来的归类有"五礼"，其中之一就是"军礼"。《周礼·春官宗伯》记大宗伯之职，就有典"军礼"之事："以军礼同邦国：大师之礼，用众也……大田之礼，简众也。""大师"，就是大的兴师动众，就是出征。"大田"的"田"，在此即"田猎"的意思，也就是举行于农闲之际的蒐礼，亦即以狩猎的方式，训练军阵。

大的征战典礼，一般要告庙，战争结束还要告庙献功、颁布奖赏，还要祭祀天地。《周礼》等文献有记载，有的可以得到金文资料的印证，例如关于战争结束后的告庙，周初记载周公东征的《塱方鼎铭文》就有"公褖归于周朝。戊辰，酓（饮）秦酓（饮），公塱赏贝百朋"的记载。战争攻伐结束后，还要对当地的山川神灵加以祭祀，《大雅·皇矣》"是类是祃（mà）"，就是表现这方面的军礼。战争结束，军队班师奏凯，还有隆重的献俘典礼，地点按金文《小盂鼎铭》显示，也是在宗庙中进行。以上为军礼大要。文献的记载虽不少，但是，军事典礼特别是出征、班师之际的诗篇歌咏，究竟用在何时何地，文献却并无明文记载。而且，看《小雅》《大雅》的战争诗篇，就其所歌内容而言，基本没有出师时的歌唱，诗篇都显示为归来时的乐章。如此，《殷其雷》的"宾赠"歌吟，就显得颇为特别。《诗经》何以出师歌少，是个问题。

现在从"周礼"军礼的"大田"礼亦即蒐礼的诗篇说起，这方面的诗篇有《小雅》的《车攻》和《吉日》。《吉日》重在表现周王猎杀漆沮水畔的成群动物，除"吉日庚午，即差（选）我马"句的"庚午"，显示了"马"与"午"日的关系，可知俗话所谓"午马未羊"的"午马"起源甚古之外，其他意义不大。有意思的是《车攻》篇：

1

我车既攻，我马既同。　　攻：坚固。同：协同，经过战阵训练的
　　　　　　　　　　　　　意思。

四牡庞庞，驾言徂东。　　庞庞：强壮貌。言：而。

2

田车既好，田牡孔阜。　　牡：公马。阜：大。

东有甫草，驾言行狩。　　甫草：地名。在今郑州附近。

3

之子于苗，选徒嚣嚣。　　之子：此处指周王。

建旐设旄，搏兽于敖。　　旐(zhào)：插在战车上的旗帜，指挥
　　　　　　　　　　　　　士卒用。旄：旗帜，用羽毛制成。
　　　　　　　　　　　　　敖：地名。

4

驾彼四牡，四牡奕奕。

赤芾金舄，会同有绎。　　赤芾：红色的蔽膝。舄(xì)：鞋。此句
　　　　　　　　　　　　　写诸侯服饰。绎：络绎不绝。

5

决拾既佽，弓矢既调。　　决：以象骨为之，著于右手大指，用以
　　　　　　　　　　　　　钩弦。拾：皮制，著于左臂之上，类
　　　　　　　　　　　　　似今天的套袖，以防衣服阻碍弓弦弹
　　　　　　　　　　　　　射。佽(cì)：具，佩戴停当。

射夫既同，助我举柴。　　柴(zì)：猎物堆积。字当作"胔"。

6

四黄既驾，两骖不猗。　　黄：黄马。猗：偏斜。

不失其驰，舍矢如破。　　如破：命中目标。不失句：言车驾奔驰
　　　　　　　　　　　　　合乎规范。蒐礼作为军事训练，对车
　　　　　　　　　　　　　马驾驶有特定要求。

7

萧萧马鸣，悠悠旆旌。　　旆旌：战车上的大旗。

徒御不惊，大庖不盈。　　惊：喧哗。不：丕。

8

之子于征，有闻无声。　　有闻句：言军容肃正。

允矣君子，展也大成。　　允、展：实在。

　　诗篇写的是一场大规模蒐礼，年代为周宣王时期。周宣王时期外患严重，西北方有玁狁，东南方则有淮水之畔的反抗人群。边患严重，而诗篇显示宣王却要到"甫草"这一属于王朝中心之地区举行一场大蒐礼，究竟因为什么呢？这实际上又涉及"周礼"的文化属性问题。蒐礼与其他许多典礼一样，渊源古老。具体说起源于原始部族时的共同狩猎，而蒐礼实际就是要追寻这种古老的协同精神。周代涉猎的武器即车马弓箭等，与战争武器相差不多，所以定期驱车射猎，可以取得军事训练的功效。然而，战争需要的，还不仅仅限于技术层面，还需要协同精神。周王所以在外患严重、边地不安的情况下，举办这样的大蒐礼，其实就是要汲取资源，即王朝应付内忧外患所急需的共同协调的精神资源。许多典礼，例如乡饮酒礼，都是以某种仪式恢复古老的记忆，一场宴饮，激发出我们是一群人、共享统一利益的群体意识。蒐礼也是如此，它源于古老的狩猎时代，那时候人群还没有像进入王朝时代之后那样，森严的社会等级分隔了人群与人心，而是大家协作，同心协力，共谋生活。文献记载，举行蒐礼时，周王穿的服装是素地的鹿皮衣帽，取其古朴之意。由此不难看出，大蒐典礼，就是用庄严的仪式，恢复周王与诸侯等各级贵族的古老的联系。诗篇历来受赞美的是"萧萧马鸣，悠悠旆旌"的句子，动静相衬，又气象不凡。

　　《车攻》表现的大蒐礼有调动战争精神资源的意义，而战争结束后慰劳将士的诗篇，如前面谈到的《采薇》和《出车》《杕杜》等，则更倾向于起到抚慰将士及其家属的作用。庆功的作用也是有的，但就诗篇显示而言，并不是很突出。《采薇》篇，按《毛诗序》的说法是"遣戍役"的乐章。可是，如上所说，士卒归来时"杨柳依依"的感伤之情最动人，而且诗篇上来就是"曰归曰归"，士卒已经是身在战场了。就是说，从诗篇本身，看不到任何"遣"的意味。如此，《毛诗序》之说，或许只是说的诗篇的移用，或许当初《采薇》作为典礼的诗篇出现时，并非"遣戍役"的用乐。此外，如《出车》篇，《毛诗序》说"劳还率也"。《郑笺》又说："遣将率及戍役，同歌同时，欲其同心也。反而劳之，异歌异日，殊尊之也。《礼记》曰：'赐君子小人不同日。'此其义也。""率"通"帅"，将帅。郑玄补充说，遣师出征时，所演唱的歌是一样的，班师时所唱的歌就不同，还引了《礼记》为据。班师用歌不同，是可以理解的，因为打仗时需要"同心"，战争结束后谁接受奖赏，则一般要功归于上方了。这是千古不变的老例，否则就不会有"一将功成"的古语了。还有《杕杜》篇，《毛传》也说是"劳还役的"。看诗篇"女心悲止，征夫归止"的句子，以"征夫"指出征者，所指地位自然一般。若此，起码在《毛传》这里，人们可以看到《出车》和《杕杜》为班师歌唱的姊妹篇。

现在来看《出车》。诗曰：

1

我出我车，于彼牧矣。　　　牧：养马之地，一般在郊外。

自天子所，谓我来矣。　　　谓：叫，命令。

召彼仆夫，谓之载矣。　　　载：装备车马。

王事多难，维其棘矣。

2

我出我车，于彼郊矣。

设此旐矣，建彼旄矣。

彼旟旐斯，胡不旆旆？　　　旟（yú）：战车上的旗帜，旗杆顶端有鸟隼形象。旆旆：飘扬貌。

忧心悄悄，仆夫况瘁。　　　悄悄：忧伤貌。况瘁：憔悴悲伤。"况"同"况"。

3

王命南仲，往城于方。　　　南仲：西周晚期大臣，其人又见于西周晚期铜器铭文。

出车彭彭，旂旐央央。　　　央央：鲜明貌。

天子命我，城彼朔方。　　　朔方：北方。西周西北边境，具体地点说法不一。

赫赫南仲，玁狁于襄。　　　　　襄：消除。字通"攘"。

4

昔我往矣，黍稷方华。

今我来思，雨雪载涂。

王事多难，不遑启居。

岂不怀归？畏此简书。　　　　　简书：王朝征调军队的有文字的兵符。

5

喓喓草虫，趯趯阜螽。　　　　　喓（yāo）喓：形容草虫叫声。趯（tì）趯：

　　　　　　　　　　　　　　　　跳跃貌。阜螽（zhōng）：蝗虫的一种，

　　　　　　　　　　　　　　　　长腿，善跳。

未见君子，忧心忡忡。

既见君子，我心则降。　　　　　降：放下。

赫赫南仲，薄伐西戎。　　　　　西戎：即玁狁。

6

春日迟迟，卉木萋萋。

仓庚喈喈，采蘩祁祁。

执讯获丑，薄言还归。　　　　　讯：指活着可以审问的战俘。

　　　　　　　　　　　　　　　　丑：俘虏。

赫赫南仲，玁狁于夷。　　　　　夷：平定。

　　诗篇从战争开始的军事集结写起，直到战胜归来。其中第一个需要注意的地方是诗篇开始的"仆夫况瘁"句。诗开始一面是写"我"的被征调，"我"之战车的被装备及战车的旗帜飘扬；另一面则是"王事多艰"的叹息，仆夫们的"有心悄悄"和"况瘁"，显示的又是对战事来临的无奈。正因此无奈，所以诗篇有些属于"周礼"格调。《老子》第三十一章有云："吉事尚左，凶事尚右。偏将军居左，上将军居右，言以丧礼处之。"这种以丧礼处军征的说法，其根据，或许就可以追溯到《诗经》这里。或者说，像《出车》这样的正是典礼场合的歌吟，其低沉的情调就源自社会大众对战争的态度。

　　第二个需要注意的是诗篇第四、第五章，那是典礼上男女两个声部的

歌唱。第四章"昔我往矣，黍稷方华"的调子，明显与《采薇》篇结尾部分相类，当然是属于出征将士的歌唱。继之而来的下一章"喓喓草虫，趯趯阜螽"等句子，与《召南·草虫》"喓喓草虫，趯趯阜螽。未见君子，忧心忡忡。亦既见止，亦既觏止，我心则降"更为接近。《草虫》很明显是思妇对在外"君子"的忧心。可知诗篇是一种男女对唱的格局。在本书开始时，我们曾经举《周南·卷耳》篇为例说过这样的男女对唱，不想在战争的诗篇中也有这样的"对唱"格局。与《卷耳》不同的是，《卷耳》是男女各自思念对方没有见面，而《出车》篇则是男女相见的欢歌。

这就是《小雅·出车》篇最值得注意的地方。在国家庆祝征战结束的庆典上，居然可以听到男声女声对唱的乐章。这样的歌唱又意味着什么？意味着诗篇创制者已经有如下的清醒意识：战争绝不单纯是男人上阵厮杀的事，它关乎千家万户。因为一个人上了战场，即意味着一个家庭缺少了当家的男性；战场上一个战士的阵亡，更意味着家庭中有人永远失去了丈夫，有人永远失去了儿子、父亲，等等。这正是诗篇加入女子歌唱的原因，它要深化战争的主题：战争不仅是双方的胜败，不论胜负，都是要死人的，都会有家庭为之遭受不可复原的创伤。王朝的战争胜利，并不意味着组成王朝社会的各个家庭、家族的获益，"国"和"家"在成败祸福上，终究是有差异的。《出车》篇女子声部出现在战争结束典礼的乐章中，显示了当时对战争最有价值的理解。这样的理解，不仅散溢在《诗经》的战争诗篇中，还常见于其他"行役"题材的篇章里；不仅见于《小雅》，还见于其他各地的风诗。因为不论何时何地，只要是国家征调夫役，往往就意味着家庭遭受损失，就会有思妇的悲哀，"归哉归哉"的深情呼唤，实际上是提醒社会这一点，这也是《诗经》战争题材、行役题材的真正价值。

读这首诗，还很容易令人想起前面讲过的宴饮诗"《鹿鸣》之三"的歌唱。与款待来宾歌唱《四牡》一样，《出车》的乐章也有抚慰将士及其家庭的目的，也是以"礼乐"的方式向那些为了国家不顾小家的人们，予以精神的补偿，并向他们致敬。这样的礼仪，在一些记载周礼的文献中看不到，或者看不真切。毕竟作为礼乐组成部分的《诗经》的某些篇章(如《出车》)，要比有心保存周礼的儒家早，当然也更能直接展现当时社会的精神状态。"家"和"国"之间，永远会存在利益的龃龉，《诗经》的战争诗篇，就在用精神的方式，协调这样的龃龉。高标某些动人的远大目的，却全然不顾社会家庭的死活，这样的事情，在权力社会不是特别容易发生吗？《诗经》的篇章是无言地反对这样做的。由此，也就不难理解孔子何以说"郁郁乎文哉，吾从周"了。

还有一首富于同情精神的诗篇也值得一谈，那就是《小雅·小明》篇。诗曰：

1

明明上天，照临下土。

我征徂西，至于艽野。　　徂：往。艽（qiú）野：荒远之地。

二月初吉，载离寒暑。　　初吉：每个月开始的七八天。

　　　　　　　　　　　　离：经历。

心之忧矣，其毒大苦。

念彼共人，涕零如雨。　　共人：据甲骨文，共人即供人，王朝

　　　　　　　　　　　　征调的士卒。

岂不怀归？畏此罪罟！　　罪罟（gǔ）：罪责。指上级所加的罪责。

2

昔我往矣，日月方除。

曷云其还？岁聿云莫。　　莫：暮。

念我独兮，我事孔庶。　　孔庶：很多。

心之忧矣，惮我不暇。

念彼共人，睠睠怀顾！　　共人：王朝征集的来自各地的士兵。

　　　　　　　　　　　　"供人"已见商代甲骨文。怀顾：思念

　　　　　　　　　　　　家乡的意思。

岂不怀归？畏此谴怒。

3

昔我往矣，日月方奥。　　奥（yù）：热，暖和。

曷云其还？政事愈蹙。　　蹙：紧迫。

岁聿云莫，采萧获菽。

心之忧矣，自诒伊戚。　　自诒句：有自己给自己带来悲伤的意思。

念彼共人，兴言出宿。　　兴：起。出宿：在外过夜。
岂不怀归？畏此反覆。
4
嗟尔君子，无恒安处。　　恒：常。
靖共尔位，正直是与。　　靖共：谨慎地从事。与：帮助。
神之听之，式穀以女。　　神之：慎重地。穀：善。在此作动词。
　　　　　　　　　　　　女：汝。

嗟尔君子，无恒安息。
靖共尔位，好是正直。
神之听之，介尔景福。

　　诗篇四章，第一章讲戍边的遥远，时间的漫长。诗先表"我"（应该是军中有良知的军官）自己的悲哀，可是想到那些"共人"，即那些士兵，他们的境遇更加悲惨。前三章都是在表士卒的艰辛，到第四章则矛头一转，转而向那些"安息""安处"的"君子"即高级贵族们发出忠告，劝他们不要懒惰，虔诚地做好自己的本职。诗篇这样说，戍边的漫长无期及将士们遭受悲苦的原因也就交代清楚了：一将无谋，累死千军。是上级的荒忽与散漫，导致了边地战事完结的遥遥无期。同情士卒，更是诗篇的闪光点。

　　关于这首诗篇的内涵，历来异说纷纭，皆不得要领，原因即在对"共人"的不得正解。今将"共人"定为王朝征集军队中的兵士，诗的思路豁然通畅。诗的作者当是军中士、大夫一类的贵族人物。将士们在荒远边地卖命，而朝中君子之流却养尊处优，不恤下情，这才是诗人所以叙说军中痛苦的本因。因此，诗歌后两章的"嗟尔"句群，是忠告，并且提醒君子"神之"，即慎重听取，是含着强烈的讽刺意味的。

　　还有，读这首诗又可自然联想到唐代边塞诗的名篇，即高适的《燕歌行》。《燕歌行》的"战士军前半死生，美人帐下犹歌舞"，不正与诗篇的"嗟尔君子"的讽刺颇为相似吗？实际上，《燕歌行》与《诗经》的联系，还不仅这一点，《出车》篇的"喓喓草虫"那段"女声"，也影响到了《燕歌行》："少妇城南欲断肠，征人蓟北空回首"的句子，不也是采取了《出车》深化主题的策略吗？三百篇是一个时代百科全书式的文学宝典，越是深入而准确地诠释它，就越能对它所表现的社会生活形成广泛的了解。从《小明》中，我们又看到了富于人道精神的边塞诗的雏形。

第十一章　贵族的勋业

《诗经》三百篇映现几百年历史文化的嬗变，其中的战争诗篇就是如此。前面谈到，《诗经》战争诗篇分两类，一类代表王朝礼乐精神，一类则表贵族的勋绩。这一章就来谈谈这后一类的诗篇。因而，此章是前一章的延续。

一、诗篇中的贵族

封建贵族，军功是其发达的重要条件，在中国的西周王朝也不例外。西周封建制，将诸多的周家亲贵封建到各地镇守一方。在当初，这本身就是一种军事占领与镇守，只是到后来王朝衰落，各地诸侯才纷纷而起，把军事镇守的单元变得越来越像一个独立的邦家。负责军事镇守的诸侯对王朝的征战，天然地负有参战的责任。这在《诗经》也是有所表现的。请看《周南·兔罝》篇。诗曰：

1	
肃肃兔罝，椓之丁丁。	肃肃：整饬细密貌。兔罝(jū)：捕获老虎的网。兔，据闻一多说，即"於菟"之"菟"，老虎。
赳赳武夫，公侯干城。	赳赳：雄壮的。干城：防护工具。干，盾牌。
2	
肃肃兔罝，施于中逵。	中逵：大路。
赳赳武夫，公侯好仇。	仇：伙伴，帮手。

3

> 肃肃兔罝，施于中林。
> 赳赳武夫，公侯腹心。

诗篇主题历来异说纷纭，例如《毛传》说诗篇表现的是"贤人众多"，现代学者有人说是"猎人之歌"等。其实，诗篇就是赞美那些来自诸侯之邦的参与王朝战事的士卒的乐歌。这样的看法，是从西周金文如《多友鼎》《禹鼎》和《敔簋》《晋侯稣钟》等铭文资料中得到的启发。诗篇以擒狄猛虎的"兔罝"起兴，继而称赞武士们为"公侯"的"好仇""干城"和"腹心"，理解为周王对来自诸侯的将士的表扬是十分顺畅的。而且，周王诸侯军队也见于《晋侯稣钟》的铭文，有"王亲远省师，王至晋侯苏师"云云，意思是周王不避遥远地亲自来到晋军驻地，检阅晋侯的军队。在这样的场合下，颂扬诸侯的士卒为"公侯好仇"不是十分得体吗？通观西周金文，从早期开始诸侯的军队就有配合王家师旅行动的职责，而且，越到晚期，王朝对诸侯军队的倚重也越发明显。例如在晚期的《禹鼎》铭文中就显示，王朝因直属军队"西六师""殷八师"作战怯懦，才不得不征调武公的武装力量投入战斗。封建的西周王朝与诸侯势力的兴替，在这样的文献记载中，可谓清晰如鉴了。而且，在上述金文中，周王征调诸侯贵族参战，不是直接向参战者下令，而是向参战者的上级，如《禹鼎》中的武公下令，然后再由武公直接下令。战争结束后的赏赐也是如此，周王赏赐诸侯，诸侯再将赏赐颁发给立功的贵族。"封臣的封臣，不是我的封臣"这句西方中世纪谚语，也适合西周的王者。由此，对《兔罝》诗篇反复说"公侯好仇""公侯腹心"的缘由，可有更真切的理解。

王朝战争依靠诸侯，更依靠王朝之内的贵族。《左传·成公十六年》："苗贲皇言于晋侯曰：'楚之良，在其中军王族而已。'"苗贲皇为投奔晋国的楚国人，他告知晋侯，楚国军队的精华就是中军的王族子弟。这些"王族"就是享有众多封建权益的贵族，因而在征战中也要出现在要害之所。王族而外，就是那些勋贵家族的力量。西周中期的《班簋》对此有明确的记载。贵族班在周穆王伐"东国"（应为淮夷政权）时，接受王命："以乃族从父征。"这句中的"父"，就是通篇铭文显示的，此次出征的主帅毛父。铭文还说，班的一个重要职责就是"卫父身",也就是说,班所负责的亲族队伍,是主帅的近卫者。有学者指出,班与毛父是同族关系,所以才委以如此关键的任务。[①] 这又与王者的出征近卫者为王的亲族,道理是一样的。

有了这些金文的认知,再读《周南·麟之趾》这首诗篇,就好理解了:

> 麟之趾,振振公子,于嗟麟兮!　　麟:麒麟,古人想象的吉祥
> 　　　　　　　　　　　　　　　　　神兽。于(xū)嗟:叹词。
> 麟之定,振振公姓,于嗟麟兮!　　定:额头。
> 麟之角,振振公族,于嗟麟兮!

这首诗按照笔者划分,亦为贵族属性的诗篇。其夸赞"麟"可谓从头到脚,又言"麟"是"公子""公姓"和"公族",正表明这所谓"麟"的亲贵身份。"振振"两个字,又令人联想起《殷其雷》中"振振君子"的"振振",应该是形容勇士的词语。所以,这首诗篇,笔者以为可以解释为检阅"王军公族"的军歌。这有旁证,西周早期器铭《中觯》有"王大省公族于庚,振旅"句,"振旅"的"振"字,是唐兰先生认读出来的。"庚"字的意思就是"通",这在《左传》中有其例;[②]"于庚"就是"在通畅的大道上"。于是,诗句的意思就是:王在通畅的大路上检阅公族军队,举行收兵仪式。如此,《麟之趾》与《兔罝》实可视为"姊妹篇"。《兔罝》系周王检阅来自诸侯国士卒的乐章,《麟之趾》则为检阅亲兵卫队的赞歌。

二、晚期战争诗格调的转变

金文资料对这些参战贵族,也是多有表现。例如早期的《过伯簋》记载:"過白從王伐反荆,俘金,用作宗室宝尊彝。"短短的铭文有两点值得注意的地方:一是讲俘获,即"俘金",战争对贵族意味着获得财富。二是"作宝尊彝"显示的是家族功勋意识,战争可以增加家族的勋绩,是贵族之家累积权

---

① 参见彭裕商:《西周青铜器年代综合研究》,311 页,成都,巴蜀书社,2003。
② 如《左传·成公十八年》有"以塞夷庚"句,杨伯峻注引洪亮吉说谓:"庚与亢通,道也。夷庚,车马往来之平道。"

势的重要途径。这样的器铭还颇有几个，如《霈簋》"霈從王伐荆，孚，用作
饍簋"，《员卣》"员從史觚伐會（郐），员先内（入）邑。员孚金，用乍旅彝"，
等等。

这样的内容，在那些"礼乐属性"的《诗经》篇章中可谓毫无踪迹。因为
能用俘获和赏赐之资为家族制作器物的，仅为那些少数贵族参战者。读金
文对战争功绩的记录，其中有些语句令人恐怖，如西周晚期的《禹鼎》铭文，
记载的是一位名叫禹的贵族的战争勋绩，其间所记王命之词中，竟然有"戮
伐噩（鄂）侯馭方，勿遗寿幼"的言辞。"噩侯"的邦国应该是臣属于王朝的地
方政权，王朝对其反叛竟可公然宣布"勿遗寿幼"，其残暴实在是无以复加。
此外，在另一件也属于晚期的《敔簋》中，又可以读到"长榜载首百"（长木板
上挑着人头百个）的语句，虽然这样的语句在今天所能见到的西周铜器铭文
中并不多见，其展现的光景也实在令人惊悚了。然而这样的内容，在《诗
经》的战争诗篇中是见不到的。

这可以看作诗篇在表达上的节制。古语所谓"诗者，持也。"（《诗纬含神
雾》）意思是说诗篇在表达内容上有所节制，不能什么都说，什么都说的
"诗"，只能算是"灵魂之便溺"（钱锺书《管锥编》语）。《诗经》表现战争的诗
篇，包括马上要讲的表现贵族勋绩的诗篇，也不见金文这样血腥的语句，
起码显示诗篇的制作在表达上是有所选择的。不过，更深一层的缘由，可
能还在"为谁发声"这一点。器物铭文，是给家族记载荣耀的，是写给后代
子孙的，为突出家族的功劳而无顾忌，正是靠军功勋业增长家势的贵族社
会品格的自然流露。然而，战争诗篇，尤其是在前一章我们所讲到的诗篇，
是为那些普通的参战者宣泄内心苦痛的，过分渲染残暴内容，就难以起到
"礼乐"的安抚作用。就是说，可以相信，在西周时或者更准确地说到西周
后期时，尽管周王可以公然下达残暴的战争命令，但是同时期的诗篇，对
此却是不予表现的。这应该不是无意的疏忽，而是有意如此。就是说"诗者
持也"的意识，在当时已经起作用了。

然而，在西周晚期的战争诗篇中，高调渲染王家军队的胜利并借以显
耀贵族功勋的战争诗篇，成为战争题材的主调，这一变化的结果则是战争
中的死亡被掩盖了，战争变成一种值得炫耀的事业。很显然，这代表的是
贵族的观念，其对早期以来战争题材诗篇"礼乐"属性的违反，也是十分明

显的。

就让我们从《大雅·江汉》说起，诗篇所表的是讨伐东南方淮夷的征战。诗曰：

1

江汉浮浮，武夫滔滔。	浮浮：汹涌奔流貌。
	滔滔：以水流奔腾喻王师行进。
匪安匪游，淮夷来求。	安：游乐。游：游荡。
既出我车，既设我旟。	
匪安匪舒，淮夷来铺。	铺：搏击。

2

江汉汤汤，武夫洸洸。	洸（guāng）洸：勇武貌。
经营四方，告成于王。	
四方既平，王国庶定。	
时靡有争，王心载宁。	靡：没有。载：则。

3

江汉之浒，王命召虎：	浒：水边。召虎：西周厉王宣王时大臣，周初召公死后，谥号穆公。江汉两句是说：在江汉水边，召公接受王的赐命。
式辟四方，彻我疆土。	式：以。辟：开辟。彻：治理。
匪疚匪棘，王国来极。	疚：病，伤害。一说，久，迟延。棘：急，急迫。在此有强制的意思。极：本义为"中、正"，在此作"顺从、服从"解。
于疆于理，至于南海。	疆、理：制定疆界，划分土地。南海：极遥远的南方。

4

| 王命召虎：来旬来宣。 | 旬：徇，巡视。宣：布陈政教。 |
| 文武受命，召公维翰。 | 文武：文王、武王。召公：指周初召康 |

	公。翰：干，栋梁。
无日予小子，召公是似；	予小子：周王自称。似：继续。此句为王的教导，令召虎继承先祖事业，继续辅佐自己。
肇敏戎公，用锡尔祉。	肇敏：图谋的意思。戎：大。 公：公事。用：因而。

5

釐尔圭瓒，秬鬯一卣；	釐（lài）：赏赐。圭瓒（zàn）：礼器名，祭神灌酒时酌酒用，以玉装饰手柄。秬（jù）鬯（chàng）：黑黍酿造的香酒。鬯，香草，酿酒加香草令其味香，祭神用。《毛传》："九命锡圭瓒秬鬯。"是极重的赏赐。卣（yǒu）：酒器，形类壶，有提梁。
告于文人，锡山土田。	文人：文德之人，指祖先。
于周受命，自召祖命。	于周两句是说：自周家受命于天，召公的家族就得到任命。
虎拜稽首：天子万年！	

6

虎拜稽首，对扬王休，	休：美。
作召公考，天子万寿！	"作召公考"：意思是用簋器赏赐献祭召康公。
明明天子，令闻不已。	令闻：美好名声。
矢其文德，洽此四国。	矢：陈，布。洽：润泽。 四国：四方之国。

　　诗言"江汉"，是说周家军队沿着江汉水前行。征讨对象为淮夷，顾名思义，即淮水沿岸地区的人群。西周晚期铜器兮甲盘铭文记载兮甲[1]受命前

---

① 兮甲即《小雅·六月》篇中的周军主帅尹吉甫，此说见王国维《观堂集林》别集《兮甲盘跋》。

往南淮夷去征缴财富。其受命时间，铭文显示为"佳（唯）五年"，学者一般认为，即周宣王五年。铭文接着说："王命令甲政（征）治成周四方积，至于南淮夷，淮夷旧我贠（帛）晦（贸一说，贿）人，毋敢不出其贠，出其积，其进人（各种力役，一说，进纳），其厬（贮）毋敢不即次（管理市的官舍）、即市。敢不用令，则即井（刑）厥（扑）伐。"据此可知"成周四方积"的来源之一就是南淮夷的"帛晦"进献。如此，西周后期王朝不断南征的目的，也就十分清楚：南方淮夷的丝织财富，是王朝生存的命脉。同时，由铭文"敢不用令，则即刑厥伐"的严厉可见，王朝对南淮夷经济上的榨取，又是何等残酷严厉！

中原王朝对今汉水、淮河乃至长江中游沿岸地区的扩张，早在商代就已经开始。西周王朝延续了这样的态势，对东南方面的经营，始于王朝建立之初。周初器大保玉戈有"王……令大（太）保省南戈（国）"之语，《大雅·召旻》有"昔先王受命，有如召公（周初召康公），日辟国百里"之句，近年国家博物馆回收的西周早期器物柞伯鼎，其铭文赫然出现周公"南征"字样，更是王朝早期就开始武力经营南方的硬证。因此淮夷人群与来自西北的玁狁不同，他们不是外敌，而是王朝威服下反抗的人民。如此，读《江汉》篇也就容易理解了。

诗篇虽然一开始就"江汉浮浮，武夫滔滔"，看似声势浩大，然据诗的内容，似并未发生大规模剧烈的战役冲突。周军的前来，诗篇也说得明白，是"来旬来宣"，亦即声张王朝在这里的政治权力。这样的情况，也出现在《小雅·采芑》篇这首歌颂大臣方叔荣耀的战争诗篇中。例如其第三章有"显允方叔，伐鼓渊渊，振旅阗阗"（"渊渊""阗阗"都是形容军旅鼓乐声）的段落，展现王朝军队声势。然而诗篇结尾处"显允方叔，征伐玁狁，蛮荆来威"的句子则明确显示，方叔的军队不过是在抗击过玁狁之后，来到南方，对这里的人民展现王朝的武力威慑而已。这样颇带有虚张声势的情况，也出现在与《江汉》篇同时的另一首《常武》篇中。请看此诗的第四、第五章：

王奋厥武，如震如怒。

进厥虎臣，阚如虓虎。　　阚（kǎn）如：虎怒貌。

　　　　　　　　　　　　虓（xiāo）：虎咆哮为虓。

铺敦淮濆，仍执丑虏。　　濆（fén）：河岸。仍：连续地。

> 截彼淮浦，王师之所。

> 王旅啴啴，如飞如翰。　　翰：指鹰鹞一类的凶猛之鸟，羽尾长大
> 　　　　　　　　　　　　　故称翰。
> 如江如汉，如山之苞。　　苞：本，根。
> 如川之流，绵绵翼翼。
> 不测不克，濯征徐国。　　克：字通"刻"，识别。濯：大。

这两章先表王室如虎的威猛，继而形容王朝军队的行动如水流灵活迅速，又如崇山的稳固，在表现的想象与手法上，颇有可称赞之处。然而，这也仍然不能改变诗篇虚张声势的特点。看诗篇最后一章：

> 王犹允塞，徐方既来。　　犹：谋略。允：实在。塞：切实。
> 　　　　　　　　　　　　　来：来朝拜。
> 徐方既同，天子之功。
> 四方既平，徐方来庭。　　庭：定。
> 徐方不回，王曰还归。　　回：偏斜，违逆。

同样显示的是"有征无战"的实情。

虚夸王朝军队的强大与胜利，是晚期特别是宣王时期诗篇的明显特点。虚夸，是为了表现战功，而获得战功，就可以获得功勋，建立属于战争胜利者的功业。由此，又涉及《大雅·江汉》在表现方式上另外一个显著特点：把周王册命召虎的内容，嵌入颂扬召虎征战的诗篇中。《诗经》雅颂的篇章，因时代相通，与许多金文篇章在语词、语句语法及篇章上，都会呈现出某些相似点，这为一些雅颂篇章的断代提供了相当好的条件，可是，像《江汉》这样，大段地把周王册命的内容镶嵌入诗，却是史无前例的。说到这里，还有一个小小的学术史话题：最早将《诗经》篇章与西周铜器铭文结合起来解读的学者，据笔者所知，为南宋朱熹。尽管早在欧阳修的一些"汲古"文字中就可以看到这方面的做法，显示出宋代《诗经》学术的新特点，然而具体用铭文解释《诗经》篇章的，还是朱熹的《诗集传》。后来清代的学者

方玉润在其《诗经原始》中解释《江汉》篇说："召穆公平淮铭器也。"再后来郭沫若《两周金文辞大系考释·召伯虎簋铭》更认为，《召伯虎簋铭文》与《江汉》"乃同时事，乃召虎平定淮夷，归告成功而作"。的确，全诗六章，记录周王册命之词的内容，从第三章开始，一直到最后一章的前四句。较诸中晚期的王朝册命的铭文，诗篇言及召虎的始祖，言及"锡（赐）土山川"，言及圭瓒、香酒等，几乎完全保存了册封内容。然而，就全篇而言，册命之词还是包裹在诗的形式之内的，是诗篇重要的组成部分。所以，方玉润"平淮铭器"的说法有些失于绝对。郭沫若说此诗与《召伯虎簋铭文》时间相同，可信；说两篇文献记载同一件事，则不成立，因为铭文内容显示得很清楚，与此次战争无关。可是，不论是方玉润还是郭沫若，他们的看法中也都有其明显的合理性：诗篇突出贵族将领，这一点太明显了。

还有一首《小雅·六月》，是写宣王时期派遣尹吉甫北抗玁狁的。诗曰：

1

六月栖栖，戎车既饬。	栖栖：惶惶不安状。饬：收拾，修整。
四牡骙骙，载是常服。	常服：军人制服。《郑笺》："韦弁服也。"韦弁，牛皮衣帽。
玁狁孔炽，我是用急。	炽（chì）：气焰嚣张。
王于出征，以匡王国。	于：林义光《诗经通解》谓"于"乃"呼"之借字，于、乎（呼）古通。

此章以"六月栖栖"总起全诗，顿起紧张之感。游牧民族的入侵，一般在秋冬之际，今正当夏季玁狁进犯，是突如其来。

2

比物四骊，闲之维则。	比：比排，选择。物：按照马的毛色，选出同驾一车的马。骊：纯黑色的马。闲：训练。则：法则。指训练马匹遵从驾车法则。
维此六月，既成我服。	
我服既成，于三十里。	服：服马，即驾车四匹马中的中间两匹。此处指代战马。三十里：古代行

军一日以三十里为限。

王于出征，以佐天子。

此章从我方军马训练有素说起。玁狁虽急，我方有备，故能应变迅速，行事敏捷。情势至此一缓。

3

四牡修广，其大有颙。	修广：宽大。修，长；广，大。
	颙（yóng）：大头，表战马雄壮。
薄伐玁狁，以奏肤公。	奏：成就。肤公：大功。
有严有翼，共武之服。	有：又。严：威严。翼：恭敬，指将帅威严，士卒恭敬。
共武之服，以定王国。	共：供职，从事。两句是说威严恭敬地执行军事任务。服：事，武服即军事。

此章紧承前文，叙将帅之志，军心之肃。以上二章专写周朝军队素养，为后文蓄势。

4

玁狁匪茹，整居焦获。	茹：柔弱。匪茹，非柔弱，亦即强悍。
	整居：征占。整，征古通。焦获：水泽名，在今陕西泾阳县西北。
侵镐及方，至于泾阳。	镐：西周都城，周武王克商之前始建都于此，其地在今西安市西北、沣河以东一带。方：周文王伐崇之后所建都城，在今沣河中游的西侧，距离沣河东侧的镐京三十华里左右。泾阳：泾水北岸地区。泾水为西周时期通向鄂尔多斯地区最重要的通道，发源于六盘山地，其上游之地即今宁夏固原地区，即此诗所谓"大原"，此地有一两处险要地势可以据守（后来设萧关、三关），泾水河谷是理想的交通要道，连接着下游的渭水和西周腹地。据《多友

鼎》记，多友率领周师与玁狁作战，所经历的地点有六个，其中京师、筍（邹）、郝（漆）、龚（共）四个可以辨识的地点，都在泾水沿岸或附近。

织文鸟章，白旆央央。

织：徽识，即号令军戎的旗帜。文：纹绣。动词。鸟章：徽帜所绘鸟隼图案。白旆：白色的旗帜。《毛传》：“继旐者也。”旐为长条形状用于召集众人的旗帜，在旐的尾部接续更细长的帛幅，即称旆。旆一般插在先驱战车上。央央：鲜明貌。

元戎十乘，以先启行。

元戎：大的战车，又名曰陷阵之车。

先启行：前锋开道而行。

启，开。行，道。

此章先表玁狁强凌，宗周危殆，遥应首章的“玁狁孔炽”；继而表我方战法凌厉，承接二、三章的“我服既成”。前三章分述敌、我，重在写我，文理分开；此章叙敌我交战，我克强敌，文理为合。

5

戎车既安，如轾如轩。

轾、轩：言大车行进时前后低昂起伏，调适安稳。轾，低伏；轩，高昂。

四牡既佶，既佶且闲。

佶（jí）：健壮。闲：协调，齐整。

薄伐玁狁，至于大原。

大原：地名。据顾炎武《日知录》，在今宁夏固原一带。

文武吉甫，万邦为宪。

吉甫：尹吉甫，周宣王时大臣，此次出征的统帅。《大雅》中《崧高》《烝民》两诗即为吉甫所作，又有学者以为《兮甲盘》铭文所记，即吉甫南征北战的勋

　　　　　　　　　　　　绩。宪：楷模。

　　此章笔锋一转，点出主将吉甫。烘云托月，运笔持重，赞美之意
溢于言表。

6

吉甫燕喜，既多受祉。	燕：宴享。祉：福。此两句为倒装句，是说吉甫在京师受到天子的赏赐和宴享。
来归自镐，我行永久。	来归二句：言吉甫在出征很久之后，才从都城镐京返回自己的家。
饮御诸友，炰鳖脍鲤。	御：招待。炰（páo）：蒸煮。脍：细细切肉，此处即蒸煮烹饪之义。
侯谁在矣？张仲孝友。	侯：维，语词。张仲：人名。孝友：敬爱父母，友爱兄弟。《毛传》："善父母为孝，善兄弟为友。"

　　此章承前章"文武吉甫"而来。此处于其庆功燕喜中特出张仲且高
标其孝友，耐人寻味。

　　诗篇值得注意的地方是：其一，不赞美周王，也不表战士的情感，而
是高调赞美"文武吉甫，万邦为宪"。其二，王朝征战的结束，王朝应有相
应的典礼，然而诗篇却并无这方面的内容，而是结尾于尹吉甫的家宴。而
且，还以"张仲孝友"即宴会陪客张仲（其人详情不得而知）的"孝友"来暗示
尹吉甫的品格。

　　这些，意味着什么？意味着贵族的生活意识，已经鸠占鹊巢地占据了
王朝礼乐地的领地，并形成了"伪装"的礼乐。何以这样说？看《江汉》这首
诗，前两章堂而皇之地宣明征讨淮夷，是王朝的大业："四方既平，王国庶
定。时靡有争，王心载宁。"于是召虎的率军出征，就有了"王国庶定""王心
载宁"的崇高价值。从诗的构思说，还是颇为明显地保存了"王室靡盬，我
心伤悲"的格局，只不过"我心伤悲"的调子已经严重淡化，变成了突出召虎
的尽心王事，夸赞他巨大的功劳。此外，体式颇为宏大的诗篇，也应该是
以王朝固有礼乐歌唱形式表现的，另外一首《常武》也同样如此。《常武》甚

至不是颂扬某一位贵族大臣的，诗前两章有如下的句子："王命卿士，南仲大祖，大师皇父。整我六师，以修我戎"，"王谓尹氏，命程伯休父，左右陈行"，提到了南仲、皇甫和程伯休父等。王朝的战事是大臣的事业，"伤悲"的情调也是全然不见，而换成了"王犹允塞，徐方既来"的赞美。一言以蔽，贵族的功勋及由此而来的王朝胜利的荣耀，成为战争诗篇特别表现的内容。其实质，就是贵族的荣耀。这些《大雅》的征战诗篇，基本没有普通士卒对战争的任何感受，只有"一将功成"的"功成"，只有王朝征战的战果，战争给一般社会成员所造成的一切，都不在话下了。

贵族趣味与追求在战争诗篇中占据上风，实在是其来有自的事情。其最深刻的社会根源还是在封建制。封建制，是以赏赐换忠诚的制度。王朝要得到大小诸侯、卿大夫等各级贵族的支持，必须将土地人民分封给他们，同时还伴有对功勋的不断赏赐，其中仍包括土地人民。这就是封建。要注意，封建作为一种制度，不是西周初期封建了诸侯就结束的，实际一直持续到两周结束。以西周而言，直到宣王时期，还封建了郑国，另外，出土文献如近年出土于陕西眉县的《逨氏盘》显示，宣王时期还封建了杨国等。贵族人群不断膨胀，按照封建的原则，也必然是不断地封建。然而，如前所说，封臣的封臣不是我的封臣。王朝不断封建，就是不断失去与某些土地臣民的直接联系。久而久之，王朝直接控制的资源与力量必然不断减少，而一个贵族阶层会不断壮大，实际到西周晚期这样的枝粗于干、尾大不掉的局面已经形成。

第十二章　雅颂的变调

在前一章，我们看到了表现在《诗经》中的发生于西周晚期的"贵族现象"。在这一章里，就来看看其他诗篇中同时期的同类现象。

《诗经》研究古来称"诗经学"，诗经学中有一个概念叫作"变风变雅"。所谓"变"是与"正"相对的。古人的看法：太平盛世的诗篇为"正风正雅"；王朝、诸侯政治混乱导致风衰俗怨，这时候的歌吟就是"变风变雅"。《毛诗序》说"治世之音，安以乐，其政和；乱世之音，怨以怒，其政乖"，就是"正"与"变"的两分法，其实是把诗篇情感与政治好坏连在一起了。这样说不算错，却把复杂的历史问题简单化了。前面我们在讲宴饮诗篇时曾谈到，西周后期兄弟家族关系变得日益疏远，是当时社会生产方式变化的结果；战争诗篇到西周后期，同样流荡着强烈的贵族意趣。西周政治在晚期变得混乱，说到底只是历史变化的结果与表象。

当然，晚期的诗篇内涵不仅限于此，还有人们对生活的发现、对生活世界的拥抱，等等。

承续着上一章的思路，还是让我们从诗篇中的贵族现象说起。

一、占据"天命"的制高点

说西周后期的贵族现象，是要从他们与周厉王的冲突开始的。这方面的诗篇，综合古今说法，主要见于《大雅》的《板》《荡》《桑柔》等篇。《板》这一篇，据《毛诗序》说，是"凡伯刺厉王"的诗。"凡伯"其人，具体不得而知，可知的是"凡"为周公的后裔，封地为凡（今河南省辉县西南）。诗篇是否为凡伯所作，篇内无明确证据，可以存疑。然而，从诗篇第一章"犹之未远，是用大谏"，第四章"老夫灌灌（款诚忠实貌），小子蹻蹻（jiǎo，骄傲貌）"等句看，诗篇作者应该是身份高级的老臣。诗篇第七章言：

价人维藩，大师维垣，	价人：甲胄之士，即军士。价通介。
	大师：执掌兵权的最高官员。垣：城墙。
大邦维屏，大宗维翰。	大邦：诸侯大国。大宗：大家族。
怀德维宁，宗子维城。	怀德：以德安抚。宗子：大家族的族长。
无俾城坏，无独斯畏。	无独句：意思是不要陷于孤立，这是可怕的。

像这样强调大邦、大族和大族宗子对王朝的重要，正是大贵族的口吻。其实，正如我们在讲战争诗篇时说的，数量众多的大家族，正是王朝权力萎缩的原因，而不断的封建，一定会有这样的结果。换言之，大贵族家族在西周后期的兴旺，对王权构成威胁，正是封建制度本身内在逻辑的必然。这也是西周晚期与后来其他王朝晚期的巨大不同，西周王朝晚期有一个久经孕育并终致兴盛的贵族阶层，是他们的活跃，使得《诗经》文学在一个王朝结束的时候，发出了特别的光彩。《大雅》中的《荡》和《桑柔》等都是这个特殊阶层活跃的结果。

回到《桑柔》篇。《毛诗序》说此篇是"芮伯刺厉王"，《左传·文公元年》载秦穆公言曰："周芮良夫之诗曰：'大风有隧，贪人败类。听言则对，诵言如醉。匪用其良，覆俾我悖。'是贪故也，孤之谓矣。"看来《毛诗序》的说法来自《左传》。虽然与《板》一样，在是否为芮伯（良夫）所作上可以存疑，诗篇为高级贵族之作，却是可以肯定的。

《大雅》中还有一篇很有意思的《荡》。《毛诗序》说："《荡》，召穆公伤周室大坏也。厉王无道，天下荡荡，无纲纪文章，故作是诗也。"所言召穆公就是战争诗篇《江汉》中出现的召虎，为周初召公奭的九世孙。《国语·周语上》曾记载了他很著名的"谏厉王弭谤"，提出"防民之口，甚于防川"的古训。诗篇是这样的：

1

| 荡荡上帝，下民之辟。 | 荡荡：广大浩荡。辟：法度，主宰。 |

荡荡上帝，下民之辟。　荡荡：广大浩荡。辟：法度，主宰。

疾威上帝，其命多辟。　疾威：震怒，对失德的王朝不满。辟：变化。两句是说，震怒的上天，是要拿走王朝大命的。

天生烝民，其命匪谌。　烝民：众民。命：降命。匪：非。谌（chén）：信。匪谌即不要耽溺于相信上天会永远降命给周人。

靡不有初，鲜克有终。　靡不：莫不。有初：有开始，开始往往做得好。鲜：少。克：能。终：善终。两句即不能善始善终的意思。

此章先言天：天命无常；继而说人：有始无终。

2

文王曰咨，咨女殷商：　咨：嗟叹之词。女：汝。

曾是强御，曾是掊克。　曾：曾经。强御：强横。掊（póu）克：聚敛财富。

曾是在位，曾是在服。　位：在高位。在服：行王事。

天降滔德，女兴是力。　滔德：傲慢品德。兴：全。力：用力。两句意思是：上天因厌恶殷商，开始有意让你们变得邪恶，你们不知这是上天有意以此加速商的灭亡，反全力照着坏想法去做。

此章指责商纣王聚敛强横，"天降滔德"句是为警策。

3

文王曰咨，咨女殷商：

而秉义类，强御多怼。　而：尔。秉：操，持。义类：邪恶不正。义，通"俄"。类，通"戾"。怼（duì）：恼怒。

流言以对，寇攘式内。　对：得逞。通"遂"。寇攘：盗窃抢夺。

式：是。结构词。内：纳，包庇。

侯作侯祝，靡届靡究。　　侯：维。语助词。作：兴起。

祝：诅咒。届、究：结束。

两句是说诅咒流行，没完没了。

此章言政治败坏导致的社会邪恶丛生。

4

文王曰咨，咨女殷商：

女炰烋于中国，敛怨以为德。　　炰烋：咆哮。中国：国内。两句言
殷商专以聚集怨恨为能事。

不明尔德，时无背无侧。　　时：是，因而。背：背后。侧：身
旁。这句是说身后身边都无像样
的下级臣子。

尔德不明，以无陪无卿。　　陪：陪伴。卿：高级大臣。与上句
相连，意为王朝没有像样的高级
臣僚。

此章言商纣王被孤立。

5

文王曰咨，咨女殷商：

天不湎尔以酒，不义从式。　　湎：沉溺。式：邪恶，字通"忒"。
两句是说，不是上天让殷商沉溺
于酒，是你们自己选择了酗酒
作恶。

既愆尔止，靡明靡晦。　　愆：错误。动词，言犯错。止：举
止。明、晦：指白天、黑夜。

式号式呼，俾昼作夜。　　两句：呼号叫嚣，把白天当黑夜。

此章言商纣王生活放荡，酒德败坏。

6

文王曰咨，咨女殷商：

如蜩如螗，如沸如羹。　　螗（táng）：大而色黑的蝉。两句以

蝉鸣羹沸喻民怨。

小大近丧，人尚乎由行。　　小大：指社会各阶层的人。

近丧：迫近丧亡。尚：神情恍惚。

字通"慌"，怅恨自失的意思。

内奰于中国，覃及鬼方。　　奰（bì）：怒。覃：蔓延。鬼方：荒远

地方。

此章言商王朝内外皆乱。

7

文王曰咨，咨女殷商：

匪上帝不时，殷不用旧。　　时：善。旧：旧章程。

虽无老成人，尚有典刑。　　典刑：典章规范。刑，即型。

曾是莫听，大命以倾。　　倾：倒塌。

此章言政治失败源于不用老成人。

8

文王曰咨，咨女殷商：

人亦有言：颠沛之揭，　　颠沛：跌倒，僵扑。

揭：指树木根部翘起。

枝叶未有害，本实先拨。　　本：根部。拨：败。

殷鉴不远，在夏后之世。　　殷鉴：殷商可以用于借鉴的覆灭教训。

鉴，镜。夏后：夏王，即夏代。

此章言王朝根本已坏，提出"殷鉴"教训。

　　读诗可知，篇中并没有出现具体作者的迹象，就是说诗是否为召穆公所作还难以确定。然而，由诗篇所展现的内容看，显然为高级贵族之作，这点是可以确信的。诗篇的新奇之点，最显著的是其采取的言说策略，这种策略按后来儒家关于谏言的说法，属于"谲谏"的方式，具体说是托言文王而"咨商"，由此表达对西周晚期王政的愤怒。所谓"谲谏"，简单说就是绕着弯儿地表达意思，在本诗就是指桑骂槐。这样的"谲谏"，在古代文学史上还是第一次，有开创之功。按照《毛诗序》的说法，谲谏的技巧，可以做到"言之者无罪，闻之者足以戒"。"谲谏"之起，就在西周晚期的《荡》这

首诗篇。

这样的抨击策略，是精心设计的。这样做，在现实层面实有不得不如此的原因；其次，如此的表达，还有观念层面的需求。先来看现实层面的缘由。

诗篇所面对的是周厉王，按照《逸周书·谥法解》的说法：杀戮无辜曰"厉"。这就说到周厉王这个著名的暴虐之王。传世文献都记载了他暴虐，专利，还实行特务政治，弄得人民"道路以目"，历来被人与前朝的夏桀、商纣和自己的孙子幽王，并列为几大亡国罪人。出土文献又告诉我们，周厉王还是一个自以为是的自大分子。这就是青铜器铭文《㝬簋》所显示的。"㝬"，厉王之名，器铭中厉王称自己"亡□昼夜，经雍先王，用配皇天，簋菁（广侈）朕心，坠于四方"。意思是自己昼夜忙碌，经营先王的事业，上天很保佑自己，让自己心胸很广大，所以权威远达四面八方。西周出土的青铜器物，数以千百，自己做器自我称赞的周王，似乎也只有一个周厉王。自大，就听不进他人意见，手中又是大权在握，一意孤行起来也就自会暴虐伤人。几句铭文与自作器物的表现，有助于理解周厉王所以最终获得一个"厉"字谥号的个人心理原因。

诗篇指桑骂槐地称周王"强御"，与历史记载的厉王时期的事契合；骂周王"掊克"，与历史记载其"专利"一致；骂周王在王国之内"炰烋"，专以"敛怨"即以聚集怨恨为能事，与《国语》所载民众"道路以目"相吻；诗篇还骂周王将"内奰"，即将对内的暴怒凶狠延伸到"鬼方"，即遥远的边地，这也有记载可征。征诸诗篇，有《小雅·大东》篇的"小东大东，杼柚其空"，控诉王朝的"掊克"；征诸史籍，《史记·楚世家》有"及周厉王之时，暴虐，熊渠畏其伐楚，亦去其王"的畏惧；征诸金文，则有《禹鼎》载伐噩（鄂）侯时，厉王所下"勿遗寿幼"的残暴命令。看来诗篇言不虚发，也都是我们相信诗篇创作时间为厉王之世的理由。

诗篇声色俱厉地指责中也流露出鲜明的贵族立场。这主要表现在第四章"无背无侧""无陪无卿"的句子中，周王的众叛亲离，很大程度上是由于贵族的不予合作。诗篇的嗟叹发展到第七章更是明言周王"不用旧""无老成人"。周代封建制，如前所说，就是贵族分权制，表现在王朝政治体制，就是贵族的卿士辅贰制，[①] 高级官府卿士寮（此官府见西周铭文《作册夨令方尊、方彝》）中聚集着宗法制下各大宗族、家族的老少贵族。看那些刻于青铜器上的册封文件，这些老少贵族的家族，一般都始于周初，也有不少始于更早的周文王时期。这些大家族的宗子世代在王朝拥有永久政治股份。

在本书开始时，我们就讲过《周颂·敬之》篇，显示的是辅政大臣对周王所负有的教导之责。就西周中期的文献，见于《逸周书》，有《祭公解》（"清华简"也有此文），是周公的孙子辈的后代、周穆王的祖辈祭公临终教训周穆王的告诫之词，如下面的文字："汝无以嬖御固（字当作疾）庄后，汝无以小谋败大作，汝无以嬖御士疾大夫卿士，汝无以家相乱王室而莫恤其外。"（你不要因女宠而害庄重的王后，不要小不忍乱大谋，不要因男宠而害那些卿士大夫，你不要纵容管家干扰王朝国政，自己却不关心外朝政事。）其言辞的质直剀切，已经实在不是后世臣子言论所能追摹的，而同样见于《逸周书》的西周晚期篇章《芮良夫解》（"清华简"有《芮良夫毖》）记录芮良夫对周王的言词："后（王）作类（善），后；弗类，民不知后，惟其怨。民至兆亿，后一而已。"（王者行善，是王；不行善，民就不承认他是王，对他只有怨恨。民众有千万百万，王只有一个人而已。）更是直切明白，威风凛凛。芮良夫的这番严词，应该是对"专利"的周厉王讲的，道出的是贵族对周王容忍的底线。简单说就是：周王若一意孤行违反包括贵族态度在内的民意，就可以被换掉。

回到《荡》的诗篇，其最后一章说"枝叶未有害，本实先拨"，其实也是在警告周王，他的王朝政治基础已经有崩塌的凶兆。所谓"政治基础"，首先就是贵族的拥护。在上面谈及的《祭公解》中，祭公在教训周穆王时，先说"上天锡（赐）武王时（这）疆土"，接着又说："维我后嗣旁建宗子，丕维之始并（屏）。"意思是：我们这些文王武王的后代在王朝建立的时候，也同时建立起各自的家邦宗族，这是捍卫周王朝的开始。这样的言语，明确显示出贵族在王朝权力中的政治份额。这是西周封建政治与后世的显著不同。由此，才有芮良夫在贵族与王室矛盾剧烈的时候，说出那番"后作类，后"

①　关于西周政治的贵族"辅贰制"，徐鸿修在其《周代贵族专制政体中的原始民主遗存》一文中有较详细的论述。该文收入徐鸿修：《先秦史论集》，86～100 页，济南，山东大学出版社，2002。

的严厉的言辞。芮良夫还说到"民至兆亿",显然他自居为这"兆亿"人民心声的表达者。他这样说,不能算他假传民意。因为,周厉王的专利既伤害贵族又伤害一般民众,所以这时的贵族是可以与普通民众站在一起的。就是说,芮良夫的"民不知后"的言辞,传达的的确是当时的世道人心。

下面来谈谈诗篇"谲谏"的言说方式与观念表达的关系。

诗篇还有两点值得注意的地方:一是诗篇传达的天命观念,二是结尾处的"殷鉴不远,在夏后之世"两句的"殷鉴"意识,两者关系密切。诗篇开首一句就是"荡荡上帝,下民之辟",这两句郑重承认,上天是"下民"的最高主宰者。继而又是两句:"疾威上帝,其命多辟",是说,发怒的上帝,是要变化("多辟"之"辟"即"变化"之义)其"命"的,上天原先从殷商人头上拿走那个"命"转交给周人,周王朝得以建立;现在,"上帝"又要将大"命"拿走,周王朝就要完了。有了这样两句,诗人接着才有下面的感慨:"天生烝民,其命匪谌。靡不有初,鲜克有终。"所有生民都是上天所生,都会得到上天眷顾,因而上天不会专门挑选谁来保佑,可惜很多人不理解这一点,得志建立了王朝的人群,也会因为有始无终而丢失天降的大命。

这样的意思,正是西周天命观念的内涵。所谓"皇天无亲,惟德是辅",周人宣称,上天生养了万民,却不能亲自治理,必须选择人间的代理。哪个人群的首领有德行,上天就把管理天下万民的大任交给他,这就叫做"配命",即配合上天大命治天下,亦即代替上天治理万民。这样的观念,诞生于西周克商后的一段时期,原本是西周建立后一段时间,说服当时天下的众多人群、特别是殷商遗民群体归服于周王朝的观念依据,也是周王朝为自己政权建立合法性的依据。《尚书》许多西周早期的篇章都反复强调这一点;在《诗经》,则有《大雅·文王》篇的用天命变化来说服殷商遗民。然而,现在,由《大雅·荡》篇可以看到,说明西周建立合法性的"天命"的理据,却变成了贵族诗人抨击王朝政治现实的鞭子,原本天命观念与王朝的确立为一体,现在则变成评判王政的标尺。而且,这样的鞭子、标尺,是操在贵族诗人之手的,正施加在那位狂妄自大自以为得到天命护佑的周厉王身上。这实在是一个重大的变化。

这里的关键是"天命"不再是王朝合法性的论据与修辞,而变成了贵族诗人评价现实的语法,它与王朝分离,变成了王朝政治的硬刺。在这种转变中，还出现了一个有趣的现象，那就是诗篇第二章"天降滔德，女兴是力"所表达的，意思是：上天降下傲慢德性给周王，而不明就里的周王却全力以赴，沿着那"滔德"的方向孜孜然以为恶。这样的意思可以用"天道即诡道"来概括，到春秋时期颇为流行，与后来所谓"天若要谁灭亡，必先令其疯狂"的意思十分相类。历来都说从西周晚期天命观念信仰开始动摇，其实不然，人们并没有断然排开"天命"，而是变化地理解它、使用它。诗篇提出"天降滔德"的问题，目的还是警醒周王。天命开始因为周王朝政治败坏而不再护佑之，才是诗篇最大的忧虑，也是诗篇对暴虐王政最强的警告。

说到这里，诗篇所以采取"托言"即以周文王出场谴责殷商政治的形式，即上面所言"谲谏"的方式的另一层原因，就可以明晓了。这样做，是要突出天命观念下的"殷鉴"意识，也就是诗篇那警策而郑重的结尾句："殷鉴不远，在夏后之世。"需要说明的是，这样的观念，不是诗篇首创的，在记录周初政治家言论的《尚书·召诰》中，就有"我不可不监于夏，亦不可不监于有殷"的说法。然而《召诰》还是对未来的忧患，在诗篇，将早期的忧患重新提出，就是要警醒王者，当初的忧患正在变成现实。现实的政治局面，就像当年周文王抨击商纣王一样危险严峻。这明显是"用典"，在修辞手法上也创下先例。

二、贵族救败的诗篇

贵族的政治权势，在驱逐了周厉王后达到高潮，于是有贵族的"共和"。这样的高潮势头还要延续相当长一段时间，厉王、"共和"之后为宣王时期，当然也是贵族权势的高峰时期。贵族阶层因与王室在利益上冲突，可以将周王驱逐，然而，他们可不想王朝覆灭，因为王朝覆灭了，他们这些大的家族、宗族也会变成覆巢之卵。所以，贵族们在政治得势的历史时刻，开始挽救危败的王朝政局。《大雅·民劳》这首诗，就出现在这样的历史情况下。诗篇如下：

1

民亦劳止，汔可小康。　　　　　劳：疲惫。止：语气词。汔（qì）：祈，求。小康：稍微安定的生活。

惠此中国，以绥四方。　　　　中国：这个词出现于西周早期，指的是
王朝首都雒邑（今洛阳地区），在这里
应该指王朝直属的政治区域，所以，
与"四方"相对而言。绥：安定。

无纵诡随，以谨无良。　　　　诡随：谲诈欺谩。谨：小心，警惕。

式遏寇虐，憯不畏明。　　　　式：结构助词，含有"应当"的意思。
憯（cǎn）不：曾不，一点也不。"曾"字
假借。

柔远能迩，以定我王。　　　　柔：安抚，即怀柔、安定。
能：读如宁，与柔同义。迩：近。

此章言民众已经苦痛至深，社会中奸邪现象严重，大臣应安顿王
朝，继而平抚四方。

2

民亦劳止，汔可小休。　　　　休：休养生息。

惠此中国，以为民逑。　　　　逑：法度。字通"㐀"。

无纵诡随，以谨惽恘。　　　　惽恘（náo）：扰乱社会秩序的行为。

式遏寇虐，无俾民忧。　　　　俾：使，令。

无弃尔劳，以为王休。　　　　休：美。

此章鼓励大臣努力。

3

民亦劳止，汔可小息。

惠此京师，以绥四国。

无纵诡随，以谨罔极。　　　　罔极：违背原则之事。

式遏寇虐，无俾作慝。　　　　慝（tè）：奸邪。

敬慎威仪，以近有德。

此章言大臣应该谨慎涵养自己的威仪。

4

民亦劳止，汔可小愒。　　　　愒（qì）：休息。

惠此中国，俾民忧泄。

无纵诡随，以谨丑厉。　　丑厉：丑恶凶残之事。

式遏寇虐，无俾正败。　　正：政。

戎虽小子，而式弘大。　　戎：汝，你。小子：年轻的贵族官僚。

　　　　　　　　　　　　式：责任。

此章鼓励朝中年轻后进，言其任重道远。

5

民亦劳止，汔可小安。

惠此中国，国无有残。

无纵诡随，以谨缱绻。　　缱绻：纠缠，反复不定。

式遏寇虐，无俾正反。

王欲玉女，是用大谏。　　玉女：玉汝，造就你。谏：陈诚，教训。

此章点明诗篇作意。

东汉后期的大儒郑玄作《诗谱》，《民劳》这首诗就被"谱"在"变雅"之首。诗篇风格凝重，语气谆谆，是一位有经验的老臣对臣僚的忠告。安定"中国"即安定王朝直属区域进而安顿四方各地；消除朝中各种邪恶，以整顿王朝政治。这些都是秉持朝局经验丰富的老臣的口吻；每章结束时的告诫，则明显是对臣僚、特别是那些新进臣僚的提点与鼓励。诗篇最后两句，交代了诗篇最早的用处，那就是教训在朝的后辈。贵族政治的特点是讲究家族门第，也讲究年辈资历，这首诗就是资格老的大臣训教资历尚浅的参政者的篇章。像"戎虽小子，而式弘大"，"敬慎威仪，以近有德"之类的句子，都显示出教训的口吻。这样的情况也出现在上引《大雅·板》中，如"老夫灌灌，小子蹻蹻"的句子等。所以，诗篇的"大谏"之"谏"不一定非指下级对上级不可。

诗篇的主旨则在每一章的开始句，即"民亦劳止，汔可小康"，是朝政的当务之急。这是关乎主旨的两句，透露出的"潜台词"也是清楚的。其一，是民众在政治煎熬之下，已经很疲惫，很痛苦；而且，天下四方也不安宁。其二，终于到了可以令民众休养生息的时候了。有了这两点，就可以判断诗的年代。

古代学者相信，诗篇的作者为西周晚期大臣召穆公，例如《毛诗序》就说："《民劳》，召穆公刺厉王也。"就其所言时间而言，大体是可信的。说"大体可信"是说诗篇确实是西周晚期之作，然而此说也有问题，问题就在"刺厉王"这点上。根据就在上述所言诗篇提供的第二点信息，即明示：民众煎熬许久终于有了苏息的机会。据此，诗篇准确的时间应该在集权专利的周厉王被驱逐、周宣王继位之初，除此没有别的更合适的时间点。也就是说，这首诗篇的时间应该比《大雅·荡》要晚一点，在厉王被驱逐之后、宣王即位之初。

这就说到厉王被逐和宣王继位之事。《史记·周本纪》说厉王被驱逐后有十四年是"召公、周公二相行政，号曰'共和'"。① 诗篇言"柔远能迩，以定我王"，分明是天下曾乱，需要大家（当然是指大臣了）同心协力，安定"我王"。这个"我王"若是指周厉王，就很难讲通。这一点还需要多说几句，《国语》《史记》都说周厉王"专利"，所谓"专利"，其实就是加强王室的财政收入，实施各种经济压榨政策。前面我们已经看到周厉王时期战事严重，财政负担沉重是一定的。另外，随着不断地对贵族的"封建"，其财富收入的来源范围也会日益减缩。一般的经济压榨，都不外是增加或变相增加各种税收，这对普通小民是灾难，对大小贵族也会很不利，所以那个日益强大的贵族阶层也一定不会喜欢倒霉的周厉王。史称驱逐厉王的事件为"国人暴动"，那个"国人"概念之所含，本来就不仅指一般平头百姓，考察《左传》中的"国人"一词，是可以包含贵族在内的。② 就是说，驱逐周厉王的力量，是含有那些封建制最大获益者贵族阶层的推力在内的。这正是笔者所说《民劳》中的"我王"不可能指周厉王的原因，因为贵族和众多贵族大臣不喜欢他。相反，贵族联合行政十四年后，周厉王亡故，那位被贵族扶上台的周宣王即位后，大臣呼吁同僚"柔远能迩"安定新王政局，却十分合乎当时具体的历史情境。

那么，诗篇的作者是否如《毛诗序》所说，就是召穆公呢？很有可能。

---

① 关于"共和"，古本《竹书记年》还有另外的说法，即"共伯和干王位"。两说矛盾，孰是孰非，至今未有定论。然而，即便是共伯和一时间得到了王位，应该理解为贵族势力高涨的结果，而且，"干王位"的共伯和，也应该与其他贵族联手才行。

② 这一点，可参拙作《先秦文化史讲义》（北京：中华书局 2008 年，116～142 页）中关于"国人"的讨论。

虽然诗篇本身并无任何召穆公的踪迹，可是古代的说法还是很难推翻。因为文献显示召穆公确是当时最重要的大臣，与诗篇所显示的朝廷重臣的口吻是吻合的。就是说，若将诗篇确定在厉王、宣王两朝更替之际，那么诗篇为召穆公所作的可能性就非常大。前面说过，这位召穆公就是《大雅·江汉》篇的召伯虎，西周后期铜器铭文，也颇有几件是记载这位召公及其家族之事的，权势十分显赫。更重要的文献是《国语·周语上》关于召穆公与厉宣两王的关系。《国语》中有大家都熟悉的"召穆公谏厉王弭谤"的记载，那是他曾与厉王抗争的记录。另外《国语》中还记载说：厉王被驱逐时："宣王在邵公之宫，国人围之，邵公曰：'昔吾骤谏王，王不从，是以及此难。今杀王子，王其以我为怼而怒乎！夫事君者险而不怼，怨而不怒，况事王乎？'乃以其子代宣王，宣王长而立之。"表明厉王被驱时周宣王还小，寄身召穆公之家，愤怒的国人要杀宣王，召穆公还李代桃僵地献出自己的儿子。最终，召穆公辅佐宣王。这段记载，无论其是否全部真实，召穆公与宣王关系十分特殊应是可以肯定的。这也是古人相信《民劳》为召穆公作之说的合理性所在。

召穆公的九代祖是西周初期的召康公，也就是召公奭。他曾辅佐武王、成王，《尚书》西周早期的篇章对其言行多有记录。从召康公到召穆公，已经有九代之多。后来儒家文献有所谓："君子之泽，五世而斩。"可是，这是就家族内部的权力继承而言，从那些大家族、大宗与王朝权力的关系上说，"五世"的说法是无效的。即以召公家族而言，到召穆公已经九代，后来在《左传》中，召穆公的后代还继续在朝中为重要的公卿。而这样悠久的家族，还有周公、单公、毛公、荣公等多家。这就是封建制、宗法制下的家族权力延续的特点，那些周文王、武王的后代，那些在王朝创立之初建立了功勋的家族，会长期甚至可以说是永久地在王朝政治权益中占据份额。这就是贵族政治的特点。其中也不排除一些家族因重大的政治挫折而中断，某些家族在某个历史时期在朝政中不甚显赫，也是有的，然而，这并不影响整个贵族阶层家族权力的延续。这就是为什么西周晚期贵族势力强盛的基本原因。他们不断在王朝中掌权，也就有不断立功、接受封建赏赐的机会，他们也会不断分化出许多的小宗族、小家族，但整个家族的宗族势力却是不断滋长膨胀的。召公家族就是这其中最典型的例子。

然而，召穆公和他那样的贵族阶层，能否从根本上挽救王朝的衰败？回答是否定的。因为王朝的衰败，大程度上是封建制自身矛盾发展的结果，势力日积月累的贵族之家，正与王朝日益衰败相生相伴。现在既然贵族已经可以做到驱逐在位之王，即表明贵族势力的鼎盛，王朝的不振就是无可挽回的。此外，从诗篇中还可以读到，在召穆公富于经验的言语中，从他的"惠此中国，以绥四方"及"无从诡随，以谨无良""以谨罔极"等言语中，可以看出他对政治衰败的理解是表面的，即认为王朝的衰败源于出了坏人坏事；与此相应，诗篇提出的策略也只不过是警惕防范这些坏人坏事，以为如此即可挽救王朝危局。验诸当时的历史情状，不能说贵族辅佐下的宣王朝一无所为，宣王初期的一些对外征战，如对北方猃狁、对东南淮夷人群的镇压，是都取得了一些成效的。所以能如此，是因为入侵的猃狁和反抗的淮夷，是全社会上下各阶层共同的患难，可以调动起有效的力量予以反击。至于内政、至于社会其他方面的改造，从陈述贵族大策的《大雅·民劳》篇，是看不出任何眉目的。从其他同时期的文献，也看不到眉目。这不是宣王无所作为，而是贵族政治的不可能有所作为。所以，在厉王被贵族联合其他社会势力驱逐短短十四年后，宣王又被扶立，王朝的架子又被树起来。很明显，贵族的"共和"政治，难以为继。其中的原因很值得深究。然而这里要说的是，宣王之立，并不意味着贵族势力消退，因为《诗经》此期篇章显示得十分清楚，贵族势力仍然主宰着王朝。他们以为王朝的衰败在于出了坏人，并且以维系"治安"的思路拯救王政的衰亡，显示出巨大的局限，而他们的思路，又成为后世许多政治救败者的习惯逻辑。这也是《民劳》这首诗"不朽"的地方吧。

三、诗篇中贵族的显赫

除了上述的芮良夫、召穆公和尹吉甫等，西周晚期特别是宣王时期的诗篇中还显露出更多的贵族身影。例如《大雅·韩奕》篇，写的是封建在今北京一带的韩侯觐见周王之事。就《韩奕》篇所显示的内容，西周曾在燕国的旁边，封建过另一个诸侯韩国，其中心地带可能在北京之南不远河北固安县境内。诗篇第二章：

四牡奕奕，孔修且张。　　　修：长。张：高大健壮。

韩侯入觐，以其介圭，入觐于王。

　　　　　　　　　　　　　觐：朝见。介圭：大圭，长一尺有余。
　　　　　　　　　　　　　两句是说，韩侯在献马的同时，还上
　　　　　　　　　　　　　交了大圭。周制，诸侯新立之君继位
　　　　　　　　　　　　　之际，当向周王交还先君所受介圭，
　　　　　　　　　　　　　并由周王再行颁赐，以示周王对新君
　　　　　　　　　　　　　的承认。

王锡韩侯，淑旂绥章，　　　淑：善，精美。旂：表身份的旗帜。
　　　　　　　　　　　　　绥：文采貌。一说，登车时手执的丝
　　　　　　　　　　　　　织带。章：有花纹的丝织带。

簟茀错衡，玄衮赤舄，　　　簟（diàn）：铺在车上的竹席。茀（fú）：
　　　　　　　　　　　　　车篷。一说，簟茀为防止弓箭松弛的
　　　　　　　　　　　　　弓形器。错衡：饰有花纹（或涂金）的
　　　　　　　　　　　　　车前衡木。玄衮：黑色的绣有龙纹的
　　　　　　　　　　　　　袍服。赤舄（xì）：赤色的木底鞋。

钩膺镂钖，鞹鞃浅幭，鞗革金厄。

　　　　　　　　　　　　　钩膺：马具，即带钩的胸带。镂钖
　　　　　　　　　　　　　（yáng）：马额头上的金属头饰。鞹
　　　　　　　　　　　　　（kuò）鞃（hóng）：古车前横木是衡，衡
　　　　　　　　　　　　　蒙上去毛的皮革，称鞹鞃。浅幭
　　　　　　　　　　　　　（miè）：覆盖在车轼上的短毛虎皮。鞗
　　　　　　　　　　　　　（tiáo）革（lè）：字当作"鞗勒"，革即勒
　　　　　　　　　　　　　之省文，即饰有黄铜的马络头。金厄：
　　　　　　　　　　　　　黄铜雕饰的轭。"厄"即"轭"字之省，
　　　　　　　　　　　　　为驾在马颈上的牵车之具。

　　诗章显示，韩侯来朝见周王是因为老一辈韩侯去世，新的韩侯继位，
朝觐周王是为接受王朝对他的重新册命。《诗经》篇章记载了不少的周礼，
甚至有些记载超出《仪礼》《礼记》的范围。这首诗篇就是一个例子。新任诸

侯朝见周王本是封建的大事，周王及朝廷典礼应该是重点表现的内容，然而，诗篇在表现过周王对韩侯的赏赐之后，还有另外的表现重点，那就是韩侯回程的送别、回程中韩侯娶妻，以及对韩国大地丰饶的赞美。为韩侯送别的是朝中的大臣，请看诗篇第三章：

韩侯出祖，出宿于屠。	祖：祖道，即祭祀路神。
	屠：地名，在今陕西鄠县杜陵。
显父饯之，清酒百壶。	显父：王朝公卿大臣。
	清酒：以水掺兑的薄酒。
其殽维何？炰鳖鲜鱼。	炰：蒸煮。
其蔌维何？维笋及蒲。	蔌：菜蔬之物。笋：芦笋。蒲：香蒲。
其赠维何？乘马路车。	乘（shèng）马：四马为一乘。
	路车：大车，诸侯所乘。
笾豆有且。侯氏燕胥。	且（jū）：众多貌。侯氏：指韩侯。
	燕胥：燕乐。

送别"送"的一方的大臣显父，此人不见于其他文献，其为身份较高的贵族应该是可以肯定的。一首表现诸侯接受新的册封的诗篇，却闪现出许多与册封之事相连的其他事，是晚期诗篇开始发生新变的表现（关于晚期新变，下一章还会讲）。即如此章而言，送别的宴会及宴会的菜肴清酒，成为歌吟的重点。从礼数上说，送别是一种"礼仪"，然而，与王朝的册封相比，这样的礼仪显然要轻得多，生活化得多。或正因如此，周王才不会露面，然而，周王不参加的礼仪，却成为诗篇歌唱的对象，且郑重其事地将送别主礼者即大臣交代出来了。

更明显地显示出贵族身影的诗篇是另一首《大雅》诗，那就是《烝民》篇。诗曰：

1

天生烝民，有物有则。	烝：众。物：有类别的万物。则：法则，规则。两句是说上天生万物，有

类别，也按类赋予相应的法则。

民之秉彝，好是懿德。　　秉彝：保持常性。秉，顺从，保持。
彝，恒常之性。懿：美。两句意思：
天生的众民，本性上就喜好美德。

天监有周，昭假于下。　　监：观察。西周天命观认为，上天始终
在观察着地上政权对民众的好坏。昭
假（gé）：神的灵光照临。西周时固定
语，《诗经》数见，有时表达人向神表
达敬意，有时表达神对人的照顾，总
之不离人神交通之义，字又作昭格、
昭各。格、各：至、到。

保兹天子，生仲山甫。　　兹：此。仲山甫：周宣王时大臣，又称
樊穆仲、樊仲，封地应在今河南济源
市辖区内。《国语·周语上》记载他曾
经数次谏正周宣王。

2

仲山甫之德，柔嘉维则。　　柔嘉：柔和善美。

令仪令色，小心翼翼。　　令：善。

古训是式，威仪是力。　　古训：古老的格言。力：用力，努力。
威仪句意即努力讲究威仪。

天子是若，明命使赋。　　若：顺。赋：布陈。

3

王命仲山甫：式是百辟，　　式：树立法度。百辟：大小诸侯。

缵戎祖考，王躬是保；　　缵：继续。戎：汝。祖考：祖先。

出纳王命，王之喉舌。　　出纳：宣布和接受。

赋政于外，四方爰发。　　爰发：由之而向四方发出。

4

肃肃王命，仲山甫将之。　　将：行。

邦国若否，仲山甫明之。　　若否：是否服从。

既明且哲，以保其身。

夙夜匪解，以事一人。　　一人：指周王。

5

人亦有言，柔则茹之，刚则吐之。　茹：吞吃。

维仲山甫，柔亦不茹，刚亦不吐。

不侮矜寡，不畏强御。　　矜寡：鳏寡，"矜""鳏"可通假。

强御：强横。

6

人亦有言，德輶如毛，民鲜克举之。

輶：轻。輶本义为轻车。

鲜克：很少能。

我仪图之，维仲山甫举之；爱莫助之。

仪图：考察，思量。

衮职有阙，维仲山甫补之。衮：衮衣，绣有卷龙图案的黑色法服，

天子之服。阙：漏洞。

7

仲山甫出祖，四牡业业。　　出祖：行人出门前祭路神的仪式。

业业：强壮貌。

征夫捷捷，每怀靡及。　　每怀：私人情怀。靡及：顾不上。

四牡彭彭，八鸾锵锵。

王命仲山甫，城彼东方。

8

四牡骙骙，八鸾喈喈。

仲山甫徂齐，式遄其归。　　徂：往。齐：齐国。式：表达祈愿的

语助词。遄（chuán）：快速，早点。

吉甫作诵，穆如清风。

仲山甫永怀，以慰其心。　　永怀：长久思绪，即仲山甫的离愁

别绪。

　　这首诗篇，细究其所依附的礼仪，也是一场送别，也就是"出祖"，与前面《大雅·韩奕》篇的"韩侯出祖"相同；另外，在战争题材的《大雅·常

武》中也有"王命卿士，南仲大祖"之句，是说王命身为卿士的大臣南仲，为王朝出师举行祖道之礼。另外，在祭祀后送神的环节也有同样的礼数，见于《大雅·生民》的"取萧祭脂，取羝以軷"两句。两种祖道虽有人神之别，礼数上差别应不是很大，据文献说，都是在出行的路上聚土成丘，燃烧祭品，然后以车压碾而过，以此祈求、祝福路途平安。古语所谓"经礼三百，曲礼三千"。祖道之礼，应该属于"曲礼"，也就是不那么隆重的典礼，近似于风俗。这就是西周晚期一些诗篇与礼仪关系的一个明显特点：一些体式宏人的篇章，往往不是发生在庄严隆重的祭祀或者其他朝政大典上，而是为更接近生活的礼俗而歌唱。《烝民》篇章体式宏大，然而创作只是为了"仲山甫出祖"，即送别祖道的场合。这就是所谓"小礼生大篇"，不那么庄严崇高的、更接近生活习俗的礼仪，成为煌煌诗篇出现的因缘、歌咏的场所。

　　与礼数更接近平凡相伴的，是诗歌内容上自由度的大大增强。即以《烝民》篇而言，作为送别的诗篇，只有最后的"仲山甫徂齐，式遄其归""吉甫作诵……以慰其心"最符合送别的口吻。那么，宏大的诗篇其他又歌唱了什么呢？歌唱的是仲山甫身上的重大职责及诗人在仲山甫身上发现的与其职位相配的高尚德行。

　　强调仲山甫"王躬是保""出纳王命"，称仲山甫既是周王师保，又是大政的主持。表述大臣职责，在晚期之前的诗篇中罕见，不过在西周那些册命之词中还是能找到较早的来历的；至于夸赞仲山甫身上的美好德行，则是晚期诗篇一个十分重要而新奇的现象，有其思想史的价值。何以这样说？这需要回顾一下西周"德"观念的变化历程。

　　西周尚德，自王朝建立开始，就提出了德的观念。然而，西周较早时期的"德"是维护王朝的观念装饰。如前面我们读《大雅·文王》所说，周人宣称自己对待民众善良仁慈，于是上天"乃眷西顾"，将代理上天治理民众的大权，从殷商王朝的手里夺过来，迁移给周家。如此言论下的"德"，是王朝的"德"，是王室的"德"，是王权的合法性所在。到了西周中期，[①] 在《尚书·皋陶谟》中，又提出了"九德"的要求：

----

　　①　关于《尚书·皋陶谟》，过去多以为是春秋战国时期的文献，笔者对西周金文、《诗经》西周篇章等文献，就其语法、语词等方面进行验案，认为此篇文献与《尧典》等一样，都是西周中叶的篇章。

> 皋陶曰："宽而栗，柔而立，愿而恭，乱而敬，扰而毅，直而温，简而廉，刚而塞，强而义。彰厥有常，吉哉。日宣三德，夙夜浚明有家；日严祗敬六德，亮采有邦。翕受敷施，九德咸事；俊乂在官，百僚师师，百工惟时。"

> 大意：皋陶说：宽大而且严整，柔和而又挺拔，忠朴而又恭敬，能干而又谦谨，和顺而又刚毅，正直而又温和，简明而又明辨，刚强而又实在，果敢而又正义。能彰显这些德行，是很吉利的。每天早晚努力奉行其中三德，就能把家族治理得明澈；每日郑重地奉行其中的六德，就能把家邦的事业做好；能把九德合起来普遍施行于政，那样就可做到俊杰在位，各级官员相互取法，各种臣工都能做事得宜了。

这所谓"九德"都是辩证的，宽不能无原则地宽，所以要有一个"栗"（讲原则、有原则即严整）为辅助；柔和不能无限制，所以又讲一个"立"（有所确立，有确立则挺直）……而且，皋陶说，宣明"九德"中的三项，贵族就可以治理好自己的家族事业，宣明其中的六项，就可以做好诸侯国的事业，九德一体皆施，则是帝王统治好天下的根本。很明显的变化是，虽然"九德"的"翕（合）受敷（普）施"是帝王的志业，但"三德""六德"则是指向周王以降的诸侯贵族。德行的范围扩大到大臣。到《大雅·烝民》，德行落在具体一位大臣身上。诗篇赞美仲山甫的"既明且哲，以保其身"，"柔亦不茹，刚亦不吐"和"不侮矜寡，不畏强御"的风调，都是"九德"的实践与落实。在《皋陶谟》中，"九德"还只是做政事的准则与要求，在《烝民》中则显示为一个人的德行实践。简要的勾勒，已经可以看出"德"由对王朝政治合法性的装饰，已经渐渐转变为生活实践的准则。

关于诗篇赞美的仲山甫，《国语·周语上》有记载，是宣王时期的大臣，宣王不尊重鲁国人的意志，擅自为鲁国选立君主，仲山甫在此事上曾批评宣王"行而不顺，民将弃上"；还有，周宣王放弃了古老的籍田典礼而在"大原""料民"，即在大原登记民众数量。仲山甫对此也曾批评。据这些记载，可推测仲山甫为宣王朝中晚期大臣，当权的时间比召穆公等要晚一些。诗篇赞美仲山甫"不畏强御"，观其对周王的谏言，应有其理由。即便如此，仲山甫是否如诗篇所赞颂的那样完美无缺，仍值得怀疑。然而此非此处重点，此处的重点，是诗篇以德行来评价大臣的行为所显示的新现象。在早些时候，我们读到过对周文王的赞美，说他合乎上天的法则。现在则将对德行的要求落到一位贵族大臣身上，应该与贵族势力的高涨有关。这样说，并不是说这样的转变就全无价值。其价值在于，较早时期人们称颂的周文王是"在帝左右"的神，然而现在，德行的原则体现在一位活着的人身上，显示出人向人学习的新倾向。这样的倾向，与诗篇歌唱的场合，由庄严的典礼向更近风俗的礼仪转变是一致的，显示的都是西周晚期社会情调的变迁。

在前面讲《大雅·荡》篇的时候，我们读到西周天命观念已经变为贵族批评王政的标尺，现在天意所钟的德行，也已变为呈现在一个在世的贵族大臣的身上。两样的变化，各有不同，但都是西周后期精神变化的显示，是很值得思想史家们重视的。

与此同时，另一个新的变化也出现了，这个变化，对中国古典文学而言，意义重大，那就是"诗人"的横空出世。

第十三章 "诗人"出世与诗风的新变

上一章结尾，我们看到了一个十分新鲜的现象，那就是诗篇最后一章的"吉甫作诵，穆如清风。仲山甫永怀，以慰其心"句，居然自报家门交代诗篇作者。现在，我们就先来谈谈这一重要的新情况。

一、"诗人"的出世

原始歌舞艺术的发达，早于单独诗篇的歌吟，而诗篇的出现又先于"诗人"的出现。① 什么意思呢？在本书的第二章里，我们读过周初的《大武》乐章，也讲到在诗乐舞三者合一的综合艺术中，诗篇因其"歌以发德"的画龙点睛的作用才被人记住并传承。《大武》之前，还有所谓"六代之乐"，它们的歌词，都被遗忘了。这就是所谓原始歌舞艺术的发达早于单独诗篇的理由。那么，又何以说诗篇的出现，早于"诗人"呢？难道那些在诗乐舞中被歌吟的诗篇，不是人写作的吗？难道写作了吟唱诗篇的人，不可以称为"诗人"吗？这里所说的"诗人"，是指那些在诗篇中有意识地被标明了的作者。那么，标不标作者有那么大分别吗？有。标出作者，起码表明这样一种情况：能作诗篇是一种荣耀。如此，作诗就可以变成一种追求。有了这样的新追求，古老漫长的诗歌历史，就结束了漫长的诗篇制作无主名的状态，

---

① "诗人"这个词的出现远比"诗"要晚，检索儒家经典"十三经"，未见此词；到《楚辞·九辩》才有"窃慕诗人之遗风兮，愿托志乎素餐"之句，出现"诗人"一词。后来汉代杨雄《法言·吾子》篇有"诗人之赋丽以则，辞人之赋丽以淫"之说，所言"诗人"与"辞人"相对，意思应该指的就是《诗经》的作者。

就可以摆脱无个性化的抒情而进入"诗人"的时代。①

那么，诗篇标明诗人，是从什么时候开始的？回答是：在西周晚期。实际在上一章谈《大雅·烝民》篇时，我们已经看到"吉甫作诵，穆如清风"这样标出作者的句子了。除了《大雅·烝民》之外，西周晚期的其他诗篇也有同类现象，如《大雅·崧高》篇的尾章：

> 吉甫作诵，其诗孔硕。　硕：大。
> 其风肆好，以赠申伯。　风：风调，风情。肆好：好。肆，语助词。
> 　　　　　　　　　　　申伯：姜姓诸侯，为周宣王舅父，原为西方诸侯，被宣王移封到今南阳盆地一带，目的是加强王朝南部的势力。诗篇即为此而作。

《小雅·七月》篇赞美尹吉甫说："文武吉甫，万邦为宪。"说他有文有武，尹吉甫能作"穆如清风"的诗篇，看来是其"文"的表现。

又如《小雅·节南山》篇，是抨击导致王政混乱的权臣的，其最后一章高标作者名姓：

> 家父作诵，以究王讻。　家父：人名。究：追究。
> 　　　　　　　　　　　王讻：导致王政凶恶的罪魁。
> 式讹尔心，以畜万邦。　讹：变。畜：养育。

全然一派行不更名、坐不改姓的气度。这首诗因出现了"国既卒斩""乱靡有定"的句子，可知其出现于西周王朝崩溃时，时间要比署名尹吉甫的两首《大雅》诗篇晚。还有一首明言"寺人孟子"的诗是《小雅·巷伯》篇：

> 寺人孟子，作为此诗。　寺人：宦官。

_____

①　这不是说诗篇创作在西周晚期以后就直接进入"有主名"时代。实际后来"国风"时代，诗篇基本还是无主名的。普遍的"有主名"时代，要到汉代才正式到来。这个问题实际颇为复杂、一言难尽。可是《诗经》中已经出现了为诗篇署名即表明作者的现象。

凡百君子，敬而听之。

诗据说是一位称孟子的臣子，因遭谗言将受阉割入宫为宦，所以自称"寺人"，以示愤激。诗篇的创作时间有两说，一说为周厉王时期，一说为周幽王时期。两说究竟哪个更可信，还难以确定，为晚期之作则没有问题。

诗篇中出现有主名的"诗人"现象，是西周礼乐文明两百多年培育的结果。所谓礼乐文明，它的形态，通俗地说就是爱举行典礼、隆重的典礼，还颇有些歌唱。回顾西周礼乐中歌唱诗篇的创制历程，有很长一段时间是"无作者"状态的。不是没有作者，而是不显示作者。有些诗篇，例如周初的《周颂·时迈》篇，《国语·周语上》记载周公之孙祭公谋父称该篇为"周文公之诗"，可是那诗篇本身并无显示，就是说，诗篇创作的当初，并没有向世人表明诗篇为谁所作的意愿。祭公称《时迈》系周文公所作，其意也不在宣示周文公的诗才，而是强调诗篇所言道理的权威性。而《时迈》的大义，是强调周家克商胜利，系上天抉择的结果；为此，周王朝的政治也必将遵循上天原则，即"我求懿德，肆于时夏"，将美德政治实行于华夏大地。诗篇实际可以视为周武王朝的开国宣言，不论是谁作的，都宣明的是王朝治国大策，诗篇所发，为王朝的声音。不过，我们由此可以看出，西周时人在口称"诗"的文句时，"诗"在他们的心目中是具有"生活法典"的意义的；祭公称举"周文公之诗"，实在含有诗篇所言法典系"周文公"确定之意。

可以这样说，西周的诗篇若只是宣明王朝政治大则大法，或者只是隆重祭祀的乐章，就永远不可能出现"诗人"这一文化上的特定人格称号。西周早期《时迈》篇如此，同时期的《大武》乐章中的诗篇，也是如此；《周颂》那些祭祀文王等的尊神乐章，以及讲述这些神灵历史业绩的《绵》《皇矣》等大篇，也莫不如此。原因不难理解，他们是王朝的政典，是神灵的颂歌，篇章创制者为谁并不重要。而且，当时负责音乐的官员是"师"，他们擅长音乐，有文献说他们在一些诗篇的形成工序中能"比其音律"，[①] 所以，这类

① 班固《汉书·食货志》说："孟春之月，群居者将散，行人振木铎徇于路以采诗，献之大师，比其音律，以闻于天子。故曰王者不窥牖户而知天下。"所谓"大师"即"师"这类乐官的高身份者，他们一般为盲目者，而《左传》《国语》等文献对擅长音乐的"师"多有记载，例如晋国的师旷、鲁国的师己等。

被称为"师"的人与早期诗篇的写制关系密切。《礼记·文王世子》："礼在瞽宗。"《礼记·明堂位》又说："瞽宗，殷学也。"而所谓"瞽宗"，应该是这些"师"的官方机构；而"殷学"之说，又使我们想到前面（本书第二章）讲过的来自殷遗民的那些在周家辟雍中"于论钟鼓"的"有瞽"之人。还有一点也可以显示"师"的身份，那就是，看《左传》等文献，说到"师某某"，无一不是失明盲目者。这使他们又与"儒"有别。"儒"起于西周时期的相礼者，从殷商遗民中出身的也不少，然而他们作为"相礼"者是视力正常者。然而"师"与"儒"连得很紧，地位相近，所以到后来儒家出现，其祖帅孔夫子那样关切"诗三百"，是颇有其身份上的缘由的。总之，较早时期献给崇高的祖先的诗篇，很可能与一些地位并不高的特殊专业人士有关。而且，他们作为"礼乐"的实际制作者，是以"礼""礼仪"或者说"礼乐"中的舞乐为单元，而不是以诗篇为单元的。这应该也是"诗人"所以在很长时间内不彰的原因。

"诗人"出现的契机，看来须有以下两种条件：其一，诗篇须在工具性地表达治国典则和虔诚敬神意思之外显示出更多的趣味；其二，诗篇的写制者不能总是那些身份不高的专业人员。然而，说到底两条只一点："诗人"出现的真正契机，必须是诗篇写制达到相当的审美高度，有了更多、更丰富的审美趣味，才会引发人的写制兴趣，才会引来写制者身份的变化。早期的诗篇凝重，如《大武》乐章的几首诗篇，短小、凝重，在整个的乐舞中画龙点睛的作用明显，然而，若将三首诗当作单独的"诗篇"来赏读，就未免感到晦涩、诗意不足。可是，《诗经》中篇章并没有停滞在这样的凝重上，在后来祭祀文王的篇章，特别是那些与祭祀文王等祖先有关的叙事性讲古的篇章，如讲述太王、王季和文王开辟岐山的大业篇章，讲述周文王家庭的篇章，讲述周人始祖后稷神奇诞生和不教而能稼穑的天赋及远祖公刘率众迁豳的诸大篇章，就是"声色大开"的诗篇，其中许多的片段不乏诗意。如下列的段落：

> 捄之陾陾，度之薨薨，筑之登登，削屡冯冯。百堵皆兴，鼛鼓弗胜。
>
> 乃立皋门，皋门有伉。乃立应门，应门将将。乃立冢土，戎丑攸行。
>
> ——《大雅·绵》

作之屏之，其菑其翳。修之平之，其灌其栵。启之辟之，其柽其
椐。攘之剔之，其檿其柘。

……帝省其山，柞棫斯拔，松柏斯兑。 ——《大雅·皇矣》

诞实匍匐，克岐克嶷。以就口食。蓺（艺）之荏菽，荏菽旆旆。禾
役穟穟，麻麦幪幪，瓜瓞唪唪。 ——《大雅·生民》

瞻彼溥原，乃陟南冈。乃觏于京，京师之野。于时处处，于时庐
旅，于时言言，于时语语。 ——《大雅·公刘》

用连续的象声词形容岐山之下建立都邑的劳作场景、建筑的种类；用
连续的排比句形容开荒的过程，特别是"柞棫斯拔，松柏斯兑"两句展现的
是经过艰辛开辟后岐山大路的通畅，实令人读之畅然。表现始祖天生的知
觉，描述始祖种植庄稼的生长，用"言言""语语"的场景表述公刘迁豳之后
人民的安居，都表现出盎然的趣味，是诗篇审美内涵增加的结果。诗篇的
写作，某些个性的内容也开始崭露。看"乃立皋门"和"作之屏之"两段，有
理由相信，《绵》和《皇矣》同出一人或同一合作的小群体之手，因为两段诗
行确实显露出一些属于"作家风格"之类的东西。这正是诗篇写制即将显露
作者最直接的原因。

在另外一首《大雅·卷阿》篇中，也可以发现同样的文学趣味内涵。诗
篇表现周王在祭祖之余，登上岐山附近的山角惬意地游憩。从诗篇题材上
说，这本身就是一种新变：诗篇在表现王朝政治宗教的大典之外，也把关
注的视点转向了人。尽管表现的是尊贵的周王，可是，这是一种开始，到
后期则将诗篇视角转向贵族如仲山甫，再到"国风"时代又将关注点转移到
一般男女，这是一个过程，这个过程的起点就在《卷阿》篇的表现周王。

诗篇是这样的：

1

有卷者阿，飘风自南。　　卷：曲折。阿：山陵，山角。卷阿犹言
　　　　　　　　　　　　山陵环抱，其地在今陕西岐山县西北二
　　　　　　　　　　　　十里岐山之麓，这里有姜嫄庙、周公
　　　　　　　　　　　　祠、润德泉等。飘风：阵风。

岂弟君子，来游来歌，以矢其音。

> 君子：此处指周王。矢：陈。音：歌声。
> 三句是说，君王来卷阿游览歌唱，所以
> 诗人陈辞歌声。

2

伴奂尔游矣，优游尔休矣。

> 伴奂：盘桓。尔：指周王。优游：悠闲
> 自在。

岂弟君子，俾尔弥尔性，似先公酋矣。

> 弥尔性：长命百岁的意思。王国维《与
> 友人论诗书中成语书二》："弥性即弥
> 生，犹言永命矣。"王国维所引金文出自
> 《龙娕敦》（今称《蔡娕簋》），为西周中期
> 偏晚时器铭。又《史墙盘》有"黄耇、弥
> 生"句。据研究，金文有此语，不早于
> 西周中期，是判断诗篇年代的标志之
> 一。似：嗣，继承。先公：西周建立之
> 前的先公先王，如古公亶父等。他们称
> 王，是后来追封的。此句明确表示，诗
> 篇与周王岐山祭祀先公有关。酋：谋
> 略，有谋略。酋即"猷"。

3

尔土宇畈章，亦孔之厚矣。

> 土宇：即土地、疆界，犹言国家、天下。
> 畈(bǎn)章：版图。版以登记人丁户口，
> 图以载山川地域。厚：富厚，广大。

岂弟君子，俾尔弥尔性，百神尔主矣。

> 百神：各种神灵。《礼记·祭法》："有天
> 下者祭百神。"主百神，是诗篇中君子为
> 周王的显证。主：主祭。

4

尔受命长矣，莼禄尔康矣。

> 受命：受上天之命。莼禄：福禄。

岂弟君子，俾尔弥尔性，纯嘏尔常矣。

> 纯嘏（gǔ）：大福。纯，大。嘏，福。
> 常：长久。

5

有冯有翼，有孝有德，以引以翼。

> 冯（píng）、翼：精力充沛、仪态盛壮的
> 样子。两字常连用，为复合词。孝、德：
> 美德，善德。引、翼：在前为引，左右
> 为翼。形容前呼后拥的样子。

岂弟君子，四方为则。

6

颙颙卬卬，如圭如璋，令闻令望。

> 颙（yōng）颙：魁梧高大。头大为颙，此
> 处用引申义。卬（áng）卬：气宇轩昂貌。
> 令闻：好名声。令望：美誉。

岂弟君子，四方为纲。

7

凤凰于飞，翙翙其羽，亦集爰止。

> 翙（huì）翙：翅膀扇动发出的声响。亦、
> 爰：语词。集、止：落，栖息。

蔼蔼王多吉士，维君子使，媚于天子。

> 蔼蔼：平易和气。词法与金文穆穆王同
> 例。一说，盛多貌，形容吉士。吉士：
> 美士。下文"吉人"同。使：驱使。媚：
> 爱戴，顺从。一说，爱，为君子所爱。

8

凤凰于飞，翙翙其羽，亦傅于天。

傅：附，至。

蔼蔼王多吉人，维君子命，媚于庶人。

庶人：民众。

9

凤凰鸣矣，于彼高冈。

梧桐生矣，于彼朝阳。

菶菶萋萋，雍雍喈喈。　　菶（běng）菶：茂盛的样子。雍雍句：形容凤凰鸣声的和谐，都是状声词。

10

君子之车，既庶且多。

君子之马，既闲且驰。　　闲：训练有素。

矢诗不多，维以遂歌。　　遂：达致心愿。两句是说，我的诗虽然不长不多，却表达的是真诚颂扬之意。

　　论登高游憩抒怀，此诗可算古代最早之作。诗开篇，就是阵阵山风吹拂，吹拂到周王面前。接着就交代诗篇之作是为"君子来游"而献歌。如此的光景描述是新颖的，制作诗篇用于敬献周王，这也是新颖的，都显示出诗篇用处的新变。用处变化了，诗篇的笔触也在变化。接着而来的是诗篇对周王的赞美与祝福，也算得上谀颂文学的祖构。尽管如此，其新变所具有的文学史意义仍然不可忽视。传说周文王"受命于天"的时候，岐山之上飞来许多凤凰，有意思的是诗篇后半部分将"凤鸣岐山"这段象征周家昌盛的征兆，与眼前周王"颙颙卬卬，如圭如璋"的好风度相联系，[①] 渲染的是一派升腾的祥和如意的画面，颇富于诗情。这是一种自由想象的结果，将眼前周王的"来游来歌"的实景与一段神圣的传说相联系，营造一种颂扬所需要的境地，是诗性的，是文学趣味增加的生动表现。也就是在这首诗篇中，最早出现了"矢诗不多，维以遂歌"的属于诗人自我表白的句子，其口气颇

---

　　① 《国语·周语上》："周之兴也，鸑鷟鸣于岐山。"鸑鷟即凤凰，周人以之为莫大之祥瑞。20世纪在岐山一带发现过周人甲骨，上有"见（现）凤""巳（祀）凤"之语。参考一些西周中期青铜器物上的长冠大尾的飞鸟图像，很有可能周人眼中的吉祥物就是当时北方稀见的孔雀，因为在有的青铜器鸟纹中，可以清晰见到孔雀羽毛所特有的花翎。

为谦逊，而献歌时自得的意态，还是宛然可鉴的。虽然诗篇到底没有交代具体作者，诗人的影子却已是影影绰绰地浮动于诗篇背后了。

幸运的是，这首诗篇是有相当明确的写制年代证据的。证据就在歌咏凤凰所显示的时尚，征诸青铜器物上花纹的时代变化，这样的时尚就在西周中期。具体说，西周中期穆王前后，器物上出现了许多长冠大尾的大鸟形象；又据这些花纹（如邢季皇卣）判断，所谓凤凰实即北方不常见的孔雀。或许在先周的周文王时期，因气候变化，孔雀在岐山出现，被周人误作凤凰，且被当作周家将兴、文王受命的祥瑞。另一层证据就是诗篇所显示的语词，也明显地带有中期特征。这里要多说几句，《诗经》作品特别是其中的西周篇章断代，有了许多可以依据的金文资料。有一种说法叫做"文学的指纹"，所谓"指纹"指的是任何一种文学文本的语法、语词（实词、虚词）等，都会明显带有时代性和作家个性。就《诗经》而言，验诸西周金文篇章，是可以据一些特定语词的出现年代，来判断其大致所属的时间段落的。即如《卷阿》篇，据其所出现的"弥而生"等语词，是可以判断其为西周中期作品的。实际上，西周中期是一个诗篇创作的高潮，[①] 诗篇在实用的祭祀、典礼用歌的功能之外，诗情画意的内涵大大增加，也是此时期突出的现象。

就在诗篇写制出现这样的新的变化的时候，同时期的《尚书·尧典》郑重提出了"诗言志"的伟大原则：[②]

> 帝曰："夔，命汝典乐，教胄子。直而温，宽而栗，刚而无虐，简而无傲。诗言志，声依咏，律和声；八音克谐，无相夺伦：神人以和。"

> 大意：帝尧说：夔，任命你去负责乐，教贵家子弟。让他们正直而温和，宽和而又敬谨，刚正又不暴虐，简约而不傲慢。诗表达志意，歌唱吟咏诗意，音律节制声调；八音协调，不相扰乱，就可以和谐人神。

---

① 关于西周中期为《诗经》篇章创作高峰期之说，见拙作《诗经的文化精神》（北京：东方出版社，1997年）一书的第六章。后来，笔者又专门对此作探究，成《诗经的创制历程》一书，可参看。

② 关于《尚书·尧典》为西周文献的论证，请参拙作《尧典的写制年代》一文，载《文学遗产》，2014(4)。

"帝"是帝尧，夔是尧舜时期负责教育贵族子弟的官员。古代用鳄鱼皮蒙鼓，夔为乐官的传说很可能就是从这一点生发出来的，因为"夔"也可指鳄鱼。这段文字还强调了诗篇歌咏所具有的"神人以和"的宗教意义，然而，在此之外，"直而温"等句，又是最早的将人品德行与诗歌相联系的说法，是对诗歌所具有的美育价值的洞见。关于这个"诗言志"，有学者依据段玉裁《说文解字注》，将"志"解作"识"（记忆），是不妥当的。诗篇固有记忆的功能，如《大雅》中的《生民》《公刘》《皇矣》等，但除此之外，诗篇还有其艺术的特征，"歌永言，声依永，律和声"的说法，不正肯定的是诗篇的艺术属性吗？要知道在西周提出"诗言志"的时候，相信古人一定能分辨音乐伴奏下"歌永言"的诗篇，与那些重在记住历史言行的"识"一类文本（如《尚书》中那些佶屈聱牙的篇章），在韵律上、情绪表现强弱上的显著区别。"感人心者莫善于乐"，这句话未尝不可以理解为"感人心者莫善于歌永言的诗篇"，前一句话虽属为后儒之言，却很难否认其与《尧典》"诗言志，歌永言"之说的承继关联。从此之后，"诗言志"就成为古典诗歌的开山纲领。

而且，在《尚书》另一篇与《尧典》时代相同的西周文本《皋陶谟》中，① 为了表现尧舜时期的君明臣贤，还特别述说了一段君臣的"赓（接续）歌"（君臣互答唱和）：

> 帝庸作歌，曰："敕天之命，惟时惟几。"乃歌曰："股肱喜哉，元首起哉，百工熙哉。"皋陶拜手稽首，扬言曰："念哉！率作兴事，慎乃宪，钦哉！屡省乃成，钦哉！"乃赓载歌曰："元首明哉，股肱良哉，庶事康哉！"又歌曰："元首丛脞（cuǒ）哉，股肱惰哉，万事堕哉！"帝拜曰：俞，往钦哉！"
>
> 大意：帝舜作歌曰："敬慎天命，做事把握时机。"于是高唱："大臣们欢饮啊，元首奋发，所有官员都和洽啊。"皋陶跪拜叩首，高声说："要经心啊，率领大家做大事。慎重你的法度，敬慎啊！不断反省，才

---

① 这篇文献，在伪古文《尚书》是见于《益稷》篇中的。然而学者研究，《益稷》早已丢失，伪古文《尚书》中的这篇《益稷》是从《皋陶谟》中割裂出来单独成篇的。

能成功，敬慎啊！"于是又接着帝的歌唱道："元首明哲啊，大臣就贤良，百业就兴旺。"又续歌："元首流于琐碎，大臣们就懈怠啊，万事就毁坏啊！"帝舜拜手："嗯，是啊。以后要虔诚谨慎啊！"

把君臣之间的对话简略，把"赓歌"放在一起，就成了如下的诗行：

> 股肱喜哉，元首起哉，百工熙哉。
> 元首明哉，股肱良哉，庶事康哉！
> 元首丛脞哉，股肱惰哉，万事堕哉！

这样的君臣对答，在前面我们见过《周颂》的《敬之》篇；三句为一个意群的情况，在《诗经》中也实不少见。这就是说，这段"赓歌"的记载，很能显示的是西周一些雅颂篇章的创作情形，例如《敬之》，中间可能间杂着对话，现在看到的只是对话去掉后的君臣间对答的诗行。

然而，这里要说的重点是，《尚书·皋陶谟》描述华夏文教昌明尧舜时代的君臣诗句对答，意味着什么。意味着在《皋陶谟》写制时代人们心目中诗篇的歌咏已经十分神圣。尧舜时代，距离西周已经千年以上了，然而，从《尧典》和同时期的《禹贡》等相关文献看，[①] 在西周人心目中，那是一个建立天地秩序、抵御大自然灾难的时代，也是君明臣贤、俊杰在位的非凡时代，一言以蔽，是文教昌明创始的时代。就在这样的崇高时代，在尧舜的庙堂中，君臣就已经可以诗句唱和，诗篇的地位竟是如此的神圣。而且，皋陶的赓续之句，又充满着对君主的告诫，与西周《敬之》的诗篇也是一脉相通的。

将表现大政原则的诗篇，上推到神圣的尧舜时代，其实正是诗篇的写制与歌唱在当时受到尊崇的表征。尧舜时期是否在庙堂上群君赓歌不得而知，但到了西周中期左右，因礼乐而导致的诗篇创作，已经相当引人注目，能写制诗篇已经是一件可以引发社会尊重的雅事。《皋陶谟》的"赓歌"所表

---

① 《尚书·禹贡》篇也是西周中期写制的，近年出现的《遂公盨》高言大禹治水的德行，其中甚至有些语句与《禹贡》的古序一样，更证明了《禹贡》的年代。参拙作《西周礼乐文明的精神建构》（石家庄：河北教育出版社，2013 年，418~425）的相关讨论。

现的正是这样一点。

于是，从中期开始，献给周王的颂扬之诗篇，就知道加一个"矢诗不多，维以遂歌"的结尾了。再过一段时间，"吉甫作诵，穆如清风"的自我良好的标名，① 以及在抗议权贵诗篇中"家父作诵"一类"自报家门"出现，"诗人"终于破天荒地浮出作品的水面。诗篇作者的指名道姓，使社会成员的身份称谓又增添了一个新品，这个新的称谓，就像"君子"表示高贵一样，代表着一种文雅的荣耀。正因其荣耀，所以《诗经》时代的作品署名，又是直接植入作品之中的，显得颇为"急切"。这与后来"诗人时代"的作品又有所不同。后世的诗人，如诗人曹植及后来的李白、杜甫，虽然都以"诗人"的身份著称于世，可他们很少在诗篇中交代作者为谁。所以能如此，是因为"诗人"这种身份已经十分稳定并且影响日益强大，社会对"诗人"的关注更加普遍。后世不用在作品中署名，正是《诗经》诗篇"急切"署名带来的结果。

通观《诗经》从西周早期到晚期的变化，没有早期诗篇在歌舞中"歌以发德"的作用，诗篇就不能在诗乐舞艺术中获得自己不可或缺的地位；没有中期的大兴礼乐，就没有诗篇创作的长足发展；没有后期诗篇在各方面所显现的深度的思考，与艺术上的飞跃，也就没有宣王时"吉甫作诵"这样的现象破茧而出。吉甫这样一个最早的有主名的诗人出现，实际意味的是社会对诗篇的喜爱已成不小的风尚。其风尚的由来，又是因为诗篇在经过数百年间孕育发展后，具有了高度的思想艺术的魅力。

"诗人"标名的划时代的出现，如上所说，是诗篇文学的艺术性亦即审美功能增强所带来的结果。那么，西周晚期诗篇审美性增强又有何等的表现呢？下面就来读一些这方面的诗篇。

---

① 《大雅·烝民》等结尾处的标名现象，还可以做这样的解释：这本是乐工加上去的"乱"词。所谓"乱"在《离骚》的结尾出现，有总括全篇、突出重点之义。《诗经》篇章也有"乱"，见《国语·鲁语下》载闵马夫之言，曰："昔正考父校《商》之名颂十二篇于周太师，以《那》为首，其辑之乱曰：'自古在昔，先民有作。温恭朝夕，执事有恪。'"其所言"乱"即《诗经·商颂·那》篇最后几句。《大雅》称赞尹吉甫诗"穆如清风"，也可能是"乱"，称作者尹吉甫，可能是因为送别的典礼为尹吉甫所主持，送别的乐歌也表达的是尹吉甫对仲山甫的赞颂与惜别，是名义性的归于。然而，果真如此，也不影响这样一点：能赋诗是荣耀的。至于像《小雅·巷伯》言作者为"寺人孟子"，乐工加的可能性就小得多了。

二、拥抱生活的意识

在前一章，笔者说过：西周晚期诗篇，多是"小礼生大篇"。早期中期的诗篇，或以歌舞的方式颂扬周家的天命，或隆重祭祀文王、后稷等先公先王以凝聚社会精神等。题材重大，篇章宏伟。诗篇制作是围绕政教中心转的。可是大约也是从西周中期开始，诗篇关注点，开始向政教中活动的重要人物——如周王——转变，于是在农事诗篇中出现"曾孙来止"的现象，仿佛是诗篇制作者的分神。到晚期，这样的"分神"倾向更为明显。这样的倾向就是"小礼生大篇"。

约略地说，这样的"小礼生大篇"又可以分为两种情况：一种情况，重大的事件，诗篇表现的重点则不在其"大礼"关节，而倾向接近等级较低的礼数。如前面讲到过的《大雅·韩奕》，新一代韩侯入觐，诗篇却用了相当多的篇幅表现大臣显父主持的饯别。又如《小雅·六月》篇结束于尹吉甫的家宴，等等。另一个情况，是一些新的题材出现。例如建筑宫室，就有《小雅·斯干》篇，该篇我们在本书的开始一章讲过了。建筑宫殿等必有其相应的礼仪，且渊源古老。然而，与册封、祭祖及军征、农耕等典礼相比，终为"小礼"，也就是更接近日常生活。礼有圣、俗之分，建筑典礼应属后者。例如《小雅·无羊》篇，是与《斯干》篇相类的诗，写的是王室牧业的丰饶，而且，很有可能是同一诗人所为。诗曰：

1

谁谓尔无羊？三百维群。	三百：极言数量之多，并非实数。
谁谓尔无牛？九十其犉。	犉（chún）：黄牛黑唇为犉。
尔羊来思，其角濈濈。	濈（jǐ）濈：羊角聚集的样子。
尔牛来思，其耳湿湿。	湿湿：牛反刍时带动耳朵微微扇动的样子。

2

或降于阿，或饮于池，或寝或讹。

讹：动。牲畜因蚊虫叮咬，会不时摇头摆尾驱赶之，"讹"即形容这类动作。

尔牧来思，何蓑何笠，或负其餱。

何：荷，披、戴。餱（hóu）：干粮。

三十维物，尔牲则具。

物：以毛色区别牛群。三十维物，即三十头牛为一色。牲：祭祀用的牲口。

3

尔牧来思，以薪以蒸，以雌以雄。

薪、蒸：柴草。雌、雄：指猎物。

尔羊来思，矜矜兢兢，不骞不崩。

矜矜：羊群走路时犹豫停顿的样子。兢兢：急走的样子。骞：缺失，丢失。崩：逃失。

麾之以肱，毕来既升。

麾（huī）：挥动。肱（gōng）：手臂。升：登，即入圈。

4

牧人乃梦，众维鱼矣，旐维旟矣。

梦：做梦。《周礼·占梦》："献吉梦于王。"旐、旟（yú）：两者都是旗帜，用处不同。

大人占之：众维鱼矣，实维丰年；
旐维旟矣，室家溱溱。

溱（zhēn）溱：众多貌。
两句意为：鱼多代表丰饶，旗帜多代表人丁兴旺。

诗从一句"谁谓尔无羊""无牛"的反问开始，飘然而至。反问的句子，语调激扬，流露对牧业兴盛的庆幸与欣喜。"三百""九十"云云，显示王室牛羊的丰饶。接下来就是对牛羊生态动作的刻画，写其角、其耳，笔致是十分精细的，"濈濈"然、"湿湿"然，以表羊角牛耳之动态，还不精细？此外就是画面感强；表牛羊下山坡，低地饮水，表其寝卧、摇头摆尾，表荷襄戴笠的牧人，身背干粮，何等形象；写牧人将羊入圈，"麾之以肱"，何等神气！一个个的画面，是由远而近的，先描摹牛羊在牧的场面，借助的就是"尔羊来思，矜矜兢兢"的入圈光景。画面的线条又是简洁而刚劲的。精细的笔触，显示的是诗人对生活观察的细致，细致的观察和表述中又显示的是对生活的发现，以及与发现并生的热爱。这才是西周晚期诗篇变化最重要的价值。

《毛诗序》言此诗："宣王考牧也。"郑玄《诗笺》补充说："厉王之时，牧人之职废，宣王始兴而复之，至此而成，谓复先王牛羊之数。"所谓"考"就是"成"，"考牧"就是在王室牧业恢复成功之后举行仪式，以示庆祝。郑玄说诗篇作于宣王时是可信的，其言厉王时期牧业荒废，也有道理；其实厉王之乱导致的荒废又何止牧业，牧业只其中之一而已。如此，我们也就可以更好地理解诗篇就"谁谓尔无羊""无牛"反问句的情感内涵了。大乱之后，牧业恢复，其实也是生活得以恢复的标志。反问之中满含的庆幸，是希望的重燃，也是对生活信心的鼓舞。

生活的顿挫可以让人认识生活，发现生活。作为西周晚期诗篇的一部分，宣王时期许多诗篇都带有这样的情感色彩，人们对生存已久的世界，好像有了忽然的新发现，一切的山川大地、花草树木都在诗篇中闪耀出光彩。请看下面《大雅·韩奕》的第五章：

蹶父孔武，靡国不到。	蹶父：下文"韩姞"的父亲，韩侯的岳父，姞姓贵族，周朝姬姓贵族世代与姞姓为姻亲。靡国句：意思是蹶父经多见广，择婿有眼光。
为韩姞相攸，莫如韩乐。	相攸：在此为选择配偶、婆家之意。
孔乐韩土，川泽訏訏，	訏（xū）訏：广大貌。
鲂鱮甫甫，麀鹿噳噳，	甫甫：肥大貌。麀（yōu）：母鹿。噳（yǔ）噳：形容鹿众多貌。
有熊有罴，有猫有虎。	猫、虎：猫可以灭鼠，虎可以消灭野猪，都对农耕有利。
庆既令居，韩姞燕誉。	庆：善。既：其。令居：好的归宿。

两句言韩姞得到好的归宿，是令人庆
幸的。燕誉：燕喜、高兴。

这首诗在前面谈到过，这一章是写韩侯新娶之妻即诗篇所称的韩姞，来到韩邦所见到的富饶山川。前面说过，大约在西周中期的祭祖与农事活动中，诗人已经分出一些心神，来表现正在从事这神事（甚至是活动之余如《卷阿》篇所言）、农事活动中的周王，从而也表现了一些农事即农作物生长的状况，现在，到了宣王时这首诗，就能诗意地审视、由衷地赞美一个邦国的大地山川了。有趣的是诗篇的视点，仿佛于低空飞行的飞机上的航拍。视线是移动的，情景是阔大的，一种"拥抱"生活之感油然而现。诗篇的光景是前所未有的。

这也表现为对一些"风景"之物的颂赞。在前文战争诗篇谈到的《常武》篇中，对周朝军队的描绘有这样的句子："王旅啴啴，如飞如翰。如江如汉，如山之苞。如川之流，绵绵翼翼。不测不克（刻，识别），濯（大）征徐国。"连续的比喻，显示着诗人的才华。这首诗篇的写制时间与《小雅·天保》篇相同，请看《天保》如下的段落：

> 3
> 天保定尔，以莫不兴。
> 如山如阜，如冈如陵；
> 如川之方至，以莫不增。　　方：并列的。
> 6
> 如月之恒，如日之升。　　恒：上弦月，农历初八左右看到的月
> 　　　　　　　　　　　　　相，比喻新继位的周王。
> 如南山之寿，不骞不崩。
> 如松柏之茂，无不尔或承。　　或承：是承，有承。

博喻联翩，才华横溢，与《常武》相似，也与《斯干》篇"如跂斯翼，如矢斯棘"相似；几首诗篇的写制时间相同，或者为一个诗人所作。就是说，到西周晚期，就是一些无主名的诗篇，也可以显出一些属于诗人个性才情方

面的东西，其实就是后来所谓风格；因为风格就是主观才情与客观的时代
精神结合的产物。在时间较早的《大雅》的《绵》和《皇矣》中已经显露出较为
明显的"风格"特征，到晚期则越发明显。更令人感兴趣的是上举诗句群落
中出现的山、阜、冈、陵、日、月、松、柏等诸多意象，它们固然还是作
为喻体出现的，还没有得到更多的正面刻画或描述，然而，这些物象被赋
予的象征性意义是明确的：山陵冈阜代表高大，日月代表上升，松柏代表
历久弥新的生机。当然，山陵等本身就是高大的，日月本就是升腾的，松
柏本就是有生机的，就是说，这些物象出现时，已经不是纯然的自然之物，
就如《皇矣》篇"作之屏之，其菑其翳；修之平之，其灌其栵；启之辟之，其
柽其椐"诸句中那些硬杂山木，只是劳作的对象、自然的植物。山、川、日
月等的"喻体"，与同时期的《小雅·伐木》篇"伐木丁丁，鸟鸣嘤嘤"类似，
不同的是，《伐木》取一副光景为象征，而《天保》则取诸多物象为比喻，这
些物象，每一个都各自显示着生活的理想与追求，都是精神的符号，是意
义的象征。诗固然还没有仔细地刻画它们，可是大自然的身影、风姿，已
经与人的意志辉映为一道道壮观的风景。而且，《天保》选取的喻体，山川、
日月、松柏，都是宏大之物，因而引发的审美感受更偏于庄严，偏于崇高。
这在《诗经》的篇章中也是首次出现的。

　　对生活的发现，还包括对人生哲理的探求。这可以举《小雅·鹤鸣》
为例：

1

鹤鸣于九皋，声闻于野。　　　　　　皋：沼泽中由小高地围成的水
　　　　　　　　　　　　　　　　　泊。九皋言其多，表示其境
　　　　　　　　　　　　　　　　　地的深广。

鱼潜在渊，或在于渚。
乐彼之园，爰有树檀，其下维蓀。　　蓀（tuò）：低矮树木。
他山之石，可以为错。　　　　　　　错：琢玉的石头必取自他山，
　　　　　　　　　　　　　　　　　以其硬度不同。

2

鹤鸣于九皋，声闻于天。

鱼在于渚，或潜在渊。

乐彼之园，爰有树檀，其下维榖。　　榖（gǔ）：楮树，低矮杂木。

他山之石，可以攻玉。

王夫之在其《夕堂永日绪论》中论这首诗篇说："诗全用比体，不道破一句，三百篇中创调也。要以俯仰物理而咏叹之，用见理随物显，惟人所感，皆可类通。"其实就是象征手法，王老先生称之为"创调"是十分正确的。除艺术手法的新颖之外，诗篇所言道理也极富启人神智的意味。从诗所言看，很像是在吟咏一个王家的园林，小小的高地，围绕出的众多泽泊，高大的檀木，低矮的莲榖，还有自在遨游的鱼儿，声彻九霄的仙鹤，等等，偌大的园林内涵不可谓不丰厚。然后，两次出现的"他山"之句，却并不以现有的丰富为满足，而是强调必须吸收、容纳，才可保证生活永有活力。"他山"之句的哲理，就在其开拓胸襟的价值。再大的世界，只要关闭，就会狭隘，就会不足，而依据"鹤鸣"的伟句，将园林之境地，与天地连成一体，妙悟而又深邃，是不可多得的篇章。

说起来，诗篇也是沿着西周中期以来重视个体之德的路数而来，可是，重德而无重德相，而且深化了对"德"的理解，因为心胸广大的德性，才是根本的，它代表的是生机，是无限的可能性。诗人对生活的体味，对人性内在力量的开掘，是前所未有的。

沿着这样的路线前行，诗篇马上会进入抒发个人情感的"国风"时代。

第十四章　乱世的抗议与思考

　　从西周崩溃到王室东迁的一段时间，是《诗经》篇章的政治抒情时代。"两周之际"的诗篇创作，延续的时光总得在半个世纪左右。西周后期贵族势力强盛，《大雅·民劳》等诗篇显示，贵族权贵们还想有所振兴，但最终还是救不了王朝。那时候，有所谓"宣王中兴"，其实"中兴"为时很短，宣王中后期，王政重新陷入困境。周幽王在位时，国家内忧外患严重到了溃烂地步，而幽王宠爱褒姒、废掉原先的太子，更令衰朽不堪的王朝严重分裂，西周迅速地结束了。

　　过去，都以为《诗经·小雅》诗篇的创作，到周幽王时期就完毕了。其实，东周平王时期也有表现衰败的王朝政治的诗篇，其诗就在今天所见的《小雅》中。还有一点很重要，就是在周幽王政权被犬戎攻灭之后，历史上还存在一个"二王并立"时期。所谓"二王并立"是指周幽王死后，他还有一个继任者，被称为"携王"，应该是褒姒一党支持的；与之相对，原被周幽王废掉的太子宜臼即后来的周平王，得到更多诸侯的支持，他没有放弃自己原有的继承权，也立朝为王，称"天王"。两个小朝廷对峙长达十余年，后来周平王一方在晋、鲁等诸侯的拥戴下，克掉了携王一方，"二王并立"结束，王朝历史进入东周时期。关于"二王并立"，最早的记录见古本《竹书纪年》，新近出现的"清华简"也有记载。

　　十余年只是历史一瞬间，却足以形成一个诗篇创作的文学高潮期。《诗经·小雅》中不少抗议的抒情诗篇，就是在这个不很长的时期涌现的。大体汉唐前的经学研究对这段诗篇创作是忽略的。发现这个小小的创作期的，是南宋、元代以降的学者，他们有不少的考证与论究。简而言之，《诗经》创作也在这一时期发生了大的转变：个体抒情时代到来。

现在要讲的诗篇，即文学史一般称为"政治抒情诗"的那些篇章，就多为这一时期的作品。

一、激情的抗议诗篇

今本《诗经·小雅》中，排列靠前的晚期抗议诗篇，是《节南山》。就让我们从这首诗说起。诗曰：

1

节彼南山，维石岩岩。	节：高峻貌。岩岩：岩石堆叠貌。
赫赫师尹，民具尔瞻。	师尹：泛指王朝文武高官。王国维《书作册诗尹氏说》："师、尹乃二官名。非谓尹其氏、师其官也。"瞻：看着。
忧心如惔，不敢戏谈。	惔（tán）：焚烧。戏谈：当儿戏。
国既卒斩，何用不监！	卒斩：斩断。监：鉴，警醒。

2

节彼南山，有实其猗。	实：广大貌。猗：阿，山阿，即高山曲隅之处。
赫赫师尹，不平谓何！	谓何：奈何。
天方荐瘥，丧乱弘多。	荐：重复降下。瘥（cuó）：灾害。
民言无嘉，憯莫惩嗟？	憯（cǎn）：曾。
	憯莫：曾莫，亦即不曾。

3

尹氏大师，维周之氐。	尹氏：官名，即上文的尹。大师：王朝最高军事长官，也是"秉国之均"者。
秉国之均，四方是维。	维：维系。
天子是毗，俾民不迷。	毗（pí）：辅助。俾：使。
不吊昊天，不宜空我师！	不吊：不善。意思是对我们已经没有善意，即失去信任的意思。空：陷入绝境。师：众民。

4

弗躬弗亲，庶民弗信。	弗：不。躬：亲自。信：信任。两句是说不亲自为政，民众不信任政治。

此章无主语，所指为谁有分歧，一说周王，一说师尹。当以后者为是。

弗问弗仕，勿罔君子。	仕：察，理。勿罔：欺骗，迷惑。君子：指周王。
式夷式已，无小人殆。	式：结构助词。有祈愿之意。夷：平心。已：停止作恶。小人：小民。殆：危。无小人殆即不让小民危殆。
琐琐姻亚，则无膴仕。	琐琐：卑琐。姻亚：姻亲。膴（wǔ）仕：肥缺。仕，用。

5

昊天不傭，降此鞠訩。	傭：常。不傭即上天对待周人不像以往的意思。下文"不惠"语义一致。
昊天不惠，降此大戾。	惠：爱。戾：灾难。
君子如届，俾民心阕。	届：至，极，定则。阕：停止，安心。
君子如夷，恶怒是违。	夷：平安。恶怒：忿争之情。违：去，消除。

6

不吊昊天，乱靡有定。	
式月斯生，俾民不宁。	式：语词。
忧心如醒，谁秉国成？	醒（chéng）：醉酒脸红。国成：国政。
不自为政，卒劳百姓。	卒劳：苦害。卒，"瘁"字假借。

7

驾彼四牡，四牡项领。	项领：马颈肥大。项，大。领，颈。马长时间不动，则颈变肥大，隐含马主人久不见用之义。
我瞻四方，蹙蹙靡所骋。	蹙（cù）蹙：狭窄貌。隐言国家到处祸乱不宁，无处可去。

8

方茂尔恶，相尔矛矣。　　　茂：勉，用力。相：视。相尔予矣即操
　　　　　　　　　　　　　　　戈相斗的意思。

既夷既怿，如相酬矣。　　　夷：喜悦。怿（yì）：高兴。酬：相互敬
　　　　　　　　　　　　　　　酒，交欢的意思。四句言反复无常。

9

昊天不平，我王不宁。

不惩其心，覆怨其正。　　　覆：反而。正：正确的。

10

家父作诵，以究王讻。　　　家父：人名，诗篇的作者。《小雅·十
　　　　　　　　　　　　　　　月之交》有"家伯"，似与此家父为同
　　　　　　　　　　　　　　　一人。

式讹尔心，以畜万邦。　　　讹：变。畜：养育，在此有挽救、延
　　　　　　　　　　　　　　　续的意思。

诗共十章，较长。如前所说，作者行不更名、坐不改姓，一上来就把抨击的矛头，直接指向"赫赫师尹"，即当局最高官员，气概堂堂然、凛凛然不可犯。诗篇警告师尹之流，他们秉政不良，危害的是王朝国民，并指责他们任用小人，政局黑暗。小人得势的具体表现，就是任用姻亲，搞裙带关系，卑琐之辈得到肥缺高位，朝廷便像一堆垃圾场。朝政被邪恶渣滓之辈盘踞，几乎是后来所有末世王朝的痼疾。照篇中"四牡项领"的句子看，作者应该是朝政中的失意者，就是说也是一位贵族诗人。诗篇在表现小人种种恶劣行径的同时，也表现自身的苦闷。《节南山》算得上是最早写出游以排遣苦闷的诗篇，是屈原《离骚》"漫游"文学的先声。以空间的蹙迫，表内心的苦闷，在晚期诗篇中还有其他例子。

诗篇亮出自己的名号是敢为诗篇抗议的后果负责，显示了那个时代贵族臣子特有的胆气。就文学的意义说，自标其名正是诗篇抒情个人化的显著标志。这样的抗议诗篇，还有一点特别重要，那就是诗篇的创作已经是个体的情绪抒发，表达的是诗人对时局的看法，对政治混乱缘由的追究及对解决之道的思考。就是说，诗篇既不是宗庙祭祀的乐歌，也不是任何一

般典礼性的仪式上的歌唱，它属于个人的政治抒情，表达的是对现实政局的不满。若硬要追究其所附丽的"仪式"的话，也许只有西周"谏言"制可以当之。可是，这样的追究，实在意思不大了。因为诗篇的内涵，用不着从仪式角度来理解，诗篇针对的只是混乱黑暗的政治现实。诗篇只是"谏诤"这一良好正风的延续和变化。

徐鸿修先生在《周代贵族专制政体中的原始民主遗存》一文中曾言，西周时期"原始民主风俗"尚存，其重要表现就是大臣"辅贰制"，简单说就是在一些大事上，大臣有较大的决策权，王权因而受到许多限定。其实，大臣无所顾忌或顾及较少地谏言，也应该是"原始民主遗存"之一，或者说"谏"是大臣辅政制度的一种具体表现。所谓"谏"，就是"正"，而所谓"正"，一般而言是下级向上级提意见纠正偏失，实际是面临政治压力、冒风险的建言。关于"谏"，《诗经》篇章中多次出现，如《大雅·思齐》篇言"不（丕）谏亦入"。《尚书·金縢》说周公"乃为诗以贻王，名之曰《鸱鸮》"，若《金縢》可信，则《诗经》的《豳风·鸱鸮》即为西周最早的以诗篇向周王进言的"谏"言篇章。另一首可信的西周诗篇《周颂·敬之》，其上半段"敬之敬之，天维显思，命不易哉，无曰高高在上，陟降厥士，日监在兹"六句，就是大臣对即位周王的忠告。另外，《国语·周语上》还说："故天子听政，使公卿至于列士献诗。"也是说大臣谏言，好像还是一种固定的惯例。在前面，曾引用过《逸周书·芮良夫解》中芮良夫对周厉王的谏言，其中有这样几句话，或许大家还记得，大意是"君主做得好，就是万民的君主；不好、不合格，就是万民的敌人"。看芮良夫所说的话，那时候大臣谏言，是很敢说话的。究其原因，还在上面所说的"辅贰制"，即西周贵族政治的分权制体制，周王掌握着最高权力，但不是所有权力。因此在朝堂（局）中，就容许臣僚说话，甚至是很难听的话，以纠正政治中的错误。这样良好的政治风俗延续到王朝末期，就表现为像《节南山》这样的抗议邪恶政治的抒情诗篇创作的高涨，它们闪耀在西周王朝的黄昏，亮出一道色彩浓烈的文学晚霞。

《节南山》这首诗篇最值得注意的特点是"天命观"在作用层面的重大变化。西周王朝建立后的很长一段时间，"天命"都是西周王朝合法性的法理根据，商朝人失去民心，即失去天心，周王朝因此而获得上天眷顾，得以建立新的王朝。然而，这是"过去时态"的天命观念。在《节南山》等晚期诗篇中，"天命"已经成为诗人手中的标尺，抨击现实的根据。"天方荐瘥，丧乱弘多"，"昊天不傭，降此鞠讻"，"降此大戾"等诗句，都在借上天，借当时人认定的上天所降的各种灾难惩戒王政、惩戒当局。过去有一个流行很广、影响很大的说法，认为这些"昊天不傭""不惠"的句子，表示的是天命观念的动摇。不是，绝对不是。因为同样的句子如"昊天不吊""不吊昊天"之类的句子，在西周较早时期的《尚书》中就有，意思不是上天不能"吊"（善）、不能惠了，而是上天"对我们""对我们周人"不再"吊"、不再"惠"了。换言之，即上天即将抛弃周人的意思。这是对未来的大恐惧，也是对当权者的大愤怒。借着天命、天意，对政治发出猛烈的抨击，是《节南山》等西周晚期抗议诗篇的抒情策略，诗人占据了天命的话语权，也站在抨击现实的制高点上。这是一种巨大变化，涉及社会观念、思想史变迁等方面。

汉唐时代的经学家都认为《节南山》是刺周幽王的作品，到宋元学者开始有新看法。例如，受朱熹《诗集传》影响的元代刘瑾，在其《诗传通释》中就根据诗篇中的"国既卒斩"等句子，判定其为西周崩溃之后的篇章。这样的说法比说"刺幽王"要更为可取。也就是说，周幽王死后还有《小雅》诗篇问世。这段时期正如本篇开始所说，正是"二王并立"时期。这一时期，新出现了很多的政治抒情诗篇，除了《节南山》之外，《正月》《雨无正》等，都应该是这一时期的诗篇。

《小雅·正月》篇有"赫赫宗周，褒姒灭之"，很明显也是西周崩溃之后所作。诗人将西周崩溃的罪责归咎于褒姒，看上去好像也是"女人祸水"论，可看相关文献，也不全是这样的偏见。《国语·郑语》记载，褒姒为周幽王生伯服，宠爱褒姒的幽王就废弃了原来定好的太子宜臼。宜臼奔申，申为宜臼娘舅之邦。幽王要立伯服，就得杀宜臼，势必与申国发生冲突，而申与缯、西戎都是强悍的邦国，且缯、西戎都与申友好。如此，幽王的废嫡立庶势必引发与相关诸侯的矛盾。同时，在内政方面，《国语·郑语》说，幽王宠爱褒姒是"去和而取同"，即毁弃维持政治力量均衡的和谐之道而专门党同伐异，具体表现就是任用谗臣如虢石甫，很可能是谁同意他废嫡立幼，他就任用谁。这一定会引发朝局的分裂。最终是申联合西戎灭掉了幽王的王朝。诗人说"赫赫宗周，褒姒灭之"，依据的正是这样的现实。

另外，《正月》篇还有"瞻乌爰止，于谁之屋"之句，意思是：看着那乌鸦将落在谁家的屋子之上。前辈学者说，乌鸦在这里是周家王业的象征，乌鸦何落的疑问，正是王朝前途未卜的表达。据此诗篇就应该是"二王并立"时的篇章，显示了当时人对未来的惶惑。诗篇最有价值的是表现了乱世中某些清醒的头脑、某些不屈的人格。前者，如诗篇第四章：

瞻彼中林，侯薪侯蒸。	中林：林中。侯：维，结构助词。薪、蒸：林间矮树、杂草。
民今方殆，视天梦梦。	殆：疑惑。视：看待。梦梦：昏乱貌。
既克有定，靡人弗胜。	定：确定。弗：不。以上四句是说，人们都觉得上天昏乱不定，可上天一旦拿定主意，就没有谁能对抗得（了）它。
有皇上帝，伊谁云憎？	皇：伟大。云：语助词。这两句是说：伟大的上天，不会无缘无故地憎恨谁。

这是一种清醒的认识，人们因为社会昏乱，就误以为上天失去了准则，于是无法无天。但诗篇警醒世人：上天一旦认定了人间的善恶，就一定会将奖惩降落世人，人还是要好自为之。然而，乱世清醒的人，总是要遭受常人没有的打击与苦痛。诗篇第七章说：

瞻彼阪田，有菀其特。	阪田：崎岖之地。菀（wǎn）：茂盛。特：高出的苗，此处指生活中的杰出者。
天之抓我，如不我克。	天：老天。指周王、权臣之类。抓（wù）：摇动，摧折。克：能够。
彼求我则，如不我得。	则：败，毁坏。通假字。
执我仇仇，亦不我力。	执我：对我。仇仇：像仇人一样。不我力：不如我有力。

开始的两句是比兴手法，象征的是"我"之卓尔不群。正是因为"我"性格卓荦，才遭受打击和迫害。然而，面对"执我仇仇"的不利，却能"亦不我

力"，就是人格力量强大的表现了。在前面的章节里，我们讲过《诗经》之外西周相关文献如《尚书》关于"德"的各种言说，也谈到过诗篇中对人物品德的赞美（如《大雅·蒸民》）。然而，《小雅·正月》的特别之处，就在其表现了那些在昏暗现实中顽强对抗强权暴力者所彰显的人格力度。

《雨无正》也很有意思。首先，其作者居然是一位褒御小臣（即王身边的服侍人员）。其次，在其揭露的现实。篇章开始说："浩浩昊天，不骏其德。降丧饥馑，斩伐四国。"是说广大的上天，已经不再对周人施以大德，它降下饥饿灾荒，将周王朝的四方国家一起斩伐。语气是夸张的，然而"斩伐"的句子，又暗示出诗篇的年代。篇章第二章的诗句，表现的时局可以补充历史记载的缺略。

周宗既灭，靡所止戾。	宗周：西周王朝之称。
	靡：无。戾：止，定。
正大夫离居，莫知我勚。	正大夫：长官大夫，实指公卿级别的主要大夫。勚：劳累。
三事大夫，莫肯夙夜。	三事：司徒、司马、司空。此处或泛指一般执政大臣。夙夜：早晚朝拜。古时有早朝，有晚朝；早朝为朝，晚朝为夕。
邦君诸侯，莫肯朝夕。	朝夕：早朝晚朝。
庶曰式臧，覆出为恶。	庶：才，刚刚。式：语助词。臧：善，好。覆：反而。两句是说大臣出尔反尔，反复不定。

"正大夫"和"三事大夫"和"邦君"等句，将崩溃之际王朝政局的狼狈状态，表现得一览无余。大小臣子和远近诸侯都抛弃了王朝，而且为逃避责任，言而无信，反复不定，王朝已经毫无希望。同时在对正大夫、三事大夫和诸侯的指责之中，一位褒御小臣的忠诚也表现了出来。

今天所见周王朝东迁后周平王时写制的《小雅》篇章，还有一首《十月之交》，可以说是《小雅》中写制的时间最晚的作品。诗曰：

1

十月之交，朔月辛卯，　　　　十月：周历十月，合夏历十一月月底。
　　　　　　　　　　　　　　交：指晦（月终之日）、朔（月初之日）
　　　　　　　　　　　　　　相交之日。朔月：月朔，即一个月的
　　　　　　　　　　　　　　第一天。辛卯：这一天的干支是辛卯。

日有食之，亦孔之丑。　　　　日有句：有日食。此句为古代记录日蚀
　　　　　　　　　　　　　　的固定语句。孔：很。丑：恶。此处
　　　　　　　　　　　　　　是说这次的日食，食分很大。

彼月而微，此日而微。　　　　彼月：前此月份曾有月食发生。
　　　　　　　　　　　　　　微：失明，指月食而导致的月光昏暗。

今此下民，亦孔之哀。　　　　哀：悲愁。古人认为日食、月食为凶灾
　　　　　　　　　　　　　　之象，所以为之哀伤。

2

日月告凶，不用其行。　　　　用：遵循。行：轨道。
四国无政，不用其良。
彼月而食，则维其常。　　　　常：正常。据朱熹《诗集传》，古人以月
　　　　　　　　　　　　　　食为正常，日食为不吉，因为月属阴，
　　　　　　　　　　　　　　日属阳，月食是阳胜阴，日食属于阴
　　　　　　　　　　　　　　胜阳。还有一种说法，认为"彼月"以
　　　　　　　　　　　　　　下的几句，是当朝小人的曲解之词：
　　　　　　　　　　　　　　月食是正常的，日食有什么不好呢？
　　　　　　　　　　　　　　即不以日食、月食的发生而有改变自
　　　　　　　　　　　　　　己行径之意。

此日而食，于何不臧。　　　　于何：如何，多么。臧：善，吉利。

3

烨烨震电，不宁不令。　　　　烨（yè）烨：雷电闪耀状。宁：安。
　　　　　　　　　　　　　　令：好。

百川沸腾，山冢崒崩。　　　　冢：山顶曰冢。崒（zú）崩：破碎崩塌。
高岸为谷，深谷为陵。　　　　高岸两句：形容山体滑坡的样态。

哀今之人，胡憯莫惩？　　　憯（cǎn）莫：曾不，一点也不。

憯：曾。惩：戒惕，觉醒。

4

皇父卿士，番维司徒；　　　皇父：人名。西周后期贵族，后期器有

函皇父鼎、簋诸器，又《大雅·江汉》

有"大师皇父"，可知西周晚期皇父为

显赫家族。卿士：辅政大臣称卿士，

权位极重。番：姓氏，金文有《番生

簋》记载番生权位极高，此诗之番，可

能是番生后代。司徒：卿士寮下属官

员，掌土地图册、人民之数。据诗义，

司徒与下文之宰皆卿士，即皇父的

下属。

家伯维宰，仲允膳夫；　　　家伯：人名。此家伯，有可能是《节南

山》篇的作者家父。宰：管理王室事务

的官员，属于王身边的人。仲允：人

名，可能是仲山甫的后代。膳夫：金

文显示，西周中晚期后，膳夫一职的

权位变得很重要。

棸子内史，蹶维趣马；　　　棸（zōu）：姓氏。内史：西周王室系统

的官员，负责起草政令，是王身边的

机要人员。蹶：人名。趣马：掌马政

的官员。

楀维师氏，艳妻煽方处。　　　楀（jǔ）：姓氏。师氏：军事官员，兼管

地方行政及教育。艳妻句：艳，为阎

之假借，读作焰；妻，当读作齐。齐，

皆也。处，应读作炽。句意谓：尚书

之人气焰皆煽炽嚣张。最后一句是概

括前面所举七人，称此七人擅权，炟

赫一时，气焰很盛。旧说艳妻指褒姒，
不确。

5

抑此皇父，岂曰不时？　　抑：发语词。岂曰：怎能说。时：是。
此句是反语，讥讽皇父，为自己考虑
很正确。

胡为我作，不即我谋？　　作：举动。谋：商量。
彻我墙屋，田卒汙莱。　　汙莱：荒废。
曰予不戕，礼则然矣。　　戕：善，正确。戕、臧古通。礼：礼法，
道理。句意为：你皇父说我不对，可道
理却明摆着如此。一说，两句模拟皇父
之言："谁说我不对？礼法是这样规
定的！"

6

皇父孔圣，作都于向。　　孔圣：很聪明。
择三有事，亶侯多藏。　　三有事：即司徒、司空（工）、司马，为
卿士寮属官员。亶：实在。侯：维，语
词。藏：臧，好。一说，藏即家财
丰厚。

不慭遗一老，俾守我王。　慭（yìn）：情愿，宁愿。是说皇父连一
个老臣都不留给周王。

择有车马，以居徂向。　　徂：往。以居句：以徂居向的倒装。
向：地名。周之东都畿内有两个向，
其一在今开封西南尉氏县境内，距东
都雒邑两百余公里；另一向在雒邑（今
洛阳）正北约数十公里处，约在今河南
济源市西南，向周初为苏子封邑。皇
父作都，从诗中看当系强占。权臣建
巢不应距都城太远，所以此诗之向，

当系今在济源市内者。

7

黾勉从事，不敢告劳。	黾勉：勤奋努力。
无罪无辜，谗口嚣嚣。	嚣嚣：众多貌。意思是勤勉于政的人，反而遭受众人诽谤。
下民之孽，匪降自天；	孽：罪过。匪：非。
噂沓背憎，职竞由人。	噂（zǔn）沓：聚合在一起则同声相应。背憎：一旦离开，则相互憎恶。职竞：只因。固定词。此句上接"匪降自天"，是说现在的罪孽不是上天要降给世人，实在只是由于人相互谗害，惹恼了上天。

8

悠悠我里，亦孔之痗。	里：忧伤。《韩诗》作"瘟"，病也。痗（mèi）：忧病。
四方有羡，我独居忧。	羡：欣喜。
民莫不逸，我独不敢休。	
天命不彻，我不敢傚我友自逸。	
	彻：彻底，即不再像原来那样保佑周人了。傚：效。友：同僚。逸：安闲。

这是一首借天变抨击权臣皇父等政治团伙的诗。

先来谈谈它的创作年月。古来《十月之交》的写制年代有两种说法：周幽王时说和周厉王时说。汉唐时期较为流行的看法，如《毛诗序》以为诗篇是"大夫刺幽王"之作。不同的说法是东汉后期的郑玄，认为诗篇是"刺厉王"的。到清代大致还是"刺幽王"说占据优势地位，这是因为有古代天文学研究为判断根据。诗篇中出现了日食月食现象，南北朝时的梁虞𠛬、唐代的僧一行及元代郭守敬等推定，周幽王六年十月曾有一次日食。（说见阮元《研经室集·十月之交四篇属幽王说》）。近代王国维赞成郑玄的说法，其根据是周厉王时铜器《函皇父敦》出现了"皇甫"字样，故断为厉王时期作品。

若干年前，紫金山天文台张培瑜先生发表了《中国早期的日食记录和公元前十四至公元前十一世纪日食表》，认为幽王六年即公元前776年9月6日的日食，是一次很小的日偏食，中原地区的人根本看不到。而东周初期即周平王三十六年也发生过一次食分颇大的日食。据此，北师大历史系的赵光贤先生写了《〈诗十月之交〉作于平王时代说》的论文，论证诗篇与周平王三十六年，即公元前735年夏历十月底（阳历11月30日）辛卯日的日食有关。就是说，诗篇当作于那次日食发生后不久。

诗篇的年代既定，其内容也须重新理解。《十月之交》与《节南山》《正月》及《雨无正》相比，没有"宗周既灭""靡所止戾"这些内容。因为那几首诗篇的创制时间略早，还在周王朝崩溃发生之际，而《十月之交》的时间已经到周平王后期。王朝东迁已经有段时间了，时过境迁，衰弱朝廷又因新的矛盾越发衰弱。首先是权臣结成团伙自营私利。诗篇将朝中结党团伙罪魁皇父及手下大小成员一一举出公示，颇见胆气。其中"家伯维宰"那一句值得注意，句中的"家伯"很可能是《节南山》中"家父作诵"那一位家父的儿孙辈。《春秋》记载鲁桓公八年（东周第二代王周桓王十六年）家父曾到鲁国。诗篇中的家伯，很可能就是《春秋》中的"家父"。说这些什么意思呢？当年"作诵"的家父大胆抨击师尹权臣，现在，"家伯"也作为权臣的重要党羽而被诗人抨击，从中不是可以看到权力与腐败的密切关联吗？当初"家父作诵"痛责师尹昏庸，联系"二王并立"的历史，或许就是站在周平王势力一边攻击另一边，即携王小朝廷那边的政敌。因此，当周平王一边最终获胜之后，"作诵"的家父，也迅速变成权贵、既得利益者，他的家族迅速赫赫扬扬，权贵了的家父儿孙，也变成了诗人抨击的对象。白云苍狗，世事就是这样无常。从中可以看到这样一点，获得权力，就意味着败坏，因此东周政治毫无希望。在后代，这几乎是王朝政客变质的通则，诗篇首次表现了这一点。

诗篇直陈皇甫的罪过，就是营造私人都邑。东迁的周王室能控制的地区已经比过去狭小了很多，现在权臣们又纷纷占据各自地盘，营造都邑，建立国中之国。而且诗篇第五章"彻我墙屋"显示那完全是霸占，是强拆。道理上，西周以来的封建制允许大臣有封地，然而，"不憖遗一老，俾守我王"，封建制以土地换忠诚的忠诚，已全然被抛弃了。衰弱的王朝如何不越发衰弱？权贵"不慭遗一老"，整个朝廷的臣僚也都是懈怠的。诗篇最后一句"我不敢傚我友自逸"即点明了这一点。

总之，历史文献关于东周初期的记载相对缺略，《十月之交》等诗篇可补这方面的不足。同样重要的是，《十月之交》与前面《节南山》等篇章一样，也是站在天命的制高点上抨击现实政治的黑暗，而且还是利用了一次严重的日食来表达政见。这也表明，当时人对上天的敬畏一如既往。

二、人生思考的记录

孔子说："诗三百，一言以蔽之，曰思无邪。"(《论语·为政》)，儒家文献《礼记·经解》又说："温柔敦厚，诗教也。"这些都是大体而言。读西周晚期的诗篇，可以感受到一些颇为毒热的言语，显示出贵族诗人在残酷的争斗中晦暗阴郁的心理。例如在《小雅·巧言》篇中，有这样的句子：

彼何人斯？居河之麋。	麋：河水之畔，水草之交，谓之麋。麋即"湄"之假借。
无拳无勇，职为乱阶。	拳：力。职：主，实在是。乱阶：致乱的根苗。
既微且尰，尔勇伊何？	微：小腿溃烂。字应作癥。尰(zhǒng)：肿肿。
为犹将多，尔居徒几何？	犹：谋，欺诈。将：方，正在。居：语助词，读为其。徒：追随者。

诗篇严厉谴责巧言之人、谴责巧言乱德乱政，没有问题；谴责巧言之人"既微且尰"，言人体疾病，就难免过分了。诗篇之"我"可能是巧言的受害者，但因此而发言毒辣，显示出一种偏狭的心理。再如《小雅·何人斯》的句子：

伯氏吹埙，仲氏吹篪。	伯、仲：兄弟。古人兄弟排行，长为伯，次为仲，故以伯仲代称兄弟。埙：古代乐器名，埙为土制，考古多发现。

篪(chí)：竹制，横吹。曾侯乙墓曾有
出土。

及尔如贯，谅不我知。　　及：与。如贯：如绳贯物，比喻兄弟
密切。谅：竟然。

出此三物，以诅尔斯。　　三物：豕、犬、鸡。《毛传》："民不相
信则盟诅之，君以豕，臣以犬，民以
鸡。" 诅：诅咒。是古代巫术的一种。

诗篇最后的两句是："作此好歌，以极反侧。""极反侧"就是谴责反复无常之人。上举的几句中有"伯氏""仲氏"云云，结合古来说法，诗篇与好友反目成仇有关。"成仇"的原因，好像又是由于地位出现差别，一方做了对不起另一方的事，诗篇是受害者一方的心声。诗篇肆口直言的凄厉就在"出此三物，以诅尔斯"两句，是用巫术诅咒对方，心理上的阴暗甚至恶毒是不容掩饰的。我们前面读战争诗篇时曾经谈到，诗篇与当时记录贵族战功的篇章有一个重要的不同，就是表现上更有节制。晚期金文为了表功，可以写出"载首长榜"，即在长条木板上挂敌人首级的句子，但在诗篇中，这样充满血腥气味的句子是极少出现的。古语说："诗者，持也。"说的就是诗篇表达的节制。然而，随着西周晚期王朝的崩溃和社会秩序的混乱，贵族的人际关系出现了剧烈变化。像这样一个讲究亲戚里道的宗法社会一旦遭变，固有的友谊亲情反而会成为怨恨的根芽，变得责人厚、责己宽，也就难免心态不宽、出言难逊，表现为诗也就容易忘记用词用语应有所选择，而令诗篇退坠为"灵魂之便溺"了。

然而，上举的诗篇在两周之交的作品中毕竟是少数。在愤激地抨击现实、无遮拦地表达哀怨的同时，也有对人生应循之路的思考。其中，关于危险世道人应该行为戒惕谨慎的言说，又可代表当时人生哲学思考的程度。这样的诗篇有《小雅·小旻》《小宛》和《大雅·抑》等。

《小雅·小旻》篇表现西周后期朝政的毫无格局，篇章主要围绕"谋犹"二字展开，其开始一章就指出朝政当局"谋犹回遹(yù)"，即当权者思虑谋划偏斜不端。进而在第三、第四章揭示：

我龟既厌，不我告犹。 　　我龟句：言占卜过于频繁，致使神龟
　　　　　　　　　　　　　厌倦。犹：谋。此句是说，神龟已
　　　　　　　　　　　　　经懒得告诉我们什么是正确的。

谋夫孔多，是用不集。 　　　集：就，落定。
发言盈庭，谁敢执其咎？ 　　执：承当。咎：责任。本义为过错，
　　　　　　　　　　　　　在此引申为责任之意。

如匪行迈谋，是用不得于道。 匪：彼。行迈句：谋于路人的意思。
　　　　　　　　　　　　　不得句：无所适从的意思。两句是
　　　　　　　　　　　　　说，人多嘴杂，没有准主意，就像
　　　　　　　　　　　　　跟路人讨主意一样，得不到一致
　　　　　　　　　　　　　说法。

哀哉为犹，匪先民是程， 　　匪：非。
匪大犹是经； 　　　　　　　大犹：大谋。经：遵循。
维迩言是听， 　　　　　　　迩言：短浅的言论。
维迩言是争。
如彼筑室于道谋，
是用不溃于成。 　　　　　　溃：完成，达到。字通"遂"。

　　朝政无主意、无远见，违背大经大法，智术短浅，整天求神问卜，连神都烦。而且，出主意的人多，担责者缺。诗篇用筑室于道形容朝政的人多嘴杂，耽误大事。这样的情况或许是"二王并立"时期携王小朝廷最后的光景，形势十分险峻。在诗人看来最根本的问题是真正有智慧的人的见解不被吸收采纳。诗篇第五章说：

国虽靡止，或圣或否。 　　　靡：小。止：哉。语词。两句是说，国
　　　　　　　　　　　　　家虽小，国民有的睿智，有的则不然。
民虽靡膴，或哲或谋，或肃或艾。
　　　　　　　　　　　　　靡膴（wǔ）：不大。膴，大，厚，在此有
　　　　　　　　　　　　　众多之义。肃：恭敬严肃。艾：治，有

治理能力。

如彼泉流，无沦胥以败。 沦胥：先后，不分彼此地。两句是说，不要像流水一去不返那样，全都沦落败坏。

有意思的是这一章的几个句子，完整出现了"圣""哲""谋""肃""艾"，就是《尚书·洪范》篇中的"五事"，也就是五种德智。《尚书·洪范》是关于政治的大则大法的，其写制年代应该也在西周，显示的也是西周时期对人生、特别是政治人生应有的德智思考。诗篇或许是受《洪范》的影响，若果然如此，也许就是古代文章写作最早的"引经据典"了。也可能不是援引《洪范》，但也显示了与《洪范》同样关于人生哲学的思虑，而且是乱世的思虑，显示的是艰难生存状态下人生智慧的长进，堪称乱世的积极结果。正是因为有思考，才有诗篇结尾如下的金石规诫：

不敢暴虎，不敢冯河。 暴（bó）虎：没有防护地与老虎搏击。冯（píng）河：不用舟船渡大河。两句都比喻鲁莽。

人知其一，莫知其他。 两句意思：人的知见是有局限的，引出下文的戒惕之道。

战战兢兢，如临深渊，
如履薄冰。

人不能鲁莽，不可逞血气之勇。《论语》中孔子对子路说："暴虎冯河，死而无悔者，吾不与也。必也临事而惧，好谋而成者也。""暴虎冯河"之语，就来自《诗经》，孔子说话也喜欢引经据典。记得在程树德先生编纂的《论语集释》中收录了明清时人读《论语》的感受：《论语》说千道万，不过教人做人"小心"而已。是的，儒家是讲究为人做事应该小心戒惕的，而这样的智慧是西周晚期诗人就已经开始思考的。"人知其一"两句，又显示了这样的人生反思：一个人的知识智慧终究是有局限的，这是小心戒惕的根本原因。

《小旻》的思考不是孤例，还有《小雅·小宛》的诗篇，也表达了同样的思考。这首诗从第四章"我日斯迈，而（尔）月斯征。夙兴夜寐，毋忝（辱没）尔所生"的句子，像是兄弟的临别赠言，互相鼓励。其第二章说：

人之齐圣，饮酒温克。	齐：智慧聪敏。圣：聪明睿智。
	温克：饮酒能自持，不失态。
彼昏不知，壹醉日富。	壹，专于。富：甚。
	壹醉句：沉溺地饮酒，是放纵的表现。
各敬尔仪，天命不又。	不又：不再。

　　人生当自我节制，然而现实的人却是一味好酒贪杯放纵自己。世道险恶，如此生活是危险重重的，陷入灾难就悔之晚矣了。于是，诗篇第五章说：

交交桑扈，率场啄粟。	交交：形体小小的样子。一说，鸟叫声。
	桑扈：鸟名，即青雀，又名窃脂、小腊嘴等，羽毛青褐色，有黄斑点。率：循，沿着。场：打谷场。
哀我填寡，宜岸宜狱。	填：尽，即穷困、身无长物的意思。宜：容易。岸、狱：诉讼，吃官司。岸为"犴"字假借。
握粟出卜，自何能穀？	粟：占卜时献神的精米。穀：善，好结果。两句是说，灾难临头时，求神占卜也无济于事。

　　世道艰难，微末的人生更容易遭受灾难，只有平时的自我约束，戒慎行事，才可以减少被陷害的可能。灾难来临再求神问卜，就来不及了。最后诗篇得出的人生箴言与《小旻》篇相似：

温温恭人，如集于木。	温温：和柔貌。恭人：恭敬谦和的人。
惴惴小心，如临于谷。	

战战兢兢，如履薄冰。

看整首诗篇，诗中之"我"当为贵族，但世道变迁，地位沦落。然而，诗篇没有怨恨，没有落魄，而是希望经由戒惕德治的修炼来获得安全的人生，没落而不没落。读这样的诗篇正可以理解后来儒家思想的来源。

说到《诗经》为儒家思想来源，还有一个颇为典型的例子就是《大雅·抑》，这是一篇训诫体的诗。历来有一种说法，说其作者是两周之交的卫国君主卫武公。关于这位卫武公，《国语·楚语上》记载了这样的说法：

> 昔卫武公年数九十有五矣，犹箴儆(提出严格要求的意思)于国，曰：'自卿以下至于师长士，苟在朝者，无谓我老耋而舍我，必恭恪于朝，朝夕以交戒我；闻一二之言，必诵志而纳之，以训导我。'……于是乎作《懿》戒以自儆也。及其没也，谓之睿圣武公。

大意是说：卫武公年纪九十五了，还对国中人提出殷切甚至严厉的要求：大小大臣不要因为他年纪大就放弃对他的教诲规诫，哪怕有一两句嘉言善语也要告诉他。武公自己还作了一首《懿》来自我警示。因为他这样不放弃人生德行的进取心，所以死后的谥号为"睿圣武公"，即"聪明睿智的武公"。

文献中说到名为"懿"的"自儆"之作，历来都认为"懿"就是"抑"，见于今《大雅》中的《抑》。从严格的学术立场看，这样的说法还有些疑问，难以百分之百地确定《大雅·抑》就是《国语》所说的"懿"，但《抑》这首诗篇作者的地位很高，且为西周晚期的篇章这一点还是可以肯定的。断然否定诗篇为卫武公作也是不可取的。无论如何，一位君主，到年纪很大的时候还不放弃人生的修身进德，还可以接受别人的教训，是难能可贵的。

那这一诗篇的情形又如何呢？前面说过，这是一首"训教体"的诗篇，请看其第五章：

> 质尔人民，谨尔侯度，用戒不虞。　　质：定，稳固。侯度：观察、
> 审视。用：以。不虞：意外。

慎尔出话，敬尔威仪，无不柔嘉。　　柔嘉：善，美。

白圭之玷，尚可磨也；　　　　　　　　玷：污点。

斯言之玷，不可为也！

　　读"白圭"四句，熟悉《论语》的人要会心一笑，原来"南容三复'白圭'"这句话，"白圭"一词的出典就在这里！《论语》中南容再三吟咏"白圭"的句子，"孔子以其兄之子妻之"，孔子就把侄女嫁给他，孔夫子为后辈择婿的标准是慎重之德，"白圭之玷"的几句，不就强调人应当出言慎重？"好言自口，莠言自口"（《小雅·正月》句），驷马难追，不当言语给人名誉带来的玷污是不可去除的。诗篇的句子，训教性不是很强吗？

　　再看其第十章：

於乎小子，未知臧否。　　　　　臧否：善恶，好歹。

匪手携之，言示之事。　　　　　匪：非但。示：指示，开导。

匪面命之，言提其耳。　　　　　提：揪，扯。一说，提即抵，附耳
　　　　　　　　　　　　　　　　的意思。

借曰未知，亦既抱子。　　　　　借曰：即便是。未知：不懂事。

　　　　　　　　　　　　　　　抱子：年龄到了生儿育女的时候，
　　　　　　　　　　　　　　　犹今俗语所谓老大不小了。

民之靡盈，谁夙知而莫成？　　　盈：缓。盈通缩，缓慢。靡盈即不
　　　　　　　　　　　　　　　缓，即着急。莫：暮。两句是说，
　　　　　　　　　　　　　　　人就是急于做什么，也没有一天之
　　　　　　　　　　　　　　　内就成的。言外之意提醒对方早点
　　　　　　　　　　　　　　　努力。

　　《诗经》是成语的渊薮之一，许多成语就来自它，如上面的"耳提面命"。不过，读诗读到这一章，又让人对诗篇是否为卫武公所作有些怀疑。因为上引《国语》说是"作《懿》戒以自儆"，可这一段分明是谆谆切切地教训他人。难道诗篇是采取了他人训教的口吻来运笔的？疑问难以解除。无论如何，读这些已经很可以让人感受其"教训"的意味了。这也是当时的新诗体。教

训，是对生活智慧的揭示，与《诗经》主流诗篇表现对生活情趣的感悟有明显分别。大家都说中国诗发展到北宋是以理趣为诗，以散文为诗。实际上，《大雅》中的《抑》篇，也是理趣明显，而且句子也是议论的味道浓厚，也是"散文"化的。这也是《诗经》内涵丰富的表现之一。

儒家经典文献《中庸》中有"莫见乎隐，莫显乎微"，是讲"慎独"的哲学，《大学》也同样对"慎独"有所论及。所谓"慎独"，简单说就是以自己的人性看好自己的动物性。对于做人，这样的道理至今也没有过期。然而"慎独"也不是儒家旱地拔葱自己想出来的，而是源自《诗经》。笔者曾说，仿佛是西周人种了芝麻，儒家就将芝麻提炼为香油；西周人种了稻米高粱，儒家就用其酿制出精神的美酒。许多方面都是如此。那么，前面讲到的"内圣外王"，还有这里的"慎独"，具体出自哪一篇？就出在这首《大雅·抑》篇，其第七章曰：

视尔友君子，辑柔尔颜，	视：示，表现。下文"相"字同义。友君子：朋友。辑：和。《论语·泰伯》记曾子语曰："君子所贵乎道者三：动容貌，斯远暴慢矣；正颜色，斯近信矣；出辞气，斯远鄙倍矣。"
不遐有愆。	不遐：不至。遐，即假，至也。愆：过错。不遐句谓不至于有什么过错。三句是说，在朋友面前，人们会表现出柔和的一面，唯恐有什么过错。
相在尔室，尚不愧于屋漏。	屋漏：房屋西北角幽暗之处，为藏神主之处。言自己一个独处时，也不应该做对不起神灵的事，亦即暗室无欺之意。
无曰不显，莫予云觏。	不显：不明显。觏：看见。两句是说不要以为不显著，没有谁看得见。
神之格思，不可度思，	格：到。度：预测。矧（shěn）：怎么。射（yì）：松懈，懈怠。三句含三尺之

上有神明的意思。

矧可射思？

诗句反对做人人前是人，背地是鬼。诗篇警示人们，就是室内独处，也是有神明监视的。这与儒家《中庸》中的"莫见""莫显"是一样的意思。不过，诗篇所言的"慎独"，与《中庸》相比还是有明显差别的。诗篇所言，强调"三尺之上有神明"，还是有神论的；儒家的《中庸》，则将"神之格思"的内容滤去，强调人性中"善的本性"的作用和力量。然而"慎独"的命题，却是《抑》篇提出的，显示出到西周晚期关于人生哲学反思的新进展。

上面读了一些周代乱世的诗篇，从道德角度去思考社会的混乱昏暗是诗篇的常态。就是说，当时的诗人把社会的崩溃归结为王朝上层出了坏人，谴责他们，希望他们有所改正，并认为这是社会恢复生机的条件。这样的反思历史是有其严重的局限的。然而，既然从德行的方面去理解历史，那么在德行的反思方面颇有进展，也是应当予以肯定的。另外，后来诸子百家哲学兴起，所思考的诸多问题中，政治的治乱兴亡不是一个很重要的话题吗？从这一点上看，诸子思想家是西周晚期诗人的继承者，因为治乱兴衰的思考，在这些西周晚期的诗篇中，已经成为一个重要的问题了。

第十五章　风，采诗观风

有一位印度朋友，在中国国际广播电台工作多年，研究印度上古时期的民歌。他要了解一些中国《诗经》时代的风诗，就想与中国的研究者交流，于是找到了我。对印度上古时代的文学，我也是充满了好奇。交流中，就问这位友善的老先生：在印度遥远的古代，那些被视为民风民歌的篇章，有过大规模的采集加工和收藏吗？老先生回答：没有。现有的，都是零星流传下来的。

我有这样的问题，是因为在关于"国风"的出现上，有古老的"采诗观风"之说。另外，若是经过采集加工，那么在语言句法、章法甚至韵脚上，都会有高度的一致性。实际上也是想回答自己的一个问题：古老《诗经》中保存了一百五十首的风诗，许多都是来自各地表现一般民众心声的诗篇，一个十分古老的说法，是这些篇章，都是经过有意地采集加工而成的。是这样吗？若是这样，其背后的原因又是什么呢？

《诗经》三百篇的创制，最早是《周颂》的一些篇章，因为周人要庆祝自己的胜利，要向天下宣示天命，所以一些简古的篇章如"大武乐章"中的几首诗，就率先被制作出来。诗篇关乎王朝大业，随后《大雅》《小雅》中祭祀的篇章，宴饮、战争的篇章相继出现，越来越多。论年代，见于"十五国风"中的大部分篇章出现得最晚，而且，这些篇章与"雅颂"的根本区别，就在其表现小民的呼声。例如选入中学课本的《卫风·氓》，"氓之蚩蚩，抱布贸丝。匪来贸丝，来即我谋"。篇章中的"氓"是买丝的，篇章的抒情女主人公是养蚕的，其社会地位都是最普通的劳动者，这就是与"雅颂"篇章表现王公大人朝堂、庙堂活动的不同，也是《诗经》中最值得珍视的部分。因为表现的是一般民众，可以不那么典重，写得也就活泼、多趣。民众生活是丰富多样的，于是风诗的题材又是无限广阔的，有文献就曾用"广闻"两字来形容。这是国风诗篇与"雅颂"的又一显著分别。

可是，这不都需要原因吗？到底是因为什么样的精神力量促成如此的文学意识？在那样早的时候，就将文学表现的触角伸向了那些胼手胝足的小民，并形成一种活泼生鲜的艺术风范呢？

一、神秘的"风"

把《诗经》中表现民间的广大地域中出现的诗篇称为"风"，这在先秦时期就有了。[①] 例如上海博物馆战国竹简文字《孔子诗论》就有"邦风"之说，说"邦风"可以"广闻"。在《荀子》中也曾用"风、雅、颂"来概括《诗经》内容。那么，表现广大民间社会的诗又何以被称为"风"呢？

风，本义就是自然界的风，《诗经·大雅·桑柔》说："大风有遂"，即指自然界的风。自然界的风，有声响，而且一刮一大片，于是"风"就用来形容地方的乐调。如《左传》记载，晋国俘获了一位名叫钟仪的楚国人，让他演奏音乐，他就演奏楚国的乐调，晋国人赞誉钟仪"乐操土风，不忘旧也"。可知当时各地的乐调多。各地的乐调被称为"八风"，与当时王朝正统的音乐相对，王朝正统乐调称"乐"。在《国语·晋语八》中，音乐家师旷就说："夫乐以开山川之风也，以耀德于广远也。"意思是说朝廷之乐要能宣表八方之风，质言之，就是朝廷之乐应该能代表各地风调，或者是各地乐调的融合。朝廷的"耀德"之风，要代表天下八方之风。而"土风"一词又不单单指乐调，乐调中演奏的词，乃至民间流传的歌谣、谚语、流行的俗话都是"风"。所以在《国语·晋语六》中又有"风听胪言于市，辨妖祥于谣"之语。"胪言"就是街面上的流言，"风听胪言"与"辨妖祥"并列，可知通过"风听"也可以了解一些与"妖祥"一样的神秘含义。

这可以举一个西周晚期的例子，《国语·郑语》记载：周宣王时期，街

①　国风的诗篇并非全部为下层小民的篇章，这一点早就有学者讨论并加以澄清了（如朱东润《诗三百篇探故》）。这里还有"民间"一词，是基于其与朝堂的乐歌、祭祀神灵的乐歌的分别而言。严格地说，与朝堂大政、宗庙大祭及战争大事相比，其他一切属于个人的事情、情感，都可以统在"民"字之下，这里的"民间"略相当于"社会"这个词。当然，这个"民间"，又是把那些高级贵族之"民"排除在外的。简而言之，这里的"民间"与朝堂、宗庙相对，指的是广阔的社会生活。

面上流行两句民谣："檿弧箕服，实亡周国。"意思是：卖山桑弓和箕制箭套的，是西周亡国的祸根。周王听后就派人满街抓做这事的人。正好有来自褒国的一对夫妇卖这两样东西，眼看要被抓，就往家跑，半路上捡到一个弃婴，养大了，就是美女褒姒。故事中的"檿（yǎn）弧箕服，实亡周国"就是谣言，就是"风"，就有神秘含义。

"风"中有神秘含义，起源古老。《国语·周语上》中有这样一句话："瞽告有协风至。"每年春季到了，王朝要主持亲耕大典，大典之前要确定时令，瞽人吹奏乐管，根据音调确定时令。一年四季风不同，同样长、同样粗细的乐管，吹奏出的调子会因空气的湿度、密度和温度的差别而各有不同。古人由此判断时令，具体操作者则是那些耳朵灵敏的盲目乐工。这看上去是很科学的，可古人科学地做了事，却不作科学的理解。就现有文献如甲骨文而言，古人相信，主宰着风使之各有不同的是神秘的力量。今天所见到的《尚书·尧典》就记载了帝尧曾派四位大臣到四方观测一年四至，其中就提到了四方风，例如春天的风，被称为"协风"。在甲骨文中也有"四方风"，甲骨文说得也很明白，四方风的背后有不同的神主使。这层意思与"采诗观风"是有关系的，风背后有神秘力量就是"采诗观风"的一个动力。要回答这个问题，还得看一些甲骨文。郭沫若在《殷契粹编》中解释过一块甲骨文上的文字，那甲骨文说"凤"是"帝史"，郭沫若解释："凤"通"风"字，两字有相通处，它们是上天（帝）的"使者"，就是说"风"中有上帝的神秘意旨。有一种流传很久的古代预测术，叫"风角"，就是据刮风看吉凶，是"风"有神秘力量的远古迷信的遗留。

这就与"采诗观风"很有关系了。周人克商后，思想上起了一个重大变化，就是天命观念的更新。殷商人本有这样一种信念，天地间的风雨雷电，都是由神秘的上天掌管，不适当的刮风下雨，还有各种反常的自然现象，都是上天"降灾"惩罚人类的表现。上天的力量奇大无比。这样的观念被西周人接过来，加以改变，成为主宰历史兴衰的力量。周人何以以少胜多战胜殷商王朝并稳固了自己的政权，就是因为获得了天命。在前面我们也讲过，周人之所以获得天命，是因为周人对民众有德。新的内涵在此出现：天道无亲，惟德是辅。那么，对民众有德、无德，怎么检验呢？那就是小民口中的呼声。这呼声会变作民歌、民谣、流行俚语等。《孟子》中保存的

《尚书》古文有这样两句："天听自我民听，天视自我民视。"上天是可以由听取小民的呼声知道政治美恶的。上天可以听，朝廷当然更可以听，所以就有"王者所以观风俗，知得失，自考正也"（《汉书·艺文志》）的说法。小民的呼声被老天听到后，对现行政治就会有看法和主意，这样的看法和主意，按照古人理解，也是由小民的歌谣来传达的，上面讲的"檿弧箕服"的故事，就是例证。

这都是古代关于"风"的理解，也是古代王朝之所以要"采诗"，即采集民间歌唱来"观风""自考正"的超验的原因。不过，周代"采诗"最后的结果，可不单是采集到那些神秘的谣谚，其非凡的文学成果，就是国风数以百计了不起的民间情调的抒情诗篇。

二、采诗观风，有吗？

那么，王朝果真采过来自民间的诗篇吗？对这事应该继续论究。从上面的文字读者可以看出，笔者是相信"采诗"的。上面关于"风"的神秘含义，只是讲到了采诗观风一个大的文化背景和前提。然而，问题真正解决还得有更坚实而具体的理由。那么，这样的理由何在？

首先是古人诸多的记载。关于"采诗观风"各种典籍记载约有十来条。一一讨论，会很繁琐，这里只择要而谈。据《左传·襄公十四年》所记载的师旷的话，自夏王朝时期就有。是否真的如此，难说。关于周代的"采诗"，《汉书·艺文志》和《食货志》都有记载。《食货志》这样说：

> 孟春之月，群居者将散，行人振木铎徇于路以采诗，献之大师，比其音律，以闻于天子。故曰王者不窥牖户而知天下。

大意是说：开春的时候，人们从聚落散开，到田间耕种。这时候，王者的官员行人，手持木铃沿路行走，采集民间的诗篇（很大程度上是诗篇的原材料），上交太师（管理乐工的官员），协调诗篇的音律，演奏给天子听。这样周王足不出户，就可以了解天下生民的情况。

这段话要注意的是"比其音律"，即音乐加工。从民间采集的有些可能是已有韵律的歌谣，但更多的可能是反映民生情状的原生态材料，要成为乐歌就需要再行加工，就是原始歌谣，也未必符合音乐演奏的要求。早就有学者说过，民谣一般很短，像《诗经》国风那样的"重章叠调"，应该是加工的结果。①

还有一条材料，是东汉后期的何休说的，见其《公羊传解诂·宣公十五年》：

> 男女有所怨恨，相从而歌。饥者歌其食，劳者歌其事。男年六十，女年五十无子者，官衣食之，使之民间求诗。乡移于邑，邑移于国，国以闻于天子。故王者不出户牖尽知天下所苦，不下堂而知四方。

何休的说法与《艺文志》有相同的地方，也提供了一些新信息，比如采诗的人是上岁数的孤苦者，就是说他们被称为"王官"，可社会地位并不高，还需要政府提供衣食。而且，他们采集了"诗"（还是应该理解为诗的素材）是一层层地上交，随后上达周天子。

读者或已发现，上面两种记载"采诗"说的材料都是汉代，而且是东汉的，过去人们不相信"采诗观风"说，有一部原因就是材料的出处晚。较早的一些材料，说的又不那么完全。不过，今天关于"王官采诗"又有了新的材料，那就是上海博物馆收藏的战国楚竹书《孔子诗论》。这份新出现的地下文献，对"采诗"有如下两条说法：

> 诗其犹广闻也。举戈（贱）民而舍之，其用心也，将何如？
> 邦风其纳物也博，观人俗焉，大敛材焉。其言文，其声善。

说诗篇可以广博见闻，又说举那些"贱民"即身份不高的人，与何休说

---

① 参见顾颉刚：《从诗经中整理出歌谣的意见》，《古史辨》第三册，591 页，上海，上海书店，1992。后来台湾学者屈万里在《论国风非民间歌谣的本来面目》一文中的"国风篇章的形式不类民间歌谣的本来面目"一节里，就援用了顾颉刚的说法并加以引申。同时，屈先生的文章还提出了另外四个方面的论证：1）从文辞用雅言看国风不是歌谣的本来面目；2）从用韵的情形看国风不是歌谣的本来面目；3）从语助词的用法看国风不是歌谣的本来面目；4）从代词的用法看国风不是歌谣的本来面目。第 1 条所谓"雅言"，首见《论语·述而》："子所雅言，《诗》《书》、执礼，皆雅言也。"

的"男年六十，女五十无子者"意思相近。另外，简文说"舍之"，就是免除他们的赋税负担。学者解释这一条说，认为收集"邦风"（国风，先秦时称"邦风"，应是西汉为避刘邦的名讳改称"国风"）佳作，实是采风。关于其中的"敛材"一语，庞朴先生认为就是《周礼·大宰》中记载的"臣妾……敛材"之事。据《周礼》的注释说，是"收集百草根实可食者"①，收集百草等，是身份不高的人做的，孔子将其与收集民间诗歌素材一起说，暗示了"举贱民"的内容，也与何休的说法一致。这是新材料的证据，起码表明《汉书·艺文志》和《公羊解诂》的说法都是有来历的。

不过，严谨地说就是有先秦的记载，西周到春秋较早时期是否安排过专门人员采诗，也还需要进一步核查考证。有无进一步核考的办法呢？有。怎么做呢？就是考察国风中的诗篇，若风诗有一部分真是采集加工的，必定留下一些蛛丝马迹。笔者也曾这样做过，得出的结果是更加相信国风中确有采集加工的痕迹。

有一则故事，记载在汉代刘向的《说苑》中，春秋时期楚国人遇到越国人，越人唱歌，楚国人经过翻译才听得懂，其中还有"山有木兮木有枝，心悦君兮君不知"的美句，不过这是经过当时翻译的。楚国和越国是邻国，交往也不少，但越人唱歌楚国人竟然听不懂。由这个故事可以知道，在那个时代，语言还很不统一。周代似乎有了与今天"普通话"相类的言语表达系统，例如《论语》就记载孔子"执礼"和诵读《诗》《书》时，借用"雅言"，其中"执礼"意思跟今天的司仪差不多。这是当时有通行语的证据。不过，若论这种通行语"通行"到何种地步，刘向记载的"越人歌"故事就是一个反面的证据。可是，我们读《诗经》"十五国风"，可以看出在用词用语上、在句法结构上、在押韵及篇章构造上，国风的诗篇与西周时的大小《雅》是高度一致的，基本看不到各地方言。国风的地域十分辽阔，南到江汉淮河流域，北到黄河以北地区，西起陕甘，东到泰山南北的齐鲁。在这样一个辽阔的地域上，若是说当时的语言就那样高度统一，是很难令人信服的。前辈学者对此多有讨论，笔者对此的看法是，当时一定有各地方言、方音及土语，

---

① 庞朴：《上博藏简零笺》，见朱渊清、廖名春主编《上博馆藏战国楚竹书研究》，234～235页，上海，上海书店出版社，2002。

但是，假如采集加工者是一群王朝选定的人，方言方音的问题就不存在了，因为在对素材进行加工时，这些东西大体都滤掉了。这是笔者所以相信采诗的第一点。

还有，在《邶风》中有一首《谷风》，写一个遭遗弃的不幸妇女的诉说。邶风之地在今河南省的黄河以北，篇中女子的地位不是很高。可是就在这样一首弃妇"自述"性质的篇章中，出现了这样的句子：

> 泾以渭浊，湜湜其沚。　　湜（shí）湜：清澈貌。沚：水静止下来。
> 宴尔新昏，不我屑以。　　"不我"句："以我不屑"的倒装句。屑，
> 　　　　　　　　　　　　洁净，以我为不洁，即看不上我的意思。

一位弃妇脱口而出，就能说出泾水、渭水，而且还知道孰清孰浊。这事不是很奇怪吗？清代乾隆皇帝要作诗，想用典，就看古代"泾以渭浊"的注解，想弄清楚两条河流何清何浊，不想汉唐人的说法与宋代人的说法不一致，看得他糊涂。他就委派地方官员对两条河流作"专项调查"，最后报告上来了：泾水因为河床是石底，清；渭水因为是沙底，浊。皇帝觉得很有意思，把报告改了改，放进自己的《御制文集》里去了。一位皇帝不清楚泾渭两条河流的清与浊，两千多年前生活在今河南黄河以北的一位弃妇，张口就是"泾以渭浊"，这不奇怪吗？俞平伯先生读《诗经》，就对此有疑问，说这事"不可解"。其实，若将其理解为是"采诗"的证据，则可以解释。诗篇的内容情感是一位卫地弃妇的，可是表现的语言却是采诗者的，他们是"王官"，本就生活在今陕西一带，对泾渭河流的清浊很清楚。这件事使我们对"采诗"之事感悟良多。其中一点就是，采诗，有时候可能采到现成的，更多的时候，可能只是题材、素材，需要艺术加工。何休说是"乡移于邑，邑移于国"，《艺文志》说是大师"比其音律"，层层上交可能就是层层加工，亦即"比其音律"的过程。对此，现代的采风，可以提供一点旁证：西部歌王王洛宾那首著名的《在那遥远的地方》，有记载说就是歌王在青海一带采风时捕捉到的一段优美旋律，由此加工成动人的歌曲。歌曲虽被称为"青海民歌"，其实只是采用了该地流行的一个旋律而已。有人会问：那些身份不高的"贱民"采诗官，有这样的艺术能力吗？回答是有，他们其实也是一种

职业工作者，也有相沿既久的艺术技能，而艺术的能力，本不取决于身份地位。而且，他们身份较低，更可以保证他们在采集民间疾苦声时传达"草根"感受，因而更真实。

现在回到采诗的具体证据。上文谈到的《邶风·谷风》的话头还没说完。这首诗"泾以渭浊"几句之后，还有"毋逝我梁，毋发我笱。我躬不阅，遑恤我后"四句。巧的是，这四句又见于《小雅·小弁》，该诗的最后，也就是第八章结尾的句子是这样的：

> 无逝我梁，无发我笱。　发：打开。笱（gǒu）：竹制的捕鱼器，安放在堰口的竹制捕鱼器，大腹、大口小颈，颈部装有倒须，鱼入而不能出。
>
> 我躬不阅，遑恤我后。　躬：身，自己。阅：容纳。惶：遑，何暇，即顾不上的意思。后：身后。

与《谷风》相比，只是"无""毋"两字在写法上有分别而已。而《小弁》见于《小雅》，历来都认为是西周晚期之作。这说明，国风有些诗篇是使用了西周诗篇的一些现成语句的。问题还不止于此，说到《邶风·谷风》，居然可以在《小雅》中发现它的"初稿"之类的诗篇，名字也叫"谷风"。其诗如下：

> 1
> 习习谷风，维风及雨。　习习：风吹拂不断的样子。谷风：东风。
> 将恐将惧，维予与女。　将：语助词。与：亲近，扶助。
> 将安将乐，女转弃予。
> 此章言当初可以共苦，现在则被抛弃。
> 2
> 习习谷风，维风及颓。　颓：回旋纷轮貌。
> 将恐将惧，置予于怀。
> 将安将乐，弃予如遗。
> 此章仍是今昔对比。

3

习习谷风，维山崔嵬。

无草不死，无木不萎。

忘我大德，思我小怨。

此章言对方变心。

诗篇前后对比，突出对方"中山狼"品格。再看《邶风·谷风》：

1

习习谷风，以阴以雨。

黾勉同心，不宜有怒。　　黾（mǐn）勉：努力貌。

采葑采菲，无以下体？　　葑（fēng）、菲：又称芜菁、蔓菁，原产西
　　　　　　　　　　　　　　亚、欧洲，根块硕大的植物，可以腌制
　　　　　　　　　　　　　　咸菜，自古为农家常食之菜。

德音莫违，及尔同死。　　德音：道义和恩情。莫违：不背离。

此章言若对方不变心，自己也至死不渝。

2

行道迟迟，中心有违。　　违：恨。"悻"字之假借。

不远伊迩，薄送我畿。　　畿：门槛，门口。畿，垫门轴的石头。

谁谓荼苦，其甘如荠。　　荠：甜菜。

宴尔新昏，如兄如弟。　　宴：乐，喜欢。兄弟：同胞手足。据钱锺
　　　　　　　　　　　　　　书《管锥编》，古时重血亲，所以诗用兄
　　　　　　　　　　　　　　弟关系比喻夫妻之亲密。

此章言被抛弃的原因是男人有新欢。

3

泾以渭浊，湜湜其沚。

宴尔新昏，不我屑以。

毋逝我梁，毋发我笱。

我躬不阅，遑恤我后！

此章表白因"新欢"享有自己的操劳成就心怀抑郁。

4

就其深矣，方之舟之。　　　　方：用木筏渡水。舟：以舟渡水。

就其浅矣，泳之游之。

何有何亡，黾勉求之。

凡民有丧，匍匐救之。　　　　民：指他人。

此章自述妇德。言自己妇德美好。

5

不我能慉，反以我为雠。　　　慉（xù）：相好的意思。

既阻我德，贾用不售。　　　　贾：出卖。用：因而。

昔育恐育鞫，及尔颠覆。　　　育：两育字都是结构助词。鞫（jū）：穷
　　　　　　　　　　　　　　　　困，促迫。

既生既育，比予于毒。

此章声讨对方忘恩负义。

6

我有旨蓄，亦以御冬。　　　　旨蓄：美好的积蓄。御冬：比喻的说法，
　　　　　　　　　　　　　　　　抵御艰难的意思。

宴尔新昏，以我御穷。　　　　御穷：抵御贫穷。

有洸有溃，既诒我肄。　　　　洸（guāng）溃：原意为水势凶猛，在此
　　　　　　　　　　　　　　　　形容态度粗暴、凶恶。肄：忧愁，
　　　　　　　　　　　　　　　　苦痛。

不念昔者，伊余来墍。　　　　墍（xì）：怒。忥的假借。

此章以弃妇冤痛之辞作结。

　　两相对比，不难发现两首诗篇相似，都是今昔对比、贫富对比，以突
出对方的忘恩负义。前后两篇之间明显后者是对前一篇的丰富，主题明显
得到大幅的深化。诗篇由简单的三章变为六章，然而篇章的整体思路却没
有大的变动。对这样的"雷同"，可有其他理解，但理解为对旧有思路模型
的改写加工，似乎更为合理。也许是因为自古及今"得志便猖狂"是导致家
庭婚变的惯常原因吧，当时的采诗官在东方的卫地遇到类似的弃妇时，就
套用了曾有的篇章格式来表现卫地女子的不幸。采诗官来自西周之地，不

留神将自己熟悉的地理知识带入篇章,留下了"采诗"的马脚。这是很有意思的。

更有意思的是,当我们将两首《谷风》对比的时候会发觉,原来在西周时期、特别是在西周晚期,就有诗篇的采集加工了。下面就来看一下这样的诗篇。

三、采诗的高峰期在西周晚

不要以为讲国风,就是告别了"雅颂",讲风诗,还得回顾"雅颂",寻觅"风诗"的源头。上文说过,西周晚期就有采集加工的诗篇,何以见得?请看《小雅·蓼莪》:

1

蓼蓼者莪,匪莪伊蒿。

蓼(lù)蓼:长大貌。匪:非。莪:又称萝蒿、廪蒿、播娘蒿等,一年生草本,开小黄花,外形似青蒿,嫩时茎叶可食,茎叶干老时只能做薪材,籽粒可入药。伊:是。蒿:此处指变得干老的莪。

哀哀父母,生我劬劳!

劬(qú)劳:劳苦。此词又见《邶风·凯风》。以莪变蒿为比喻,表愧对父母之情。

此章言父母生养劳苦。

2

蓼蓼者莪,匪莪伊蔚。

蔚:又称牡蒿,与莪很像,籽粒细小隐藏在苞内,所以《尔雅》注言牡蒿为"蒿之无子者"。

哀哀父母,生我劳瘁!

言牡蒿虽长得高大,却不结子粒。深化愧对之情。

此章与上章意思相同。

3

瓶之罄矣,维罍之耻。

瓶:汲水器。罍(léi):贮水器,口小肚大。

鲜民之生,不如死之久矣!

鲜：斯，鲜民即斯民。也可解作"小"，小民。

无父何怙？无母何恃？

出则衔恤，入则靡至。　　衔恤：含忧。靡至：无所投奔。

此章表孝子愤激之情。"鲜民之生"句，痛切至极。

4

父兮生我，母兮鞠我。　　鞠：养。

拊我畜我，长我育我，　　拊：抚。

顾我复我，出入腹我。　　顾：关心，照顾。腹：抱在怀里。

欲报之德，昊天罔极！　　罔极：本义为无固定准则，在此有无德之意。

此章表父母养育大德。情深义重，语句重复，为全篇情感高潮。

5

南山烈烈，飘风发发。　　飘风：阵风，旋风。发发：风强烈貌。

民莫不穀，我独何害！　　穀：善。

此章以南山之风起兴，满眼凋残，是愤激之后的无限凄凉。

6

南山律律，飘风弗弗。　　律律：险阻的样子。弗弗：风势很猛的样子。

民莫不穀，我独不卒！　　不卒：不能养老送终。

此章哀叹自己不能尽孝。

这首诗篇的主题，《毛诗序》说："《蓼莪》，刺幽王也。民人劳苦，孝子不得终养尔。"说"刺幽王"，篇中没有根据，说王朝服役繁重，其根据就在诗篇所表现的不幸状况。《孔子诗论》第26简说到了此篇："《蓼莪》有孝志。"可知《毛诗序》"孝子"之说，于古有据。从诗篇"无父何怙？无母何恃？"和"出则衔恤，入则靡至"主语句看，孝子因为在外服役，父母亡故而不能照顾，情况实在悲惨，王政实在很残酷。

诗篇的格调凄绝，在三百篇中也是很独特的。值得注意的，是抒情表意的节奏变化明显。开头两章情绪相对平缓低沉。到第三、第四章则情感大变，先是激切的谴责，继而是对父母天高地厚之恩的倾诉，是情绪表达的高潮，读之有地动山摇、天塌地陷之感。愤怒与倾诉之后的两章，调子再趋于平静。与开始两章平缓不同，此时的平静是激情之后的虚晕，"南山""北风"的句子，满眼是天地无情，生意都绝。这样的表现手法，使得诗篇在奔放中显得含蓄，情感表达有强度也有厚度。另外，诗篇比兴比喻，如"匪莪伊蒿"、瓶罄罍耻之句，取譬精彩。

《蓼莪》的哀哀呼告，是关于西周王朝政治状况的噩耗。在前面讲宴饮和战争诗篇的时候，曾经谈到，一个政治文化群体，必然有"家国关系"这重要一维，就是"家、国关系"紧张度的平衡与维系。古代任何王朝、国家，都会遇到因战争、行役等国事而不能顾家的两难处境。在王朝较早一点的宴饮和战争诗篇中，典礼对使臣、出征士卒及其家属的精神安抚，正是王朝维系家国关系平衡的表现。即如劳役，国家不能只顾自己而不顾小民死活。然而，《蓼莪》让人看到的是一种不幸的局面，家与国的平衡已经破裂了。任何社会，家庭稳固是社会稳固的前提，在家国一体化的宗法制西周，更是如此。从诗中人们看到的是王朝片面地注重自己的利益，严重伤害了社会机体的细胞。孝子愤怒的哭诉，实际上显示的是王朝基础的开裂，是社会瓦解崩溃的症候。诗篇所控诉的制高点在"无父何怙，无母何恃"，是控诉的力道所在。周道亲亲而尊尊，很大程度上，父母尊贵与王侯作为"民之父母"尊贵是一个逻辑。也正是在这样的特定逻辑下，诗篇喊出"瓶之罄矣，维罍之耻"。这是孝子哀歌，却不是提倡孝道，而是以孝道为理据抨击虐政。在权力的威风之下，繁重的劳役也包括沉重的赋税，都是王朝政治失去合理性的表现。

这就是《诗经》三百篇所展现的历史：从大小《雅》的诗篇中，能读到王政还算合理时对家国关系的顾及，也可以读到衰乱时期对小民生存弃而罔顾的败坏局面。其间的联系就是那条"家国关系"的纲索，诗篇既正面地表现它，也反面地表现它，一正一反，正是王朝兴衰的变化过程。另外，在宴饮、婚恋中都可以看到这样的一正一反的现象。《诗经》展现一个重要时代的变化，是相当完整全面的。

诗篇主题如此，除了立意暴露王政的不善之外，还让我们看到了诗篇创作的重要变化。《蓼莪》与其他大小《雅》篇章有一个十分明显的区别，就是它的歌唱不附着于任何的典礼仪式，或以任何礼仪为背景，诗篇针对的是辗转于沉重劳役下不幸小民的悲惨遭遇，暴露的是严重的社会问题。如果说大小《雅》中那些"无言不疾"的政治抒情诗篇，还有贵族分权制下"谏"的政治惯例为依托的话，那么，《蓼莪》就是新现象，也可以说是由"谏"的老传统演变出的新篇章。其所以新，就在于《蓼莪》的诗篇完全脱离礼仪而走向情感抒发。而且，诗篇中的悲惨孝子地位不会很高，是普通的社会成员。然而，表现一般的行役者"不得终养"的悲哀，却能发于诗篇，被诸管弦，见诸《小雅》，是颇为奇特的。这里，难免又要问：孝子不得终养的不幸，又是如何形诸诗篇的？不幸的孝子本身有诗才，可能；但如此格调诗篇出自一个下层人之手，则太不可思议了。而且，诗篇是下层小民的哀呼，又如何进入《小雅》？所以，稳妥地说，诗篇是有人有意加以保存的结果。大胆一点说，诗篇其实像某些风诗篇章一样，是有人据实而作，是最早的"报告文学"。这正是我们说"采诗"早在西周时期就开始了的理由。

　　以"采诗"的观点观察《小雅》，其中还有不少篇章短小、情真意切的诗篇，如《我行其野》《黄鸟》《苕之华》《何草不黄》等，都是"风诗"的格调。那么，西周从什么时候开始采诗？按照传统的说法，一开始就有。对此，据《诗经》篇章的现状，只能这样说：西周早期的采诗，若有的话，数量极少。例如见于《召南》的《甘棠》篇，很有可能是采集加工的结果，诗篇是怀念"召伯"的，也就是周初大臣召公奭。其"蔽芾甘棠，勿剪勿伐，召伯所茇（休憩）"的句子，爱屋及乌的情感，恐怕是坐在屋子里想不出的。不过这样的诗篇实在是少之又少。可是那些哀怨的短篇，可信为西周后期的就多。像前面说到的《苕之华》：

1

苕之华，芸其黄矣。　　苕：今名凌霄花，藤本落叶植物，七八
　　　　　　　　　　　月间茎端开大型合瓣花。芸：纷纭貌。

心之忧矣，维其伤矣！

2

苕之华，其叶青青。

知我如此，不如无生！

以上二章都是言生不如死之感。

3

牂羊坟首，三星在罶。　　　　牂(zāng)羊：雌绵羊。坟：大。

罶(liǔ)：捕鱼的竹器。

人可以食，鲜可以饱。

此章言世界的凄凉冷落。

　　诗篇也是表现生不如死的感受，"牂羊""三星"的比兴，表现生活的清苦寥落，意象极为鲜明。最后两句表饥荒，也有学者说是指"人吃人"的惨象。总之诗篇令人印象深刻。

　　诸多作品显示这样一点：采集民间疾苦的篇章，在西周晚期出现了一个小小高潮。这一点，引出如下的推测：采诗何以在西周晚期出现？回答是：可能与西周晚期贵族与王权的斗争有关。

　　关于贵族阶层与王室的争斗，前面已经见过许多。西周厉王"专利"，《国语·周语》记载芮良夫亦即芮伯，一位高级贵族，有"夫利，百物之所生也，天地之所载也，而或专之，其害多矣。天地百物，皆将取焉，胡可专也"的反对；厉王因"专利"，实施"弭谤"高压政治，民"道路以目"。也有召穆公，身份更尊崇的贵族，站出来警告厉王"防民之口甚于防川"。就"采诗观风"而言，召穆公此处的说法很值得注意。他说："天子听政，使公卿至于列士献诗，瞽献曲，史献书，师箴，瞍赋，矇诵，百工谏，庶人传语。"（《国语·周语上》）以《诗·小雅》篇章，特别是《蓼莪》之诗的情况看，贵族不仅这样说，他们也这样做了，亦即确实利用民间的疾苦，以诗为矛戈，向王权发出攻击。这不奇怪，西周的天命观念，大小《雅》的诗篇显示，不是曾作为贵族向王权发出抨击之声的崇高的法理根据吗？那么，利用"天命"观念中"天听自我民听"的原则，把小民的呼告谱写为乐歌，不就是很有利的进谏方式吗？"采诗"在西周末年的小高潮或许就根源于此。到东迁的平王和更晚一点的时期，王权与贵族的争权夺利并未消停，更广大范围的采诗因而展开，于是就有"十五国风"的文学高涨期的形成。

　　然而，采诗观风虽可能为周贵族策动，却不是贵族阶层的胜利。风诗大量出现的伟大成果应归功于文化，归功于那个"天听自我民听"的天命观念。有这样的观念，才有这样的文化产物。同时，采诗虽然有利于贵族向王权施加政治压力，但采诗最终所获得的文学结果，其内容之广泛、艺术之成功，又绝不仅限于当时的政治倾轧。在下面一章，我们就来谈谈采诗真正具有的文化和文学价值。

第十六章　风诗的古老面相

采诗，也是文化保存。

前面讲了许多"雅颂"的诗篇。从文化上说，雅颂是西周以来创立的"新文化"，是"礼乐文明"的组成部分，满含尚德、崇尚社会和谐的新精神，是古老文化在西周时代的推陈出新。礼乐，作为礼乐组成的《诗经》"雅颂"篇章，都是流行于贵族上层的，是当时新的上层雅致文化。流行中会影响更普遍的社会大众，甚而流播中原以外。不过，在当时地域辽阔的中原地区，在生活习俗与情调上，还有与"雅颂"所展现的一些迥然相异的存在。它们不仅渊源古老，而且内涵更为多样，更为丰富，在许多方面，还更加人性化，例如同情被欺凌的弱者（如表现诸多"弃妇"的篇章），赞美有见识的女性（如《鄘风·载驰》篇）。

说它们更古老，例如当"周礼"下的男女在"关关雎鸠"歌乐伴奏下缔结婚姻关系时，在郑地的溱洧水畔，则有男女在"子惠思我，褰裳涉溱"的歌声互答中寻找心爱的对方。与周礼约束下的婚姻生活相异样的，还有陈地的"宛丘"之俗，卫地的"桑间"风情。这些，又可以追溯到史前的文化根源。有些习俗，如上述的"子惠思我"的自由相恋，早已在中原地区的婚姻缔结方式中成为过去，表现的诗篇也属绝响。然而，有些风俗，例如婚姻中的"闹洞房"，却是至今风流犹存。令人新奇的是，可以在《诗经》的各地"风诗"中看到它在春秋时期的流行。这样的情况还有许多，例如过大年，至今被认为是中国人生活中最大的节日，在国风中，可以读到两千多年前人们在"过年"时唱的歌。这就是"风诗"的珍贵之处，它记录了种种的地域性的风俗人情，显示了华夏文明深厚而广博的渊源。这就是下面要谈的。

一、水畔、桑中的风情

　　西周文化特重婚姻家庭。这一点，我们在前面讲《关雎》时讲过了。正因如此，对于各地流行的与周礼不同的婚恋习俗，采诗者特别加以注意，这或许可以解释为什么风诗中婚恋题材的篇章特别多（这也是笔者相信有"采诗"之事的理由之一）。这就是《诗经》"风诗"与"周礼"的关联。正因周人特重家庭、特重家庭关系缔结及其生活的和谐，才有"风诗"对大量婚变现象及情调相异的婚恋风俗的重视。因而可以说，《诗经》的风、雅、颂是一个整体，一个有着自身文化逻辑结构的整体。

　　婚恋的篇章保存最多的是《郑风》和卫地三风即《邶》《鄘》《卫》三风。论文化习俗上与"周礼"的关系，距离最远的恐怕要算郑地的一些风诗了。如下面的《郑风·褰裳》：

1

子惠思我，褰裳涉溱。

惠：疑问词，略当于"其"；或许就是甲骨文常见的"叀"字。据于省吾《甲骨文诂林》。褰（qiān）裳（cháng）：撩起衣裳。古代上衣下裳，裳，类似今天的裙。溱（zhēn）：郑国水名，今双洎河的源头之一，古发源于今河南新密市境内，东南流与洧水合流，最后入颍水。

子不我思，岂无他人？
狂童之狂也且！

狂童：狂妄、任性的小子。
且（jū）：语气词。

2

子惠思我，褰裳涉洧。

洧（wěi）：郑水名，发源于今河南登封阳城山地，东南流接纳溱水后，经郑国都城西南，东南流入颍。

子不我思，岂无他士？
狂童之狂也且！

　　这样的诗篇大胆泼辣，明末的《诗经》点评家戴君恩说："多情之语，翻似无情。"是号准了脉的。诗篇所赖以产生的风俗，在此诗篇之后就大体在文献记载中湮灭无闻了。将断未断之际，诗篇的保留不是太珍贵了吗？《郑风》中还有一首，情调与《褰裳》相似，这就是《山有扶苏》：

1

| 山有扶苏，隰有荷华。 | 扶苏：即唐棣树，适宜生长在山地疏林间或灌木丛中，不耐潮湿。荷华：即荷花。 |
| 不见子都，乃见狂且！ | 子都：古代美男子之称。《孟子·告子上》："至于子都，天下莫不知其姣也。" |

2

| 山有桥松，隰有游龙。 | 桥松：高大的山松。"桥"为"乔"字假借。 |
| 不见子充，乃见狡童！ | 子充：指美男子。狡童：狡黠的年轻人。骂人语，犹言家伙、小子。 |

　　诗以高下不同的树与花起兴，作用是反衬。诗言山上的高树与湿地花朵各有其美，言外之意是自己怎么就这样倒霉，本想遇个美男，偏偏遇上了轻狂愚笨的家伙。读这样的句子，不要以为诗中人所见，真的就是貌丑心邪坏小子。所谓褒贬是买主，有情是冤家，骂得厉害，未必真就厌恶。子都、子充都是当时美男的高标准，犹如今日女孩家心中的"白马王子"。"不见……乃见"的句式，看上去像是失望，其似乎也不过是拿子都、子充的标准，揶揄一下对方，当不得真。还有，"狂且""狡童"地骂一骂、贬一贬，在以后的交往中容易占上风。这些骂，也可能是女子对那些在自己面前自我感觉良好的男子痛下针砭，灭一灭对方的傲气和威风。这些，就是所谓"打情骂俏"了。

　　还有一首见于《桧风》的《隰有苌楚》：

1

| 隰有苌楚，猗傩其枝。 | 隰（xí）：下湿之地。苌（cháng）楚：又名羊桃等，藤本植物，果实可食，富含维生素，种类很多。猗（ē）傩（nuó）：婀娜，摇曳多姿貌。 |

| 夭之沃沃，乐子之无知！ | 夭：屈伸貌。沃沃：枝叶润泽的样子。无知：王先谦《集疏》引《鲁诗》说："知，匹也。"无知即无匹、无配偶。 |

2

隰有苌楚，猗傩其华。　　　　华：同花。
夭之沃沃，乐子之无家！
3
隰有苌楚，猗傩其实。
夭之沃沃，乐子之无室！

　　关于这首诗，汉代以来的旧说，都以为是控诉生活艰辛的。如《毛诗序》说："国人疾其君之淫恣，而思无情欲者也。"今人钱锺书先生在其《管锥编》中也说："此诗意谓：苌楚无心之物，遂能夭沃茂盛，而人则有身为患，有待为烦，形役神劳，唯忧用老，不能长保朱颜青鬓，故睹草木而生羡也。"大意都是说有知觉、情感的人，不如无知的草木。这样说，原本也不错。但是法国学者葛兰言在其《古代中国的节庆与歌谣》对此诗提出新的说法：诗篇既"无知""无家""无室"，当为男女相会时的歌唱；对方为单身汉，是歌唱主体"乐"的原因，[①] 因而诗篇的主题就不是表达人不如物的痛苦，而

　　① 这里引用葛兰言的说法，不表示笔者就全然相信他的关于风诗都是山川恋歌之说。西方一些学者研究古代中国有时眼光独特，像葛兰言对这首诗的解读。然而除此之外的情况也须警惕，那就是他们往往各自带着自己的文化先入之见，沿用一些总结自其他文明传统的文化理论，来套用地解释古代中国的经典，因而产生误读。没有任何的"原理"是放之四海而皆准的，任何成套路的理论，若未经审问就套用，往往会把理论的预设当成结论，问题还没有论证实际结论就有了。这是很糟糕的学术研究。典型的例子就是用所谓"套语理论"来解读《诗经》的风诗。葛兰言关于《隰有苌楚》的说法所以可取，是因为它符合远古郑地的文化流传情况，若全盘相信其对诸多风诗的说法，就难免陷入以偏概全的病症了。

是"订婚的歌谣"，歌唱的是男女"在山谷中的邂逅"。是否在"山谷"中相逢，不得而知，因为诗篇无此意象。但葛兰言解释的可取之处在于符合桧地的文化流传情况，也符合桧郑两地风俗的关联。或者说，从《桧风》这首《隰有苌楚》，可以窥知《郑风》中"子惠思我"一类风情的渊源。

桧为周初封国，其贵族始祖据记载为帝颛顼，至帝高辛时为火正祝融，名黎，黎之后有八姓，妘（yún）姓即其一，而桧国君主姓妘。桧国之地即祝融之墟，其都城春秋时在邬，今河南新密市东北。东周初年，桧为郑国所灭，且袭占其地。就是说，桧包含在后来郑国的范围内，而且是其核心地带。这就说到郑地文化积累的古老。春秋时的郑国，受封建在西周后期，封地原在今天陕西东部，其始封君为周宣王的儿子，其人名友。《国语·郑语》记载，友在周幽王朝为司徒，感于幽王的昏暗，大难将至，就想到东方找寻一块新的国土以避王朝覆灭的大难。他向史伯（史官）请教，史伯为他选择的地方就是"谢、郏之间"，也就是包括桧邦在内的今郑州以南的大片地区。其间，史伯还说了一句对理解"郑风"很重要的话，他说：这里"未及周德"。所谓"未及周德"是指西周以来的礼乐文明对此地影响不深。这一点为后来的考古发现所支持，因为此地出土的一些器物，带有浓郁殷商色彩。

然而，包括桧地在内的郑国之地，其文化的积累，虽然受"周德"亦即西周文化影响不深，却另有根源，这也为考古发现所证明。在今天河南舞阳县贾湖村遗址（属于裴李岗文化）曾发掘出土距今七八千年前用禽鸟腿骨制的今天还能吹出声的七孔笛；在距郑国都城不远的长葛石固，也发现过时代稍晚的骨笛；再后来，考古发现今天的郑州曾一度为商代都城。如上所说，郑地包含了桧邦的区域，而桧地所在的新密，现代考古曾在这里发现过新砦遗址，其时间早于二里头文化（二里头文化在今河南偃师，是夏文化的主要源头之一），是后者的渊源。而新砦遗址的文化之源却来自古代所谓东夷地区，并同时受到来自西部文化的影响从而形成交融。[①] 就是说，古老的桧地因其地处当时的东西文化交融之地，所以一度领先。商周交替之后，历史变化了，这里虽然"周德"不深，反而有助其保存古老的文化与文学。进入西周后期，古老的文化原野徙居的是一批具有时代特点的新居民。

① 参见魏继印：《论新砦文化的源流及性质》，载《考古学报》，2018(1)。

据《左传》所载子产之言，郑国人东迁此地时，曾有大批商人前来，并受到郑国贵族政府的保护，因为此地商业发达。还有一点很值得注意，郑国封建较晚，东迁时已进入"礼坏乐崩"的东周时代。郑庄公"射王中肩"的严重冒犯，更表明郑国的不守传统礼法。深厚的文化蕴积、优良的地理条件，加之不拘传统、重视商人的基本国策，都决定了郑这一后起新邦文化上的自具面目、特点鲜明。其中突出的一点就是"郑风"篇章，具体说即那些男欢女爱的诗篇，表现出与《关雎》《葛覃》《卷耳》等全然不同的风调。于是就有了一个问题，那就是"郑风淫"的话题。

《论语》中，孔子曾言"郑声淫"，这引发了古来学者的诸多议论。"声淫"，诗篇自然也"淫"，这是最正统的理解，如班固《汉书·地理志》就说郑地"男女亟聚会，故其俗淫"。许慎《五经异义》也说："溱、洧之水，男女聚会，讴歌相感。"（《礼记·乐记》疏引）再后来朱熹《诗集传》说："《郑风》二十一篇，记妇人者十九，故郑声淫。"①他还说："《卫诗》三十有九，而奔淫之诗才四之一。《郑诗》二十有一，而奔淫之诗已不翅（啻）七之五。卫犹为男悦女之词，而郑皆为女惑男之语……是则郑声之淫，有甚于卫矣。"对此，也有不同看法。与朱熹同时的吕祖谦就曾表示："郑声淫"不等于"郑诗"也"淫"。之后不少学者赞成吕祖谦的说法，如清代的李绂就以为："淫"之一词多义，不一定指男女之事（李绂《郑声淫解》，见《穆堂初稿》卷二十）；另外，清初学者李光地还提出一个有趣的说法：所谓"郑声淫"，是"净曲以旦唱"（见《榕村语录》），用今天的话说就是花脸唱腔用旦角的风格唱。就是说，同一曲子唱法上太过柔美，也可以称之为"淫"。《左传》还记载了一件很著名的事，就是"季札观乐"，大贤人吴公子季札到鲁国，鲁国为之演奏《诗经》，季札边听边加以评价。听到《郑风》，季札评论道："美哉！其细已甚。"先言"郑声"乐调是美的，又言其"细甚"。所谓"细"，应该是指郑声的新风格：相对古乐的厚重、沉稳、高雅，郑声可能是腔调细腻委婉、柔曼接近世俗的。这样的风格完全不像"先王之乐"那样强调厚重节制，就如同后世古典音乐与流行音乐的泾渭分明。孔子所以说"放郑声""郑声淫"（《论

---

① 　朱熹之说来自许慎，《五经正义·礼记疏》引许慎之说谓："郑诗二十一篇，说妇人者十九矣，故郑声淫也。"朱熹引用此说时，将"说（悦）妇人"改成了"记妇人"，虽一字之差，分别还是很明显的。

语·卫灵公》），又说"恶郑声之乱雅乐"（《论语·阳货》），应是站在古典立场上对"郑声"的新风格表示不满。若从音乐声腔的古老渊源看，孔子也是站在华夏之声的立场，对渊源于东方文化的声乐表示不认可。

"郑声"与"郑诗"，应该有所区别，但若说一种新声所歌唱的内容完全守旧，恐怕也不是确论。实际上，《郑风》男女相会相悦甚至"女惑男"的诗篇确实不少。但是，仔细观察，郑风的男女相悦，其实是古老风俗在当时的复苏。《郑风》多的是广大乡野男女们在一定时节的聚会歌唱，与流行于卫地的桑间之喜有明显分别。就是说，随着郑国宽松文教政策的实施，沉寂多年的古老婚恋风俗，又在溱洧水畔复活了。而《桧风·隰有苌楚》似乎可以视为郑地风俗的渊源。然而，复活的风情若当时无人加以记录保存，后人也难以见到。因为就当时整个的社会风俗发展趋向看，周礼的那一套文化，正在日渐流行，即将把古老的风俗风情淹没。这就是"采诗"的价值。

如前所说，"雅颂"诗篇代表的是新文化、新意识，王朝崇尚德治，重视农业，慎于征战等，雅颂诗篇表现这些。与之相对的各地"风诗"，则视野大开，眼界大变，而关注各地的风俗。那些因风俗而生出的各种风情，就是其重要特点之一。这样眼界视野的变化是十分适时的。因为当时各地渊源古老的文化正在新礼乐文化的广及之下，趋于淡化乃至被掩映，举例而言，像郑地风诗中那种"子惠思我，褰裳涉溱"的活泼情意及其所附丽的异样风俗，在春秋以后的华夏地区基本绝迹了。在这样的时候，若不是"风诗"的保存记录，两千多年前郑地流行的一种古老的婚恋习俗，及由此诞生的俏丽的文学，恐怕也就看不到了。这就是"风诗"的文化保存价值。"采诗观风"或许在当初是出于政治的考虑，其价值绝非仅限于政治，采诗其实也是区域文化的调查。后来汉代出现记述了当时地域风俗的《史记·货殖列传》和《汉书·地理志》那样的重要文献，其渊源就在"风诗"对地域风情的记录。也许，只有地域辽阔的文明，这样的文化意识才会出现得这样早。

二、土丘与羽毛

过去讲《诗经》的"风诗"，多侧重"饥者歌其食，劳者歌其事"的现实精神，这很有意义，不过，讲多了就难见新意。所以我们这回讲"国风"篇章，想多讲点文化上的。前面说了"风诗"保存了春秋时水畔桑间的恋歌与为生育男女交会。这样的风俗在陈地的《陈风》诗篇中也有，其风情则又有所不同。《陈风》中保存了一首诗，据传统的说法，与春秋时一位风流女性和一段十分出格的风流韵事有关。这首诗就是短短的《株林》。诗是这样的：

1

胡为乎株林？从夏南。　　　　株：邑名，夏氏的封邑，夏姬住处。

夏南：夏征舒，字子南。陈大夫御叔与夏姬之子，曾弑杀陈灵公，自立为君，不久为楚庄王所杀。

匪适株林，从夏南。　　　　　匪：非。适：去，往。

2

驾我乘马，说于株野。　　　　乘（shèng）马：四匹马，古代四匹马为一车驾。说：通"税"，停车休息。

乘我乘驹，朝食于株。　　　　朝食：吃早饭。在此为两性之事的隐语。

　　诗很短，却曲折多味。开始以问答起，问到株林干什么？回答是"从夏南"，意思就是"找夏南"；且"从夏南"一句重复一下，以示去夏家没有别的意思。如此语态，恰成此地无银三百两。当时的陈国君主是陈灵公，他同时与两位大臣"组团"去夏家。这件事情在当时可能尽人皆知，《国语·周语下》就记载王朝大臣单公路经陈国，回朝对周王说陈灵公"弃其伉俪妃嫔，而帅其卿佐以淫于夏氏"，可见灵公君臣那点糟糠风骚事，不但陈邦的国人知道，连王朝也都知道。如此再看诗篇的"匪适株林，从夏南"的重复，越发可以感受到诗篇是在以模拟灵公君臣的解释，来揶揄他们的此地无银的说辞了。这正是诗篇妙处。下面就写君主驾驶驷马拉的车招摇过市地去夏家，诗篇故意用语含糊，说他们是去"朝食"，真所谓"食色性也"，诗以"食"隐"色"，两样都是没有离开身上的那点子动物需求，是不言的讥讽。诗篇写这件事，巧的是在《左传》中也记述了夏姬的"历史贡献"。因为她与陈灵公的事，给楚庄王灭掉陈国提供了借口，夏姬也作为战利品被带到楚国。楚庄王看见她神不守舍，想要她，有位大臣，名叫申公巫臣的，就站出来，说：此女不吉利。君主作罢。两位楚国大臣子重、子反见到她，也神不守舍,想要她,申公巫臣站出来,说:此女不吉利。两位大臣缩头。夏姬当然不会闲着,就给楚国大夫连尹襄老做老婆。数年后,连尹襄老战死了,夏姬再次孀居,申公巫臣就来了。原来申公巫臣早就爱上夏姬,等了十来年,现在终于有了机会,就约夏姬到她的母邦郑国见面。夏姬最后跟着申公走了。这一下,惹恼了楚国的那两位大臣。他们现在回过味来了:原来你申公巫臣说夏姬不吉利,是打算为自己留着的!两位吃了老醋的大臣找不到申公,就把申公留在楚国的家属杀了。申公巫臣要报复,就传信给两位大臣说:你们这样凶残,我就叫你们不得安生。于是申公巫臣给楚国的敌人晋国出主意,提醒晋国在楚国背后培植敌对势力。晋国人得此妙策,马上派人到楚国东南的吴国,助其提升战斗力,吴国迅速崛起,楚国腹背受敌。楚国后来如法炮制,也在吴国背后培植敌人,由此吴国东南的越国也迅速崛起。如此,春秋后期历史的热点向东南转移。按照《左传》的记载,这都是因为夏姬引发的。如此说,该女对历史变化不是很有"贡献"吗?推动历史变化的力量,看来有点复杂。①

回到正题,陈国出这样的事,个人品格的因由是有的,更复杂的原因,则应从当地的风俗着眼。陈地所在,古有太昊之墟,今有平粮台史前文化遗址发现,属东夷文化区域。记载周武王封建舜的后代胡公满到陈地作诸侯,其遗址文化的地域性特征很明显。《周礼·考工记》说:"有虞氏上陶。"胡公满之父曾为周之陶正,而陈地制陶业的发达确实始自远古,自龙山文化时起这一带先民的制陶技术,"无论是快轮技术的发达程度,陶土的选择和加工技术,还是陶器的烧制技术的进步程度",在"整个中原地区"都是领先的。② 陈国人好巫尚祠,旧说认为其起因是胡公之妻大姬。大姬为周武王之女,大姬嫁胡公,由此陈地"妇人尊贵";又因大姬婚后长期无子,于是她"好祭祀,用史巫",对民风也有很大的影响。还有学者如元代的刘玉汝

---

① 夏姬与征舒的关系为母子,是《左传》说的。还有一种看法说他们是夫妻,依据是最近出现的"清华简"。按照后一说,夏姬的迷人就好理解了。因为若夏姬真是征舒的母亲,当年闹翻陈国的时候,夏姬岁数已经不小,再过十年,还能迷倒申公巫臣,就有点反常。当然这个问题还需要进一步讨论。另外《左传》写夏姬的作用,难免有夸张之嫌,因为对历史发展大势而言,一个女人魅力的作用毕竟有限。从这点上说,《左传》述夏姬之事,难脱想象之嫌。

② 参见董琦:《虞夏时期的中原》,268页,北京,科学出版社,2000。

《诗缵绪》就认为陈地巫风受楚国影响。实际上，陈地好祠巫风，大姬的影响或许是有的，来自楚的风俗影响也不好绝对说无。然而，一个人对一个地区的风俗形成究竟有多大作用，不无疑问；而楚地的巫风含浓厚的夏文化因素，陈地的风俗则源自东夷文化，各有来历，风情也迥然相异。就陈地文化的根基而言，这里曾发现过远古祭坛，还有甲骨占卜遗物，表明自古就是宗教中心。时至今日，据民俗学者研究，陈国故地仍然保存了不少古代风俗，如有所谓"担经挑"舞蹈，舞蹈者几人一组，舞步都象征男女之交，就是古代祈子仪式的孑遗。①

下面要讲的《陈风·宛丘》当是这种风俗的最早文字记录。《宛丘》曰：

1

子之汤兮，宛丘之上兮。　　子：你，指陈国大夫。宛丘：四周高、中间凹的丘，称宛丘。据《水经注》，宛丘在陈国都城（今河南淮阳）东南不远处。汤（dàng）：形容舞蹈的样子。

洵有情兮，而无望兮。　　洵：实在，真是。无望：无德望，不知礼。一说"有情"即有诚，"无望"即无妄。

2

坎其击鼓，宛丘之下。　　坎其：犹言坎坎然。

无冬无夏，值其鹭羽。　　值：执。鹭羽：鹭鸟的羽毛，舞蹈用的道具。

3

坎其击缶，宛丘之道。

无冬无夏，值其鹭翿。　　翿（dào）：鹭羽做的类似旗帜之类的舞蹈道具，指挥舞蹈变换队形用。一说，鹭翿不用时，树立在舞阵之前，所以

---

① 参见穆广科、王丽娅：《颂扬人祖伏羲女娲的原始巫舞——担经挑》，载《民间文化》，2000(11、12)。

称诗篇言"值"(植)。

诗篇有些地方令人疑惑，如开始就用一个"子"，从诗篇制作者的角度，似乎知道是谁，可是读者就难免莫名所以了。另外，"洵有情兮，而无望兮"两句具体所言，也难以确凿解之。《孔子诗论》载孔子评论："'洵有情，而亡望'，吾善之。"对理解诗义，还是等于什么也没说。若从诗篇系"采诗"而得的角度来解释，"无望"就可以理解为"无德望"，甚至整首诗篇都是对陈地宛丘舞乐不以为然，因为陈地宛丘之舞，与周人提倡的生活习尚相去太远了。不过，有一点是可以确定的，那就是诗篇表现了在宛丘之地的乐舞，而且乐舞中还有"鹭羽""鹭翿"之类的羽毛之物。土丘和羽毛，正显示了诗篇在文化渊源上的古老面相。

先来看看"宛丘"。诗中的宛丘之地，文献说是帝太昊伏羲之都。有学者推测，考古发掘出的平粮台古城遗址，可能就是诗篇中的古宛丘。又《韩诗外传》载子路与巫马期采樵于韫丘之下，有"富人觞于韫丘之上"之语，"韫丘"即宛丘。如此，春秋后期宛丘仍为富贵之人的游乐之所。《陈风》诗篇的古老面相，正可以从宛丘得以窥之一二。

《尔雅·释丘》说："天下有名丘五，其三在河南，其二在河北。""河"，指黄河。不论河南还是河北，古人这样说实有其道理。考古发现的许多与祭祀有关的遗址，多在人工堆积的高土堆上，例如分布于今浙江一代的一些良渚文化遗址，黄河两岸的平原地区，更有许多的丘墟见诸记载，以《左传》所记载而言，有"有莘之虚""昆吾之虚""颛顼之丘"及"少皞之墟"，等等。"虚"即"墟"，亦即丘。在今天的山东鲁西平原一带，有一些土丘，当地人称"崮堆"，学者用探杆对其中一些"崮堆"作探查，发现不少"崮堆"为古人堆积而成，聚土成丘的时间是从夏代之前的龙山文化一直延续到商朝的漫长时光里。①《尚书》中的《禹贡》篇说，经过大禹治理后，大洪水退去，兖州之民"降丘宅土"。就是说，先民因为洪水泛滥筑丘而居，水患逐渐退去又转而迁居平川。

---

① 参见邵望平：《禹贡"九州"的考古学研究》，见苏秉琦主编《考古学文化论集》二，北京，文物出版社，1989。

大洪水是一个世界性的传说。四千多年前，也就是在传说的尧舜时期中国是否真的发生过大洪水，各种看法都有。上面提到的考古发现的河南新密的新砦遗址，就存在曾被洪水冲毁再重建的痕迹；此外还有甘肃的喇家遗址，更是典型的洪水冲毁遗迹。由于诸如此类的发现，近期人们对大洪水的传说不再单纯地以"神话"视之。这正是理解黄河南北古代"丘"多的一个前提。躲避水患，积高丘而居就是有效的办法；躲避一般性的潮湿，堆积土丘居住也还是办法。另外，堆积的高土丘，还是古人观测天象、敬奉生灵的地方。后者，很可以解释人们"降丘宅居"后仍然视上丘为神圣之地的缘由。居住到平川了，可那些被遗弃的古丘，可能并未完全失去意义。相反，它们由生活的栖居地变而为精神活动的场所。就是说，在"降丘宅居"之后，这些高丘反而变得神圣而神秘，成为宗教、风俗节日的重要活动场所。因而，古老高丘也就成了远古文化风习的延续之所。

而"宛丘"之"宛"，一般理解是四周高中间低的意思。与之形状相同的丘，亦称"尼丘"。孔子名"丘"字"仲尼"，据说是因他父母曾祷于尼丘山而生孔子。如此，与"尼丘"同义的宛丘，其祭祀的内容与生育有关，当是大致可信的。《陈风》还有一首关于"宛丘"的诗，讲人们前往宛丘聚会，还带着吃饭的炊具。这就是《东门之枌》篇：

1

东门之枌，宛丘之栩。	枌（fén）：白榆树。栩：栎树。栎树亦为古代神社所植，《庄子》：宋有栎社。
子仲之子，婆娑其下。	子仲：人名。陈国大夫。子：女儿。婆娑：舞蹈貌。

2

榖旦于差，南方之原。	榖旦：好日子。于差：前往。差，徂，往。原：为陈国大夫之氏，即进一步交代上文"子仲之子"的家族。一说，高地为原，此处即指宛丘，其地在陈都之南，故称"南方"。
不绩其麻，市也婆娑。	绩：纺织。

穀旦于逝，越以鬷迈。　　越：发语词。鬷(zōng)迈：成群前往。
　　　　　　　　　　　　　　鬷，密集。迈，前行。一说，鬷为炊
　　　　　　　　　　　　　　具，指带着炊具参加神事活动。
视尔如荍，贻我握椒。　　　荍(qiáo)：锦葵花。握：一把。
　　　　　　　　　　　　　　椒：花椒籽，隐含多子的意思。

　　诗篇所表现的社会风俗，与《宛丘》相类。《宛丘》开篇即言"子之汤兮"，而此篇"子仲之子"，则指名道姓，大夫之女竟可在男女聚会的日子婆娑而舞，巫风之浸染可谓深及社会上层。不同于《宛丘》所表为集体祭祀的歌舞，此篇所表重点，则为男女在宛丘枌榆栩栎丛中的汇合。在这一点上，"《陈风》所歌之事，最近于郑"①。诗篇结尾处"视尔如荍"两句，即言男女相赠，也与《郑风·溱洧》所言芍药之事颇类。这也是诗人专门选取了男女相会中的一个小细节来写，意在暗示这样的聚会，其实就是男女亲热、各遂所愿的日子。而"不绩其麻，市也婆娑"之句，又分明表达了对如此歌舞的不以为然。据此而言，诗篇也很可能是采诗官写的，是为了展现一种与周礼相异的风俗。又据章太炎先生《春秋故言》的说法，周代各国的史官都是王朝派遣的，有监督作用。此诗及《宛丘》，从诗人情感的与陈地风俗格格不入看，如果不是采诗官所为，那也是史官一流人物采集加工的。

　　还有一点，就是"越以鬷迈"一句。传统解释"鬷"是"聚集"，但这个字的本义是炊具，如后来的釜锅之类。于是有学者提出这个"鬷"字在本诗中就是指炊具，是说人们前往宛丘聚会是带着锅碗之类的炊具的。这是很有意思的说法。近年考古的一个新发现是双墩遗址的发掘，该遗址在今天安徽蚌埠附近，距陈地不太远。考古学者在双墩遗址的高地上发现了大量的饮食器如碗之类的陶片，因而有人推测，七千年前的古人在遗址的所在高地，也是定期聚会，在"谷旦"的好日子，各自带着炊具聚会欢乐，最后将炊具就地摔碎。年复一年，所以千百年后这里还可以看到大量的饮食器的瓦片堆积。诗篇与考古发现结合着看，远古的一些习俗影影绰绰地向我们展现其神秘的风姿。

———————————

① 傅斯年：《诗经讲义稿》，29 页，北京，中国人民大学出版社，2004。

现在再来谈谈宛丘舞蹈中的羽毛。

《宛丘》的诗篇，除了"宛丘"的土丘之外，还言及"鹭羽""鹭翿"。古代舞蹈，见诸《周礼·地官司徒·舞师》，就有"舞师"所教"羽舞"和"皇舞"。所谓"羽舞"，郑玄《周礼注》解释说："析白羽为之。"《宛丘》诗篇称"鹭羽""鹭翿"，也是白色的。所谓"皇舞"，郑玄注："以羽冒覆头上，衣饰翡翠之羽。"看来"皇舞"规格是很高的。《礼记·王制》说："有虞氏皇而祭。"句中的"皇"字，郑玄注："冕属也，画羽饰焉。"是说有虞时代是用"皇舞"来祭祀，而有虞氏即尧舜时期舜所建立的邦家。如上所述，陈国的君主正是舜的后代，更说明羽毛之舞与陈的关系。不过，周人也是用鹭羽为舞蹈的道具的，见诸《诗经》，就有《鲁颂·有駜》"振振鹭，鹭于下。鼓咽咽，醉言舞"的描述。按照这首诗所显示的情况，《周颂·振鹭》篇（本书第三章曾讲到这首诗）的"振鹭于飞，于彼西雍"，也可以理解为是执鹭羽而舞，以迎接来到周家辟雍的客人（指宋国贵族）。这该是周人沿用前朝文物的显示吧。

上述这一切，都是与羽毛有关的祭祀舞蹈。而且，关于"羽毛"，还有一些记录显示了它在春秋时的重要。例如《左传·僖公二十三年》记载流亡的晋国公子重耳在楚国受到客气接待，楚王就问重耳：将来你回国成了大事，用什么报答我？重耳的答词中就有"羽毛齿革则君地生焉"（羽毛象牙皮革您这里生产）一句，"羽毛"看来在当时是颇有价值的。在《左传·襄公十四年》还有这样的记录："范宣子假羽毛于齐而弗归，齐人始贰。"说晋国大臣范宣子借了齐国羽毛制作

图 16-1　良渚文化玉琮上的人鸟图

的旌旗不归还，齐国人因此对晋国人有背离之心。晋国是当时的霸主，借人东西不还，有欺负人的意思。可是，一件羽毛制品，还要去借，且借而不还，甚至可以起到影响诸侯关系的作用，今天看实在有点奇怪，可见在当时"羽毛"之物，实在不简单。那么，"羽毛"之物的不简单，又因为什么呢？一些考古的发现或许能回答这问题，起码可以让今天的人们体会一下，"羽毛"之物的不凡在文化上的古老来历。

在良渚文化出土的玉器上，有一种"人鸟合一"的图案，有繁有简，种类颇为不少。最繁的图案形状（图16-1）如下：一个坐着的人，长着倒梯形的人脸，头部则长（或戴）着鸟类的羽毛，郑玄注"皇舞"所言"以羽冒覆"或许就可以从这些良渚玉器找到其古老的渊源。图案头戴羽毛的形象，整体看像一个人跏趺而坐，可细看其足部，却长着鸟类的爪子。这就是认为图案是"人鸟合一"的理由。不少人认为这是一个远古巫师的形象，巫师做人鸟合一之相，意味鸟的尊贵。那么，那"人鸟合一"中的"鸟"又意味什么呢？

图 16-2　大汶口陶缸外刻画
飞鸟携日飞升图

图 16-3　陕西华县出土仰韶文化
"三足鸟图案"

图 16-4　仰韶文化遗址出土彩陶上的
"飞鸟负日"图

关于"鸟"的考古发现，有上述良渚玉器图案；在河姆渡文化发现过"双鸟捧日"（图16-5）的牙刻；在仰韶文化的陶器上（图16-4），发现过"飞鸟负日"的图画。① 这些，透露了"鸟"与"日"的一而二、二而一的密切关系。再

①　这幅图景，过去有学者解释为"文字画"，其意思也有学者解释为"炅"。但也有学者如王大有《龙凤文化源流》，王永波、张春玲《齐鲁史前文化与三代礼器》等解释为：定囷的圆形代表"日"，中间的月牙形状是"鸟"，下端则表示"山峰"，整个图景是太阳离开山峰定点继续上升的意思。古人正是以太阳从某个山头生起，来判断时令。陶寺遗址所发现的古观象台，其测定时令，也采取的这一原理，本章中图16-3、图16-4的三条竖线和飞鸟负日的形象，也与上述的鸟与日的关系有着高度的相似。

征诸文献，不少古代文献都谈到太阳中有鸟，而且那鸟是"三足"的，称"三足乌"。例如《淮南子·精神训》就说："日中有踆（zūn）（一说"cūn"）乌。"东汉的高诱注解说："踆，犹蹲也，谓三足乌。"东汉王充《论衡·日说》说得更直接："日中有三足乌，月中有兔、蟾蜍。"大家知道日月分别是"阳"和"阴"的代表，日中有"三足乌"，表示"鸟"也是阳的代表。而太阳中的鸟"三足"，绝不是汉代才有的，早在仰韶文化庙底沟类型的陶器上就绘有"三足"之"鸟"图案（图16-3、图16-4），汉代文献只是沿袭了渊源古老的太阳神话而已。而且，有意思的是图16-3中的鸟，就其构形看，上边部分即一个椭圆与一月牙组成的鸟飞翔的形状，还与大汶口陶缸上的飞鸟图案的上半部分高度吻合。而图16-4则采取了更直接的构图，那就是鸟背负着太阳。总之，认为太阳与飞鸟关系密切，是很早就开始了的，而且这样的观念，在东部沿海乃至内陆都广泛流传。

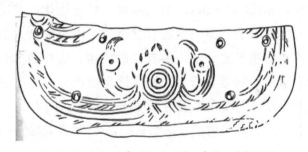

图 16-5　河姆渡象牙板上的"双鸟捧日"线描图

回过头来再看陈风中宛丘之上的"值其鹭羽""鹭翿"的舞蹈，可以有点新的理解。这样的舞蹈，应该就是古老的"皇舞"在春秋时代陈地的孑遗，它沿袭的是古代敬奉太阳的遗习。不过，这里笔者想再次提醒这样一点：先民崇拜鸟，崇拜太阳，头戴羽毛或手持羽毛制作的旌旗婆娑而舞，绝非像一些学者所说的，是什么"日神"崇拜。古代是很关注太阳，但一个像古代埃及那样崇拜那个巨大发光体的宗教信仰是不存在的。古人更关注的是太阳的按时升起，亦即按照固定时序的起降升没；具体说，宛丘敬奉太阳的风流余韵，亦如《尚书·尧典》所言"寅宾出日"；就是说，先民的敬奉太阳属于"敬授民时"的重要活动。不是崇拜太阳本身，而是礼敬太阳的正常运行，一切人的舞蹈祈求活动，都有维护这个运行秩序的意味。这可以在《楚辞·九歌》中获得证据。《九歌》中有《东君》和《云中君》两首，前者礼敬日出，后者礼敬月亮。当年在学术界曾有一种怀疑，说太阳那样重要，怎么能与月亮，还有掌管生育、受命的"少司命""大司命"，以及"山鬼"那样的诸神并列呢？是否现在的本子是错简呢？其实后来的研究表明，这样疑问是不切实际的。即以礼敬太阳的《东君》篇而言，人们礼敬的不是太阳本身，而是它在早晨如期升起。真正统领一切的神，在《九歌》中也表现得很清楚，不是太阳，而是"东皇太一"，太阳只是伟大的宇宙秩序中的一个具体的神物，而且太阳在特定时刻上升到天空的固定高度，才是《东君》篇激情而热烈的舞乐所歌呼的对象。就是说，太阳的升降，代表着时序，代表节令有序更迭，其实也就是代表着农耕事业的有效进行。敬奉"出日"在高丘进行，与《礼记·祭义》"祭日于坛""祭日于东"之说也颇为相合。

至此，可以说，《宛丘》中的"值其鹭羽"的舞蹈活动，应该是远古礼赞太阳升起的舞蹈活动的存留。执羽毛而舞，正是礼敬太阳必不可少的道具。不过，时至春秋，宛丘"寅宾出日"的色彩似乎早已淡化，充溢其间的是男女相会"声色生焉"的节日气息。这也有其道理，因为敬奉太阳本身就含着一种祈求，即在作物生长之外的人类自身的繁殖。这样的节日，在陈国之地，从诗篇所显示的舞蹈道具看，规格应该是很高的，是连贵族上层也卷入其中的。这就与郑地男女在风俗的节日"伊其相谑"不同了。

宛丘之舞和宛丘之舞上的羽毛，都显示着风诗"古老"的一面。

三、闹洞房与过大年

前面说过，雅颂的诗篇是西周"礼乐"新文化，对后世的影响很大，例如从诗篇所含的"德"的观念，可以推演出后来儒家的"仁"的原则，等等。可就是在今天，一般百姓具体而真切的生活，也往往与风俗有关。例如，闹洞房的风俗，在西周强调的婚姻礼乐中是不见踪迹的，可是，若追究起来，这样的风俗在当时一定是有的，然而周人礼乐的诗篇对此缄默。还有，如过年，西周诗篇中那些农事诗，如前面讲过的农事典礼的篇章，如《周颂·噫嘻》《小雅·楚茨》，前者属于春日的耕种，重大典礼其实也是重大节日，但西周的诗篇歌唱的却只是耕种，只是强调对祖宗传统的遵守。

在风诗中，"闹洞房"的诗篇，见《齐风》，也见于《唐风》，后者最典型。先来看《唐风·绸缪》：

1

绸缪束薪，三星在天。

绸缪（móu）：捆缚。束薪：做火把用的薪束，在《诗经》中往往隐喻结婚行为，下文"束刍""束楚"同义。据《浙江民俗大观》，在南方的一些地方，至今有在婚姻礼品中放置束薪的习俗。三星：参宿，排在一起的三颗星，古人常以三星的位置判断时间。

今夕何夕？见此良人。

良人：好人。

子兮子兮，如此良人何？

子兮：子，你的假借，子兮犹言你呀。如此句：怎么对付这么好的人呢？语含调笑。

2

绸缪束刍，三星在隅。

刍：草。隅：角落，指三星偏斜。邂逅：佳偶之称，《诗经》中的特定语词。

今夕何夕？见此邂逅。

子兮子兮，如此邂逅何？

3

绸缪束楚，三星在户。

在户：言三星很低，从门窗处就可以看到。

今夕何夕？见此粲者。

粲：美女为粲。

子兮子兮，如此粲者何？

诗中"绸缪"句喻示成婚，"三星"则点出同房的夜晚。"今夕"以下四句，都是戏谑之辞。本是结婚的日子、合卺之夜，诗却说不知"何夕"、不知"如何"，这是装糊涂，正是开玩笑的口吻。诗赞美新人是"良人"、为"粲者"，马上一转脸，问"子兮子兮"，你将"如此良人何"，男女结合的夜晚，这样的问，也是明知故问，羞臊对方。闹洞房总是会说一些荤头的话，羞臊新人特别是新娘子，是最可取乐的法子。这在今天的同一风俗中也是如此。

古人如《毛诗序》说此诗是"刺晋乱也。国乱则昏姻不得其时焉"。说是"刺晋乱",究竟"刺"什么"晋乱"也没说清楚。不过,《毛诗序》说此诗与"婚姻"有关倒是很有用的一点,"闹洞房"也是婚姻之事的一部分。总之诗篇是流行于晋地新婚之夜闹洞房的谐谑曲。巧的是,在《齐风》中也有这样的篇章,就是《东方之日》:

1

东方之日兮,彼姝者子,在我室兮。

> 东方之日:比喻女子美丽。宋玉《神女赋》:"其始来也,耀乎若白日初出照屋梁;其少进也,皎若明月舒其光。"即本于此诗。
> 姝(shū):美丽。

在我室兮,履我即兮。

> 即(xī):膝盖。古人跪坐在席上,所以能踩到膝。据于鬯《香草校书》和杨树达《积微居小学述林》为说。

2

东方之月兮,彼姝者子,在我闼兮。

> 闼(tà):门内,屋里。

在我闼兮,履我发兮。

> 发:脚,足。据于鬯《香草校书》和杨树达《积微居小学述林》。

这首诗与《绸缪》主题一样,表现手法却颇为相同。《毛诗序》认为此诗是"刺淫奔"的作品,即描绘男女幽会的,今人有人则认为是"描写新婚"的。说男女幽会与诗篇所表还算贴得上边,说是"刺",则在诗篇找不到任何影子。实际依着理解《绸缪》那样的思路,诗所言的"履我即""我发",解释为"闹洞房"的荤话,也是可以的。说它"描写新婚",有点流于含糊;说它是"男女幽会"也得理解为调侃的笔致才好。这样,就不如解之为闹房歌贴切了。诗篇以东方旭日的明丽比喻少女的娇美,曾启发过宋玉、曹植等。

闹洞房的习俗起源甚早,流传的地域也很广,在今天某些地方依然流行。《汉书·地理志》记燕地风俗:"初太子丹宾养勇士,不爱后宫美女,民化以为俗，至今犹然……嫁取之夕，男女无别，反以为荣。后稍颇止，然终未改……燕丹遗风也。"所言"嫁取之夕，男女无别"正是闹房的风俗。不过，称闹房风俗起自战国后期燕国太子丹，① 把一种古老社会现象归因于某个人，则是不确当的。后来晋代的葛洪著《抱朴子》，在该书的《外篇·疾谬》中，关于闹房之事，有这样的说法："俗间有戏妇之法，于稠众之中、亲属之前，问以丑言，责其慢对，其对鄙黩，不可忍论。"所言"戏妇"就是闹洞房，问以"丑语"，就是诗篇中的"如此良人何"与"履我即""我发"之类的话头，而且是在"稠众之中"的。至今在笔者所见的北方乡村中，这样的闹洞房习俗还在延续。还有所谓"三天不论大小辈"的说法，谁家结婚没有人来闹一闹，那一定是人缘不好。闹的情形不外是一些半大男孩子们对着新娘子或自比新郎，或者说些新婚夜晚要发生的"那事"，作调笑的料子，严重点的，还外加一些意在取笑的动手动脚。诗中"履我"膝、足云云，就是闹房者自比新郎"占便宜"的话。这是诗篇中"我"字的来历。人类文化学家认为，迎亲仪式及洞房挑闹之俗，与远古时代的抢婚及普那鲁亚婚制（一妻侍奉诸位兄弟）有关，此诗所表现的就是这种古老婚俗的遗迹，甚至诗中的自拟新郎，都应该是远古亚血族婚俗虚套化了的表现。

下面来看《唐风·蟋蟀》这首"过年歌"。诗曰：

1

蟋蟀在堂，岁聿其莫。	蟋蟀：又名促织、蛐蛐，在堂鸣叫的时间一般在秋冬之际。聿：语词。莫：暮，岁末。读音与"暮"同。
今我不乐，日月其除。	除：去，结束。今言"除夕"，本于此。
无已大康，职思其居。	无已：不要。已通以。大康：过分享乐。大即太。职：常，当。居：平时。
好乐无荒，良士瞿瞿。	荒：沉溺享乐耽误正事。良士：好人，

① 《史记·刺客列传》记载燕太子丹从秦国逃回燕国，就养了包括荆轲在内的刺客，以劫杀的方式报复秦王政（即后来的秦始皇）。"不爱后宫美女"是说太子丹豁出了自己的后宫美女来优待刺客，以使其为自己卖命。

有智慧的人。瞿（jù）瞿：有所顾忌的
样子。

2

蟋蟀在堂，岁聿其逝。

今我不乐，日月其迈。　　迈：过去。

无已大康，职思其外。　　外：意外的事。

好乐无荒，良士蹶蹶。　　蹶（guì）蹶：疾敏貌。

3

蟋蟀在堂，役车其休。　　役车：行役和车马之事，概言一年的劳
作。

今我不乐，日月其慆。　　慆（tāo）：流逝。

无已大康，职思其忧。

好乐无荒，良士休休。　　休休：和乐貌。

诗篇言"日月其除""其迈"，又说"役车其休"，很明显是一年到头了。至于诗篇所在的年代具体哪个月"过年"，还得继续研究，但诗篇为年节中的歌唱，是没有疑问的。适度享乐是诗篇表达的主旨，也是没有问题的。年终过节，也就是过年，从什么时候开始？这可就久了。儒家文献《礼记》中有一篇《郊特牲》，记载说："伊耆氏始为蜡；蜡也者，索也。""伊耆氏"是谁？古代注解说是"唐尧虞舜"时期的帝尧，伊耆氏所在的地区，有文献记载（近年陶寺遗址发现也可证明这一文献之说），恰好就在晋邦所在的区域，这里的诗篇称"唐风"也正因此。所谓"蜡"，《郊特牲》的作者自己就给了注解："索也。"所谓"索"，就是求索，年终过节了，要把各种保佑帮助过农事的神灵请过来一起予以回报，这就需要"索"即索求这些神灵，呼唤神灵前来。说起来，流传至今的过年，是农耕文明发展后的节日。

古代文献称古老的过年节日"一国若狂"。这也是《礼记》记载的。该书《杂记》篇说孔子与子贡一起观看乡人岁末祭祀百神之后的豪饮，"一国之人皆若狂"。对此，子贡颇不以为然，以为太奢侈浪费了。然而孔子却说："百日之蜡（xī，干枯），一日之泽，非尔所知也。张而不弛，文武弗能也；弛而不张，文武弗为也。一张一弛，文武之道也。"孔子之说，可视作是诗

篇对生活劳逸与奢俭、收放与张弛关系的理解。一年苦苦劳作，到年终就该放纵一下。这是孔子的理解。不过诗篇的观念与孔子所说略有不同，强调放纵与收敛、消费与节俭之间的平衡。孔子也讲平衡，与诗篇所讲层次不同。不过，调护好世间生活，这就是所谓"正德、利用、厚生"，在这个层面上，诗篇与孔子又无不同。

比孔子更早，还有人评论过这首诗。《左传》载季札观乐，为之歌《唐风》，季札就评论："思深哉！其有陶唐氏之遗民乎！"看《唐风》诗篇，显示"陶唐"（尧）之风诗不多，首先包括《蟋蟀》。"思深哉"，则是说诗篇深谋远虑，恰好《孔子诗论》也说："《蟋蟀》知难。""知难"，就是知后难，也就是《荀子》所说的"长顾后虑"。只有"知难"，才懂得生活奢俭的分寸把握。诗篇表现农耕造就的民性民风，《蟋蟀》篇是很典型的。古老的文明，古老的民性，表现在格调悠长的诗篇里。

第十七章　记录时代的风诗

在前面一章谈到了风诗的"古老面相"。风诗还有其"当代性"的一面，就是记录正在变化着的社会生活，以及生活的情感。这种与礼俗、仪式脱离的倾向，到了风诗的时代已经变为现实，成为内容广阔的时代记录。

一、丰富的情感世界

说到内容的广阔，在《王风》的诗篇中，能读到贵族的没落情绪。这就是《兔爰》，请看第一章：

有兔爰爰，雉离于罗。	爰爰：缓缓，自由自在的样子。雉：野鸡，羽毛多色彩。离：罹难。罗：网。
我生之初，尚无为。	无为：无事，平安的意思。
我生之后，逢此百罹。	罹：忧患。
尚寐无吪！	吪：动，作为。

诗表达的是厌世悲观的心理。世道的变迁带给诗中人处境的没落，诗中人除了抱怨，就是采取"尚寐无吪"的鸵鸟政策，很没出息。诗篇与《小雅》中一些短篇的风诗格调诗有所不同，《小雅》中的那些诗篇多哀怨，《兔爰》则消沉得很。诗中人自比为"雉"，认为被网罗的应该是兔。看起来其地位是没落了。自己没落而对"兔"的自在状态不满，就不仅没出息，而且有些面目可憎了。不过这样没落情绪的诗篇在风诗中不是很多。

还有表现王室地位坠落的诗篇也见于《王风》，就是《扬之水》篇。诗一共三章，因三章内容相似，今选其第一章。

扬之水，不流束薪。	扬之水：浅濑激扬的水。以"扬之水"为首句的诗，又见于《郑风》《唐风》。不流：浮不起。
彼其之子，不与我戍申。	彼其：那，那些。申：地名，在今河南南阳盆地。周宣王时曾把自己的姜姓舅父封建到这里，守护王朝的南大门，国名即申。
怀哉怀哉，曷月予还归哉？	怀：思念。

很明显，诗表达的是戍守申地的王朝士卒的回归之情。看上去这与《小雅》中一些战争诗篇相似，然而"彼其之子"句则道出了另类的内容。"彼其"就是"那个、那些"的意思，指那些有戍守责任的诸侯国人，很可能是指与申、许同姓的姜姓国人，因为申邦为姜姓。在讲战争诗篇的时候，曾谈到在西周王室强盛的时候，诸侯是有责任帮助王室打仗的，可是现在到了东周，南方的姜姓邦国遭受敌人进犯，所有"彼其之子"包括申的同姓邦国，却都不管不顾。诗篇经由这些"怀哉怀哉"戍守士卒的不满，来表现王室的权威丧失。

还有一些诗篇对了解那个时代列国之间的情感有帮助。例如《齐风·猗嗟》很有可能写的是齐国人对鲁庄公的赞美。诗篇是这样的：

1

猗嗟昌兮，颀而长兮。	猗嗟：赞叹词。昌：盛壮貌。一说，姣好貌。
抑若扬兮，美目扬兮。	抑若扬：既美貌又有朝气。抑，懿的假借；扬，广扬，朝气蓬勃。扬：清亮，明亮。
巧趋跄兮，射则臧兮。	趋：趋步，小步疾走为趋，是贵族行礼时的步伐。跄：趋步貌。射：射箭。

臧：好，准确。

2

猗嗟名兮，美目清兮。　　名：眉眼之间。

仪既成兮，终日射侯，不出正兮。

仪：仪度。古人射箭是重要而常行的礼仪，不仅要比箭法高下，还看舞乐伴奏下行为举止的风度。成：完备，成功。古代射箭礼有多重的步骤。侯：箭靶，有布、皮两种，形如幕布，四角固定在特制木桩上。

展我甥兮！　　展：真正的。甥：外甥。

3

猗嗟娈兮，清扬婉兮。　　清扬：形容眼神明亮，有光彩。

婉：眉清目秀，漂亮。

舞则选兮，射则贯兮。　　选：舞蹈时与音乐节奏合拍。与上文"巧趋跄兮"意思相同。一说，出众。

贯：正中靶心。

四矢反兮，以御乱兮！　　四矢：古代射箭以四支箭为节。

　　诗篇夸赞了诗中美男子的身材、眉宇和相貌，气度不凡、才艺无双，诗对诗中人进行了颇为仔细的描述，表明诗人看得很细，字里行间散射出喜爱之情。诗一句"展我甥兮"，透露了诗中人物的特殊身份。传统说法认为诗中人就是鲁庄公，是有道理的。《公羊传·庄公元年》载鲁桓公在发现了文姜与齐襄公的非礼关系后说："同非吾子，齐侯之子也。"鲁桓公的想法想必在齐国人中也有信从者。如此，诗篇强调诗中人确实是齐国外甥，就有辟谣的用意。此外，可以确定诗中人身份的还有诗篇对人物的描述，符合鲁庄公的特点。《左传·庄公十一年》载："乘丘之役，公之金仆姑射南宫长万。""金仆姑"是一种箭，南宫长万是宋国大力士，论生猛，《左传》所载二百余年中的人物罕有其比。鲁庄公能俘获他，确实不简单。有意思的是《公羊传·庄公二十一年》还记载这位鲁庄公的手下败将回国后，对着本国君主夸赞鲁庄公，说："甚矣，鲁侯之淑，鲁侯之美也！天下诸侯宜为君者，唯鲁侯尔！"看来鲁庄公不仅身手不凡，长相风度上也十分出众。《孔子诗论》记载孔子评价此诗，有"吾喜之"之言，也应该是因为鲁庄公风采好，功业好，是鲁国历史上少有的雄武之主吧。

诗篇所描述的是一次射箭典礼的场面。据此，清人惠周惕《诗说》考证，此诗作于鲁庄公二十二年，因为这一年《春秋经》载："公如齐纳币。"即庄公为迎娶夫人哀姜而前往齐国行礼[此前，庄公四年"冬，公及齐人狩于禚(zhuó)"，但狩猎与此诗所表现的射箭典礼有不合]。前人解此诗，多以为是"刺鲁庄公"不能阻止母亲淫乱之作。此说发乎《毛诗序》，朱熹《诗集传》沿之。至晚清方玉润《诗经原始》，才以为诗实系"美鲁庄公才艺"之作。（按，传统的流行之说，实在有点想得过多。）诗篇如此赞美庄公，除了上面说的原因外，恐怕还与齐鲁关系的升降有关。长勺之战以后的一段时间，两国虽保持着婚姻、盟誓的交往，但就两国声势而言，鲁国一时间是占了些上风的。齐桓公称霸之前，当时东方诸侯的霸主是鲁庄公，即所谓"庄公小霸"。齐桓公伐山戎，一般认为是齐国霸业的端绪，然而获胜后，他犹向鲁国献俘，可知庄公这位"小霸"的威势了。但时移世易，随着管仲辅佐齐桓公改善内政外交，到鲁庄公二十年前后，情势就发生了逆变，鲁国开始感到不行了。具体表现就在鲁庄公为与齐国缔结婚姻关系，亲自去纳币，即纳征下聘礼，之后又亲自迎娶哀姜，以至被后人视为"非礼"。但在当时的庄公，要适应局势，就需要交好齐国。一代"小霸"，又是齐国外甥，来到齐国，这是让齐国人感到荣光的，为此他们举办盛大射箭典礼招待他。仪表不俗的外甥，射礼中又表现得光彩照人，这如何不让齐国人为之兴奋呢？上一辈那点不体面事的记忆还是在的，但时过境迁，也只不过一点余臭未了罢了。一句"展我甥"的肯定，一扫当年那点不体面之事的阴霾，以及该事余波荡漾下的闲言碎语，满眼都是齐鲁交好的亮堂。诗篇的主调，即在传达俊美勇武的外甥来访给齐国增添光彩。同时，满是庆幸之情的诗篇，也把美好的祝愿送给鲁国，祝愿这位风流俊爽的君主，能以其特有的勇武，为鲁国带来安祥，诗篇立意因此也显得大方。诗篇格调是明爽健朗的，每章连用的"兮"字（只有一句例外），并不给人以单调气闷之感；不但不觉得单调，反而增加了诗篇的流丽。描写风流俊雅人物的诗篇，写法上也称得上风流俊雅。

二、大事变下的情义

历史进入春秋，第一件大事就是齐桓公在管仲辅佐下的尊王攘夷、存邢救卫。这件事，在《邶》《鄘》《卫》三风中也有文学的表现。如《鄘风》中《干旄》《载驰》《定之方中》都与这件大事有关。其中《干旄》是这样说的：

1

子子干旄，在浚之郊。　　孑(jié)孑：独立，旗帜高高树立的样子。干旄：军旅中指挥士卒用的旗帜；干即旗杆，又称竿，竿的顶部往往有装饰物，称干首，干首装饰牦牛尾。浚(xùn)：卫邑名，卫在经历北狄入侵后，将都城迁往楚丘，浚离楚丘不远，今河南濮阳市南境内。

素丝纰之，良马四之。　　素丝：锦缎之类的丝织品。纰(pí)：连属，缝合，在此有拴系的意思。

彼姝者子，何以畀之？　　姝(shū)：美好。畀(bì)：赠送。

2

子子干旟，在浚之都。　　干旟(yú)：旗帜名。据出土文物看，旗杆定做成山字形，且有鸟头装饰。都：城邑。

素丝组之，良马五之。　　组：连属，拴系。

彼姝者子，何以予之？

3

子子干旌，在浚之城。

素丝祝之，良马六之。　　祝：束。

彼姝者子，何以告之？　　告：告白，表示谢意的言辞。

诗篇言"孑孑干旄，在浚之郊""在浚之都"等，从提到的旗帜看应为驻扎的军队。继而言"良马""四之""五之""六之"，也是有迹可循，《左传·闵公二年》就记载：在卫国遭受大难之后，齐桓公马上派公子无亏"帅车三百乘、甲士三千人以戍曹（大难后卫君临时驻地）"，并且"归（馈赠）公乘马，祭服五称，牛羊豕鸡狗皆三百，与门材（修建门的材料）。归夫人鱼轩（画有鱼纹的乘车），重锦三十两（匹）"。诗言"素丝"系马，表的正是馈赠"乘马"之事。当时救助卫国的不只齐国，还有宋等诸侯，齐国馈赠马匹等，料想其他兄弟之邦也会有所馈赠，诗篇"良马"云云，就是表现这馈赠。而"彼姝者子，何以畀之""何以予之""何以告之"，正是表现接受馈赠的卫国无以为报的感激之情。[①] 当初北狄侵邢的时候，齐桓公问管仲该不该出手相救，管仲就说"诸夏亲昵"，诗篇正表达了这种"亲昵"的情感。

　　在这次重大事变中，卫地的人民还很感激一位女子，她就是嫁到许国史称许穆夫人的卫国公主，《鄘风·载驰》就记录了她的凛凛大义。诗曰：

1

载驰载驱，归唁卫侯。	唁：吊唁、慰问。《谷梁传》："吊失国日唁。"
驱马悠悠，言至于漕。	漕：地名。字亦作"曹"，卫国遭受北狄入侵后的临时都城。
大夫跋涉，我心则忧。	大夫：来向许国通报情况的卫大夫。跋涉：艰难行进。《毛传》："草行日跋，水行日涉。"

2

| 既不我嘉，不能旋反。 | 我嘉：嘉我的倒文，嘉许、赞成我的意思。旋反：回转。反，同返。旋、反 |

<hr />

　　① 郭晋稀先生在笔者之前已有此说，见其《诗经蠡测》（成都，巴蜀书社 2006 年）一书。不过，清代道光时期学者周悦让《倦游庵槧经·经隐·毛诗》据《仪礼·聘礼》"使者载旜……舍于郊"，以及《左传·昭公六年》"楚公子弃疾如晋……过郑，郑罕虎、公孙侨、游吉从郑伯劳诸相……以其乘马八匹私面。见子皮……以马六匹"等记载，认为是慰劳过卫的诸侯使者的诗篇。其说有据，亦有启发性。然"干旄"之师，在"郊"尚可，"在都""在城"则更似驻扎；此外，诗篇的人情洋溢，也不似送礼该有的。

	同义。
视尔不臧，我思不远？	视：此处有"相较"的意思。
	不臧：不善。
既不我嘉，不能旋济。	
视尔不臧，我思不閟？	閟（bì）：密，缜密。

3

陟彼阿丘，言采其蝱。	阿丘：偏高的丘陵。蝱（méng）：字当作"莔"，贝母，百合科草本植物，据说可以治疗郁积病症。
女子善怀，亦各有行。	善怀：多怀，多愁善感。善，偏爱；在此如古语所谓"岸善崩""陆云善笑"之"善"。应为许人指责夫人之辞。行（háng）：道理。
许人尤之，众穉且狂。	尤：责备。众：终。与且字构成"终……且……"结构，句型与"终风且暴"相同。穉：骄，与后文狂字意思相近。一说，幼稚。
我行其野，芃芃其麦。	芃（péng）芃：蓬勃。
控于大邦，谁因谁极？	控：控告。因：依靠。极：本义是屋顶的大梁，在此为依仗的意思。据《列女传》，当初许穆夫人曾想嫁到强大的齐国去，且有"若今之世，强者为雄，如使边境有寇戎之事……赴告大国，妾在不犹愈乎"之语。
大夫君子，无我有尤。	尤：责备。
百尔所思，不如我所之！	百尔：百，百次、百种。尔，你们。意思是你们再多的思虑。所之：所想到的。

诗篇写许穆夫人听到母邦大难后，想回国，被许人阻拦，阻拦中许人

还有"女子善怀"（意思是："女子就是爱想家"）之类的冷嘲热讽，诗篇抒发了许穆夫人在如此逆境下的愤懑心情。从"采其蝱""芃芃其麦"的景物看，诗篇所表之事当在卫文公即位后第二年（前 559 年）的春夏之交。从"既不我嘉，不能旋反""旋济"诸语句看，许穆夫人在初闻宗国遭难时，就想返国，并有所行动，因此而招致"许人"的阻拦与责难。诗篇中许穆夫人与许国男性当权者的争议实际有两层含义：一是礼法上的，一是邦国大义上的。关于出嫁之女回母邦的权限，记载不是很明确，有文献说父母在世时可按期归家省亲，若父母不在，探亲之事则由大夫代行。不论如何，规矩都是很严的。实际是女子既然已经嫁人，就成为男性附属品，出于个人情感需要而返回母邦，是要受诸多限制的。从礼法上说，许人不许夫人"归唁"，自然有其堂而皇之的道理。

然而，还有更高一层的症结。许国贵族姜姓与卫是婚姻之国，按照西周封建的原则，两国都是西周王朝的封国，有"同恶相恤"的义务。当卫国遭难时，齐桓公和许多同姓、异姓诸侯都是这样做的。然而，许国贵族却没有任何的作为。从"视尔不臧"的蔑视及"我思不远""不閟"的反问看，在如何救卫的问题上，夫人与许人也有过交锋，"控于大邦"的诗句又显示许穆夫人想到了请求大国相助的办法。然而，许国的当国男人们除了拦阻许穆夫人"归唁"之外，在"同恶相恤"的层次上也没有一点作为，似乎也不想有。所以，许穆夫人与许当权男性之间既有礼法与人情的冲突，也有礼法陈规与邦国大义的纠结，其重点则是如何才是真正尊重周礼。很明显，诗篇站在了许穆夫人一边。"百尔所思"的句子，是明确地让巾帼压倒须眉，许国的贵族男性们显示出没有大局观的糟糕相。在古代文学中，这样对女性高看一眼，是不多见的。

诗篇历来被认为是许夫人自作，甚而有人说许穆夫人是中国文学史上第一个有主名的女诗人。有这种可能。却也不能排除诗篇只是取材于许穆夫人的故事，是采诗官与乐官合作的结果。诗中反复出现的"我"看上去很像夫人自道用语，实际上诗人也完全可以作如此模拟。诗若真为许穆夫人作，似更应该入《周南》，因为许地位于周南范围，而不是卫地之风。这一点很关键，不论是许穆夫人自作，抑或他人的模拟代言，诗见于《鄘风》都表明，诗篇是用卫地风调演唱的。也就是说，诗篇的流传也是在卫国。这又把我们引向这一点：诗篇流行于卫地本身就明确表达了对许穆夫人的同情和尊重，因为这里正是夫人的母邦。同时，这也就意味着对许国当权男人阻止许夫人归唁的否定。也就是说，诗篇的流传以一种特殊的方式，承认了许穆夫人的见识和她对母邦的情感，以及她的大义。

问题还不仅于此。在卫地，或许正因许穆夫人想回母邦而不得的事，引发了一种人道关怀，那就是出嫁女子对母国的情感问题。这样说是因为在卫地之风中还有《邶风·泉水》和《卫风·竹竿》两首在内容上有相似的叙述。《泉水》篇也写一位卫国出嫁女儿知道母邦遭受大难后想回国"归唁"，可是思归不得。因此，可以推想诗篇不是表现某一位女子顾念母邦，而是一类人的情感。诗篇中特别能触动人的句子出自这样的段落：

1

毖彼泉水，亦流于淇。　　毖（bì）：水从泉眼流出貌。淇：卫国的一
　　　　　　　　　　　　　条河流。

有怀于卫，靡日不思。

娈彼诸姬，聊与之谋。　　娈：美好貌。诸姬：各位姬姓女子。周
　　　　　　　　　　　　　制，诸侯嫁女，其他同姓国要以女陪嫁，
　　　　　　　　　　　　　在一些异国、异姓的贵族之家，姬姓女
　　　　　　　　　　　　　子多，所以诗以"诸姬"言之。聊：姑且。
　　　　　　　　　　　　　语含无奈之意。谋：谋划回娘家事。

2

出宿于泲，饮饯于祢。　　宿：歇宿。周贵族女子远嫁他国，往往
　　　　　　　　　　　　　路途遥远，中间必须歇息。泲（jǐ）：水
　　　　　　　　　　　　　名。据《水经注》，发源于今河南荥阳东，
　　　　　　　　　　　　　东北流后，分南北两支流，河流后入于
　　　　　　　　　　　　　巨野大泽。朱右曾《诗地理征》以为诗中
　　　　　　　　　　　　　之泲为北支即北泲。也有学者以为是
　　　　　　　　　　　　　南支。

女子有行，远父母兄弟。　行：出嫁，嫁人。

问我诸姑，遂及伯姊。　　诸姑：诸位姑母。古代姬姓贵族与异姓

通婚长期反复，诗中被"问"的诸姑，应该是早嫁过来的同姓前辈。伯姊：姐妹辈年长者。"诸姑""伯姊"即上文所说的"诸姬"。又，陪嫁女中有的与嫁女同辈，有的低一辈，所以"诸姬"中，有的为姑辈，有的为姊辈。

是什么地方给人触动呢？就是诗篇无意中言及的"聊与之谋"的那些"诸姬"和所"问"的"诸姑"与"伯姊"们。多少代"诸姬"贵族女儿，出于各种非关爱情的理由远嫁异国他乡，她们的生活样态，文献中的记载基本是阙如的。在一个邦国宫廷院落里，"积压"着多少老少不一辈的姬姓姑奶奶们。《诗经》写她们风光出嫁的不少，婚后日常状态如何则阙如。这也是此诗的难得处，它像一道亮光，片刻地闪出了她们"麇集"异国后宫的模糊面目。诗言"谋"及"诸姬"，"问"于"诸姑""伯姊"，可她们日处后宫，又能有什么好主意？一个"聊"字在表达女主人公无奈的同时，也透露出这群"富贵闲人"百无聊赖的状态。这就是诗篇难得的地方，也许是因为许穆夫人的事才引起诗人的关注，对这些女子表示同情。《卫风·竹竿》就是这方面十分动人的短篇：

1

籊籊竹竿，以钓于淇。　　　　籊(dí)籊：修长尖细貌。尔思：即思尔。
　　　　　　　　　　　　　　尔，指女子娘家。

岂不尔思？远莫致之。　　　　致：到达。

2

泉源在左，淇水在右。　　　　泉源：淇水的源头。此处喻女子的
　　　　　　　　　　　　　　娘家。

女子有行，远兄弟父母。　　　两句意思是：女子总得出嫁，远离父母
　　　　　　　　　　　　　　兄弟。

3

淇水在右，泉源在左。

巧笑之瑳，佩玉之傩。 　　巧笑：俏丽的笑。瑳：巧笑时露出的洁白牙齿。傩（nuó）：婀娜，腰间佩玉的美好貌。以上两句是回忆未出嫁时嬉戏于淇水之畔的情景。

4

淇水滺滺，桧楫松舟。 　　滺（yōu）滺：流淌貌。滺，亦作攸。
驾言出游，以写我忧。 　　言：而。写：排遣。

　　陈震《读诗识小录》评论此诗："语语出神，作者甚苦，读者甚快。"诗篇的情调看上去很淡，淡得那样悠长，淡得那样绵、那样厚，是淡中见浓，是流深水静，不露声色而嫣然动人。那么诗篇写的是什么呢？爱情，还是其他？"岂不尔思？远莫致之"，肯定是有所思念。那么思念什么？对"爱情"说最不利的是篇中"女子有行，远父母兄弟"两句，意思是说，女子终究要远远地离开父母兄弟出嫁他乡。此外，诗篇又说淇水有源有流，右流左流，终离不开淇水的源头。在这样的情形下，说是"爱情"就有点不着边际。诗篇应该是以淇水这条母邦的河流为喻，突出虽是"嫁出去的女儿"依然是从淇源"泼出的水"，她们的母邦情节是值得珍惜的。因而诗中的"巧笑之瑳"及结尾处的"驾言出游，以写我忧"都是写这些淇水女儿们的美丽与对母邦的深情眷恋。而且，"巧笑""佩玉"的句子把她们写得那样美丽与活泼。这样关注出嫁他乡"卫女之志"的诗篇，或许就是由于许穆夫人的遭遇而引发的社会意识。一场重大的历史动荡，能激发出这样的关心，实在感人。由此也可以更加清楚"诗"与"史"的异同。它们都可以表现重大的历史事件，然而诗篇的表现却可以深入而细腻地触及当时人的内心情感。

　　这些卫地风诗是紧贴着时代生活走的，在《唐风》中，紧贴着时代表现人们的心态，又是另一副模样。

三、宗法的破坏对亲情的冲击

　　读《唐风》的一些诗篇，要了解一点晋国历史，就是曲沃旁支夺取晋国政权的事件，简称曲沃夺嫡。进入东周时期，晋国封建在曲沃的桓叔这一支，日益尾大不掉，终于向晋国的公室发起夺权的争斗，从公元前745至

前 678 年，持续了近七十年。经过多次斗争，终于桓叔一支获胜，夺取了
晋国大权。这是公然违背王朝制度，也是赤裸裸的骨肉相残，对世道人心
的震动是巨大的。更糟糕的是，曲沃是旁支夺嫡，他们掌权后又害怕自己
内部有样学样，于是晋献公"尽杀群公子"（《左传·庄公二十五年》），把有
可能夺权的群公子统统灭掉。再后来，晋献公时期骊姬作乱，又有"无畜群
公子"（除了被立为君主继承人的公子，其他公子都不能在国内生活）的立誓
（见《左传·宣公二年》）。总之古老的血亲意识在晋国这里遭遇了严重的冲
击，风诗也记录了这段历史及其带来的人心的变化。

首先是《唐风·扬之水》这首与夺嫡事件有关的诗篇：

1

扬之水，白石凿凿。　　　　扬之水：浅濑激扬的水。

素衣朱襮，从子于沃。

凿凿：鲜明貌。

沃：曲沃，是桓叔一支起家的地方，在
今山西闻喜县境。桓叔为晋昭侯的叔
叔，封地在曲沃。襮（bó）：衣领。西
周较早时期的青铜器铭《㺇方鼎》有"王
俎姜事（使）内史员易（锡，赐）冬戈玄
衣朱襮䘳（衿，衣领）"句，学者解释，
"襮䘳（衿，衣领）"即诗篇之"襮"。铭文
中的㺇身份很高，可以率军作战，可知
"素衣朱襮"者身份地位一定不低。

既见君子，云何不乐？

2

扬之水，白石皓皓。　　　　皓皓：洁白貌。

素衣朱绣，从子于鹄。　　　鹄：《毛传》："曲沃邑也。"是曲沃下属
　　　　　　　　　　　　　的小邑之名。也有学者以为"鹄"即"曲
　　　　　　　　　　　　　沃"的合音。

既见君子，云何其忧？

3

扬之水，白石粼粼。

我闻有命，不敢以告人！　　最后两句，颇为诡秘。

诗篇最能透露其时代气息的是"素衣朱襮，从子于沃"和"我闻有命，不敢以告人"诸句。从"朱襮"的服饰，可知篇中所"从"之人身份地位不低。再从"从子于沃"句看，所从之"子"即曲沃桓叔一系的贵人。《毛诗序》说此篇是："刺晋昭公也。昭公分国以封沃，沃盛强，昭公微弱，国人将叛而归沃焉。"认为诗篇写于晋昭公时期。曲沃桓叔一支坐大，确实从昭侯（即昭公）时开始，且昭侯七年（公元前739年），据《左传》记载，发生了大夫潘父与桓叔里应外合弑杀昭侯、迎曲沃桓叔之事，诗言"我闻有命"，或暗示的就是这回将发生的事。如此，把诗篇放在昭侯被杀之前，也说得通。

诗既言"从子于沃"，就意味着诗中人已经投靠曲沃，且获得了相当高的地位。诗中"素衣朱襮"这一句很夺目，一袭红白相映的衣服飘然而来，很令人惊奇。其实，不过是招降纳叛的贿赂之物。这是诗在表现上起波澜的地方。有了这一句，接下来的"既见君子，云何不乐""云何其忧"，也就有了着落。诗篇另一个更大的波澜，在"我闻有命，不敢以告人"两句。它们到底要表现什么意思呢？直接看是被收买了，不过，也可以曲折地看。因为诗句泄露的是"不敢泄露机密"的心思，很明显是在暗示什么。正因为这一句，前人多以为是告密之作。如清初学者钱澄之《田间诗学》就说："此诗故为党沃之辞，乃阴输其情以告昭公，使早为备也。"不过，"不敢"俩字似乎不这样简单。或许诗篇所表达的是这样的现象：一些晋国大臣，因为曲沃贵人的诱引而投奔他们。一开始还因被厚待而欢喜，不久察觉情形不对，曲沃君子是别有企图的奸雄，因此后悔无奈。如此说来，诗篇不是表现告密，而是表达误上贼船的后悔。无论如何，诗篇对乱世人情的表现，真可谓曲尽情态。

曲沃一支不光彩地夺得了大权。偷来的锣鼓敲不得，这就得使自己手中的权力合法化，因此，尽管"礼乐征伐"已经不能"自天子出"，可东周的周王名义上还是天下的共主，还是要得到他的"营业许可"的。于是就有了《唐风·无衣》这首诗：

1

| 岂曰无衣七兮？ | 衣：此处指命服。古代贵族职权要经过册命，叫做锡命，据《周礼》等文献，一共九级，亦即九命。命数越高，地位越高。七：七命之服，是诸侯应穿的礼服。 |
| 不如子之衣，安且吉兮！ | 子：指周王。安：舒适。吉：美，体面。 |

2

| 岂曰无衣六兮？ | 六：六命之服。指在王朝为卿者的命服，地位与诸侯相等。 |
| 不如子之衣，安且燠兮！ | 燠（yù）：暖和。 |

对这首诗，《毛诗序》是这样说的："美晋武公也。武公始并晋国，其大夫为之请命乎天子之使而作是诗也。"是说诗篇为出身曲沃一支的晋武公，在夺嫡后终于得到周王承认，因而有这首诗篇。《史记·晋世家》记载曲沃的晋侯获得周王赐命，更有意思："晋侯二十八年……曲沃武公伐晋侯缗，灭之，尽以其宝器赂献于周釐王。釐王命曲沃武公为晋君，列为诸侯，于是尽并晋地而有之。"晋武公的接受赐命，原来是贿赂来的。看《史记》这样的说法，《毛诗序》所谓"美武公"就实在可笑了。

诗篇表现出来的是面对周王，或者如《毛诗序》所说是面对"天子之使"的语气语调。"岂曰无衣七兮，不如子之衣，安且吉兮"的意思是：我难道真的弄不到"七章"款式的命服？只不过那样来的命服，不如你周王赐我的体面罢了。这样的口吻，活脱脱一副奸雄嘴脸，哪里是什么"美武公"？[1] 实际上连人穷志短地接受贿赂的周王，也一起讽刺了。就是在这口吻的模拟中，诗人的态度或者说当时人对曲沃受赐命这件事的看法，也暗含其中了。

---

[1] 朱熹《诗序辨说》对此早有反驳，说："《序》以《史记》为文……但此诗若非武公自作以述其赂王请命之意，则诗人所作，以著其事而阴刺之耳。"

《唐风》中还有一首《杕杜》篇，可以看作曲沃夺嫡及晋献公"尽杀群公子"等事件所产生的余波回响。诗篇是这样的：

1

有杕之杜，其叶湑湑。	杕（dì）：孤特貌。杜：棠梨树。湑（xǔ）湑：茂盛的样子。
独行踽踽，岂无他人？	踽（jǔ）踽：孤独行走在路上的样子。
不如我同父！	同父：指兄弟。
嗟行之人，胡不比焉？	比：亲密。
人无兄弟，胡不佽焉？	佽（cì）：相助。

2

有杕之杜，其叶菁菁。	
独行睘睘，岂无他人？	睘（qióng）睘：茕茕，孤独无依貌。
不如我同姓！	
嗟行之人，胡不比焉？	
人无兄弟，胡不佽焉？	

诗的意思弄清楚了，其立意也就明白了。诗篇的大意是说：独自行路的人，宁愿踽踽独行，享受孤独之苦，也不愿意与他人结伴，这难道不是因为与路上的他人没有血缘关系吗？诗以跌宕的反问，强调血缘亲人的重要和可贵。这明显是有所针对的，针对的现实是晋国百年间一系列的骨肉相残。研究春秋晋国乃至后来战国时期的三晋文化，这样的诗篇都有其重要的认识价值。后来诸子百家时代的法家人物多源于三晋地区，而且法家的理论主张又绝大多数不相信人的亲情。读《杕杜》，就可以看到春秋时期，发生在晋国的历史变故对世道人心的冲击，有多么严重。一些历史的重大事变影响下的人情、人心保存在诗篇的歌唱中，能历两千年依然真切如初，这就是诗篇特有的价值。力透纸背地记录人心的历史变化，正是它独有的功能之一。

第十八章　永远的"三百篇"

《诗经》，因产生在民族文化传统创立奠基的伟大时代，而会永远流传。在本书的开头部分，笔者曾列出读诗应了解的几项内涵：读《诗经》，可以了解先民经由农耕实践在人与自然方面建立的稳定的观念认同；读《诗经》，可以了解在最初的文明人群缔造时，胜利者、强者对失败者及众多弱小者的包容；读《诗经》，可以了解家庭在人群联合中所起的作用及在社会中的地位；读《诗经》，可以了解先民在处理自己与周边人群战争冲突时所取的意态；读《诗经》，可以了解先民在平复"家"与"国"出现龃龉时所采用的方式；读《诗经》，可以了解先民在协调社会上下关系问题上所具有的智思。

以上六个方面，大体就是一个文化人群基本的精神传统的核心，构成了一个精神传统相互交错支撑的钢架，以抗御风霜雨雪的震荡与冲击。

现在就来对上述几个方面做点简单回顾，同时还要对《诗经》的精神倾向与艺术表现做一点说明。

一、精神线索的正反相依

先从农事题材诗篇中的第一条线索说起，因为它涉及人与自然。

关于农事诗篇，见于《周颂》，见于《小雅》，还见于《豳风》，其诗或表现王者亲自下地耕种，或主持尝新、收获等各种农事礼仪，或是年终以籍田所产敬献祖宗的隆重祭祀等。无疑，都显示着王朝对农事的高度重视。不仅如此，在祭祖的诗篇中，读者还可以读到《小雅·楚茨》这样的篇章，这首诗是祭祖乐章，然而其含义又连着祭祖所敬献的粮食贡品（亦即"粢盛")所出的籍田，其意义就与继承农耕传统相关了。这首诗用了相当多的笔力来表现祭祖仪式的各环节。这样的手法，如前所说，用意就在强调遵守农耕典礼仪式的重要。在祭祖题材的《大雅·生民》篇的最后几章，诗篇特别强调：现在祭祖典礼的仪式节目是后稷创立的，正是因为遵循了始祖创立的祭祀仪式，周人才"庶无罪悔，以迄于今"。回顾《生民》这样的言说，才可以理解《小雅·楚茨》对年终祭祖仪式的赞述，其用意所在。《楚茨》的述赞与《生民》结尾的强调有其顺承的关联：尊重祖先重视农业的传统与严守祖先确立的祭祀仪式是同一件大事。这里，我们看到《诗经》相同题材的诗篇之间所存在的整体关联。而且，这样的关联还是一种动态的。例如早期的《噫嘻》《臣工》只是表现王者对农事的重视，到后来的《小雅·信南山》等，就着意表现王者对传统有意遵循的行动举措。很明显，后来的诗篇含有这样的思想史内涵：周人反思了自己的传统，并立意坚守自己的传统。令人遗憾的是，在今天，文化思想史的研究对这些内容关注不够。

农耕事业不仅创造了生存的物质，还在观念上确立了人与自然的关系。读《小雅》的农事诗篇，如"上天同云，雨雪雰雰"这样的句子最令人难以忘怀，那是对天地的感恩，是人类的大情感。这样的情感，影响了古人对世界自然的总体看法；先有在农耕中建立的天人关系，才有后来《易传》哲学"天地之大德曰生"，"生生之谓易"这样对于伟大自然的哲学判断。《易传》的哲学，不是古人俩眼盯着八卦或连或断的符号就可以想出来的，它其实是哲人在"赞易"时，把在农耕生活中确立的人与自然关系的意识注入《周易》的"八卦"系统中去，从而点石成金、化平凡为神奇，形成中国人的宇宙人生观念。

婚恋题材的篇章是《诗经》中的大宗。论《诗经》所蕴的"一正一反"的关联，婚恋题材应该最典型。解释《诗经》这样的经典，不能太跟着感觉走，读"关关雎鸠"见有男女出现，就以现代人的感觉视诗为"谈恋爱"，却忽略了诗篇深厚的内涵。要知道，当初统一的华夏文明在人群缔造时，是用了"合二姓"的婚姻方式，因而男女的结合有"六礼"，正可谓"九十其仪"。正因为婚姻在西周政治联合上的作用重要，所以到后来，也就是从西周后期到春秋时期，诗人对那些家庭关系破败的现象才那样关注。所以弃妇失意者的作品特别多，不同习俗下的男女交往欢爱也被关注。没有婚恋的重要作用，也就没有对家庭败坏现象的高度关注。而对于"好家庭"的强调，诗篇甚至可以将家庭和谐与"天命"的钟情属意联系在一起。

同时，西周时期对婚姻关系缔结的关注，还强化了"家庭"在社会文化意识中的地位。在"人类社会从哪里开始"这样的问题上，不同文化的理解是不一样的，而且分别很明显。《圣经》中男女结合被视为人类"失乐园"之始，然而在《易传》等儒家文献中，首先认为男女婚配符合天地阴阳的大道理，有阴阳结合才有万物生长，因此人类也是有男女才有夫妇，有夫妇才有父子、兄弟及所有人伦。简单地说，"社会"从婚姻关系的缔结开始，这是一个典型的中国古典观念。我们读过《大雅·思齐》，讲好家庭、好婚姻与周人获得"天命"眷顾的关联，周人获得天命是因为有"德"，而周家男人所以有德，是因为三代先王都娶了贤德的夫人，代有贤妻的必然结果是代有贤子、代有贤王，这就是"天命"。这样的诗意被后来的儒家重视，便有了《论语》开篇第二章"其为人孝弟，而好犯上者鲜矣，不好犯上而好作乱者未之有也……"（《论语·学而》）的说法，这个说法，不就是"好家庭出好的社会分子"这样的逻辑吗？在柏拉图所写的《苏格拉底对话录》中，可以看到另外的观点：培养雅典公民，不能在家庭，因为常在家庭中的不是女人就是奴隶，女人只有半个人格，奴隶则全无人格。所以，家里培养不出完整人格的希腊公民。那么，在哪里培养？柏拉图笔下的苏格拉底回答：在"阿格拉"，即"广场"。因为成年的希腊公民整日在那里游处，相互谈论政治外交等各种问题。"阿格拉"也实在是希腊文化社会生活最有魅力的一个方面。

不论如何，当我们读《论语》这样的经典，在理解它所表达的含义时，也应清楚那背后的文化逻辑。教育社会成员在哪里，《论语》给出了古代中国人的回答。推究这个回答的逻辑来历，并不始于《论语》，而是更早的《诗经》。从这一点上，《诗经》是中国文化的家底。

中原文明一诞生，就是世界文明的一部分，其诞生早决定它要在东亚的广大地区起领头作用。这种作用的实现，很遗憾，往往由战争来完成。这也是历史的吊诡，用哲学家康德的说法，这是上帝的诡计。有战争，就有对战争的态度。在《诗经》表现的战争中，首先没有"战斗英雄"，若读过荷马史诗《伊利亚特》，对此会有深切的感受。前面说过，有属于"礼乐"的战争诗篇，也有属于周贵族表现自己勋业的战争篇章。后者，虽然显赫一时，然而影响深远的是前者。而前者诗篇中的军人，之所以走向战场，是因为和平生活被打断，他们是为了捍卫生活，才执干戈以为社稷。因而他们对战争的态度，《东山》的"我徂东山，慆慆不归"，《采薇》的"昔我往矣，杨柳依依"最能传达心声。"礼乐"的战争篇章，用意就在抚慰那些士卒们哀婉感伤的情怀，这也是《诗经》最有价值的部分之一。

"家"和"国"不得兼顾，切中西方关于"悲剧"的定义。可是，"礼乐"文明不要生活撕裂的悲剧，它要尽量在"家"和"国"（"忠"和"孝"）之间达致情感的平衡。像《周南·卷耳》及《小雅》中的《鹿鸣》《四牡》《皇皇者华》三篇的组合演唱，都是这种"达致"的努力。读这些诗篇，最易真切体会到一些"礼乐"的文化品质。

有政治，就有"上下"关系，统治引领集团（君）与一般民众（民）的关系；也就有一个"民族何以要跟你走"的重大拷问。《诗经》的时代，一个经过深刻改造的宗族血缘群体用"封建"的方式建立了贵族分权制王朝，形成等级森严的贵族阶层。然而，或亲或疏、层层不尽的血亲关联，以及分封造成的对周人原有聚拢状态的化整为零，都决定了"君"与"民"必须强化情感的凝聚。要做到这一点，贵族的"施舍"就是必须而切实的，不可空话骗人。于是有宴饮诗篇所倡导的"陈馈八簋"的豪华施舍。封建制延续数百年，在一定时期，贵族的"施舍"是起到作用的。因此，在较早的儒家著作中，比喻"君民"关系为"民以君为心，君以民为体"（《礼记·缁衣》）的"同体"性质的关联。到了较晚的荀子，才有"舟水"两物的比况。然而，后来人们接受的有关君民关系的理念，是早期儒家的。秦汉以后的王朝也尽量将自己"修饰"成"君民同体"，这都从《诗经》开始。

以上就是《诗经》这部经典所包含的几条重要的精神线索，是那个非凡时代的确立，是一个文化人群的遗产。"正"的确立了，才有对"负"的现象的抨击与揭露。"正"和"反"兼备，才是《诗经》的宽厚。质言之，"三百篇"不但显示了一个文化传统的基本精神内涵，也显示着它的自我调节功能。

在这诸多的线索之上，还有条贯穿性的，那就是重"德"。这所谓"德"，不但是一种精神信念，而且是一种政治行为。对殷商遗民采取包容的态度，强调对民众要给予实际的利益，对个人家庭的权利要给予照顾，都是"德"的最有价值的内涵。还有一点，"德"是一个崇尚"人间性"的文化逻辑。在当今有关先秦这段上古历史文化的研究中，有一种不假思索且十分流行的逻辑论式，那就是"从神本到人本"的思维框子，好像上古华夏也有一个纯粹的拜神时代，到了春秋战国才被打破。实际上，在西周时期，当人们树立起"天命"信念之际，就形成了一个"下指"的逻辑：你要敬"天"吗？你就把人做好；为政治的，你就善待民众。你越是善待民众，就表示你越是敬"天"。所谓"天命"不是一种以膜拜为主的宗教对象，而是人行动的指南。就是说，在西周，随着天命观念的树立，其文化逻辑就是超越信仰，与人间的努力结合在一起的。而所谓"从神本到人本"的理论，却以为只有放弃对上天的信念，才会注意人间，注意人。不是那么回事。实际上，对上天、鬼神的信念，到春秋战国乃至更晚的时期，也仍然十分流行。正是因为"德"的观念，《诗经》的祭祀诗篇就是将颂歌献给有功有德者。这才是《诗经》作为"礼乐文明"的一部分，也是"礼乐"之所以为新文化的体现。祭祀祖先渊源古老，可是遵循古老习俗向先公先王上祭品是一回事，是否献歌则是另一回事。"歌以发德"，《周颂》的诗篇是颂扬功德的。从这个意义上说，"礼乐"的诗篇与古老的礼俗、仪式等，是有脱离倾向的。

二、《诗经》意象与意境

走在春天的花草世界里，有一种感觉油然而生：我们离自然太远了。这样说，是因为美丽花草绽放，很受感动，可就是不知这些花草的芳名。不知，是因为离得远。因而常想：论身高，一般也不过一米六到一米八左右，能比古人高多少？脑袋上感知世界的主要器官与地面的距离，也比古人远不了多少。当我们对大自然的花花草草陌生时，心神上也就与天地自然离得远了。

《诗经》时代的人们可不是这样，这也就是《诗经》历久弥新的精神价值。它可以带我们回归那个万物孕育、生机勃勃的大自然；可以冷静理性地分析其中所包含的人与自然的关系，亦即当时人的自然观。① 然而笔者更倾意于最古老诗篇所展现的意趣偏好。一场"君子好逑"的婚姻典礼，诗人偏要将其与"关关雎鸠，在河之洲"的早春光景放在一起。这也有其必然。笔者在许多地方说过，"关关雎鸠，在河之洲"看似景物，实则是时令。当北方冰消雪化，候鸟（关雎水鸟，水鸟大多为候鸟）们来到河洲上"关关"然鸣叫的时候，意味着春天来了。春天，在古人的观念中意味着万物繁殖生长，于是，在这样的光景中，顺应大自然的节律，男女也要结合。于是，与人类生养有关的男女婚姻缔结，就与早春的明媚光景"集体无意识"地联系在一起了。②《桃夭》将出嫁女儿的"之子于归"放在"桃之夭夭"的绚丽春光中，也是出于同样的意思。结婚的典礼与河畔的春光相融合，出嫁的女儿与美丽的桃花相伴。这是《诗经》诸多篇章的要点：人生活在大自然中。于是《诗经》一个总体的美学意象就是：人，劳作、行动、思恋，等等，诸多的人出没在景象繁富的大自然中。

在"关雎""桃夭"之外，"嗟我怀人"（《周南·卷耳》）的远方女子，是与"采采卷耳"的"卷耳"在一起的；《召南·草虫》篇，"喓喓草虫，趯趯阜螽"的秋虫秋色，与热烈的愁绪相交织。读这样的诗篇，脑海里为诗篇构图，人物的形象也成了秋光掩映的剪影，秋声与思情，才是造成印象强烈的诗意图景。同样的情形，在陈国的"东门"树下，有"昏以为期，明星煌煌"（《陈风·东门之杨》）候人不至的失意者；在溱洧水畔，有"子惠思我"的爱意表达者，可能他们还手持着兰与芍药一类的鲜嫩花草。《郑风·溱洧》不是说"溱与洧，方涣涣兮，士与女，方秉蕑（jiān，兰草）兮"？不是说"士与女""伊其相谑，赠之以芍药"吗？这样的情形，不仅限于风诗，在《小雅》的

① 德国汉学家顾彬先生在《中国文人的自然观》（上海人民出版社 1990 年）一书中说，《诗经》时代诗人歌咏自然，其观念形态还"没有超出'自然引子'的范围"（第 31 页）。的确如此，却不尽然。这里一个很重要的问题就是这种"自然引子"何以发生，亦即发生了这样的现象更深层的文化动因，值得深究。其次，说顾先生之说"不尽然"是因为《诗经》篇章中确实出现了"借景抒情"这样的片段。例如《秦风·蒹葭》篇中的"蒹葭苍苍，白露为霜"等。这正是后来所有古典诗歌中主观情感与客观景物相互融合的"景语""情语"的来源。

② 其实，古代婚礼的举办，未必都在早春。《邶风·匏有苦叶》就说"士如归妻，迨冰未泮"。然而，《关雎》的诗篇表现婚姻却说"关关雎鸠，在河之洲"的春景，可以说是一种有意的选择，因为这更符合大自然的生育的节令，因而更加吉祥如意。

《采薇》还乡士卒与"依依"的杨柳中，在《皇皇者华》长途出差的使者与开放在灿烂鲜花的路上，在《大雅》那些讲述祖先业绩的"史诗"篇章中，他们不也是劳作出没于广阔的黄土原野上吗？这就是《诗经》特有的大意象：人在天地之间，人与天地相参，伴随人生的是天地气韵，是万物蓬勃。你看，《召南》的《采蘩》是这样唱的：

1

于以采蘩？于沼于沚。　　　于以：在何处，往哪里。蘩：植物。有水生、陆生两种；此诗之蘩，即水生者。二月发苗，叶似嫩艾而细，面青背白，生熟皆可食，美味。《夏小正》："蘩……豆实也。"豆实，即放在容器（豆）中的腌制菜蔬。

于以用之？公侯之事。　　　事：宗庙祭祀之事。

2

于以采蘩？于涧之中。

于以用之？公侯之宫。　　　宫：宗庙。

3

被之僮僮，夙夜在公。　　　被（bì）：贵族妇女用假发编成的头饰。字本作"髲"。僮（tóng）僮：端直貌。公：公所，指宗庙。在公即为祭祀忙碌。

被之祁祁，薄言还归。　　　祁祁：整齐貌。四句表贵妇从庙堂回归寝处时的从容舒缓。

诗篇一问一答以交代采蘩地点及用处，是歌谣本色。其所展示的画面则是一群妇女为了祭祀而行走于山间溪流，雍容华贵的身影展现于山溪之间，这是《诗经》特有的意象。说《诗经》的大意象，可以《豳风·七月》为代表，它脚踏大地，迎合这大自然的节律劳作，仿佛是在天地之间的翩翩大舞。篇中的生活是艰辛的，却不枯寂，"仓庚于飞"的声声黄鹂，"四月秀萋""十月陨萚"的花开叶落，还有"莎鸡振羽""蟋蟀入我床下"的相随相伴，农耕的世界生机无限。当然，《诗经》篇章不只是这样风和日丽、光景如意，也有在"百卉具腓"时不得已南迁的逐臣，也有在"习习谷风，以阴以雨"中哭诉的弃妇；甚至有因政治上的失意而感觉"鱼在于沼，亦匪（非）克乐；潜虽伏矣，亦孔之炤（昭）"的天地狭隘、无所逃避。但是，这无改人与自然臭味相通的亲近，《诗经》的诗意就从此出。因长久"未见君子"而"忧心忡忡"的思妇，若无"喓喓草虫，趯趯阜螽"的映衬，就是"光杆牡丹"，就缺少画意，也就难以动人。写贵妇人，《采蘩》篇之所以还算得上可喜，不就因为他们的尊贵身影出现在溪涧山泉之间吗？①

与草木虫鸣相伴的思妇，"东门之杨"的失意者还只是个人与自然的亲近图景，《诗经》里有很多人群与大自然和谐的景象，那是人生存于天地日月、河流山川中的总体性意象。在《大绵》《皇矣》几首叙说周家先公先王迁徙创业历史的大篇中，大踏步地行走在黄土大地上的人，顶天立地，而且人物的头上，还有一道从广阔苍穹天幕中发射出来的天命之光。

这样的人与自然相互关联的意象，关乎后来中国文学乃至更后来士人绘画的发展方向。将人放在天地自然之间，放在天地自然丰富的黄土沃野、山间溪水、草木芳华之间，在自然物象的映衬之下表现其生活的身姿，展现其悲喜的情怀，这就是《诗经》中表现生活的一个稳定方式。其实就是后来的"情景交融"，是产生"意境"这种审美效果的大河上源。而且，可以成为"意境"的诗句已经在《诗经》出现了。例如《秦风·蒹葭》的第一章：

蒹葭苍苍，白露为霜；　　蒹葭：芦苇。苍苍：经霜后的芦苇的颜
　　　　　　　　　　　　　色，灰绿色。

所谓伊人，在水一方。　　伊人：那个人。

苍苍的芦苇，清澈的水泽，晶莹剔透的霜露，还有"在水一方"的怀思

---

①　有学者称《诗经》时代的自然现象多为亲近自然的农夫的情感，贵族的《大雅》《颂》诗篇自然物象少，是因为他们脱离农耕劳作。这样看，有其道理。但是，《周颂》中农事诗篇如《载芟》对农耕劳作及作物生长是十分熟悉的。贵族诗篇物象少，似乎不当从这个角度看。另外，"风诗"中也有不少贵族人物，涉及这些人物篇章的"比兴"之词并不少。

之人。景物与人情交融，深著而含蓄，仙风竹影，恍兮惚兮，美丽至极。读这样的诗篇，笔者的感觉是灵魂忽然出窍，被引至一个美丽的世界，做了一次灵魂的浸润，片刻间心灵得到美丽的软化。还有《邶风》中的一首送别诗篇《燕燕》，请看其第一章：

> 燕燕于飞，差池其羽。　　　差（cī）池：不齐的样子，燕子尾翼双歧如剪。
>
> 之子于归，远送于野。　　　野：郊外之地，距离城邑较远。
>
> 瞻望弗及，泣涕如雨。

宋代的诗文评论家说这几句"泣鬼神"（许顗《彦周诗话》），并不过分。诗篇是送别主题，至于送者和所送之人的身份，还存在争论。不过稍微分析，诗篇上下飞动的燕子，显示的是春天；"远送于野"主观上要表达一个"远"字，可读之又难免就与上句的"燕子"所表现的春天气息连为一体，于是，春光的原野意象，会自动在眼前浮现。正是在这样的光景下，被送的人远去，送者依依不舍，目送远人，久久站立，目力看不到了，只有泪眼婆娑。这样的情景、意境，其感人的艺术效果是不须多言的。钱锺书先生在他的《管锥编》中曾谈到此篇，称诗篇中的"目力所不及"是一种在后代诗人作品中反复出现的"送别情景"，还抄了一段莎士比亚剧中女主角"惜夫远行"的句子作为比较："极目送之，注视不忍释，虽眼中筋络迸裂无所惜；行人渐远浸小，纤若针矣，微若蠛蠓矣，消失于空濛矣，已矣！回眸而啜其泣矣。"莎士比亚与《诗经》诗人之诗心如一，然而钱先生说："西洋诗人之笔透纸背与吾国诗人含毫渺然，异曲而同工焉。"[1]是啊，"眼中筋络迸裂"的句子，是"力透"了"纸背"，可是《诗经》的诗人，是不会那样写的。

说到"蒹葭苍苍"和"燕燕于飞"等营造的艺术情景，笔者想起了顾随先生。顾先生是当年辅仁大学的老师，特别善讲诗词。他有个好学生就是叶嘉莹先生。叶先生讲诗词也很好，而且不忘老师，晚年整理出版老师当年上课的笔记，嘉惠后学。其中有一篇记的是当时顾先生读了一篇外国学者

---

[1]　钱锺书：《管锥编》，79页，北京，中华书局，1986。

论中西古典诗歌分别的，谈到了这样一点：西方的抒情诗篇多重理趣，中国古典诗的长处则在营造画面。例如"冬天到了，春天还会远吗"之类的名句，论理解生活，真可谓"一掴一掌血"。他还举了鲁迅先生翻译的裴多斐的诗《希望》：

> 希望是什么？
> 是娼妓：
> 她对谁都蛊惑，将一切献给；
> 待你牺牲了极多的宝贝——你的青春，
> 她就弃掉你。

诗篇其实就是一个连续的判断句，而判断句的修辞手法是比喻，因而有了形象，其中贯穿诗篇是一个问答。很警策，也很出人意表。我国古代诗讲哲理，到宋代颇为流行，像苏东坡的"横看成岭侧成峰"。可是，"以理为诗"在古人的眼里，终是落于第二义的。古典的中国诗人擅长的诗句，以顾先生讲课举例，是李商隐如下的诗句："五更疏欲断，一树碧无情。"这里没有任何的判断，也不是"形象"，主观地说，全是感受、难以言表的感受；客观地说，诗篇提供的是意境。顺着顾先生所讲的思路，还可以令人想到很多，如唐代钱起的名句"曲中人不见，江上数峰青"等。当然再追溯源头地想，就是《诗经》的"蒹葭苍苍"之类了。过去老先生讲：不知《诗经》，不足以言我国文学史之流变。确实如此。

三、《诗经》的美丽

表达人与大自然的亲近，表达人间这样那样的情意，是十分美丽的。然而，《诗经》的美丽又不仅限于此。《诗经》的美丽，令人印象最深刻的是对女性的表现。有意思的是古典文学的开始期和结束段都是擅长展示女性之美的文学，这就是《诗经》的风诗与清代的《红楼梦》。要说明的是，《诗经》也尽力展现男性的美好，例如对周文王的赞美，只是还算不上感人，因为宗教膜拜的歌颂难出真情。到西周后期，《大雅·烝民》对仲山甫的歌颂又可谓不遗余力，如"维仲山甫，柔亦不茹，刚亦不吐"等，在那些好以"自觉"说讲文学史的人，一定也要将这些的诗句视为"自觉"或"人的发现"之类。这样的诗，论审美的趣味终究还差些。因为这样的赞美，给人以"过誉"之嫌。修辞立其诚，在"诚"上有疑点，审美自然就减色。《诗经》篇章写人的美，最美的是对女性的书写。很重要的一点是，诗篇展现她们，都在具体的情境，亦即具体的矛盾冲突中展开。

　　例如在卫地的"风诗"里，许穆夫人的形象所以动人，那是将其放在"尊王攘夷"的大时代背景下，放在有关邦国大义的冲突中，因而人物就显得十分伟岸。许穆夫人终还是贵夫人，《诗经》的风诗更善于表现那些平凡的女性。"风诗"十分擅长的就是表现不同女性在面对各自家庭关系不幸时的性格表现。在拙作《风诗的情韵》中，笔者曾将这些不幸女子的表现归纳为几类，其中有高傲不屈的，有妇德自恃、不可自拔的，有毅然决断告别不幸的。[①] 高傲的如《邶风·柏舟》篇，写一位"忧心悄悄，愠于群小"的主妇的不幸，显示女主人公在遭受冷落欺辱之际的孤傲。"威仪棣棣，不可选（算计，改变）也"是其性格的总体，而"我心匪鉴，不可以茹（吞纳）"和"我心匪石，不可转也"的比喻，则将女子在面对生活崩塌时的高傲，表现得淋漓尽致。还有一种类型也见于《邶风》，在讨论"采诗观风"问题时讲过的《谷风》篇。篇中女子反复言说自己妇德无亏，一方面表现出她的厚道，另一方面也显示出女子在面对生活废墟时的执迷，以为自己的德行好，就不应该遭受被扫地出门的不幸。还有一种就是《卫风·氓》所记录的蚕女的觉悟。这首诗是这样的：

1

氓之蚩蚩，抱布贸丝。　　氓：民，人，犹言那个人，不确定称呼。据《周礼》，野人称甿，甿即氓。可知诗篇所言婚姻男女，都是"野"中之民，身份较低。蚩（chī）蚩：看上去憨厚的样子。布：布帛。贸：交换。丝：丝麻之物。由贸丝句，可知诗中女子以

---

　　① 参见李山：《风诗的情韵》，154 页，北京，东方出版社，2014。

蚕桑为业。

匪来贸丝，来即我谋。　　匪：非。谋：图谋婚姻之事。

送子涉淇，至于顿丘。　　顿丘：卫地名，在淇水之南。一说，
　　　　　　　　　　　　泛指土丘。

匪我愆期，子无良媒。　　愆(qiān)期：错过佳期。

将子无怒，秋以为期。　　将(qiāng)：请。

首章表由相恋到订婚。先私订终身，再提媒。"匪来贸丝"写氓当初之态，传神。"怒"，品性初现。

2

乘彼垝垣，以望复关。　　垝(guǐ)垣：即高墙。复关：即回来的
　　　　　　　　　　　　车，关为车厢板。一说，复关为地名。

不见复关，泣涕涟涟。

既见复关，载笑载言。

尔卜尔筮，体无咎言。　　尔卜：为你而卜。体：占卜所得卦体，
　　　　　　　　　　　　亦即吉凶之象。

以尔车来，以我贿迁。　　贿：财物，积蓄。

此章写女子翘盼之情。末句似道出氓追求蚕女的动机。"不见""既见"数句，表女子痴迷、沉陷之态，极善形容。

3

桑之未落，其叶沃若。　　沃若：润泽肥美的样子。

于嗟鸠兮，无食桑葚。　　于(xū)嗟：感叹词。
　　　　　　　　　　　　桑葚(shèn)：桑果。

于嗟女兮，无与士耽！　　耽：沉溺。

士之耽兮，犹可说也。　　说(tuō)：脱，摆脱。

女之耽兮，不可说也！

此章为全篇转折点。言情感不专是"士"的普遍品性。对天下痴情女作"枯鱼河泣"的警示。

4

桑之落矣，其黄而陨。

自我徂尔，三岁食贫。　　徂：往，嫁。三岁：多年。

淇水汤汤，渐车帏裳。

女也不爽，士贰其行。　　爽：差错。贰：二心，改变初心。

士也罔极，二三其德。　　罔极：没有准则。

此章交代婚姻的失败。"淇水"二句，看似女子返家情景，实是以帏裳打湿，喻自己婚姻的终归失败。

5

三岁为妇，靡室劳矣。　　靡室劳矣：家中的事情没有不是我操劳的。

夙兴夜寐，靡有朝矣。　　靡有朝矣：不是一天两天的意思。

言既遂矣，至于暴矣。　　遂：顺心，指氓的心意达成了。

兄弟不知，咥其笑矣。　　咥（xì）：大笑。

静言思之，躬自悼矣。　　静言：静而，静静地。躬：自己。

此章述自己之辛勤，表"氓"的中山狼本性。

6

及尔偕老，老使我怨。　　偕老：相伴到老，是当初男子发过的誓言。老：重复前一句的简略语，是责备口吻。

淇则有岸，隰则有泮。　　隰（xí）：下湿之地。

总角之宴，言笑晏晏。　　晏晏：安乐貌。

信誓旦旦，不思其反。　　旦旦：诚恳的样子。

反是不思，亦已焉哉！

此章痛定思痛，作决断之语。牛运震《诗志》："称之曰氓，鄙之也；曰子曰尔，亲之也……曰士，欲深斥之而谬为贵之也。称谓变换，俱有用意处。"

之所以要重点讲这首诗篇，实在是因它的高明。先看诗篇的叙事吧。不少教科书是把《氓》当"叙事诗"看的。可是，若论叙事，这首诗与著名的《木兰诗》一样，都少了很关键的内容。《木兰诗》是少了从军"十年"的具体经历，《氓》则少了"三岁食贫"的具体故事。笔者以为《木兰诗》那样写，是受了《诗经·氓》的影响。一句"将军百战死，壮士十年归"就把木兰女子从军的经历带过，读者能接受，是有其"经典"的依据，那就来自《诗经》，具体说就有《氓》这一篇。国风的诗篇，作为乐歌，其重点在"观风"，在揭示应注意的社会现象，而不在故事本末始终的表述。实际上，与其说《氓》是叙事诗，不如说是"含在抒情中的思想往事"，或者这就是古代中国叙事诗的非典型特征，它讲明如下的内容："有一位少女在没有父母之命、媒妁之言的情形下，与一位靠不住的男子私订终身，最后被抛弃。"有了这几个要点，就可以了。像《孔雀东南飞》那样详详细细的作品，实在少之又少，而《氓》之后，《木兰诗》之外的《长恨歌》，清代的《圆圆曲》等诗篇的叙事，无不是《氓》的文学后裔。

其次就是诗篇表达上的含蓄，以少胜多。请看第一章那个"氓"，他的出场诗篇只用了"蚩蚩"一词，《毛传》说该词的意思是："敦厚貌也。"一副老实敦厚的样子，然而实在是"看上去"的"敦厚"。诗篇马上就用了"将子无怒"的"怒"字来显示这位"敦厚貌"的"氓"的真实品性。不幸的是诗篇中的女子并未察觉，少女空城不设防，她被攻陷了，而且"陷"了个一塌糊涂。诗篇第二章"不见""既见"和"卜筮"的述说，就是渲染女孩子落入情网之后的痴迷颠倒。在这期间，"氓"从"蚩蚩"到"怒"，以及女孩子"空城"陷落的进程，在短短的几句诗行中同行并进。"子无良媒"句，表示女子原本是有婚姻安全顾虑的，然而旋即丢掉了顾虑。这当然是因为"爱"，可是也为后来被抛弃的不幸埋下了伏笔。如此繁富的内涵，就在诗篇短短的十句之章中完成，是不是高明？

诗篇最值得珍视的是表现了女子不同凡响的性格。这主要表现在诗篇的第三章及最后一章。"桑之未落"云云，从表现说，是何等人物说何等的语言，"其叶沃若"诸句，可谓三句话不离本行，显示蚕女的身份。这还在其次，重要是"于嗟"的感慨，道出了一个基本事实，那就是男女在情感生活持久性上的差异。由此，诗中人在失败的婚姻现实面前，就不像"习习谷风"中的那位女子，一味地唠叨自己如何妇道无缺。东汉老儒郑玄解释《诗》篇，一般言多枯燥，然而说这几句却颇有意趣，他说："士有百行，可以功过相除。至于妇人，无外事，维以贞信为节。"很有意思。今人钱锺书则接着郑玄的说法说："夫情之所钟，古之'士'则登山临水，恣其汗漫，争利求名，得以排遣；乱思移爱，事尚匪艰。古之'女'闺房窈窕，不能游目骋怀，薪米丛脞，未足忘情摄志；心乎爱矣，独居深念，思塞产而勿释，魂屏营若有亡，理丝愈纷，解带反结，'耽不可说'，殆亦此之谓欤?"实际上，这几句反思婚姻生活的句子，价值就在这样一点：人类难以克服也是最基本的不平等，就是男女在两性关系上的不平等。几千年前一位诗中弃妇领悟到了这一点，十分可贵。诗篇中的不幸蚕女，因这样的见识而闪耀出智慧的光芒。

风诗展现美丽女性的手法是多样的。例如在《卫风·硕人》中，第二章以"工笔"手法周致地刻画了女子形象的美好：

手如柔荑，肤如凝脂，	柔荑(tí)：柔嫩的白荑。荑，白茅的根芽，白皙柔嫩。凝脂：凝结的动物油脂，形容皮肤细腻，白中透青。
领如蝤蛴，齿如瓠犀，	蝤(qiú)蛴(qí)：一种寄生于木上的昆虫，幼虫长而白。瓠(hù)犀：瓠瓜的籽，形容牙齿形状细长整齐。
螓首蛾眉。	螓(qín)：俗名伏天，似蝉而小，头广而方正。形容女子额头发式上扬。
巧笑倩兮，美目盼兮！	巧笑：即俏笑，甜甜的笑。倩：笑时两颊间动人的模样，今所谓"一笑俩酒窝"。

前五句用比喻，用工笔精描细摹。仅于此，则只是"人样子"；诗还有后两句，如龙成点睛、颊上三毫，一团生气荡漾其间。美的动人在媚，前五句是静态的，后两句则是动态的，前五句是说"美"，加上后两句，才是"美而媚"。诗人画眼睛的功夫，堪称一绝，在整个古代刻画美人的文学画廊中，也有其显著的地位。

《诗经》表现女子之美手法多样，《硕人》是工笔描，而在《郑风·有女同车》则是另外的样子：

有女同车，颜如舜华。	同车：乘坐同样的车，是贵族结婚时的

	礼数。舜华：木槿花。
将翱将翔，佩玉琼琚。	将：结构助词。翱、翔：形容举止优雅的仪态。
彼美孟姜，洵美且都。	都：娴雅。

诗篇可能与《硕人》一样，是赞美嫁到本邦的新妇的。不同的是，对女子相貌一字不写，只是将其与美丽的"舜华"映衬在一起，不着一字，得其风流。其他手法还有，这里就不多说了。

四、表现的手法

最后，谈谈《诗经》的艺术特点。篇章结构上的重章叠调，语言句式四言为主的形态和比兴的手法，差不多就可以概括《诗经》在艺术方面的基本特征了。

《诗经》何以从"四言"开始，这是一个很不好回答的问题。先要说明一点，说《诗经》是"四言"是说以四言为主，《诗经》也有三言、五言，乃至更长的语句，只是四言居多。而且，就现有对《诗经》作品年代的判断而言，早期的诗篇所具有的四言，形态上不纯粹，如本书第三章就讲到的"大武乐章"之一的《周颂·赉》：

> 文王既勤止，我应受之。敷时绎思，我徂维求定，时周之命。於绎思！

第一句就不是四言，而"我应受之"与第一句紧密相连，是一个散文化的句子。第四句是一个五言，最后结尾处，则是一个孤单的三言句式。这样的情况，在《大武乐章》的其他两首中也存在。就这些诗而言，四言句很显眼，但据此就说《诗经》是"四言"体，恐怕难以令人信服。然而，早期比较典型的"四言"却开启了《诗经》的语言形式之路，以后的诗篇四言的形态越来越严整。这到底是因为什么呢？笔者的解释是这样的：这与典礼有关。《诗经》是"礼乐"的一部分。典礼是庄严隆重的，典礼的乐歌当然也需要如此。就汉语自身特点而言，比较四言句式与七言、五言、三言，四言是最便于表现典重意味的内容了。给笔者印象最深的是幼年时期，人们很敬重的领导人物去世，电台播出的讣告类文字，一上来就是"群山肃穆，江河挥泪"。后来想，就文体而言，这是最适合的句式，换成三言、五言都不合适。西周是雅颂篇章的创作期，大部分雅颂篇章都与典礼有关，在诗乐的制作中，人们逐渐认识到四言句适宜表现庄重的内容，是很自然的。

　　不过，有一点需要指出，四言句有容量的限制，古人也感觉到了，所以在表达相对激扬的情绪时，有时为填补不足，采取改换句式的手法，如前面讲到的祭祖《绵》，在最后讲到周文王的"受命"，就连用了四个五言句以示强调。还有一种办法，就是在句群的组合上下手。常见有的《诗经》著作，两个四言句就加一个句号是不对的。"关关雎鸠，在河之洲"的篇章可以如此，但像《大雅·皇矣》这样的段落：

> 帝作邦作对，自大伯王季。
> 维此王季，因心则友，则友其兄，则笃其庆；
> 载锡之光。

像《周颂·良耜》这样的段落：

> 其笠伊纠，其镈斯赵，以薅荼蓼；
> 荼蓼朽止，黍稷茂止。

也是一样。

　　另外，有趣的是，到风诗的时代，四言句仍然占上风，但像《郑风·缁衣》，如其第一章：

缁衣之宜兮，敝，予又改为兮。	缁衣：黑色礼服。丝绸经过七染之后呈黑色。宜：合体。敝：穿破了。
适子之馆兮，还，予授子之粲兮。	馆：官邸。粲：鲜艳的，此指鲜艳衣服。

像《齐风·还》，如其第一章：

子之还兮，遭我乎猫之间兮。　　猫（náo）：齐国山名。
并驱从两肩兮，揖我谓我儇兮。　　肩：字通"豣"，野猪。
　　　　　　　　　　　　　　　　儇（xuān），矫健。

　　这样的新鲜句式出现了不少，这都意味着四言形态将被取代的趋势。后代诗篇语言形式的新变，也证明这一点。

　　说到《诗经》语言，必须注意这样一点：现在看到的《诗经》的语言表现，是殷周两大族群融合的结果。早期的诗篇简古，后来（其实是到西周中期）的篇章则洋洋洒洒，文化累积固然是其中原因之一，还有一个不可忽视的因素，就是殷商遗民中的贵客带来的"瞽人"，他们直接参与了"制礼作乐"，具体说就是参与了诗篇的写制。在讲《大雅》祭祖诗篇如《绵》《皇矣》的时候，我们看到了一些修辞手法例如"顶真格"这样的格式，很可能与来自殷商遗民中的"作家"有关。因为在《尚书·尧典》中，也有这样的修辞现象，而且很明显。而《尧典》中是含有"殷商学问"的，如开始时关于"四方风"的说法即见于甲骨文。因此推测《尧典》的写制或许出自殷遗民中的"有文化"者，不是全无道理。还有一例更具说服力。看周人的金文及一些传世文献，说到天地上下的方位，都说是"上下"，然而甲骨文表达"上下"这个概念却是"下上"而非"上下"。有趣的是在《诗经》中也有这样的现象，例如上面讲到的《燕燕》，说燕子的叫声是"下上其音"，同样的句子还见于《雄雉》，也是属于卫地之"风"的《邶风》篇章。这样的"殷商语言现象"，多年前被前辈学者陈梦家发现，实在是很有趣的。前面我们讲过，礼乐文明的创制，殷商文化是被吸纳其中的，这在《诗经》中是有痕迹的。

　　《诗经》大部分篇章都是重章叠调复沓循环。例如《蒹葭》篇，三章都以"蒹葭苍苍"起，又如《七月》"七月流火"的句子，重复出现在前三章的开始，又如《大雅·公刘》篇"笃公刘"的三言句出现在每一章的开始。因而《诗经》篇章布局往往呈现循环往复的特点。如《蒹葭》每章皆以"蒹葭"开始，"蒹葭苍苍""蒹葭萋萋""蒹葭采采"分别为每一章开始，在反复中又见变化。相应的，"苍苍"对的是"白露为霜"，"萋萋"对应的是"白露未晞"，"采采"则对应着"未已"，时间又是递进的。这样的特点缘何而起？回答是：原始歌舞。

顾颉刚先生曾经论述《诗经》"入乐"的问题，认为《诗经》的复沓的重章叠调，是因为音乐的需要。是的，这所谓"音乐"，就是原始歌舞的"乐"。前面在讲"大武乐章"的时候说过，考古发现的彩陶绘画，可以让我们见到仰韶文化原始先民歌舞的图像。学者推测，原始歌舞的歌唱就是不断重复。这样的习惯，实际到后来一直延续着，就是在今天的歌曲中，重新开始的乐章也往往会重复一下前一章。例如《东方红》等。不过，《诗经》作品显示这样的"原始歌舞"气息，以"风诗"最显著。而风诗的年代，一般来说要晚于"雅颂"。时间较早的诗篇"重章叠调"反而不如时间较晚的诗篇，这有其特殊的原因。西周礼乐的诗篇，如上所说，风格要求典重，这是对乐歌在风格上提出的新要求。为此，势必要减少一些原始气息。这一点也很重要，后来文人诗歌摆脱了《诗经》的重章叠调，其遵循的成例，就在雅颂那些重章叠调较少的篇章。

"比兴"也是"诗经学"的难题。在儒家经典《周礼·大司乐》中出现了"风、赋、比、兴、雅、颂"的"六诗"说，影响到《毛诗大序》，就有"赋、比、兴、风、雅、颂"的"六义"之说。按照前人流行的说法，"赋"就是铺叙，就是有话直说的叙述。"比"则是打比喻，"风、雅、颂"则被认为是诗的三部分。这样的说法是将内容和手法两分："赋比兴"为艺术手法，"风雅颂"为诗篇分类。有问题且一直到今天还在探索的是"兴"。在完整的诗经传本《毛诗》中，注释经文的"毛传"给一些诗句如《关雎》的"关关雎鸠，在河之洲"后作了"兴也"的标注，告诉读者这两句是"兴"。（赋和比都没有标示）这就是所谓"独标兴体"（《文心雕龙》语）。那么"兴"到底是什么？汉代给出一种回答："比显而兴隐。"意思是说在批评王政的时候，可以明显地比况；可是在赞美王或者上级的时候，比喻就需要隐蔽点，不然会有阿谀之嫌，说起来还是打比喻。这样的看法到了宋代朱熹《诗集传》就被抛弃了。朱熹给兴做的定义是："先言他物以引起所咏之词也。"与"比"的"以彼物比此物"明显有别。可是，朱熹仍是在描述比、兴的不同。现代人又提出"兴"含有"原始文化积淀"说。例如，见到鱼，就想到生育繁殖，见到高大树木，就想到家乡等，仔细追求起来，这样的自由联想都有文化含义。例如《邶风》的"燕燕于飞"，就与殷商人崇拜燕子有关。这样的说法，以赵沛霖《兴的源起》一书最为深入系统。

兴的问题还可以继续讨论，但不要忘记前面说过这样一点：《诗经》时代的人离大自然近。先民创造生活的历史，就是与鸟兽虫鱼、花草树木深切地打交道的历史。先民赋予了许多自然物以某些人文的含义，例如鱼代表生育。因此在歌唱的时候，歌唱婚姻，就会想到人类的生育，就会歌唱到鱼。"关关雎鸠，在河之洲"的句子涉及"鱼"，在河洲上鸣叫的雎鸠，一定是水鸟，以捕鱼为食。这不是涉及鱼吗？还不仅如此，如前所说，"关关雎鸠，在河之洲"的整个图景，还隐含着"春天到来了"的消息。这就是"兴"的复杂和有趣。更有意思的是，从今天考古发现的彩陶图画看，早在中国文化的发源之初，许多地方的彩陶图画都有"鸟捕鱼"的场景。它可能同样暗示的是春天，因为"鸟开始在北方河流上捕鱼"这样的场景出现，正是春天到来。一个彩陶上的图画还显示，一条像泥鳅的鱼被鸟叼上天。有学者指出，这可能就是"飞龙在天"的起源，春天在中国的"四象"观念中，正与"东方苍龙"相应。那么，再回头看"关关雎鸠"这句被《毛传》标为"兴也"的句子，确实含义幽深。

然而，对欣赏《诗经》的艺术而言，美感还是来自"关关雎鸠"的画面，它才是直接感动人的艺术手法。只有"心近"大自然的诗人，才能道出这样美丽的诗句。

最后，说两点结束此书。第一，《诗经》的世界是干净的。具体说，就是极少鬼狐仙怪、牛鬼蛇神，试将《诗经》篇章与《山海经》相比，这点很清楚。这不意味着那个时代的人们就没有鬼神信仰。礼乐文明创建的时期，是一个历史的上升期，人们掌握了生活的大方向，全力进取，充满自信。"不疑何卜"？鬼神弥漫在文献中，有各种类型，其中不乏历史陷入困境时的阴阳怪气，那是精神堕落的表征。这在《诗经》之后，甚至是"之后"很久的文学史中并不少见。美丽的诗篇大量出现的时代，是历史发展相对富于创造性的时期。

第二，《诗经》开辟了一个独特的文学传统。华裔古典文学研究家陈世骧先生，在《原兴——兼论中国文学特质》中这样说道："假定我们随意问一般粗通数国文学的人（应指非华人的'粗通'之人——引者），问他们感觉中国文学最主要的特点何在，回答之一也许如此：中国文学乃是精妙的写作技巧，高度的艺术安排，感受的极致提炼，以及作者从瞬息世界中的人类和自然所归纳的尖锐、直接、简洁，乃至于朴拙的观察的结合。这个特点见于《诗经》。"简单地说，《诗经》为古典文学开辟了一条极具特色的道路：细致而精细地感受世界的抒情文学之路。

附 录
《诗经》学习的必读书目

《诗经》研究有漫长的学术史。因而要学习《诗经》必先了解一些必读的基本书目，根据自己的情况有选择地阅读。下所列书目分两种，一种是注释本，另一种为研究性著述。

书目如下：

1.《毛诗正义》，中华书局 1980 年版"十三经注疏"影印本。

此书为对汉唐古文经学解读《诗经》的集成之作。经文为古文家所传文本，解释包括《毛传》《毛诗序》《郑笺》和唐代学者孔颖达等所作的《正义》（亦称"疏""孔疏"）。此外，还收录了唐代陆德明《经典释文》为《诗经》一些字作的读音反切。东汉至唐的南北朝时期学者对《诗经》的一些解说，也难得地保存在"孔疏"征引之中。此书近年有李学勤主编的新式标点本，由北京大学出版社出版。不过此标点本在断句和标点方面存在不少可改进之处，使用时要小心。

2. 王先谦《诗三家义集疏》，中华书局 1987 年版点校本。

汉代《诗经》今文经学有鲁、韩、齐三家，称"三家诗"。其著作大部分散佚。此书在前人研究基础上，广泛搜集散见于各种典籍中的三家遗说，并博采历来有关"三家诗"的研究成果，参以己意，力求折中。"三家"遗说，以"注"标示。同时，录《毛传》《郑笺》，列于"疏"下。其经文采取的是《毛诗》文本，"三家诗"异文，于"注"中列出，另外又将《邶》《鄘》《卫》三"风"合称，分为上、中、下三卷，以求合乎"三家诗"旧貌。研究西汉今文家《诗》说，此书必备。

3. 欧阳修《诗本义》，商务印书馆 1940 年版四部丛刊本三编本。

此书为"宋学"《诗经》研究发端之作，"据文求义"是其基本特点。欧阳修解《诗》，不像一般汉唐学者那样遵从《毛诗序》《毛传》和《郑笺》等，而是先审读经典文本，认为《毛诗序》《毛传》《郑笺》等所说可信的，就采纳，否则另求新解。这一点为经学研究史上的新变，对后来影响很大。

4. 朱熹《诗集传》，中华书局 2017 年版"中国古典文学基本丛书"本。

此书继承了欧阳修的宋学精神又有变化，即增加了以理学意趣读解《诗经》篇的内容。在字句注解上，此书广泛择取两汉唐宋诸家之说，注解简明扼要。前人评价说："朱说尊本而不外骛，严谨似胜前人旧解。"（钱锺书《管锥编》）可谓的评。限于时代，在字句的训解上，还不像后来那样精密，有些韵脚字的注音采取当时的"叶韵"说，也不科学。尽管如此，《诗集传》仍不失为一本较好的读本，流行也颇为广泛。

5. 刘瑾《诗传通释》，北京师范大学出版社 2013 年版。

元代《诗经》研究的显著特点是羽翼朱熹《诗集传》，刘瑾《诗传通释》就是这样的著作。此书广采前人各种注解，以阐发朱熹《诗集传》注解的意蕴，资料丰富。一些地方也提出了自己的见解，如对《小雅》一些作品时代的判断，就颇有可取之处。此书是元代《诗经》研究最有代表性的一部。

6. 何楷《诗经世本古义》，台湾商务印书馆 1983 年版文渊阁四库全书本影印本。

此书为明代《诗经》注解较好的一部。书名"世本"，是因其以时代次序编排解释《诗经》篇章。按此书判断，《诗经》篇章，最早者出于夏少康之世，止于东周敬王时期，历时共二十八王。很显然，如此的"诗经世本"，大多荒谬，如谓《大雅·公刘》《豳风·七月》为夏代作品。然而，一些篇章如谓《曹风》中的《鸤鸠》《下泉》为周敬王时作品，又确实言之有见。此外，此书更被后人重视的特点是名物训诂的考证，有根有据，可称清代考据的先声。

7. 马瑞辰《毛诗传笺通释》，中华书局 1989 年点校本。

清代考据学发达，"因声求义"的词义训诂之学也达到了前所未有的高度，此书即是以此为背景的《诗经》著作。此书先讨论了"诗经学"的一些基本问题，如《诗经》篇章在当初是否"入乐""二南"之得名等。其最有价值的部分，为对《毛传》《郑笺》的一些训释的辨析考证。书称"通释"，并非一味宗毛，也非一味主郑，而是运用当时音韵、文字、训诂之学，疏解《毛传》《郑笺》，辨析是非。谈到一些属于作者自己的看法，也能做到证据充分。

8. 陈奂《诗毛氏传疏》，中国书店 1984 年版影印本。

顾名思义，此书专宗《毛诗传》《毛诗序》。然而其真正的价值在考订名物，解决一些疑难问题。每一项考证，都能博采众说，言之有据。虽有些繁琐，还是很有参考价值。

9. 方玉润《诗经原始》，中华书局 1986 年版点校本。

此书特点是在诗篇解读上"文学性"强。作者解《诗经》重视涵咏经典原文，"务求得古人作诗本意"。即先不轻信古来各种说法，而是先读原文，反复涵咏。所得结论，与前人之说颇有不同。如《关雎》篇，方氏称之为"咏初婚者"，实在是有见之论。在文学欣赏方面，富于启发性之说更不少。

10. 林义光《诗经通解》，中西书局 2012 年点校本。

此书多取钟鼎铭文资料解诗，在字义疏解上多有新见。

11. 高亨《诗经今注》，上海古籍出版社 1980 年版。

此书注解颇有新见。对篇章内容的解说，时代印记分明，是要注意的。

12. 于省吾《泽螺居诗经新证》，中华书局 1982 年版。

此书用金文材料解释《诗经》的字句，新见迭出，颇有参考价值。

13. 朱东润《诗三百篇探故》，上海古籍出版社 1981 年版。

此书讨论《诗经》中的一些问题，见解不凡。

14. 程俊英、蒋见元《诗经注析》，中华书局 2014 年版。

此书注重诗篇的文学鉴赏，引用材料也称丰富。

15. 屈万里《诗经通释》，联经出版事业公司 1983 年版。

此书简明扼要，注释力求稳妥。

16. 季旭升《诗经古义新证》，台北文史哲出版社 1995 年版。

此书运用丰富的甲骨文、金文资料解释《诗经》中的一些篇章字句，论证翔实，颇见功力。

17. 扬之水《诗经名物新证》，北京古籍出版社 2000 年版。

此书利用出土文献解释《诗经》中的各种名物，参考价值颇高。

18. [法]葛兰言《古代中国的节庆歌谣》，广西师范大学出版社 2005 版。

此书从西方人类学知识出发解读《诗经》"风诗"的现象，提出的说法有趣，然文化的隔膜在所难免。

19. 夏传才《诗经研究史概要》，清华大学出版社 2007 年版。

此书为《诗经》研究史著作，简明扼要，是读《诗经》的入门书。